2016

《名作欣赏》杂志
鼎力推荐

权威遴选
深度点评
中国最好年选

+ 北岳中国文学年选 +

散文随笔选粹

陈克海 /主编

山西出版传媒集团　北岳文艺出版社
BEIYUE LITERATURE & ART PUBLISHING HOUSE

图书在版编目（CIP）数据

2016年散文随笔选粹/陈克海主编.—太原：北岳
文艺出版社，2017.1
ISBN 978-7-5378-5077-3

Ⅰ.①2… Ⅱ.①陈… Ⅲ.①散文集－中国－当代
Ⅳ.①I267

中国版本图书馆CIP数据核字(2017)第009486号

书　　名	2016年散文随笔选粹
主　　编	陈克海
责任编辑	王朝军
装帧设计	张永文

出版发行	山西出版传媒集团·北岳文艺出版社
地　　址	山西省太原市并州南路57号
邮　　编	030012
电　　话	0351-5628696（发行部）
	0351-5628688（总编办）
传　　真	0351-5628680
网　　址	http://www.bywy.com
E－mail	bywycbs@163.com
经 销 商	新华书店
印刷装订	山西人民印刷有限责任公司

开　　本	710mm×1000mm　1/16
字　　数	326千字
印　　张	21.25
版　　次	2017年1月第1版
印　　次	2017年1月山西第1次印刷
书　　号	ISBN 978-7-5378-5077-3
定　　价	45.00元

序

/ 陈克海

一年总有那么段时间，不是翻归有光、周作人，就是读毛姆、E·B·怀特。

我喜欢这些老先生的文章，看似寻常，其实有丰富的阅历在。

有一回看孙犁，说是散文不能多产。原因也简单，一来散文内容要实，二则文字上要简。先前还有困惑，现在的散文家似乎什么都能写，什么内容都能涵盖。再后来，遇到密密麻麻的文字，先就多了几分畏难。

但长度似乎也不能作为考量散文好坏的单一标准，比如选在本书里的非虚构。

过于简白，怎么说得清楚事实？就像读书，既要博览，也得精细。非虚构，类似特稿，如同写史，更不能追求极简主义，要想把一件事情说得通透，讲个明白，非得多方求证不可。

该警惕的，是自我繁殖，无意义的堆砌。

每年发表的散文不知凡几，选进来的文章，只不过恰恰是我阅读经历中的一部分。

总有隐藏在江湖中的高手，他们好像随随便便，就能写好一篇文章。撞见他们，是我这一年里最大的惊喜。

2016年9月18日

目 录

宇宙风

人间世

个人史

读书会

非虚构

张库大道与西伯利亚大铁路

/茅海建

　　无论是张库大道还是西伯利亚大铁路，都不属于我专题研究的范围，也不是今天能够看到或体会到其伟大功用的壮丽景象。"张库大道"在历史上的灿烂辉煌，今天已难觅遗迹；西伯利亚大铁路修建时的伟大设想，从未实现。我之所以花去这么多的时间（其中还包括大量的前期准备），只是为了满足我的知识好奇。这些毕竟是在历史上意义重大的道路——在史籍中所占的地位太重、所占的分量太大，以致我在教学与研究中时常会与之不期而遇——能够站在实地想象当年，稍稍有点"凭吊""怀古"的意味。历史学家最幸运的事，就是有机会能重返历史现场。

俄罗斯商队的北京贸易

　　事情还须从头说起。要说张库大道，先得说说俄罗斯商队。

　　俄罗斯人越过乌拉尔山以后，一路东行，于十七世纪中叶侵入黑龙江流域。1689年（康熙二十八年），清朝与俄国签订了第一个双边条约《尼布楚条约》，规定了两国的东部边界，也允许两国之间进行商业贸易。

　　最初的中俄商业贸易以俄罗斯商队，尤其是国家商队的形式进行：商队大约经尼布楚到达呼伦贝尔、齐齐哈尔一带，然后南下，由喜峰口进入北京。交易的地点在北京。俄罗斯商队的主要商品是上等皮毛，多是俄罗斯西伯利亚和远东地区当地人民的"进贡"（税收），存放在俄国财政部在西伯利亚和远东的仓库里。上等皮毛在俄罗斯欧洲地区并非稀有，运回的成本也大，若运到北京销售，换回俄国所需的丝绸、瓷器等东方商品再销售，有着较大的利润，也可解决俄国东部地区的财政困难。这是对俄国政府极其有利的交易。清朝此时实行官员服饰的等级制度，每一等级的官服，可配饰相应的皮毛，是官场的必需品。当然，上等皮毛也是清朝上流社会的时尚。

清朝当时与周边部分国家建有宗藩关系。俄国当然不是藩属国，但俄罗斯商队在某种程度上享受着朝鲜朝贡使团附属商队的优待——清朝派兵保护，提供食宿费用，俄罗斯商队还无须交税——这些"柔远"的对外政策，不符合商业贸易的基本原则，使得清朝政府并没有像俄国政府那样从中获利。清朝政府由此对俄罗斯商队的规模与次数进行限制，但这种限制从未被认真执行过。

从中俄北京商队贸易的基本面来看，这种不那么对称、没有经济互利的贸易形式，是建立在清朝对俄外交政策的基础之上的。当这一基础发生变化时，商业贸易活动也可以随之发生变化。

山西商人的兴起

1704年（康熙四十三年），俄国商队从恰克图、库伦、张家口一线进入北京，这条便捷的道路渐渐成为中俄商业贸易的主要通道。1727年（雍正五年），清朝与俄国签订了《恰克图条约》，恰克图开始成为重要的通商口岸。1757年（乾隆二十二年），清朝关闭了宁波等处海口，实行广州一口海路通商。此后不久，俄国国家商队前往北京的贸易也中止了。恰克图渐成清朝北方唯一的陆路通商口岸。

也正是在这个时候，中俄商业贸易的主要品种发生了变化，茶叶成为最主要的商品。我有必要说明，今天的人们对当时茶叶的地位可能会有误解，毕竟茶叶在今天只是价值很小的商品，值得注意的有两点：一、在工业革命之前，全球贸易的主要商品为香料、茶叶、可可、咖啡、烟草、羊毛、皮毛、宝石、丝绸、硝石等几大项，大多是自然界的产物（当然，后来又出现了鸦片）；二、在俄国、英国等国家，茶叶交易有重税，其在国家财政收入中的份额，大体相当于清朝的盐税。

也正是在这个时候，当中俄贸易的主要地点在恰克图、当中俄贸易的主要商品为茶叶时，山西商人顶了上去。他们有着地理优势和历史经验：最初输俄的茶叶主要产于福建武夷山，两湖的茶叶后来也大量销往俄国，这些都是俄罗斯商人当年干不了的事情；早在明代，山西商人就有"九边贸易"的经验，对蒙古有着一定的了解，许多人懂蒙古语；他们在清朝政府上层有着许多人脉资源，在京城也开有较大的买卖；清朝北方地区的自然地理条件，也是南方商人不能承受的。山西商人由此成为主力。他们前出口外，从漠南蒙古（内札萨克蒙古，科尔沁等部蒙古）到漠北蒙古（外札萨克蒙古，喀尔喀蒙古），一直走到清朝与俄国的边界。由于恰克图已归属俄国，他们在边界南侧清朝所属地方，建立了新的贸易场所，中文名称为"买卖城"。除了茶叶外，他们还经营着所有与蒙古地区和俄罗斯贸易的商品。

从福建、两湖到恰克图，茶叶的采购、分类、打包、运输等项，有着多道工序，山西商人内部也有不同的分工，许多商人只是承担其中的一项或多项。如此庞大的生意，需要大量的资金，山西商人在经营上也有许多创造，东家与掌柜各办其事，总店与分店各司其职。山西商人是一个集合名词，包含着出资人、各级管理层和下层的伙计。他们的地位是流动的，经常发生变化，即从伙计升到掌柜，由掌柜变为东家。他们的人数、资金与经营方式，使之成为中国北方最大的商帮。直到今天的山西，还流传着许多"走西口"发家的故事。

贸易种类多样化与贸易金额之巨大，也产生了巨量的结算；由于口外与内地匪患不断，实银的长途运输很不安全，也不方便，山西商人又发展出票号的生意……

张库大道

茶叶从福建与两湖运出，肩挑、车载、船运，有着多种方式。然而要运到蒙古地区和恰克图，须经过沙漠、戈壁和草原，最为经济合理的运输方式是驼运。由此，所有运往口外的货物，特别是茶叶，都必须先运到张家口，然后进行拆装，由驼队运往库伦、恰克图及整个蒙古地区。张家口由此成为商品集散地与转运站。

明代的张家口，最初只是长城的一个小口、小的军事堡垒，后与蒙古俺答汗部互市，主要是马匹与粮食的交换；到了清代，成为内地行省与蒙古地区商业贸易的中转站，城市稍有扩大，人口亦有增加。待到中俄茶叶贸易发展起来，张家口异军突起，成为清朝北方最重要的商业城市之一，也成为山西商人的大本营。

虽然从张家口进出的商品缺乏准确的记录，但由于茶叶的重税，俄方有着相对可靠的数字。1850年，恰克图进口的茶叶达二十九万六千六百十八普特（相当于四千八百七十五吨）。如此数量的茶叶，有着相当大的重量与体积。从俄国输入的商品也发生变化，毛皮减少了，毛毡呢绒增加了，体积与重量也增加了。随着贸易的发展，由张家口到库伦，再延伸到恰克图的道路，因其便捷、经济而成为最重要的商道，史称"张库大道"。而要在这条商道上经营运输，只能大量使用骆驼。许多史料记载，在这一地区从事运输的骆驼超过三十万头，相对于这个地区的人口，已经是相当庞大的数量。

骆驼队

库伦，即今天蒙古国首都乌兰巴托，当时是喀尔喀蒙古哲布尊丹巴呼图克图的驻锡地，也是清朝库伦办事大臣的驻在地，是一个宗教中心，也是次一级的政治中心（当时喀尔喀蒙古的政治中心在乌里雅苏台）。由于其地处南北两山之间，中间有河流通过，形成一个小气候；又处在商路之冲，成为各驼队休整的佳地，山西商人于此安营扎寨。库伦成为这条商路上最重要的中转站与多种商品集散地。

由此可以看到这样的景象——从张家口输出茶叶及日用百货，运往漠南和漠北，沿途销售，其中一部分茶叶由库伦再远销到恰克图；然后从俄罗斯进口毛毡、初级工业品、呢绒和上等皮毛，毛毡与初级工业品销到蒙古地区；再购买蒙古的牛、羊、马和普通毛皮，和俄罗斯的部分呢绒和上等毛皮一直运往张家口；当时没有今日的冷库车，成群成群的牛羊马一路赶到张家口，以供京城和华北各地之食用或役用。当时没有今日的化学纤维，皮袄是北方人们过冬之所需，数以万计的皮张送到张家口加工，使之成为中国的"皮都"。

我没有从张家口一路走到库伦，而是从香港直飞乌兰巴托。在乌兰巴托（即库伦）的博格达汗宫（第八世哲布尊丹巴呼图克图的居所）中，看到了一幅清代的库伦地图——在库伦的东南角，画有一小的居民点，蒙文注明"买卖城"。这是库伦的"买卖城"！应是当年山西商人在库伦的聚居经商之地。我也在博格达汗宫中看到一座废弃的铁钟，上面的铭文是：

> 库伦众商贾甲、社等恭诚新造关帝庙钟志：昔闻夏王铸鼎，以象九州。汉帝建庙、铸钟、造鼓，以显神威，万邦咸宁。凡古昔之前型，为今时之利……今甲、社倡举虔诚，即从归化城选择良工巧匠，敬心铸造新钟一口，以续前人诚敬之意耳，以襄胜事，庶乎万古不朽者也。谨序。十二甲首：源发乾，王履□；广全泰，沈广湖；义合德，武凤龄；义和忠，田治元；永茂盛，武缵烈；义和盛，陈锭；元盛太，王□；豫合昌，张文郎；兴隆魁，温世进；源泉涌，王芝兰；万□亿，麻著芳……

> 本庙住持道衲李信晖奉题
大清咸丰十一年十月吉日成造

"咸丰十一年"为1861年，"归化城"在今呼和浩特，"源发乾"等为商号，"王履□"等为商号的掌柜。由于不让拍照，我也无法将铭文录完整。铭文看来不太雅致，可能出自商人或关帝庙住持之手。从铭文看，山西商人已在库伦建起他们自己的财神庙（关帝庙），并发展出相应的商人组织。这样的铁钟，同行的梁教授在乌兰巴托还看见一座，陈列于蒙古国家博物馆的门前。

我虽然未从陆路走到库伦（以后想办法补一下），但以往在飞机上多次看到过这一地区，沙漠化的情况很严重。当我到达乌兰巴托后，到郊外游览，恰遇大雨，四十多座大客车居然可在草地上直接行驶。我们下车后观察地面，在薄薄的草皮之下，是密实的沙石，重车可行。同行的程教授称，这里的草"让它们使着劲儿长也长不高"。而这些薄薄的植被，大约已有几百年上千年的历史，一旦被人为破坏，很难恢复。由此想到在史籍记载中，山西商人的驼队到了库伦，相当多的货物改用牛车。牛车的运力肯定大于骆驼，也更为经济。口内的货物到此，散运到喀尔喀蒙古各部，其中一部分（主要是茶叶）继续北上，运往恰克图。

迟暮的美人——恰克图

虽说是"张库大道"，但其终点并不是库伦，而是恰克图。当我们一行与一批俄罗斯的教授坐着大巴，从乌兰巴托前往乌兰乌德（俄罗斯联邦布里亚特共和国首府），沿途的风光不免让人想起昔日山西商人的商队。他们正是从这条路上走过去，前往位于恰克图边界南侧的买卖城。

从乌兰巴托到乌兰乌德，大巴一共用了十一个小时，恰克图正好在中间，开了大约五个小时。一路上车辆很少。虽说是连接蒙俄两国的重要国际公路，也只有两车道。沿途人迹渐稀。刚从乌兰巴托出来时，还常能看见蒙古包，但其配置已与历史上有着较大的差别——蒙古包外没有了马，而是停着一辆韩国或日本的二手车（在草地上可直接行驶）和小锅天线（可以接收卫星电视）。越往北开，人口越少，而且人们不再居住在蒙古包里，盖起了俄式的木房。同行的俄罗斯教授提醒说，到了冬天，这里的气温将达到零下五十摄氏度。

从张家口到恰克图，漫漫四千多里，以驼队或牛车行走，加上沿途的交易，行程将是数月。沿途要过沙漠、戈壁和草原，"天似穹庐，笼盖四野"的北国风光，勾不起这些疲惫的行人"天苍苍野茫茫"的画感与诗情。严酷的冬天千里冰封，自然不能行走，许多山西商人要在当地"猫冬"。我们此行一路的餐桌上，能看到远道运来的瓜果蔬菜（价钱高于当地的牛羊肉），当年想必是稀罕物。生活条件之艰难，是当时富足优逸的江南商人（徽商与盐商）和广东商人（行商）无法想象的。这真是汉子方能讨的生活。

我们到达位于蒙俄边界的蒙古小镇阿勒坦布拉格，在号称"Altan Plaza"（俺答广场）的简易楼房中午餐。餐后有点时间，我很想寻找当年的"买卖城"，一无所获。同行的俄罗斯教授告诉我们，所有的历史遗存现在已经是完全没有了。

车过边界，到了俄罗斯一方的恰克图，景象一变，树多了，土层很厚，房屋也多了起来。同行的俄罗斯教授指着路边巨大的建筑物遗存，称是过去的茶叶仓库，革命后改作学校和工厂，现在已废弃——然而从残垣断壁中，依稀可领略其庞大的规模。这是当年亚洲最大的陆路口岸，恰克图被称为"沙漠中的威尼斯"。从现存的街市建筑可以想象当年的繁荣景象，但毕竟美人迟暮了。

我们在恰克图的停留时间虽然很短，却有很好的机会，可以参观当地的博物馆。该馆可能长期无人参观，大门紧闭，当天恰好又借给当地人举行一群年轻人的成人式。经过一番联系后，我们一行成了唯一的参观者。应当说博物馆陈列相当不错，完备而精致，提示着城市发展的历史依赖着俄国与清朝的各类贸易，尤其是茶叶贸易——各种中国风格的商业建筑老照片，由于不懂俄文，我不知道它们是建在恰克图还是对面的"买卖城"；一张红纸上写着汉字"沃伯勒绰伏"，大约是俄国商人按照清代样式写的名片；一个中国风格的瓷盘，中间画着"九江关"，周围是庐山诸景，提示其可能来自江西；一张当年的铜版画描绘着装载茶箱的骆驼；各色各样俄罗斯风格的茶具；博物馆门口放着两座残钟，一座铭文写道："乾隆八年成造"，另有"任世龙、郭世龙、王文全……"等人名；另一座铭文写道："风调雨顺、国泰民安、皇帝万岁"，另有"库伦众商贾□□甲、社等恭□新造关帝圣……"等字样。"乾隆八年"是1743年。"库伦众商贾"的关帝庙钟又如何到达恰克图，还是个谜。或许"库伦众商贾"是集合名词，包含在恰克图、买卖城经商的商人，该钟或是为恰克图或"买卖城"所铸？

张库大道、恰克图贸易整整兴盛了一个半世纪，到了十九世纪末，开始衰败。衰败的原因有多项，其中最重要的，自然是西伯利亚大铁路的修建，商道改途。到了俄国革命、蒙古革命之后，在库伦、"买卖城"和恰克图的山西商号被查封，资产被没收，这一条商道完全中止了。

恰克图衰落了，魅力日减；库伦改名为"乌兰巴托"，意为"红色英雄"，成为新国家的首都；张家口也走了下坡路，不再是中国北方连接蒙古地区与俄罗斯的商业中心，只是地区的政治中心。北京西直门外早就没有了成群的骆驼，留下的只是老舍笔下的"骆驼祥子"。山西商人没落了，今天以"煤老板"的角色而再度崛起。过去的壮丽景色，就这样过去了，也在人们的记忆中走散，平淡无声地存于史籍之中。细心的人们若来到实地，须得认真察访，方可感受到旧日的风情。俄罗斯人依旧保持着喝茶的习俗，据说其茶叶的主要进口国，是位于印度洋上的斯里兰卡。

"大博弈"：海路与陆路

工业革命最重要的标志是轮船与火车。

到了十九世纪中后期，世界上主要的商业船舶或海军战舰都已不用风帆动力，而改用蒸汽动力；铁路建设也同时进入高潮，美国和加拿大的太平洋铁路是工业史上的奇迹，投资回报率高，对美国和加拿大的经济、政治和社会贡献极大。由此对比张库大道上的驼队与牛车，对比山西商人的经营方式，可以明显看出时代的差距。

同样到了十九世纪中后期，世界上有两大强国在竞争，英国与俄国，史称"大博弈"。英国从海上扩张，俄国从陆上扩张，双方在中亚诸国和中国新疆、西藏等地区进行争夺，其结果一直影响到今天的政治地理。

自美国独立之后，英国最重要的商路是远东航线——从英国出发，经直布罗陀到地中海，再经苏伊士运河到亚丁，由此进入阿拉伯海、印度洋，穿过马六甲，进入中国南海和东海。当时的船舶续航能力有限，沿途需要加煤和检修，人员也需要休整。如果从远东的东京、天津、汉口出发，经过上海、香港、西贡、新加坡、科伦坡、亚丁、苏伊士运河（塞得港）进入地中海，而到达欧洲及英国，需要一个半月到两个月的时间，舒适度和安全性都比较差——大多数人都会晕船，而这条航线上有几个风浪区；在当时的航海技术下，毁损或沉船事故常有发生，商业保险的费用也很高。

有没有更好的办法呢？

俄国提出了兴建西伯利亚大铁路的计划。

俄国本来在其欧洲部分已建成铁路网，并与欧洲各国的铁路网相连接。兴建西伯利亚大铁路，是指从位于乌拉尔山脉东麓的车里雅宾斯克到位于太平洋西岸的海参崴（符拉迪沃斯托克），七千四百十六公里；若与先前的铁路网相连接，即通往莫斯科、圣彼得堡，为九千多公里。按照当时的设计速度，从海参崴到圣彼得堡，需时为二十至二十五天，只是海上行程的一半时间，舒适度与安全性也大大提高。当时火车不夜行，每晚住在车站附近的旅店，不必经受晕船的折磨，却可以有酒会和舞会的欢快。

当时的中国和日本看得比较多的是这条铁路的军事意义——俄国可以快速向远东地区增兵，感到了军事上的威胁；而从英国的角度来看，更多是经济意义——若是这条铁路成功了，成为连接欧亚的大通道，新加坡以东的人员与货物都从这条铁路走，英国的商业利益将会大大受损！

英国扼制俄国，最主要的方式是防止其在海上扩张。克里米亚战争将俄国锁在黑海之中。所谓"大博弈"，主要是俄国从陆路的高加索、哈萨克向南推进，英国则占据了埃及、波斯、印度、缅甸和马来亚，阻止俄国入海。早期风帆动力的船舶只能近海航行，多点停泊，不像后来的蒸汽轮船可以从新加坡直航科伦坡，英国将远东航线沿途的所有地区都收为殖民地。如果俄国的欧亚铁路大通道修建成功，这些地区的价值大减，反有可能成为负担。

道钉

西伯利亚大铁路最美丽的地方是沿着贝加尔湖的一段，依山傍水，也是工程最为艰难的地段。我去的地方是布里亚特共和国，在贝加尔湖的东侧。从历史来看，布里亚特蒙古与喀尔喀蒙古似乎是一支，《恰克图条约》使之归属俄罗斯。他们在俄国治下已近三百年，从许多方面来看，似乎已经俄化。由此，我也去过贝加尔湖边，住过那里的木屋，喝过那里的水；但乘坐火车却未经过贝加尔湖，而是由布里亚特共和国首府乌兰乌德开始东行，车行十个小时，五百五十七公里，到达后贝加尔边疆区首府赤塔。

我们上车的时间是莫斯科时间晚上23点多，是当地时间的第二天早上四点多，整整差了五个小时。一个铁路系统只能用一个统一的时间（莫斯科时间），而五个时区的差别提示着这条铁路之漫长。我们搭乘的是从莫斯科开往海参崴的快车，全程需时据说是七天七夜。

虽说是清晨，天还不太亮，但我一眼看到的却是道钉。

道钉是将铁轨固定在枕木上的钉子，过去由工人直接敲打进去。我小时候喜欢走铁路，看到的全是道钉。现在的铁路已用预应力混凝土枕，用螺栓固定，道钉看不着了。2006年，我去朝鲜，铁路大多还用枕木和道钉，让我找回了童年的记忆。后来我去美国，又看到了许多道钉，但这些

11

铁路大多被废弃。西伯利亚大铁路上的道钉，提示着它是一条"古老"的铁路。

西伯利亚大铁路于1890年从海参崴开工，由东向西修；1891年从车里雅宾斯克开工，由西向东修。这是当时世界上最大的工程，我不知道其总投资额与工程量，但我的感觉是远远超过了巴拿马运河。

1894至1895年，中日甲午战争，战败的清朝被迫签订《马关条约》，其中一项便是割让辽东半岛。这一条款明显对俄国不利，俄国联合德国与法国进行干涉，日本做出了退让，清朝再付三千万两白银赎回辽东半岛。史称"三国干涉还辽"。

1896年，俄国尼古拉二世加冕，清朝派李鸿章为头等出使大臣前往祝贺。清朝与俄国签订密约，结成共同对付日本的军事同盟，并允许西伯利亚大铁路经过中国东北地区，即从满洲里到绥芬河，长达一千四百多公里的"东清铁路"（后称"中东路"）。东清铁路的建设表明了俄国对中国东北的野心，同时也为其节省了一千多公里的路程，避免了许多技术难关。

1898年，俄国乘德国强占胶州湾（青岛），派舰队驶往旅顺，迫使清朝签订条约，租借旅顺与大连，并允许俄国修建从哈尔滨到旅顺的铁路，即长达九百四十公里的"东清铁路支线"（后称"中东路支线"）。俄国由此获得了远东的不冻港。从商业利益来看，对英国的威胁增大。

1900年，中国爆发了义和团运动，八国联军攻占北京；俄国同时出兵十万，以护路为名，占领了东北要地，尤其是铁路沿线地方。八国联军退出北京后，俄军却赖在东北不退，清朝多次进行交涉，未获成功。俄国的行径使得四年前的中俄密约变成一张废纸。

西伯利亚大铁路上敲打道钉的声响，也敲打着英国与日本的神经。英国看到是商业利益——从中国大连到俄国圣彼得堡是陆路，虽说长达九千多公里，也跨越七个时区，但地球是圆的，纬度越高，里程越短；从上海到伦敦是海路，到了新加坡已临近赤道，海上行程超过一万海里（一海里为一千八百五十二米）。海路比陆路长一倍，火车比轮船速度快，欧亚之间的客流、货流自然会顺从经济规律，舍远求近。日本看到的是军事威胁——西伯利亚大铁路修通之后，俄国可快速从西伯利亚乃至从欧洲调兵，以加强其在远东的军事存在；此时中国东北地区已落于俄手，日本在朝鲜半岛的利益在强弱分明的军力对抗下也不会坚持多久，日本最终将被俄国隔绝于亚洲大陆之外。由此，英国与日本联起手来，1902年1月，两国签订了针对俄国的《英日同盟条约》。

1903年，西伯利亚大铁路除贝加尔湖一段外，已经基本修成，其中在中国东北境内的东清铁路（包括支线）已经通车。日本等不及了，若等到全线完工，将处于军事上的劣势。

1904年2月，日本发动了对俄战争，攻占了旅顺口，并在沈阳会战中获胜。已经大体修通的西伯利亚大铁路在战争中还是发挥了重要作用——其中未修成的贝加尔湖段，于1904年7月强行通车，夏天用轮渡，冬天零下五十摄氏度的气温使之可在冰面直接铺设铁轨。大量的俄国陆军调到中国东北，总兵力超过了日本陆军。两军最后在四平一线对峙。

1905年，日俄两国签订《朴茨茅斯条约》，俄国将东清铁路支线的南段——宽城子（长春）至大连、旅顺割让给日本，并将俄国在大连、旅顺的权益转让给日本。"三国干涉还辽"十年之后，日本重返辽东，并将其势力前伸至长春。

1906年，西伯利亚大铁路正式通车。由于《朴茨茅斯条约》规定俄国人掌控的东清铁路及其支线北段不可用于军事目的，1908年，俄国开始修建沿着黑龙江左岸的绕行铁路——从卡雷姆斯科依经石勒喀、海兰泡（布拉戈维申斯克）、伯力（哈巴罗夫斯克）到双城子（乌苏里斯克）。1916年，绕行铁路也通车了（其修建与完工的时间，是同行的李教授后来告诉我的）。这一段绕行铁路，后来也被称为西伯利亚大铁路。

2016年，我从乌兰乌德上车时，恰是这条铁路通车一百一十年，黑龙江左岸绕行铁路通车一百年。漫长的一个多世纪，这条铁路已经过多次改造，还留有当年最初砸下的道钉吗？

后贝加尔的美丽风光

今天的西伯利亚大铁路，与美国的太平洋铁路不同，应当说是活得还很"健康"——修建了复线，实现了电气化，许多地段已改用预应力混凝土枕和紧固螺栓，而不全是枕木和道钉——其承重强度与运能，已不能与一个多世纪之前相提并论了。

13

我上了火车后不久，立即被窗外的景色所吸引——这是我过去很少见过的景色，许多地方属于自然的本色，即原生态。我出生在上海，后来到广州求学，在北京、上海和澳门工作，这些地方最重要的特点（或者说是缺点）就是人多，所能见到的一切都是人造的。我小时候上过"自然"课，我却无法感受到自然。

我们一行从乌兰乌德乘汽车去贝加尔湖时，经常听到俄罗斯教授使用一个词"大自然"。同行的梁教授告诉我，贝加尔湖长约七百公里，我本能地表示不信：从北京到郑州铁路长六百九十公里，七百公里或是一百七十公里之误？然我错了。贝加尔湖的长度是六百二十公里，面积是三万一千多平方公里，略小于台湾（三万六千平方公里）；许多地方未开发，处于自然的状态。只有到了这样的地方，才能体会到自然，才能知道自然是"大"的。

正是最好的季节，6月。正是最美的地方，后贝加尔地区。我在火车上看到了平缓起伏的大地，清澈天然的河流和许多尚未开发的植被。大自然有着许多种色彩，交错而和谐。我看到了不同层次的绿、不同层次的蓝、不同层次的黄和不同层次的白。沿途有着许多小小的村庄，零散分布。沿途也有人迹不显的地方——有一次看表，车行三分钟，我没有看见一个人、一匹马、一头牛、一只羊——这才真是"天造地设"的美丽风光。同行的李教授对俄罗斯列车员说道："你有一份世界上最美好的工作，可以连续看七天七夜的美景！"

从莫斯科到海参崴，铁路长度为九千二百八十九公里（走黑龙江左岸绕行铁路），特快列车"俄罗斯号"按时刻表计，行程约一百四十六小时，平均时速为六十三公里。从莫斯科到北京的火车依旧开行，K19／20次，每周一发车，八千九百八十一公里，行程近一百四十六小时，平均时速为六十公里。我在赤塔火车站看到莫斯科到平壤的国际列车，将由俄罗斯滨海地区继续向南，过图们江，经清津而到达平壤。那是世界上路途最长的国际列车，一万零二百七十二公里，行程据说是骇人听闻的二百一十一小时！

在火车上看七天七夜的美景，如此闲情逸致的浪漫生活实在太难得。虽说火车速度比最初的设计要快出许多，但到了二十一世纪，大多数人还是会另有选择——从莫斯科飞到北京只需七个多小时，飞到海参崴只需八个多小时。根据一般的惯例，国际列车与特快列车会快一些，西伯利亚大铁路的火车速度大约相当于中国铁路大提速之前。

我不是铁路工程的专家，但我知道，火车的特点是不善爬坡。一个多世纪之前的机车动力较小，对坡度的要求比较高。俄国工程师在修建西伯利亚大铁路时，根据当时的技术、工期与资金，主要采取随着地形找平的方法，有着许多弯道，尤其是赤塔到后贝加尔斯克一段。一些弯道的曲线半径，以我目测来看，很可能小于三百米，通过时只能减速。西伯利亚大铁路若要大提速，需要进行截弯取直的大工程。然而，相对于当地日趋减少的人口、宁静安详的生活、色彩缤纷的大自然，还真的有必要去兴建大工程、进行大提速吗？

赤塔

西伯利亚大铁路作为联结欧亚的大通道，可谓生不逢时。前已说明，1906年全线通车时，俄国已失去大连和旅顺，失去东清铁路支线的南段，欧亚大通道的设想已经大打折扣。1913年，第一次世界大战爆发。1917年，俄国革命爆发。1918年，日本、美国等国出兵西伯利亚；其中日本兵力最高时达七万人，占据了海参崴、伯力和赤塔等地，直到1922年才退出。1924年，苏联政府与北洋政府商定联合经营中东路及支线北段。1929年，"中东路事件"发生，苏联军队攻入满洲里、海拉尔等处。1931年，日本发动"九一八事变"，占据了中国东北。1935年，苏联将其控制的中东路及支线北段以一亿四千万日元卖给伪"满洲国"。在这样的局势之下，西伯利亚大铁路已经不可能成为欧亚大通道，远东的人员与货物继续经上海、香港、新加坡等处向西，由海路往欧洲。以后的历史更是为人所熟悉——苏军进占中国东北、中国国共内战、中华人民共和国成立、朝鲜战争、冷战、中苏对抗，这条铁路最主要的用途凸显为军事。到了二十世纪七八十年代，大型民航飞机、巨型集装箱货轮的出现，铁路的重要性开始下降；在许多发达国家，尤其是人口稀少地区，铁路衰败了；高速公路和大型卡车又加剧了这一趋势。西伯利亚大铁路逐渐从人们的视野中淡出。

然而，西伯利亚大铁路的兴建，对当地经济与社会的发展还是起到了重要作用，赤塔就是其中一例。

赤塔，俄文作чнта，英文作Chita，音译，没有"红色之塔"之意。同行梁教授又告诉我，其在布里亚特语，意为"黏土"，其在埃文基即鄂温克语，意为"白桦林"，是当地人的地名。

俄罗斯向东扩张时，哥萨克为其主力。他们是骑马的人群，有着半军事化的组织，在西伯利亚和远东地区，建起一座座木制的营寨，过着农耕兼狩猎的生活。西伯利亚还是政治犯的流放地。赤塔最古老的建筑是一座木制的东正教教堂，现为十二月党人的纪念馆。然而，来往西伯利亚的重物运输主要依靠河流，夏天行船，冬天在冰上驾驭马车，没有河流的地方，依靠土路和马车，效能都很有限。

西伯亚大铁路的建设改变了赤塔的命运。铁路和与铁路相关的工业发展起来，商人也来到此地，做起了各种买卖。帝俄时期的商业建筑依旧存在。俄罗斯导游介绍称，这些帝俄时期的商人发了大财，建起大的房屋，在楼下开店，在楼上居住。我好奇地问这些商人做什么生意，回答竟是"茶叶"。

由于前往尼布楚的计划受阻，我们在赤塔多待了两天，看到了这个城市的许多细部——其建筑与城市规划有着明显的时代特征：帝俄时期的、苏联早期的（斯大林）、苏联中期的（赫鲁晓夫与勃列日涅夫）和苏联后期的（八十年代）。我个人认为，赤塔最美丽的建筑还是火车站和对面的教堂（后者据说是依旧样重建的），尤其是清晨没有人的时候。赤塔保留下来的众多帝俄时代的建筑经历了一个多世纪依然风韵流芬。我在后贝加尔边疆区大学法学院门前的草地上，惊奇地发现日本所建的白碑，正面写道："日本军战病死者忠魂牌。"背面写道："大正九年七月廿日建之，大日本第五师团司令部。""大正九年"为1920年，是日本西伯利亚派遣军留下的遗存。我还听说，位于列宁广场西侧、漂亮的后贝加尔铁路管理局大楼是战后日本战俘修建的。苏联时代的诸多建筑，提示着赤塔曾是一个军事重镇，前期主要针对日本，后期主要针对中国。后贝加尔军区在苏联入侵阿富汗战争（1979-1989）中曾经派兵一万。随着冷战结束、中苏关系缓和，后贝加尔军区撤销了，留下的军区大楼依然十分壮观威凛。我参观了后贝加尔边疆区军事博物馆，深深感受到这一时期西伯利亚大铁路的军事功用。我也参观了这个城市的自然与历史博物馆、警察博物馆和博物展览中心，并在正用于艺术展览的博物展览中心小卖部，奇怪地购买到一幅朝鲜工艺师制作的简单的螺钿画，价格是四千五百卢布。我也在这个城市试图品尝俄罗斯的平民美食，没有吃到著名的鱼子酱，据说是时令不合，其他美食的排名是：腌制的生鱼、红菜汤、酸黄瓜……

苏联解体后，以我个人的观察，赤塔的地位在下降。其中最主要的标志是年轻人的离开，去了俄罗斯欧洲部分。不再有苏联时期严格的居住证制度了。计划经济时期，苏联为国家战略在西伯利亚和远东地区所建的工厂，其产品大多被市场淘汰。位于乌兰乌德的东西伯利亚工程大学已改名为"工程与管理"大学，副校长向我们介绍说，该校最主要的专业是经济管理与法律，不再是各类制造业。我们一行在铁路沿线看不到一家仍在开工的大中型工厂，却看到了许多被遗弃的厂房。经济规律已经发生作用。俄罗斯教授告诉我们，不光是赤塔，俄罗斯联邦整个西伯利亚和远东地区，都出现了同样的情况。

十九世纪末到二十世纪初，铁路代表着最先进的科技与工业成就，魔术般地创造出沿线一座座新的城市；一百多年之后，情况发生变化。

当我们离开赤塔，乘坐火车前往中俄边界的后贝加尔斯克一路上看到的是风光绚丽、经济凋零的景象。

"红色通道"

从后贝加尔斯克到满洲里，我们过的是公路口岸，手续极其繁复。当我们一行历经麻烦终于回到满洲里，自我感觉就像回到祖国的怀抱，却发现满洲里正在全力拥抱俄罗斯。

满洲里现存的大铁路时期的俄式建筑得到了最高级别的保护——被列为全国重点文物保护单位；同行的李教授选择了一家俄式"木刻楞"旅馆，便宜且可了其怀旧情结；城市新区建造的大型仿俄建筑群"套娃广场"，让车上的俄罗斯女孩们都尖声叫了起来，在西伯利亚和远东地区都没有见到过这样"漂亮"的建筑——仿羊皮都快成了真羊皮——同行的李教授评论道："主动俄化。"

我在满洲里停留的时间只有几个小时，抓紧时间参观了"国门"，其中的"红色旅游"展厅，印象颇深。这里原来是中苏会谈会晤室，扩建后辟为展览馆，介绍满洲里当年是中共与共产国际的"红色通道"，许多中共人士由满洲里前往苏联。"红色通道"自然是满洲里历史的一部分，且还是较小的部分，选择这一部分历史作为城市的集体记忆，反映出选择者的主观意志——强调中国革命者与苏联的历史联系。我在靠近铁路的居民区小广场上看到周恩来石像，基座上的文字说明其建造的理由：周恩来曾经由满洲里前往苏联。

满洲里一直是个铁路小城，在奉系（东北军）时期、伪"满洲国"时期，与苏联铁路相通，但有所对立；六七十年代中苏对抗渐至高峰，成为边防禁区。现在已不太能看到当年对立对抗的痕迹，强调的是合作。最近二十多年对俄经贸合作，使得这个原本只有两万多人口的小城发展成三十万人口的中型城市，与人口渐稀的对面，形成极大的反差。新来的人口，新建的道路与建筑，给人以新的期盼。我坐火车离开时，看到新区华厦霓虹灿烂，朦胧中有点"夜上海"的错觉。

从满洲里到哈尔滨，即滨洲铁路，九百三十五公里，1903年通车，是我这次铁路考察的最后一段，也是自乌兰乌德上车之后路况最好的一段。全部建成复线，完成截弯取直，火车速度很快。电气化的工程正在进行，据列车员称，大约还有一年即可完成。这些与一天前的感受大不相同——我从赤塔上车去后贝加尔斯克，四百八十一公里，车行十二个小时。我们坐的是二十一号车厢，也是最后一节车厢。车到博尔贾，停了一个多小时，前面几节车厢开往蒙古国东部的乔巴山，最后几节开往后贝加尔斯克，旅客不多。应当说，从赤塔开行九十五公里后，即从卡雷姆斯科依起，已经离开俄罗斯所认定的绕行黑龙江左岸的西伯利亚大铁路，路况要差一点，使用内燃机车。而从博尔贾到后贝尔加斯克的一百零九公里，就更差一点，速度慢，尚未修成复线，许多地段可能与"红色交通"时期差不多。我看到了沿线施工状况，严重缺乏劳动力与机械，工期遥遥（赤塔到后贝加尔斯克的各段铁路公里数，是同行的李教授后来专门查找的）。两边铁路的状况是大不相同的，我也隐隐生出杞人之忧——满洲里如此全力拥抱俄罗斯，对方是否有能力来接受这一拥抱。

沙俄帝国主义当年是挟着先进科技闯进来的，改变了这片沉睡土地的面貌。帝国主义有着帝国主义的目标，历史也有着历史的逻辑。1952年，苏联将中东路和中东路支线交还给中国，生活于此的人们善待这笔遗产，并注入了新的生气。火车上旅客甚多，挤得满满当当。沿线人口稠密，农业发达。同车厢一位博学的退休官员——学习国民经济管理出身，却与我谈起晚清外交官胡惟德和首任驻法公使曾纪泽，让我大为吃惊——他告诉我，黑龙江乃至整个东北地区都已开发完毕，没有处女地了。这何尝不是一个多世纪以来铁路带来的变化？中华民族又有了自己的繁衍之地。沿线有着大型厂矿——富拉尔基、大庆等等，有帝俄、苏联留下的，也有自我开发的。沿线还依稀保留着大铁路时期的俄式建筑，保护的情况却不太好。在昂昂溪站，站务员指着车站对我说："这是老毛子（俄国）盖的。"又指着天桥对我说："那是小鬼子（日本）修的。"一路上我想得较多的是如何看待帝国主义，正如我是上海人，经常要想上海的历史一样。

到站了。我站在巨无霸式的哈尔滨西站站台上，等着来接我的学生，看到对面的高速火车，瞬间的感受无可名状——从张库大道、西伯利亚大铁路，到已经建成的哈（尔滨）大（连）高铁（与当年东清铁路支线路线相同）——两个星期的时间，三百年的沧海桑田。

大铁路牵来的"新"城市

中央大街原名中国大街，是哈尔滨当年与现在最重要的商业街。当我观看这条街上的景色，很难与相应的历史对照起来。自其开始建设以来，战争与革命不断，掰着手指头算算也没过上几年太平日子，却到了上世纪二三十年代，出落得如此亭亭玉立，被称为"东方小巴黎"，成为上海、天津、汉口之后中国第四位的"十里洋场"。这是那个年代的"深圳速度"，也反映了当年强劲的市场需求和投资者的预期。大街上卖着各种俄式本地土产——列巴、红肠、啤酒，也卖着各种我在俄罗斯都没有见过的俄罗斯商品。我在马迭尔饭店门口，吃着冰糕，奶味很足，不知是否为当年的俄式配方。人们的眼光，似乎都在寻找旧日的情影。

历史是可以亲近的，不仅在史籍，也在现实之中。历史学家携着史籍中的知识，果敢地重返历史现场，所获得的知识是叠加的，所获得的感受是自然的，会有批判，会有同情，更多的是理解，也能距历史的真实更近。

哈尔滨是大铁路牵来的新城市。当时一些中国人不太喜欢"铁路"这种新科技，于是铁路便绕开黑龙江将军驻地齐齐哈尔，从昂昂溪穿过，避开吉林将军驻地吉林（今吉林市），从宽城子（长春）穿过，就像津浦铁路躲着崇敬的曲阜、强势的清江浦（淮安）和富庶的扬州一样。1897年，俄国人选定松花江畔的这个渔村，举目一望无际，可以看到平原的日出和平原的日落。六年后，东清铁路及支线通车，这个城市已初具规模。到了今天，哈尔滨很可能成为这条旧日大铁路上莫斯科、喀山以东最大的工商业城市。

今天的哈尔滨市区，随处可见当年帝俄、苏联留下的痕迹。道里，道外，东大直，西大直，显示着城市最初设计者的意图。松花江大铁桥建成于1901年，全长一千米，世界一流的工程质量，服役一百一十三年，最近才退役。我站在桥上心想，比照今天的施工条件，此桥算得上是手工巨作；又以我较差的审美情趣，犹觉此桥比旁边的新桥更为楚楚动人。著名的哈尔滨工业大学，最初是中东铁路技术学校，苏联专家曾经来此上课。HIT（Harbin Institute of Technology）的英文译名，又让人联想起著名的MIT（麻省理工学院）。当年的男生宿舍（不知是否还有当年的女生宿舍），现为该校的社会科学学院。哈尔滨工程大学是当年苏联专家帮助建设的"哈军工"，以我目测来看，大楼的墙厚超过七十厘米。

走着走着，不尽人意的感受顿出。这个城市旧的保护得不太好，新的也建设得不太好。一个新生的城市，怎么就在不经意之间一下子变成了"老工业基地"？我曾在火车上问过那位博学的退休官员："东北的老工业基地能不能振兴？"他迟疑了一下，答曰："有可能。"

哈尔滨最美丽的建筑还是索菲亚教堂，也是我离开前的最后一景。最近一次维修做得很到位，修旧如旧，没有添加新的东西。教堂也没有人为地刻意恢复成东正教教堂的样式，而是辟为博物馆，展示了这个城市的老照片。我看着一张张老照片，内心的感受有如风起云涌——在那个年代就达到了那么高的成就，美丽，摩登，具有国际性。今天的哈尔滨人还敢自称是"东方小巴黎"吗？巴黎这个世界上保护得最好的古老城市最根本的精神是趋新，是时尚之都。这个由上个世纪的先进科技牵来的城市，只能用这个世纪的先进科技去自赎。历史就是这样过去的，就像张库大道上难以察觉的遗痕一样。想着，想着，自觉可笑。我只是历史学家，现在和将来本与我无涉，应交给经济学家与政治学家。索菲亚教堂外的广场上，一群孩子正在玩"捞鱼"的游戏，还有一群摄影师坐在那儿休息，随时捕捉着光线变幻的瞬间。我看见了一个老镜头，皮腔折叠式，带着四根小柱，大约已有七八十岁，十分精美，却配着新款的索尼 7 全画幅数码机身。

当我结束这次考察，从哈尔滨飞往上海，久久地、呆呆地看着窗下绿色的大地，心情已渐如止水。历史就是这样一页页翻了过去，既然翻了过去，就不必也不太可能再翻回来了……

《东方早报·上海书评》8月28日

评鉴与感悟　　历史学家重返历史现场，历时数日，跨越欧亚，用翔实的史料，为我们还原了一条通道、一段铁路的前世今生，大时代的波澜诡谲也在这里展开。对历史的追溯，不单是为了怀古，作者的感受发乎自然，有批判，有同情，也有对现实的理解。史实与现实的对比，让作者五味杂陈；最终呈现在读者眼前的文本丰富，智慧，清晰，却又让人脑洞大开。

潘家铮的晚年

/鲁顺民

半生毁誉因三峡

如果不是三峡工程，潘家铮绝对不会成为一个公众人物，而且越是到晚年，他倒更是"出名"。如果不是因为三峡工程，潘家铮还只是一位在水利、水电行业有巨大影响和成就的权威工程师，在土木工程学科内卓有建树的科学家，他的名字会进入中国科学史的重要叙述段落，但绝对不会如此引人注目地进入公众视野。

如果没有三峡工程，浮世虚名不会惊扰他，这对于一个科学家而言，当是最理想的人生状态。

一个证据是，晚至1990年，潘家铮赴福建解决水口水电站技术问题。潘家铮不顾外国顾问团的反对，力主采用氧化镁温控技术，为水口水电站赢回了宝贵的工期，这是潘家铮诸多技术传奇之一，业内许多工程师都知道。而且，水口水电站是当时福建省地方重点工程，也就是"省长工程"，省领导也特别着急，问题解决之后，省领导当然高兴。

当时的福建省省长问水利厅的同志，是哪一位高人解决的问题？

回答是潘家铮。

省长问：谁是潘家铮？

听过水利厅同志的一番介绍，省长才知道了潘家铮这个专家名字。尽管那时候潘家铮担任着能源部的总工程师。

省长都不知道潘家铮，遑论普通百姓？

全是因为三峡工程。或者说，是三峡工程选择了他。对一个工程师而言，这是大际遇，对当时的潘家铮而言，是大际遇，其实也身不由己。

潘家铮曾坦言，刚开始他是反对上三峡的，作为一个工程师，他考虑的侧重点当然还是在水电站这一复杂系统内的可行性，技术、国力、移民诸般，并不掺杂其他东西，他也不擅长这一套。后来思想转变，转而支持三峡工程，这个说起来容易，然而这种转变，对他这样一位有着丰富实践经验的工程师来说，要经过多少缜密思考，这个曲折很容易被人忽略。

从1986年开始主持三峡工程论证开始，潘家铮在不同场合接受过一些报纸、杂志的采访，为三峡工程的上马写过若干文章，但在主上派与反对派双方阵容强大且"势均力敌"的大争论中，潘家铮的声音还不是那么引人注目，尤其是到后来的争论掺杂进了其他东西，潘家铮从技术角度谈的一些话就更显得微弱。

尽管此前，他的名字已经荣幸地出现在反对派过激的诅咒之中，他的跪像将与若干人一起，出现在未来的三峡大坝边上。但是，这些诅咒也还局限于争论圈子之内，他的名字还不是广为人知。

1990年开始，《三峡梦》《我与三峡》……诸篇写三峡的文字开始引人注目，特别是1992年3月，潘家铮代表三峡工程论证领导小组向中央领导做汇报发言，之后，第七届全国人大五次会议上，奉命接受人大代表的质询。这之后，潘家铮被"正式"卷入到三峡论争的漩涡之中，他的名字也渐渐为人所知。当然，与他在三峡工程建设中的重要角色也有关系。

三峡工程正式开工之前，1993年3月，应美国工程界之邀，潘家铮等三人赴美考察，主要是向旅美华人工程师介绍三峡工程。

三峡工程的构想最初由萨凡奇博士在大洋彼岸的美国展开，当初，不仅国人兴奋，美国朝野也是掌声一片；今天，三峡工程首先在美国结了很大的疙瘩，直接影响到三峡工程建设的国际环境，反倒需要潘家铮这个中国工程师前来解扣。

当时，曾是上海院的同事、旅美华人工程师顾鹏飞先生得悉潘家铮要来美国，特意为潘家铮一行搜集国外专家关于三峡工程的看法，顾鹏飞搜集到的文章有四十多篇，只有哈扎水电公司副总裁、高坝工程师叶昶华和萨凡奇的学生、高坝专家徐修惠两位先生是赞成三峡工程的，其余也有客观、中肯的意见，大部分文章都持反对意见。当然，反对的理由，除了一些技术上的质疑之外，还有生态、移民、泥沙的担忧，更多的则是政治理由。

潘家铮能不能解开这个扣？就要看他的理论、技术功力与演讲水平了。

当初，是美国人在说服中国人修三峡大坝，今天反过来，需要中国人来说服美国人，我们为什么要修三峡大坝了。

历史常常充满着这样的诡吊。

在诸多回答三峡工程问题的演讲和文章中，在美国旧金山的这篇讲演显得很特别，推心置腹，苦口婆心，有理有据。据顾鹏飞回忆，这一讲演收到了预期的效果。

这篇讲演并不长，谈了四个问题：中国人为什么要修建三峡工程，中国能修建三峡工程吗，修建三峡工程会有严重后果吗，以及几句题外话。前面三个问题，是在论证时候的老问题，不需要多说，需要多说的，倒是那几句题外话。题外话说得甚是恳切而推心置腹。

　　看到有人在文章中说，建三峡工程不是人民的意志，是少数领导好大喜功、为自己树碑立传，这是不确切的。

　　中国过去最有权威的人无疑是毛泽东主席，但正是毛泽东，从五十年代到他去世，一直不批准搞三峡工程，他要求的是搞清问题、积极准备，到条件成熟时再建。毛泽东以后，最有权威的是邓小平同志。1984年中国政府已基本上决定要建三峡工程了，但当时有很多人对工程提出各种建议和意见后，正是邓小平建议暂停施工，组织重新论证。这样才有四百一十二位全国一流专家来重新全面研究，这些专家包括搞泥沙的、通航的、环保的、移民的和财经的，各个领域的都有。经过三年多的反复深入研究，四百零三位专家得出一致意见：三峡应上，而且应早上，只有九位专家有不同意见。这样，中国政府才把它提到人大，并以压倒多数的表决通过，有的重复了多少次。请问，这难道是少数领导的好大喜功吗？

女士们、先生们，我是个工程师，不是政治家、演说家。我无意把自己的见解强加给任何人，而只想把自己亲历的事实真相说一说。希望大家理解，中国和美国情况有很大不同，中国现在有百万人民生活在洪水威胁下，随时有倾家荡产和送命的危险。中国的电力非常不足，人均用电量只有美国的二十分之一。中国人民要不要活下去，要不要活得比现在好一点？如果是要的，那我相信各位对三峡工程的必要性会有个比较客观的了解。

同时，我也希望问各位一个简单的问题：各位作为献身事业的土木工程师，有几位在一生中能遇到像建坝三峡这样的跨世纪工程？为什么不来取得这个机会呢？因为你们不可能在美国密西西比河上建这样一个坝，即使你们能找到这样一个工程，也有钱、有技术能建它，我仍怀疑你们能否在生态环境和不同社会组织所提出的无数问题前获得通过。所以，我呼吁美国和其他国家的土木工程师来与我们合作，表示出你们的兴趣，并助我们一臂之力。

接着，潘家铮转身全身心投入到三峡工程紧锣密鼓的建设中，一直到2003年，十年间很少接受媒体采访，仅在大坝合龙的1997年接受过一次简短采访，匆匆回答，匆匆离去。他不能多说，工程一期工程才刚刚结束，大战在即，工程需要他这个工程技术总负责人总揽全局，根本无法分身。

2000年，七十三岁的潘家铮还有一篇影响更广的文章《世纪梦圆与终生遗憾》发表。这是他第一次全面总结三峡工程论证过程和开工建设全过程，文章的最后的落脚点并不在三峡工程，而是关注建设西南水电群，使西南地区形成世界上最大的能源中心的构想。只是，他将之说成是"终生遗憾"。这篇文章与其说是针对某些质疑与责难，莫若视作一位为水电事业奋斗了整整五十年的老工程师个人化的表达。

2003年，三峡工程二期工程结束，一百五十六米水水位蓄水成功，潘家铮才能腾出空来为三峡说话。也恰恰在这个时候，三峡工程发生"裂缝风波"，潘家铮站了出来。

业内许多人都将潘家铮此举称为"挺身而出"，包含了许多感慨在里头。如此大的问题，也只有潘家铮这样有说服力的专家站出来说话，才具有说服力，才可以消弭风波。

潘家铮在2003年，发表关于三峡问题的文章和访谈出现一个密集区间。不算电视台、报纸的短新闻、短消息采访，以及在清华大学等高校和学术机构的学术报告，产生很大影响的有如下四次。

2002年7月，接受中央电视台《大家》栏目采访。

2003年6月，接受中央电视台《面对面》栏目采访。

2003年6月，近万字长文《十年回首话三峡》，此为一个报告稿，以此为题在多个场合介绍三峡工程。

2003年8月，答《神州学人》采访录《三峡工程答疑录》。

2006年，三峡工程三期工程大坝浇到顶，2008年，一百七十五米试验性蓄水和国务院一百七十五米蓄水预验收开始。在这个空档期，潘家铮接受媒体的访谈再现一个小密集区间。

潘家铮答疑解惑，有理有据，有些问题不是说一遍两遍，而是十年八年，达到苦口婆心的地步。从职业角度来讲，他这个三峡工程的技术总负责人站出来，依稀可以看到新安江工地上那位现场设计总工程师的影子，他站出来，难道不是为设计人员、建设人员创造一个良好的舆论环境和建设环境吗？而从他个人修养的角度来看，则体现着一个知识分子勇于担当的精神。

这些都是让人感动的。

甚至反对派那一方说起来，都说潘家铮这个人厉害。

他也有不客气的时候。三峡大坝出现裂缝，潘家铮评论说：新闻应该讲事实。三峡大坝的裂缝为什么如此引人注意？一是三峡工程太重要了，工程太大了，不仅全国人民关心，全世界也很关心，出点问题，世人瞩目。二是裂缝出现在上游坝面。将来三峡水库要蓄水的，如果裂缝继续发展，高压下的水进入裂缝，会发展成为有害裂缝，这是很不利的。三是整个泄洪坝段差不多每个坝块都有裂缝，位置、宽度和长度都很有规律，这就特别引人注意。四是有个别同志不太了解情况，道听途说，做了夸张的宣传，还有一些网站进行恶意的传播。一些外行，还有一些不了解内幕的人就以为裂缝是大得不得了了。我对现在一些媒体的做法有意见，一是套话太多，报纸上很多文章千篇一律，充满套话，一篇几千字的文章，有价值的信息只有几行字，像注水猪肉，水分太多；二是追求轰动效应、经济效益，如有一些实际是广告性质的内容，写得像新闻一样。①

他也有无奈的时候。一期工程还未结束，一位据说是旅居德国的水利工程师发文章揭露：三峡的水库计算有严重错误，实际水力坡度将达到四十二米，淹没移民的人数至少要二百五十万。按照此公的计算，一百七十五米蓄水之后，假设坝前水位为零米，重庆的水位将达到四十米。也就是说，三峡一蓄水到一百七十五米，重庆人就或为鱼鳖。这样一个来自"旅居德国"的水电专家的计算，造成的恐慌就可想而知了。

潘家铮从专业的角度曾做过详细的解释，简言之，水库在蓄水之后，因为回水的原因，会产生一个回水曲线，这就是所谓的水力坡度，但这个坡度不会太大，从坝前到库尾，水力坡度会有，但不至于像别人说得那样玄，至于淹没重庆，那简直是谣言。

但是这个解释又太过专业，来自科学的从容与优雅，与谣言的凶恶和别有用心比起来，简直就是秀才遇到兵，就是卖刀的杨志遇到了"泼皮牛二"。在三峡工程首期蓄水之后，三峡库区将淹没重庆的谣言甚嚣尘上，一些专家学者不得不站出来，跟网络上只见其影、不见其形的"泼皮牛二"式人物论战。水电工程学会副秘书长张博庭写过数篇文章来驳斥这位旅德专家的谬论，但是网络和舆论已呈一边倒态势。

潘家铮打电话给张博庭：这是一个什么专家，怎么连水库的库容计算都不懂？

这样的谣言纠缠着三峡工程将近十年，但潘家铮每一次都要无奈地解释一番，也解释了十年，中间还断不了一些人的刁难与质问。但他还必须做出解释。

直到2010年一百七十五米试验性蓄水成功，实测重庆寸滩水文站的水位为一百七十六米左右，也就是说，水力坡度不过一米左右，与初期论证的结论相差无几。蓄水之后，重庆的水位没有涨四十米，谣言止于事实，自然缩头缩脑不再兴风作浪。

2008年1月2日，潘家铮应香港《财经文摘》记者齐介仑之请，就三峡

①《石壁立西江——中国三峡工程决策建设实录》，张立先著，长江出版社2010年版，第373页。

工程问题做了一次访谈。这是潘家铮生前做的关于三峡工程问题比较全面的一个访谈。

齐介仑所提的问题，与内地记者提的问题相比要相对直接一些，都是关于三峡问题最敏感的一些话题。诸如蓄水之后的滑坡、支流水华污染、珍稀鱼类保护、投入与产出等等，每一个问题，在海外，在网络上，在公众中间都很热，也是三峡工程被污名化、被妖魔化的重要证据。事实到底如何？情况是不是像传说中的那样严重？潘家铮对公众的误解与传言一一解答和澄清。

这个访谈更像是一次促膝谈心。访谈在发表的时候，记者在文章前面有一段采访手记，记录下这位八十一岁的老人接受采访时的情景：

> 这是一个宽大而明亮的办公室，身材不高且步履略显蹒跚的潘家铮头发业已斑白。他一身便装，操一口江南口音的普通话，一副明亮的方框眼镜，双手似乎有些颤抖。
>
> 近两个小时的交流，潘家铮滴水未进。记者几次将茶水送到他手中，都被婉拒。谈媒体，谈得失，谈三峡争议，谈中国水利，潘家铮言辞温婉，字斟句酌，言及利害之处谨慎而机敏。

齐介仑在这一次采访中，抛给潘家铮一个外人看来很难回答的问题：早在三峡大坝上马存争议阶段，便有人指出，长江三峡与黄河三门峡有颇多相似性。对于三峡与三门峡具备类似命运的说法，您怎么看？对于黄万里与李锐的观点，您怎么点评？

其实，这对潘家铮来说，是一个老问题，他也不知道回答了多少次。三门峡工程与新安江工程几乎是同时开工建设的国家大工程，他在院士科普书系《千秋功罪话水坝》里独辟一节，专门来介绍三门峡的得与失，经验与教训。

三峡工程论证过程中，三峡工程会不会变成"第二个三门峡"？一直是争议的聚焦点。之所以将三门峡工程作为三峡工程的一个参照，就是因为泥沙问题。

今天，三峡成库，泥沙问题到底如何呢？

潘家铮回答说，三门峡跟三峡，名字里确实都有一个"三"，也都有一个"峡"，而且都是修在大江大河上的大坝，除了这些相似之外，我认为没有其他相似的地方。

首先，三门峡是修在黄河上，三峡修在长江上。每年进入黄河的泥沙十六亿吨，而进入三峡库区的泥沙，每年只有五亿吨，现在实际上只有两亿吨；黄河每年的流量是几百亿立方米；而通过三峡的长江水流量，每年是四千五百亿立方米，到河口的有九千五百亿立方米。

另外，三门峡的蓄水能力非常低，最大只能到每秒五六千立方米的流量，而三峡大坝建成以后，蓄水能力非常强，最大流量可达到三万立方米每秒。三门峡水库上游有个地方叫作潼关，好像一个喉咙口，这个喉头变得很宽，有二三十公里，很宽的一个大肚子。三峡上游的河道，是比较窄的河道，六百多公里的水库，平均宽只有两公里，所以我们仍然称为河道，是河道里面的水库，特别是，三门峡修建在上世纪五十年代，那个时候科技水平很低，许多问题都没有考虑清楚。

三峡电站是上世纪九十年代开始建的，科技水平已经不是当年可比的。通过严格的科学论证、风险计算、规划设计，按照科学的原则，三峡水库实现逐步蓄水。每年到了汛期，就把水位降到很低，过汛后再把水位蓄起来。这两个工程可以说没有任何相似之处。

关于黄万里先生，潘家铮早在2003年回答《中国青年报》记者提问时就已经表达过。但黄万里先生早在2001年就已作古。潘家铮对黄万里先生的评价不变。

当年国家要修三门峡，他认为不合适，有不同意见。结果对他的意见不但没有采纳，而且对他进行了迫害，政治上的迫害，最后证明他是对的。

周恩来总理讲过："事实证明，他是对的，我们错了。"所以，对于黄万里先生，第一，我们非常敬佩他；第二，对他的这个命运，很同情，这么正直的知识分子，提了意见，反而受迫害。

但是，这并不意味着黄先生讲的每一句话都是对的、都是正确的。黄万里先生反对修建三峡工程，主要是怕三峡工程走三门峡的老路，建起来以后很快就淤积了，影响到上游的重庆，这个后果不堪设想。

现在黄先生已经作古了，我不在这里多说什么，但是我就想说一句：他的许多看法，许多数据，并不符合实际情况。他光是看到三峡跟三门峡有相似的这一面，没有仔细了解我们是怎么设计的，没有特别研究三峡跟三门峡有什么不一样的地方，这个他不清楚。

譬如他说三峡水库的泥沙，其中很大一部分要进入水库，水是冲不动的，所以三峡水库很快就会淤积。他的论据、判断，都跟事实完全不相符。我也只能讲到这里为止，因为人已经作古了。

面对具体的技术问题，不管多么敏感多么棘手的问题，潘家铮总能坦然而心平气和地予以回答，让人想起1993年他在旧金山对美国工程界的那一次报告，他说他是一个工程师，不是政治家，不是演说家，这话发自肺腑。

但是三峡问题真是太不单纯了，人们习惯于将黄万里视作敢说真话，体现着一个学者独立思考与独立人格的典型，是水利界马寅初、陈寅恪式的悲剧人物①，从而对潘家铮等支持三峡工程的专家学者的"学术品格"和"科学品格"一再提出质疑。只是潘家铮的文字鲜少为自己辩解，因为反对派中，黄万里先生也好，陆钦侃先生也好，甚至包括潘家铮的第一个上级徐洽时先生，他们的反对意见，至少还在科学与技术讨论的范畴之内，潘家铮愿意坐下来一一探讨。而其他，则早已经溢出了这个范畴，他不愿意说。

潘家铮以工程师自许，的确，工程师职责范围之外的事情究竟太不擅长了。

与李锐

一个科学家的痛苦与孤独常常在于他在探索未知世界终极确定性之前，但不可否认，作为肉躯的凡人，也少不了世俗的烦恼。

与李锐之间的关系便是其一。或者说，与李锐之间的关系，是潘家铮诸多世俗烦恼中最具典型的一件。不妨一说。

————————————

① 《追寻黄万里·代序》，赵诚编著，书海出版社2004年版。

从内心来讲，潘家铮对李锐的才华与人品甚是服膺。对李锐的钦佩与崇敬之情，到晚年也没有改变。潘家铮在他的回忆录里，专门辟一节叙述他跟李锐之间的关系，即《我所知道的李锐》。

他对李锐的溢美之词多多，且录几条。

李锐是位延安干部，长得仪表堂堂，有一副好口才，做报告不需要讲稿可以发挥半天，说得你口服心服。他笔底功夫更是了得，下笔千言，倚马可待，起承转合，曲尽其妙。连毛主席也赞其为党内秀才，钦点为"兼职秘书"。他还写得一手好字，喜书识画，能吟诗填词，诗风与朱德、陈毅老帅辈佳作相类：大体合律又不受格律所限，纵横发挥、淋漓尽致。没有他的经历与才气断难写出，我称之为"老干部体"。

李锐思想敏锐、开放，有时"超越时代"，又秉性耿直，披沥直言，也不轻易改变主见……

李锐从延安出来，先随陈云去东北工作，新中国成立后回湖南省委任职，旋即调任燃料工业部水电总局局长，从此一头栽了进去，毕生为水电事业呕心沥血。他上任后走遍了山山川川，创建了八大设计院、十多所工程局和科研院所。他组织查勘全国水力资源、开展江河开发规划、促进一大批水电站开工建设。他声嘶力竭呼吁电力要"水主火辅"……李锐的名字和中国的水电事业是铸在一起的，不愧是开辟水电前途的头号元勋。

李锐一生著述丰富，除有关水电开发的论著外，更多党内斗争的实录以及诗词散文。不论其内容是否完全正确，在今后研究党史、水电史时，这是不可或缺的史料。

李锐在家庭生活中也饱受折磨。在那政治挂帅的年头，一个人坠入政治深渊从而引起夫妻离异、家庭破碎倒是常事，但像李锐那样备受炼狱之苦的实少其四。像他那样饱经政治及家庭双重折磨而仍能坚韧不拔、不易其志的，确实是个豪杰。①

说起李锐来，潘家铮毫不吝惜自己的溢美之词。

1979年2月，平反之后的李锐被任命为水利电力部副部长、国家能源委员会副主任。此时，潘家铮已经正式调京，担任水利电力部规划总院副总工程师，后任总工程师。李锐在1982年离开水电部调任中央组织部副部长。

李锐复出，不说1959年前后因为跟李锐沾边受到批判，就是作为一个老部下，潘家铮闻听消息之后当然很高兴。应该讲，潘家铮是李锐复出到水电部之后不多的几个故人之一，两个人有了往来。李锐是行政领导，潘家铮是业务骨干，在工作上来往肯定不少。潘家铮当初写小说，在女儿那里受挫，不服气，径直找李锐向杂志社推荐。可见当年的老上级与老部下之间的关系，说不上往来稠密，至少有许多亲切感在里头。

1980年，李锐的诗集《龙胆紫集》由湖南文艺出版社出版，在社会上引起很大反响。龙胆紫，就是紫药水，这部诗集里的全部古体诗，是李锐在狱中蘸着紫药水写在书籍的空行里，故名。

《龙胆紫集》出版，李锐赠送潘家铮一册。潘家铮读罢一集龙胆紫，夜不成寐，连写四首绝句寄给作者。

> 冰雪胸怀铁石肠，寄豪异墨著文章。
> 平生不揾英雄泪，化作新诗字字香。

> 雨洗苍松百尺条，残柯脱尽战狂飙。
> 笑它多少堤边柳，只解临风舞细腰。

> 誓为苍生献此身，敢探虎穴犯龙鳞。
> 千磨百劫等闲过，重茁人寰满眼春。

---

① 《春梦秋云录——浮生散记》，中国水利水电出版社2000年版，第386页。《春梦秋云录》2000年再版时，经作者修订收入《世纪梦圆与终生遗憾》一文，后附录谈到与李锐之间的交往。

披荆斩棘忆当年，踏遍名山与大川。

恰喜豪情更胜昔，安排河岳换新天。

后来，潘家铮读到李锐的《六十自寿》，此诗凡四首，第一首为：

风云变幻着鞭先，回首沧桑六十年。

东抹西涂饶少壮，南奔北走斩河川。

生涯岂料逢虚席，逆境常因好妄言。

四害一除天下治，余生可望不吟闲。[1]

潘家铮读到"余生可望不吟闲"句，感同身受，非常感慨。遂填《金缕曲》作为读后感寄给李锐。

缚虎擒龙手。是谁教、错金缕玉，神针刺绣？

大别烟波乌苏月，一串骊珠牵就。

浑不惧狂飙卷吼。

最是高天寒不测，恨年华虚掷莫须有。

三复读，泪痕透。

廿年沉狱从头剖。喜归来劫波历尽，壮怀如旧。

整顿河山裁新句，笔底风云驰骤。

仿佛是苏辛前后。

引吭高歌千万阕，看繁花似锦春光秀。

公试酌，是耶否？

李锐很赞赏潘家铮的这阕《金缕曲》，读后推荐到《读书》杂志发表。潘家铮还记得，《金缕曲》发表之后，还收到过四元稿费。

这阕词填得甚工，尤其"最是高天寒不测，恨年华虚掷莫须有"句，

---

① 《龙胆紫集续编》，湖南文艺出版社1995年版，第198页。

既是写李锐廿年沉狱之冤情，也可视作作者的自况。后来，中国工程院院士、著名医学家秦伯益在跟潘家铮交流的时候，非常赞赏这两句，认为写尽了在非正常政治环境下，一个科技人员虚掷年华而又无可奈何的苦况。

秦伯益可谓是潘家铮的知音。据中国工程院前秘书长常平讲，两个人相识于中国工程院院士大会上，会议间隙，两人寒暄，秦伯益滔滔背出潘家铮写的诗句，潘家铮大惊。两人遂成相契。这是闲话。

李锐比潘家铮整整大出十岁，年龄上相差很多，经历也完全不一样。当年，李锐担任水电总局局长，潘家铮不过是一个刚出校门的小技术员，尽管后来距离拉近，交往也不可能太多，但潘家铮对李锐的钦敬是由衷的，李锐对潘家铮的欣赏也是肯定的。

潘家铮直到1985年才入党，入党之后，还满怀喜悦给老领导写过一封信，李锐复笺：你在事业上头角早露，在政治上大器晚成。其言多所勖勉，充满老上级对老下级的关怀与鼓励。尽管那个时候，潘家铮已经五十七岁，还是中国科学院学部委员，水电部总工程师，但在李锐面前，仍然是一个小字辈。

接着就是三峡工程重新论证。从1957年开始的三峡论争开始，潘家铮一直是同意李锐反对三峡工程态度的。李锐在1987年接受记者采访时曾说：我同意水电部总工程师、三峡工程技术方面负责人潘家铮同志的说法："当年上马的计划脱离国家现实，而且指导思想也不完全正确，大量技术问题都没搞清，甚至还没有认识到，如果那里兴建三峡，恐怕真将成为一场灾难。"[①]

潘家铮在1986年接受采访时这样说，一直到2008年1月接受采访时仍然这样说，从1950年代开始，他是长期赞同李锐关于三峡的观点的。

李锐后来谈到当年的论争，还说起潘家铮的这番话，说潘家铮说的是"良心话"。

两个人虽然在一开始都反对上三峡工程，但潘家铮显然更多的是从技术层面考虑，所以潘家铮说，在三峡工程问题上，"我也长期赞同他的观

① 《论三峡工程的宏观决策》，田方、林发棠等主编，湖南科技出版社1987年版，第19页。

点，只是没有他那么坚决"。不管怎么说，用政治运动的术语来表说，他们两个人的立场是一致的，或者说，是站在同一个立场上的。

接着，是1986年三峡工程的重新论证。两个人观点开始慢慢相左，随着论证工作的深入，作为技术主持人，潘家铮的态度逐渐发生改变，变成三峡工程的支持者，成为"主上派"中很具说服力的人物。用政治运动术语来讲，是完全站在了李锐的对立面。

从此之后，两个人的联系渐稀，除了在业务性质的会议上碰碰面，鲜有往来。两个人心里怎么想？不好猜测，至少在潘家铮这里，他体会不到老上级对他的态度是不可能的，潘家铮这样来描述两个人的关系，"他可能认为我是个叛徒或投机取媚之辈，不予宥谅，那也没有办法"。

从个人感情和对老上级的一贯尊崇上讲，潘家铮不能不感到某种压力。在反对派或者支持反对派的人群中，对潘家铮颇多微词，这一点，潘家铮不是感觉不到，否则也不会说出那番话来。

回到三峡工程上来，老领导坚持三十多年的老看法，实在很难说服潘家铮。这样，李锐对潘家铮就颇有微词，而潘家铮对李锐的某些观点则持批评态度，他在文章里这样说：谈到三峡争论，不能不提到李锐同志，他是数十年如一日的反三峡派的骨干和统帅，没有他，三峡之争绝难如此"波澜壮阔"。

反过来讲，三峡之争，"主上派"如果没有潘家铮这样在科学、技术上深有造诣的科学家的坚持，也绝难如此一波三折，最后柳暗花明。

两个人在三峡问题上意见相左，但是关于三峡问题的争论，潘家铮在文章里还体现了相当的君子之风，提到李锐，尊崇归尊崇，批评归批评，就事论事。

2007年3月6日，潘家铮接受《中国水利水电工程报》记者韩磊采访，接受记者采访有八十分钟，后来二十分钟就是"龙门阵"，潘家铮很喜欢跟年轻人摆"龙门阵"。这样就说到两人共同感兴趣的一些人事。说到李锐，潘家铮还是尊崇归尊崇，批评归批评。

韩磊跟李锐也熟悉，常常登门拜访。也常跟李锐聊起一些旧人旧事，说到潘家铮，微词当然是有的，但李锐告诉韩磊：潘家铮在技术上很厉害，确实是个好样的专家。还说：潘家铮文学功底很深，文笔很不错。这在专业技术干部当中是不多见的。

韩磊采访结束后，读到《春梦秋云录》中潘家铮写李锐的那段文字，知道两个人在二十多年间，彼此对对方都有一个客观、公正的评价。所以他就动念，是不是让两个人在私下里见个面？所谓"渡尽劫波兄弟在，相逢一笑泯恩仇"，这是多么善良的愿望。

于是他征询两位老人的意见。

这还有什么意见？两位老人，李锐已届九十岁，潘家铮年满八十岁，都是有着深厚传统文化训练的老人，即便是有分歧，也是在大问题上的分歧，在对待具体人的时候，还是有相当的君子风度。比如李锐谈起老对手林一山，观点对立是一回事，互相还是很欣赏的。

2007年9月21日，农历的八月初五，快过中秋节了，潘家铮主动前往李锐的寓所拜访。两位见面，如韩磊预想的那样温暖和儒雅，两位中国的"老水电"坐在一起，说了整整两个小时的话。

当时，鲁迅的公子周海婴先生也在座，潘家铮在李宅居然遇到绍兴老乡，当然惊喜，还跟周拉了一些家常。

潘李相会，分歧实际上难以消弭。

其实两个人哪能不明白，意见尽管相左，赞成三峡工程也好，反对三峡工程也好，不论是否带有成见，或有历史恩怨，也不论用词多么尖刻，毕竟还是从国家利益出发的，这是两个人能够重新坐在一起的基础。其实，在三峡工程已经开始建设后，李锐的态度还是有微妙的变化。[①]毕竟是对中国水电发展了如指掌的老部长。

2012年7月13日，潘家铮去世。这一年10月，香港《争鸣》杂志刊登李锐女公子李南央撰写的《我眼中的潘家铮》一文，对潘家铮的"科学品格"提出种种质疑。这篇文章几乎是在第一时间被国内的网友在博客、论坛里转载，不过，题目被冠以"李锐之女李南央谈三峡工程吹鼓手潘家铮院士"。

这些质疑其实还是二十世纪八十年代后期围绕三峡争论的一些极端观点，老调重弹，不必多说。二十世纪八十年代后期，来自反对派一方的极

[①]《石壁立西江——中国三峡工程决策建设实录》，张立先著，长江出版社2010年版，第27章，"三峡走来了李锐老人"。

端观点要比这个厉害得多。倒是这篇文章里传达的两个细节耐人寻味。

一是，文章里谈到李锐对女儿讲过，1979年李锐复出，曾在党支部提出过潘家铮入党的事情。结果支部里所有的人都投了反对票，只有提议者李锐一人赞成。

关于潘家铮入党的事情，钱正英在《春梦秋云录》序言中曾提到过。

潘家铮在1983年主持处理龙羊峡水电站地质问题，肯定建库的可能性，并制定了相应的技术措施。这让已经担任水电部部长的钱正英认识到潘家铮确实是中国第一流的水电专家，而且有着可贵的政治品质。为什么呢？因为在水电界，"摇头容易点头难"，如果对某一措施提出质疑，一般不会冒多大风险，但如果肯定一项措施并付诸实施，就要准备承担一切后果。钱正英讲：对龙羊峡这样事关成败的问题，敢于主持并做出"点头"的结论，是要冒坐牢判刑的风险啊。这不仅要有高度的技术水平，还要有置个人得失于度外的、高度的为人民负责的精神。

这之后，潘家铮再次要求入党。钱正英在查阅了他的入党申请，用了八个字，"历尽坎坷，百折不回"，可见其曲折。钱正英还提到，"'文革'后虽经拨乱反正，但他的入党申请仍被搁置"。直到1985年，由史大桢和娄溥礼介绍，潘家铮才得以入党。史大桢、娄溥礼分别是水电部的电力总工程师和水利总工程师，两位总工程师做另外一名总工程师的入党介绍人，阵容倒很可观。

李南央提到的这一细节，倒印证了钱正英的说法。

拨乱反正后的中国政治气候还不像后来宏大叙事描述的那样，十一届三中全会一召开便春风荡荡，改革开放畅通无阻，知识分子迎来一个"科学的春天"。事实是，春天到来之后，还要反复经过几次"倒春寒"天气。

李锐从五十年代开始就赏识潘家铮，特别关照当年的上海水电勘测设计院尽快解决潘家铮的入党问题，结果潘家铮屡遭批判，没有被划入"李锐反党集团"已属万幸，哪里还敢再提入党？1979年和1980年，虽然拨乱反正，但"左"的阴魂不散，再加上又是李锐提出，入党问题被搁置起来，一位副部长提名一个业务干部入党，遭遇这样尴尬的局面，实际上正是这种"倒春寒"复杂政治气候的反应，拨乱反正刚开始，这还不是潘家铮一个人的遭遇。

还有一个客观情况是，潘家铮刚刚调入水电部才两年时间，许多人难说对他有什么了解，不投票也属正常。当初的年轻人还记得，这个矮小的老头儿，跟人聊天都没有什么"兴奋点"，又没什么嗜好，不抽烟不喝酒，也不看文艺演出和体育比赛，最大的兴趣就是读书。走在路上总是低着头，若有所思，从不主动跟人搭讪，给人一种生分之感。

第二个细节则让人吃惊。李南央文中提到2007年9月21日潘家铮拜会李锐的事情。

2007年9月，我因公出差北京，去看父亲，他笑着递过两页信纸说：看看潘家铮给我写的信。这个人很聪明，1980年以后就不理我了，前几天突然来看我，知道三峡会有问题了，让我不要再说三道四。我的第一反应就是，要为潘家铮"立此存照"，立即用相机拍下了那封信。现在不妨录两段与读者共享。

"三、关于三峡问题，您反对上三峡，人所共知。恕我袭用您对毛主席之评价方式：在五十年代反对上三峡有功（且其功至伟）；在八十年代反对三峡，有些过分，但仍起良好作用；在二十一世纪反对三峡，似可不必，因为副作用。……是以在今后三峡争论中您老可否淡出，某些人士通过反水电，任其表现可也，我们当全力应对之，但实不愿牵涉您老。衷心之言，伏求鉴谅。

您对国事之殷忧，其心可见诸月月（原文如此——作者注），所提民主、法治、科学三目标，我完全同意。但在实施方式上，根据国情和当前形势，窃以为保持稳定仍为先决条件，当前局面来之不易，如再有大动荡，恐将丧失国家富强、民族振兴之最后机会。"

潘家铮致信李锐，应该是拜访之后。李文如何引述私人信件不必作过度解释，单是引述的两条，至少证明那一次拜会实在是没有消弭两人之间的分歧。令人称奇的是，两位老人，一位九十岁，一位八十岁，仍然还是那股劲头，一个强项如昨，一个百折不回，一个寸步不让，一个恳切直谏，读来倒不觉得可笑，反而肃然起敬。

李文用一句话总结李锐与潘家铮之间的关系：道不同，不相谋。

不相谋，道难道真的不同？

潘家铮写道：我们虽然在三峡问题上有些歧见，但想开发西南水电宝库的目标是完全一致的，只可惜我们怕是看不到这一天了。

《潘家铮传》，中国电力出版社2016年版

评鉴与感悟 ——

我知道，《潘家铮传》这本书，创作历时三年，有精确的考证。无论是潘家铮成长的历史，还是生活的环境，描述真切，活灵活现。既有步步为营的求证，也有天马行空的想象，通过这部素材丰富的传记，潘家铮精彩的人生历历如在目前。一代科学家的命运沉浮，甚至是他的内心世界，都写得血肉丰满。甚至可以说，中国的水利发展史，甚至是近代以来普通国人在大环境的抗争，改革开放以来中国人自强不息的生动实践，都得到了动人呈现。本文截取潘家铮晚年部分，可以想象一代学人是怎样走过属于他的时代。

等待沉陷的村庄

/高定存

腰庄乡地处黄河东岸，境内二十个村庄，地下无处不是煤。这年头有煤便难得安宁。二十世纪九十年代，国家催着"有水快流"，全乡上下齐动手，一夜之间，老鼠打洞一般挖开三十七个小煤窑，各村大小墙面都写上了"要想富，挖煤养猪栽果树"。然而尚未及富，又一轮新政策过来，资源整合，满地小煤窑被四家国有大矿悉数整去。一番改造之后，四家煤矿便饿虎吃食般遁地而来，挖得一个腰庄乡地动山摇。有五个村房屋倒塌，得整村搬迁；又有五个村山头开裂，土地沉陷；还有四个村与煤矿拖着资源整合纠纷。屈指数来，全乡只剩六个村暂且无恙。最早塌陷的村庄已进入第六个年头，新村依旧还是一张美好的蓝图。煤矿发租金，村民四处租房住，过着流离失所的生活。昔日煤炭之乡成了上访之乡，到县、市、省的自不必说，上北京访过的也有七个村子。乡干部常年为维稳奔走不歇，形同救火。

按照县四套班子成员包乡镇的安排，我包腰庄乡。2015年4月21日，县委办公室又来电话，让即刻赶往信访局，腰庄乡又有人群在上访。

来到信访局大院，但见人群挨挨挤挤形同赶会，楼道里更是挤得要侧身而行。今天是县委书记接访日，来访的人格外多。

信访局长从人群中推开一条缝，把我引入接访室。书记正在接待腰庄乡徐家沟村的三位代表。接待室只十五平方米，书记之外，还有腰庄乡张平书记和信访局两名工作人员，桌椅板凳摆下来，显得有些拥挤。

　　三个村民你三句我五句轮着说，书记一边听，一边做记录。徐家沟我去过，是藏在黄土高原皱褶里的一个小山村，七十一户，二百一十二口人，距离腰庄乡政府十里地。村庄少半个坐落在泰山煤矿井田上，多半个坐落在望田煤矿井田上。两家煤矿从前年开始，由南北两面向村庄包抄开采，村周围土地全部塌陷，五口水井彻底干枯，山坡上的树木坐滑梯一般出溜到了沟底，上百亩沟坝地变成了高低不平的旱地。村尾十四户人家的窑洞被泰山矿采塌，做了赔偿搬迁，总花费六百来万，每户平均分得四十余万元。余下五十七户人家在望田矿的井田上，望田矿绕着村庄采，把村庄悬成一个孤岛，却又悬而不决。村民说孤岛上无法生存，要求和村尾十四户那样赔偿搬迁。但望田煤矿说村庄底下暂不开采，村庄也未塌陷，不给搬迁。村民与煤矿无法对话，只好找政府解决。去年上访到北京三次，省城四次，市里四次，县里不计其数。

　　到冬天，县里和望田煤矿协商，决定给孤岛上的57户人家发放租房费。消息传来，一夜之间，村里连十几年不住人的土窑洞也都收拾干净，糊上了崭新的窗纸。不是庆贺，是租房费按照现居住房屋来发放，每孔窑洞每年两千元。全村五十七户人家，点出一百一十眼窑洞，每年租房费二十二万元，平均每户每年三千八百元。

　　领到租房费后，徐家沟的人趁胜前进，从4月初开始，每天八点半准时到县政府楼前的国旗下聚集，如同一群守旗战士。聚到二十多人后，便进楼寻找领导，已连续坚持半个来月。

　　听罢村民诉说，书记安排我来处理此事。我没有犹豫，赶紧应承下来。不是事情不复杂，也不是我有金刚钻敢揽这个瓷器活，实在是情势所迫，事不由人了。

　　接访室在一楼，楼道里排着队，信访局两个年轻人维持着秩序。接访室朝院的窗子开着，窗上探着一溜人头朝里观看，和坐在屋里也差不多。反正信访没秘密，信访局的人也顾不来这些。

　　徐家沟的人说完，刚拉开门缝要走，比挤地铁还敏捷，外面几个人已经抢了进来。我来到院子里，看见人群从院里散到大街上，泱泱漫漫，大约不下三百，看得让人发愁。

我和张平先到土地局走一遭。等返回政协办公室时，徐家沟的二十多人已经在等着我。我只好说，这事也急不得，容我了解情况以后咱再商量。

4月22日，县委书记带领分管煤炭的副县长和煤管局、土地局、信访局、腰庄乡张平书记、赵乡长和我，分别走访望田和泰山两家煤矿。路上我问信访局长，书记昨天接访到几点？局长说，一共接待十八批，中午两点十分结束。

煤矿都不算小，望田矿年产一百二十万吨，泰山矿年产二百四十万吨。两家都有气势非凡的办公楼、宿舍楼和广场，展示着前些年煤炭兴盛时的辉煌。办公楼结构宏大，内部干净舒适，远远超过了县政府的办公楼，甚至也超过了市政府的办公楼。但眼下，两家煤矿都风雨飘摇，大厦将倾。望田矿吨煤成本一百四十五元，售价一百二十元，第一季度亏损一千万。泰山矿配套有洗煤厂，洗出来吨煤成本一百八十八元，售价一百四十一元，第一季度亏损两千万。两家煤矿工人工资大幅降低，资金越转越紧，随时都有断链子休克的危险。

听过两家煤矿介绍，我想象煤价四百元时他们该何等风光，塌陷村庄那时没有搬迁，现在泥菩萨过河，还能有几分力气来管旧账？现实让人无限悲观。

4月23日，也就是接待上访后的第三天，我和腰庄乡张平书记以及两名乡干部到徐家沟村去。村民有三分之二在县城居住，先发通知让他们往回返，我们十点进村。

进村原是水泥路，采煤山体滑坡掩埋了一段。前一天望田矿派装载机推了一番，但也没有寻到原来的水泥路面，乡政府的破越野车勉强可以通过。路边，一棵粗壮的海红树，估计有六七十年树龄了，头朝下倒挂在滑落的土坡上，根须裸露在阳光下，但却还开着一树白花，浓艳如雪，这生命中的最后绽放，让人触目惊心。

徐家沟村如其名，在一条南北走向的土沟里。人家沿东面山脚一溜排开，前后三里多长，全是依山就势掏出的土窑洞，大多用砖或石头接了口子。上世纪打起的淤地坝将村前的土沟淤成了二百多亩坝地，地里有些油松树苗，生机勃勃，翠色逼人。这个村子我去年来过两次，看过一些塌陷地方，只是没有和村上打招呼，知道的人不多。

十几个村民等在村口，我们就近来到支书家的院子里。三孔土窑洞，几株榆树杏树，却进不了门。支书一家在县城居住，两口子回来时未带钥匙。支书女人说，长期不住人，即便开了门里面也阴得坐不住。几个村民说，那就在院里开会吧，凉凉快快。另几个说，院里坐下没收拦，不像个坛场。几个人又思索一番，叫出一个人的名字，说到他家去吧，大家都说好。支书女人就说，你看看，好大一个村子，现在弄得连一个能坐人开会的家也没有了。

一群人离开支书家往后走，对面阴坡底下有人正从地窖里往外取山药。一个人便朝那面喊，捡些正好大小的烧上，招待客人。对面一个老汉大声回答，行哩，就在这坝地里头烧吧。

来到大伙选定的这一家，也是接口子土窑，也有几株老榆树。刚在院子里站下，走过来一个老太太，有几分惊喜地说，咱是桥头一个村的，你认得我不了？他乡遇见同村人，也算稀罕，但我根本想不起她是谁。老太太热情地说，你在村里当副支书时候，领着我们修地，冬天掏土，你到崖上头去看缝子，就跌下来了，吓人一跳。她说的是我十九岁时的事情，过去快四十年了，其时老太太应该还是一个花朵般的姑娘，而现在已成了一位标准的老奶奶，除非有孙大圣的火眼金睛，实在认不出来。

等一阵，村民陆续走来，一起回屋里坐下。土窑洞靠后墙一盘土炕，地下一个灶台，一顶躺柜，一个吃饭圆桌。张平从去年开始，为维稳常来这个村，村民都已熟悉。他如同回到自己家中，脱鞋上炕，稳派大坐，展开了他的小活页本。本子上写满各种问题，而且多数似乎无解，用他自己的话说，全是一些癌症。另两个乡干部坐在炕沿上，我坐在圆桌旁边。

等人的时候，张平介绍了我，大家就称呼我为主席。支书女人伶伶俐俐地说，主席一看就是个实在人，平易近人，和我们老百姓合得来，我们村的问题就全凭主席来解决了。我笑着说这是先送高帽子，再加压力。一家人都笑起来。又进来一个老汉，一看就是半辈子不出门那一种，他伸过头来看我两眼，然后退开一步说，你是县长？我说不是县长，是政协的。他说那你主事呀不？万一你不主事也不怕，回去反映。其他村民大概觉得老汉说我不主事有失礼貌，七嘴八舌就把老汉数落了几句，老汉不吭声了。我安慰老汉说，你说得对着哩，主不了事能反映。

人到齐，一共十九位，其中六名妇女。张平主持，说今天开座谈会，大家有什么话放开说。

张平说完后，众人短暂沉默，互相看一圈，然后推举说，家有主，村有头，支书主任说吧。支书叫张三占，五十岁，看上去显年轻一些，在县城居住已经多年，穿着打扮干干净净，像一个机关干部。上访他不出现，他的女人是骨干。支书说得简单，说政府已经查看过多次，村子确实无法居住了，村民上访不是无理取闹，等一会主席出去看看就清楚。

村主任是养大车的，身粗体壮，成天拉煤，脸上有一些煤印子。他说得直截了当，地塌了，水没了，路断了，村民的想法是像后村十四户那样，整体搬迁，不搬迁难以安然。接下来六个村民发言，意思相同，村子困在一个无水、周边地陷、道路不通的孤岛上，没法生存，后村十四户人家搬迁，每户领了五六十万，我们也要搬。

正说着，突然院子里有人喊，赶紧到后沟扶拖拉机吧，拖拉机翻了。随即跑进来一个人，说谁谁家新买的小四轮去耕地，轮子压到塌缝里面，侧翻了，人没事。大家一听人没事，就说不着急，开完会再去扶吧。大家由小四轮侧翻说到土地塌陷的危险，说村里谁谁放的一群羊，去年冬天有两只滑落到了塌缝中，只听见羊叫，看不见羊影子，更不敢下去救，两只羊转眼就丢了。

说完羊，支书女人说，我说吧。她说话还是上访时那样快节奏：原来我家也有二十亩地，现在塌得只剩下五亩了。日子过不了，就得找政府。三占不让我去，张书记说我们拆捣得他干不成，我们不是为难你们。我跟上三占没饭吃，跟上张书记进不了财政。去年村里上过北京，走北京我不支持，走县上，我非去不可。再不解决，上北京也是有可能的。"官逼民反"，坐房子也不怕。我们村和张书记关系不错，但为了集体，私说私，公说公，还得对着干。三占不让我们去上访，他这个支书，当得了当，当不了滚蛋。后村人家搬迁我们不眼红，我们只是为我们自己。

最后一个老汉说得慢慢悠悠，扎扎实实。说村前原来一沟坝地，五眼井，都通着电，家家都有潜水泵，要吃水，要浇地，提上水泵管子下去一插电就好，满沟蔬菜绿茵茵。现在四面山梁塌了不说，一沟好地浇不上水，连地也塌得七高八低，没法种了。农民上访是要生活，不是反政府。

说了大约一小时，众人说，意思说清楚了，出去看看吧。他们相信，事实比语言更具力量。我觉得，就眼前来讲，给村民连芝麻大的问题也解决不了，只能是尽心竭力，听他们的意见，满足他们诉说的要求。走时我已经做好准备，村民说多久我就听多久，村民领到哪里我就看到哪里，直到他们不说了，没地方看了方罢。开会时间没有我预想的长。

出来院里，几个人说，我们去扶拖拉机，你们陪着主席去看地。大家商量说，坐车也能转到山顶上，但走着看得更真切。我赶紧说，咱们走着去，不坐车。

下来沟坝里，烧山药老汉喊道，山药烧熟了，吃了走吧，放过时就不好吃了。大家就说，吃了走吧。走过来，只见老汉拿着一面铁筛，把烧熟的黑焦皮山药放在铁筛里来回筛动，山药互相碰撞摩擦，渐渐就露出了金黄色。我也吃过很多回野地烧山药，用铁筛还是第一次见到。有人拿来一把葱，大家捡起烧山药，就着生葱吃起来。烧山药老汉指着旁边一堆玉米芯对我说，这是用玉茭子芯烧的，蒿柴烧出来更好吃，只是我手脚不利索，掏不下蒿柴来。我说很好了，很好了。

四个烧山药吃过，精神倍增。先沿一条黄土小路往村西面的山梁上爬。走到山脚下，有一户人家在坝里盖房子。房主人好像认识我，先向我打招呼，我说你这是盖房哩？他说是啊，好大一所院子全塌了，塌得没有居存处了，只得在这边边上盖一个吧！上山这些村民只管走路，没有一个人吭声。再往上走一段，我身后一个妇女愤愤地说，得了一百多万，还说塌了；在坝里头盖房，还说是边边上，好处你全得了还装可怜哩！原来这是泰山煤矿安置了那十四户里的一家，传说得款近百万，人们已经很眼热了，他还经常在县乡干部面前装可怜，村里人很不忿。

上山的黄土小路很陡，村主任走前，我走第二，身后跟着一串人。路两边的小草已经探出了头，正是万物萌发的季节。走到半山腰，一群人站住往下看。左右两面山坡早已塌得稀里糊涂，好多海红树、杏树出溜到了山脚下，命大的还活着，命弱的已经干枯。一个妇女走到我跟前，指着一片地说，那是她家的，全部滑到沟里了。

看罢左右两面坡，一行人再低头弯腰往上走。接近山顶时，坡势缓下来，有了梯田。但梯田高低错位，有些落差能高过房檐。有些看似还平整，但也遍地裂缝，碎刀子划过一般。牛和拖拉机根本无法进入，只能人进去小心掏着点种。正走着，突然我一个趔趄，左脚陷进了一个暗缝里面，好在不深，只陷到脚脖子。后面的人就笑起来，说小心点，这闪人坑有很多。一个妇女说，那天她踏空陷到大腿处，拔出腿，好半天掏不上鞋来。

这时候，蓝天上过来两架飞机，一个妇女仰起脸说，看，飞机来了，给咱看地来了。一个后生笑道，想得不赖，你坐下等着吧，飞机还要给咱往下扔饼干牛奶哩！一个乡干部说，五寨飞机场最近又用上了，这是在训练飞行员。

再往前走，我又两次踏空，不得不小心起来。路过一个大滑坡，村里人指着坡上一道深不见底的大裂缝说，两只羊就掉进这里面去了。

又走几步，来到一棵好大的海红树下，满树白花开得正盛，花香扑鼻而来。我站在树下有些舍不得离开。一个村民说，这是老支书的树，他在后面走着，咱等一等。这正合我意，就站在树下吸花香，等老支书。一会儿老支书上来，拄着拐杖，已走得上气不接下气，歇了几分钟才开口说话。说这是他的树，外面坡上还有不少，都已经滑到沟下去了，长这样一棵树很不容易，太可惜了。

整个西山梁仿佛经历了一场地震，不牢靠的山崖、平台、土坡全出现了垮落，没有垮落的，也满身裂缝，宛若碎纹青花瓷。越看，越觉得村民上访有道理，这样的现实，谁也难以接受。

快到山顶处，一大片开裂的梯田里面，有几十间倒塌了的新房子，我一看那黄泥砌的墙，就知道这也是"搬迁房"。村里几个人掩饰说，山下要塌了，原想搬上山来住，刚修开就不能了。一名乡干部笑着说，看看你这是什么墙。另一个后生说，我们村总共就修了这一点，两千来平方米，看看人家某某村，搬迁房修了六万多平方米，比旧房子还多。说话之间，已经走过了那一片倒塌的房子，人们也丢开了这个话题。

所谓"搬迁房"，是村民们造出来的一个词。前些年一些村庄得知煤矿采过来，村庄会搬迁，就在塌陷前抢着盖房。有的盖在街上，有的盖在自家院子里，为的是增加搬迁面积。所盖房子黄泥砌墙，细钢筋次水泥过顶，勉强大风刮不倒，有些甚至连模具也不敢拆。这种房根本不能住人，专为搬迁而建。县上称其为"抢修房"，村民大概嫌"抢"字难听，称其为"搬迁房"。搬迁房建起来后，为真正的搬迁凭空增加了很多麻烦。头疼之余，各煤矿都把采掘计划当作绝对机密，很多地方都是突然塌陷，随后县里赶来收拾残局。徐家沟村民也想抢建，刚一动手，山就塌了。

最后来到山顶，站在这里，对面山脚下的村庄以及四周情形一目了然。各家土窑洞前面，都是榆树、槐树、杏树、枣树，东西两面山坡上是海红树、海棠树。正值花开，似乎能闻到一种轻灵的花香味，大概是不远处那两株海红树飘过来的。一沟坝地展在村前，宛若一个小米粮川。如果没有煤矿采煤，村庄偏僻安静，人们日出而作，日落而息，无争无怨，真有些桃花源的意境。

村主任站到我身边，指点着说，你看看，最后几户人家离那道滑坡也就一百来米吧？最前面人家离塌了的山也就二百米吧？村子四面全采空了，就剩下鞋底子大这一片没有采，一块豆腐用刀子割开，放一阵子豆腐还要变形，这样大的山和沟，采成这样，还说对房屋没影响？这是农民不值钱，换给值钱人，哪里还敢睡觉？换个位置，假若是我们农民掏土龙骨，把煤矿大楼附近一百米处的山挖塌了，给你戴一顶破坏帽子正好大小，坐几年禁闭是买稳的。村主任关于鞋底子的比喻真是绝妙，他们村的地形也真就像一个鞋底子。听过主任一番话，我想一想，真要是农民挖什么东西，挖到离工厂离机关一百米的地方，戴一顶什么帽子还真是买稳的。

我们身旁是一片坟地，几座坟头满是裂缝，如同几个开花大馒头供放在那里。无坟头的地面则满是裂缝，如同湖底淤泥干裂破碎，但要深许多，人难以下脚。坟地的主人也跟来了，他打量一回祖坟上那横七竖八的裂缝，气鼓鼓地说：你们看看，塌成这个样子，这还能埋成个人了？一群人哄然大笑起来。这里乡下人形容某件事办不成，经常说，算了吧，埋不成这个人了。现在真的是埋不成人了。

看完梁上，我们返下来看沟底坝地。原来平展展的坝地，如今宛若黄河奔腾，波浪起伏，高处与低处相差能有一人多。最前面的坝梁也曾经塌下一个缺口，望田煤矿给进行了整修。坝里面有几个窟窿，一眼看见去年有洪水从这窟窿漏下去了，我问这水是穿坝底到坝外了，还是漏到煤矿里去了？两个村民说，是漏到煤矿里了，也不是煤矿，巷道已经全塌了，是漏到下面塌陷的乱山里去了。

全部看完，返回开会的地方吃饭。院里停着那台负伤归来的新小四轮，却已经是灰头土脸，烟筒和空气滤清器也不知丢落到了何处。一个正在做饭的妇女说，真是悬了，如果上面坐着两个人就有可能压住一个，真是悬了。

饭是凉河捞，山药蒸熟搓烂，拌上山药淀粉，再蒸熟，用河捞床压成河捞，再蘸着山药臊子来吃，整个全是山药。

吃饭时候，一名乡干部问支书女人，你为何不上山？支书女人说，我忙着给你们做饭哩！乡干部笑说，你是嫌往鞋里灌土了。支书女人笑起来，说有几个上去就行了，看地又不是去修地。

一个做饭的妇女对我说，前天上访，高主席共说了两句话。我惊奇地问，你前天不在现场怎知道？几个女人笑起来。一个乡干部说，人家这村有一个微信群，全村人要搞什么行动，只在群里说两句就都知道了，有时候人们还在群里讨论行动方案哩！前天你和书记接访时的录音，如今也在群里放着，大家都能听得到！我更为吃惊。这就是说，前天我们和村民谈话的时候，村民已经在录音了。县委书记知道不知道，反正我是丝毫没有察觉。早就听一些乡干部说，现在村民上访或者打电话，经常录音，说话可得小心。被人暗中录音，在我还是第一次遇到。我向支书女人说，打开你的微信让我听听录音。她说这沟里没信号，听不成，有几张相片你看看，是放在微信群里的。她把手机送到我眼前，里面有通村路被滑坡埋住的照片，有村里几十个人站在县政府楼门前的照片。

另一名乡干部说，这村一个后生，三年前就把张平书记办公室的摆设拍成照片，放到了贴吧里。书记办公桌上有个"一帆风顺"摆件，照片说明是："这是一个什么怪物？"书记文件柜里有一些书，照片说明是："假装有文化。"后来村里人发现张书记是一个能办实事的人，就数落了一顿那后生，再不给张书记出麻烦，也不给张书记录音。

我问支书女人，今天上午开会，你们给我录音没有？支书女人连说，没有，没有，你是来给我们办事的，哪能给你录音。再说了，我们录音不是要给谁找毛病，是要看领导如何给我们解决问题。但我知道，村民录音大概已录顺手，十几个人来开会，不定有谁自觉不自觉就按开了录音键。

不过我同情这些村民，觉得他们上访也合情合理，所以无论开会还是出去看地，都没有说什么对不住他们的话，但也没敢许诺什么。然而这件事给我一个提醒，以后说话，要注意不落把柄，不单是和徐家沟的人，和所有来要求解决问题的人都得这样。有些话离开当时的语境，放到网上可以解释出许多歧义，惹来无尽的麻烦。

吃完饭，我问村民还有什么要说的要看的？他们说，没有看的了，我们的事你一定要出大力啊！我笑着说，出大力，流大汗，尽我所能。我们告辞，一个老汉特意充任交通指挥，把我们的破越野车从院里小路送到沟里大路上才挥手告辞。

返回途中，我心中越发沉甸甸的。再次路过那一株倒挂在黄土坡上的海红树，我让停车，特意照了两张相。我觉得，徐家沟村也好似这株开满鲜花的海红树，虽然花还依旧在开着，但倒挂在这干黄土坡上，连这个夏天也过不去了。全县还有不少村庄，都如同这株海红树，倒挂在黄土坡上，根须裸露，正在慢慢枯萎。

腰庄乡乃至整个保德县坐落在河东煤田之上，煤有三层，当前开采的是最上一层，号称八号煤。八号采完以后，还有十号和十三号，还得再采两遍。眼下煤价太低，绕开了村庄房屋，但将来再采十号和十三号，徐家沟势必还得沉陷，躲过初一躲不过十五。

回到乡政府，我和张平坐下来，倒了两杯水，相顾无言。下一步，如何答复群众？现形势下让煤矿出钱搞搬迁，几乎等于要从干石头上榨油。要说服村民继续守在孤岛上过日子，除非能让倒塌了的山梁重新站起来。一头是国企，一头是百姓，县乡政府夹在中间，奈之何？

《山西文学》2016年第4期

文章呈现的是官员接访的一个场景，未必典型，却写出了人们遭遇困境时的心态，底层官员在解决现实问题时的努力。关于乡村的凋敝，有太多乡愁式的书写，过分的抒情，反而遮蔽了真实的问题,堆积成今天泛滥成灾的"回乡体"。这篇《等待沉陷的村庄》看似平实，却呈现了现实中国一角。高定存和那些农民出身类似，他理解他们的挣扎，也知道他们是怎样挣扎着，活下去。

山中读杜

/丁伯刚

一

趁着暮色，两辆车子一前一后划着巨大的弧圈，绕开市区，跑到远远的郊外去爬山。山是平常的山，大片的芭茅丛，间杂一两棵松树、杉树及其他叫不出名的杂树，在迷蒙的冬日里尽显枯萎而萧瑟模样。越往上，光线越昏暗，两旁的山景不停地漫漶、溃散，融成黑乎乎一团，终于把上下四周笼罩。那感觉我们不是爬往山顶，而是向某个深不可测的洞穴缓缓沉落，人随之也有些晕晕乎乎，呈现出一种漂浮状。这么不知漂过多久，车身顿过一下，从车底部传来一阵微微钝响，似乎抵着什么结实的东西，着陆了。人们回过神，果然看到在视野上方某一个高处有灯光闪烁。车内的空气也跟着浓稠起来。随着车子前行，接着又看到更多的灯，及灯光照出的一幢幢建筑，还有悬挂在建筑高处用来招揽顾客的巨大霓虹灯牌。灯牌有大有小，字体各种各样，但表达的意思只有一个：宾馆，温泉。一处灯牌就是一家宾馆。道路两旁，山影之下，零零落落散布着不少这样的宾馆。

温汤镇到了。"暮投石壕村，有吏夜捉人。"近些日子，断续在读杜甫的诗，此刻其中的某个句子自然从耳边冒出。当然眼前场景与诗句意境委实相差太大，也过于荒唐，我不由微微笑过一下，有些被自己逗乐了。"瑶池气郁律，羽林相摩戛。君臣留欢娱，乐动殷胶葛。"我又想起杜甫另外一些句子，与温泉、与某种奢华生活相关的。当然同样不对。"溪回松风长，苍鼠窜古瓦。不知何王殿，遗构绝壁下。"这下更不对了。

晚饭桌上遇到不少朋友，有以前熟悉的，更多则是头一次见面。与陌生人坐在一起，永远是我的最怕，自己都能感觉到一举一动如此不自然，手脚和身子都是僵的，口舌之间更笨拙得可怕，每讲一句话比搬动一块巨石还难。可我又不得不装作若无其事，与人言来语往，时不时还主动找出话题与人攀谈。实际上大家都是真诚之人，加上有共同的志趣爱好，不多久相互间已很熟稔，饭后几个人仍没有散开的意思，继续坐着聊了好久。接着又有人提议一起去温泉泡澡。我借口累，坐了太多的车，又有些晕，推托了。回房匆匆洗漱过，从包里拿出带在身边的那本钱谦益《钱注杜诗》，把窗帘拉拢，打开所有的灯，将两只枕头拍整齐，码到床头，半躺着认认真真读起来。如果说这一辈子也有随心所欲的时候，那便是此时，把自己关在房里，独自与书本，与书中的人物相对。越倦，越累，身处的环境越喧哗嘈杂，读书的趣味也越加浓烈。没有距离，没有隔阂，用不着小心，更用不着提防，一个人所能体味的，是亲近，是全身心的投入，尤其像今夜，身处这样一个全然陌生的山中小镇，镇上的一个陌生房间。

杜甫的诗，早年也断断续续有过接触，记得某段时间还集中读完过他的一个选本。当时留下的最大印象，觉得杜诗不好读，不好懂，僻字僻典太多，字与字的组成方式、句法结构都过于特别过于突兀，像一堆乱石随意抛掷，有时简直乱七八糟，即便借助注释及译文，也弄得磕磕绊绊、吭吭哧哧。于是不由有些恼怒，记得早年读过的那些唐以前诗，其实都挺明朗简单的，哪怕是汉朝的那种大赋，也就是不认识的字多一些而已。那么是从谁开始，是不是就从杜甫开始，变得如此艰涩难读？这次可能有了一定的准备，我先读完一本杜甫传，同时对照着地图，把其生平所历及具体的漂泊行踪粗略标示出来。一番功课做完，加上自己年龄已大，理解力也强些，再进入具体作品，真的轻松许多。"皇帝二载秋，闰八月初吉，杜子将北征，苍茫问家室"、"邓公马癖人共知，初得花骢大宛种"、"岑参兄弟皆好奇，携我远来游渼陂"，诸如此类，时间、地点、人物、事件，基本就是些记叙文、顺口溜。仔细想想，杜甫当时可能也并不把笔下文字当什么正经东西，心中所想手中所录，这只是一种习惯性动作，就像我们平日到菜场买了些菜回来记笔账一样。

二

在一个完整的时间段，完整地读一次杜甫，毕竟还是平生头一次，因此感受相对来说也就很强烈。在杜甫的作品中，最能搅动自己兴味的，无疑还是那类带有很强自传色彩、抒写个人生平经历与感受的东西，从早期的《奉赠韦左丞丈二十二韵》《投简咸华两县诸子》，直到临终前漂荡在湘江小船上所作的《风疾舟中伏枕书怀三十六韵奉呈湖南亲友》。如此直呈胸臆、泣血而歌，写尽自己的所有苦难与尴尬与屈辱，自嘲自解、自贬自抑，甚至自虐，当然也有不少自沽自喜、自怜自爱，丝毫不在乎个人的世俗脸面，有时涉及一些隐秘或隐私性的东西，多少带几分暴露癖，读来尤让人震惊不已。当然也有时候，心中会产生诸多疑惑，比如杜甫"骑驴十三载，旅食京华春"的困居生活："朝扣富儿门，暮随肥马尘。残杯与冷炙，到处潜悲辛"、"平明跨驴出，未知适谁门。权门多噂嗒，且复寻诸孙"，以及此后在成都、在夔州"逢人多厚颜"、"今如丧家狗"、"苦摇求食尾，常曝报恩腮"，等等，这里作者对自己的认识是多么清醒，剖析是多么无情，其中所包含的痛苦又是多么深。他完全把自己看成一条狗了。每读至此，不由自主会掩卷沉思，想这个杜甫怎么回事，在京城四处奔走逢迎，曲意干谒，向达官权贵投简赠诗，想得到别人的援引。可整整十年过去，竟然连一官半职也没求到，这是不是有点过于可怕？更可怕的是，明明过了十年，杜甫一点也不打算放弃，仍继续孜孜不倦往下求着，这到底又是为了什么？这里应该有一种内在的东西，超出我们现代一般人所能想象的意志在支撑着他。

杜甫自述："自先君恕、预以降，奉儒守官，未坠素业矣。"像所有的信守儒家思想的读书人一样，至君尧舜、心忧黎元、家国天下，是他们整个人生的价值所在，也是唯一的价值所在。这是他们的宗教，是图腾，关乎信仰，关乎一生的追求，一生的安身立命之本。当然说穿了，他们所追求的不过是读书做官、显亲扬名、光宗耀祖之类，至少混个肚圆饭饱，不至沉落下僚，正如杜甫所说："伏惟明主哀怜之，无令役役，便至于衰老也。"在这样一个社会中，人生没有任何其他目标，没有其他多样化选择与

53

设计，他们只能步调一致，向着那唯一的路上走，向读书做官、显亲扬名的路上走。有了这个，你才会有其他的一切，才有物质的充实、精神的安逸，荣宠集于一身，才会有起码的人生幸福。这是人生幸福的必须条件，也是唯一条件。如此单一、单调的社会结构与人生结构，无疑是病态的，这样的社会无疑也是残缺的、不正常的。残缺社会里的残缺人生，能有多少幸福可言。尤为可怕的是，这种不正常的社会并不自杜甫的时代始，更不以杜甫的时代结束，绵延几千年，直到今天也无法看到尽头。这中间所有人的人生都被规整划一。杜甫的十年奔走算什么，后来更多的人花在举业的时间更长，直考到六七十，把一生时光都耗费在那上面。如果有谁胆敢不追求这个共同的目标，就只能被整个社会边缘化，实际上是甘心坠落，自绝于世。可能比自杀更可怕，活着只能是一种折磨。"今贾马之徒，得排金门、上玉堂者甚众矣，唯臣衣不盖体，常寄食于人，奔走不暇，只恐转死沟壑，安敢望仕进呼？"杜甫大发哀音。"翻手为云覆手雨，纷纷轻薄何须数。君不见管鲍贫时交，此道今人弃如土。"他这么描述自己所感受到的世态炎凉。"在乡闾则里胥亭长之所叱诃，仕州县则书佐铃下之所蹈藉。声名湮晦，衣食空无，方所向而辄穷，已分甘于永弃。"后世的陆游也曾如此痛心地谈及自己出仕前及做下层吏属时的屈辱生活。

假如你想摆脱如此生活，出路始终只有一条，就是众人都在走的那条路。可是，你若是一心一意遵守那个目标，想接近那个中心，实现人生抱负，往那条唯一的路上走去时，可能同样不容易，甚至更不容易。这时候你会发现，你所面对、你即将进入的，其实是一个更黑暗更丑恶的世界，并且走向这个世界的也根本不是人走的路，而是狗钻的洞。你得放下所有的尊严，牺牲人格，先把身子趴下来，低头，做出一个狗的样子，耸肩缩身，胁肩谄笑。你得像陆游这样向权贵表忠心："口语心而誓报，死而后已，天实临之。"历史上许许多多著名文人仕进干谒时所留下的文字，那种谄媚的语气，为表达谄媚所操持的无所不用其极的词句，实在不堪入目、不堪入耳。偏偏这个时候，儒家价值观又设计出另外一套东西，什么气、什么节，什么浩然沛然，富贵不能淫、威武不能屈之类，严厉禁止你去钻那个洞。否则你便是屈节受辱，不只在别人面前，就是在自己面前，也一辈子抬不起头来。诡异的地方便在这里了，一方面他只给你留了一条出路，一条狗洞，你非钻不可，舍此无任何其他的途径；另一方面他又以更严厉的声音，禁止你钻那个洞。两者距离越拉越大，人的分裂与痛苦也就随之大。两种完全矛盾的东西同胎同体，相互扭曲相互撕扯，永远没有止歇的时候。杜甫同样用许多诗句，表达着内心的这种撕裂与痛苦，表达他想逃脱的心愿："独耻事干谒"、"忍为尘埃没"、"岂可久在王侯间"、"凄凉为折腰"、"老夫怕趋走"、"自然弃掷与时异，况乃疏顽临事拙"。许多人忍受不了，选择了逃离。另有一些人基本上给弄变态了，恃才悖谬，妄诞不经，以一种狂生的面目出现，如祢衡、嵇康之类。不过你再怎么逃，再怎么变态、狂诞，也只是另一种方式而已。即便一再让杜甫艳羡不已并且自惭形秽的理想人物伯夷、叔齐，以决绝的态度逃离政治中心，可他们并不真正如自诩的那样到荒僻山野中隐居起来，而始终像鬼影一般围绕着那个特定的中心晃来晃去，最后为这个中心自饿而死。趋近与背离，只是同一种人生方式的两个表面而已。离开了这个，整个人都不知如何存在了。"神农、虞、夏忽焉没兮，我安适归矣？"伯夷、叔齐临死前这么哀叹。

三

　　一觉醒来，已是早上七点多。翻了会儿书洗漱出门，四处张望，左右走廊没一个人。我有点无法判定，眼前这时间到底是早是晚。大家是否仍缩在各自的房里睡懒觉？或都早早参加什么集体活动去了，只把自己一人丢了下来？很想到隔壁哪个房间敲敲，邀个伴什么，又觉毕竟不是很熟，怕过于唐突。我迟疑着走到楼下，左右走廊同样没一个人。心下不由有些慌，急急来到大堂，询问到哪用早餐。一位男服务员侧着身子，用拿在手中的一个文件夹式的东西用力给我指点，餐厅在什么什么楼，应该如何如何走。服务员一定说得极具体，但我初来乍到，没有基本的方位之感，听了等于白听。他只得把我带到大门外的车道边，让我略作等候，马上会有车过来。"来了来了"，服务员道，又用劲挥动手中的文件夹。我朝他所指方向看，对面山脚下，果然有一顶红色布篷样的东西在房屋与围篱丛中出现。是一辆景区常见的那种电动观光车，不，有两辆车、三辆车，前后相跟着，像人工操作的小船，顺着河道样的柏油路来来往往，缓缓穿插漂移，从一家宾馆流到另一家宾馆。每到一家宾馆前都要停上一停，让旅客上下。

用早餐的地方分明不是昨夜的那个地方，我们坐在电动车上，拉紧半透明的厚塑料车帘，遮挡冬日山间的冷风。在几分钟前远远看到的那道山脚下行走过一会，上岭，转弯，再上岭，高处出现一座有尖顶的半玻璃房子。我跟着同行的人一道从车上下来，爬上一道很高的台阶，从玻璃大门走进。行过一会然后侧转，再回环着下台阶。等一脚踏住地面，我发现自己置身于一处巨大的地下自助餐厅之中。四处是人。都是些不同地方的游客，操着不同的话语，男男女女、老老少少，往上往下、往左往右，蚂蚁般密集着，病菌般粘连着。却并不粘紧，撕扯过一会，随着又相互交错脱离，围绕不同的餐桌重新排列组合。我一直有些惊异，想这大厅里的人数，没几千，至少也有几百吧，都是从哪里聚过来的？地面上怎么根本看不到几个人影，非得顺着梯级往下盘旋好久，钻到一定的深度，才看到如此之多的人，就似哪里突然降下一只手，掘开了一个巨型蚁穴那般。琢磨来琢磨去，终于想到，这家自助餐厅应该是为小镇所共同拥有，同时独此一家吧，于是散布在不同宾馆的客人在早餐这一刻，呼啦啦集中到一起了。别看是深冬季节，别看眼前的街面安安静静，实际上每家宾馆可能都已爆满。

同桌的人可能跟我的感觉差不多，对眼前的场面明显都有些迷惑，有些不很适应。一位朋友讲起，今天他醒得很早，独自一人到小镇四周转了一圈，想看一下这地方的具体环境。走到哪里的一处山旮旯儿，他发现许多堆集在一起没来得及运走的废弃装饰材料。他猜测这个小镇以前肯定是另外一种情形，或者有另外一种中心产业，当时围绕着那个中心很可能也做了不少房子，并且建有不少配置设施。后来那个产业无法发展下去，只得重打锣鼓另开张，选定以温泉以旅游为主业，把以前的所有东西全部拆去，在重新清理出的地基上再次规划布局，建成了现在这个样子。不过这种重建实在过于仓促了，拆下的材料根本来不及很好地处理，只得堆集到某个无人的角落，以待日后慢慢消化。我没有听懂朋友说的都是些什么，他在哪里看到些建筑材料，又都是些什么样的材料。但他的话仍给我留下很深印象，某种程度上也激起我的好奇心，饭后趁着空闲，也独自四处走动起来。宾馆一侧，有一处不小的水面，水那边有堤，堤上有树，落叶的或没落叶的。如果说眼前的小镇真如朋友描述的那样，类似于舞台样的东西，前一幕的布景已然撤去，后一幕的布景前不久刚刚搭建起来，那么脚下的这个湖泊也一定是人工挖成的了。或者先有一口水塘，后来加以扩大，变成一处风景。仔细看看，所猜可能真的不错，在湖后我还看到一处石砌的小码头，当然也是人工的，码头旁泊着一只橡皮艇。湖的另一侧有河，不深的河水哗啦啦流着，但我看过好久，竟也没能分辨出那水是流向这边，还是流向那边，分不出哪是上游，哪是下游。再往前，我看到一伙当地农民，正搬运石头在那里砌河坝。我很想上前同他们攀谈一点什么，弄清这到底是一条怎样的河，这个镇子又是怎样的镇子，最初是什么个样子。不过想想又算了，人家忙得很呢，装腔作势不只让对方难受，自己可能更难受。这么行过一阵，只能回房，重新拿起桌上那本《钱注杜诗》，闲闲散散往下翻着，我分明感到有一颗心，扑突扑突在书页上跳动起来。这才是真实的跳动，与任何舞台任何布景无关。

四

"许身一何愚，窃比稷与契"、"先逢尧舜君，不忍便永诀"、"虽乏谏诤姿，恐君有遗失"、"挥涕恋行在，道途犹恍惚"、"小臣鲁钝无所能，周宣中兴望我皇"，不管如何矛盾如何痛苦，杜甫仍反反复复表达着对皇帝、对朝廷，对心目中那个念兹在兹的中心的向往。杜甫把自己的一家老小丢在一边，一心一意跟着那个政治中心走，皇帝到哪，他也想尽办法跟到哪。"葵藿倾太阳，物性固难夺"，这样的句子读得多了，自然而然产生一种印象，感觉杜甫就像哪里寻来的一根搅屎棍，一心要往粪缸中心插。可他毕竟只是一个不起眼的小人物，根本没资格接近那个中心，每次无论使出多大力气，也只能落到离缸沿不知多远的地方。可他一点也不死心，粪缸移到哪里，他就顽强地跟到哪里。"麻鞋见天子，衣袖露两肘。"这时出现在皇帝面前的，几乎就是个十足的叫花子。皇帝很可能被他的狼狈样子打动了，心中不忍，这才授了个左拾遗的官职。当然杜甫也不止一次有过其他打算，"自断此生休问天，杜曲幸有桑麻田"，那次他甚至想依靠朋友赞上人，在西枝村寻置草堂地卜居。但紧接着便退缩了："惆怅老大藤，沉吟屈蟠树。"这么一条大粗藤委委屈屈地缠在一棵小树上，怎么也是不甘心的。有时我甚至怀疑，杜甫后来举家入蜀，选择四川作为目的地，名义上是投亲靠友，内心深处很可能是在做一次大胆预设。他想下一盘棋，下一个大赌注。他想来个守株待兔，占着先机。照杜甫的判断，很可能以为肃宗什么时候会再次迁都四川。玄宗不是已经入川过吗，肃宗上台未久，不也迫不及待置蜀郡为南京？谁能肯定最后不会再次迁都到四川去呢。因此后来当肃宗改置南都于荆州的时候，杜甫会那么着急失望，特写《建都十二韵》加以质疑："下诏辟荆门，恐失东人望，其如西极存。"

念想里的中心接近不了，后来干脆连那口缸本身也彻底破了。狗洞塌了，整个墙都倒了。天下剧变，"至尊尚蒙尘"，像杜甫这种"穷老多惨戚"的小人物，只能带着他那一大家子四处流落，用杜甫自己的话说，是奔窜。从长安到凤翔、华州，再到秦州、同谷，一直到成都、梓州。接着乘船东下，经嘉州、戎州到夔州，最后流寓到湖湘一带。即便这个时候，狗洞钻不成，但钻洞的本领仍在，或者说是钻洞的本能仍在。"路难悠悠常傍人"，这是杜甫的自叙状，也是他一生的真实写照和总结。傍人，求人，这可能也是他身上的一项特长，是长期的操练慢慢培养出来，为一般人所无法企及。傍与求，说是他出于无奈时的交际手段也好，是出于善良心地的至情至性也好，无非是希望在困境中多一些照顾，在生活上多一些依靠和帮助。对温暖与爱，对施予与帮助，杜甫当真有着太多天生的敏感，在他的诗中，时时能读到这方面的句子："谁肯艰难际，豁达露心肝"、"且复恋良友，握手步道周"、"微才谢所钦"、"感激在知音"、"感子故意长"。还在很早的时候，他便常常写诗歌颂族中长辈杜鸿渐、族侄杜位、族弟唐十八使君，还有无关的刘十弟判官等。当然更常歌颂皇帝及朝中一应权贵，如李林甫、杨国忠，给他们献诗献赋。至于其他的亲族朋友，同僚、同乡、同年，甚至全不相干的陌生人，杜甫一见之下都很快能熟悉起来，亲热起来。困居长安时候如此，乱离生活中同样如此，走到哪里，哪里便有亲戚朋友可以依靠。入蜀后，他靠的主要是早年的一些旧友，高适、房琯、刘秩、严武，还有王十五司马、萧八明府、韦二明府、何十一少府、徐卿诸人。"故人供禄米，邻舍与园蔬"，他这么记载。有时接济不及，他会毫不客气直接催问："百年已过半，秋至转饥寒，为问彭州牧，何时救急难？"这首写给朋友高适的诗，口气中已多少带着些痞气无赖气，似乎给他提供生活保障是对方义不容辞的责任和义务了。当然对朋友们，他也从来不吝惜赞美甚至阿谀之词。当他越过重重关山阻隔，一脚踏进川中平原，连山西南断，俯见千里豁，他做的头一件事便是将自己未来的寄居主人，冀国公、拜成都尹的裴冕来了一番大吹捧："冀公柱石姿，论道邦国活，斯人亦何幸，公镇逾岁月。"他吹捧严武："明公独妙年、蛟龙得云雨。"直接吹捧仍不够，在《遭田父泥饮美严中丞》中，他还真真假假地借一位老农民之口来表达对严武的颂扬："酒酣夸新尹"、"语多虽杂乱，说尹终在口。"一个叫窦侍御的人奉命到西川检察，杜甫也不分青红皂白，马上写诗歌颂："窦侍御，骥之子，凤之雏，年未三十忠义俱，骨鲠绝代无。炯如一段清冰出万壑，置在迎风露寒之玉壶。"后来到夔州，他依靠柏茂林，同样写了一大堆颂诗。出峡后，他指望的寄生主是荆南节度使卫伯玉，见面前又写诗来一番吹捧，同时极力贬抑自己。

五

我们坐着车子，到高山深处一个叫兰若的古村寻访。村子也许真的过于古老，这从兰若这个名字便可以看出，从村头高处那两棵千年以上的银杏树可以看出，还有，可从村中石道上那深深的车辙印、人脚的踩踏印中看出，从一两座横在小溪之上或干脆废弃搁置在村外的斑驳古桥看出。除此之外，便是几幢普通农房，及房左房右随意散布的一些巨石，其他无更多的东西值得观赏。因此可以说，这并不是严格意义上的古村落，只是一处古村的遗址。起初我们并不清楚这个，只一味跟着导游往前走，一心盼望着风景在前方。行过一阵，我同前后伙伴讲起早年的某次经历。也是到风景区游玩，把景区整个走完了，自己还全不知道，一直以为风景在前面。我的意思很明显，想为大家，更为自己做一点心理铺垫，免得到时过于失望，这时我已经敏感地意识到，今天我们很可能会失望。果真是失望。一切如我预想的那样，除了最初看到的两棵银杏树，那布满车辙印、人脚踩踏印的路面，其他真的一无所见。同伴们不在意，失望就失望，白跑就白跑，至多付之一笑。但我不同。我晕车，近几天坐了太多的车，人早已晕得不行，今天又坐车跑这么远，并且一直在山道上盘旋，更把所有的元气都已耗尽。等第二天早上，导游安排我们要去爬明月山的主峰时，我发现自己都没有足够勇气踏进车门了。不过既然来了这里，还是听从安排，把能看的地方看一遍，能走的地方都走一走吧。有朋友劝我用几粒晕车药，我摇头婉谢。听说晕车药有一定的副作用，对身体的伤害可能比晕车的伤害更大。我只能暗暗深呼吸，把身体状态尽量调整到最佳，随大家坐汽车、乘缆车，到了山顶又坐观光电动车，还有同样用来观光的那种小火车。坐来坐去，人真的不行了，什么车都晕。汽车晕，坐缆车也晕，尤其是某一次在空中停顿的时候，缆车的底部摩擦着钢缆，发出割肉般的嘎啦嘎啦声，那一刻我晕得快要呕出来。还有电动车、小火车，都晕得厉害。小火车坐半天，我以为能到达新地方。谁知不是，坐过去后又重新坐回来。原来车子并不像一般车子那样是一种运载工具，不是要把你送到哪里去。坐车本身，是一项游览项目。可对我来说，就是白受了一番罪。我不止一次向导游请示，能不能不坐车了，我愿意顺着公路往前走，再到指定的地点与大家汇合。只要不坐车，让我怎么着都行，能跑能走能攀能爬，体力上速度上不比任何人差，就是不能坐什么车。从小如此，我只能用自己的双脚踩在地面上。任何与地面脱离的东西，车子等运输工具，都会让我产生失衡之感，让我晕眩。导游当然不愿意。在这样的时代，特别是这样的集体活动，不可能允许大家各行其是，不能有任何特殊，你只能从众。再怎么晕眩，也只能独自承受，慢慢消化，并且不能多说，否则不只娇气，更显出几分怪气和妖气了。

好不容易把该坐车的车坐完，该晕的车也晕完，到一处山顶餐厅吃过中饭，接下来便是此次旅行最重要的项目，走栈道。此前在景区放映的风光短片中，我们已欣赏到相关的镜头，绝壁之上，一条栈道如一根细线，在那里飘荡。"凌虚荡高壁"，这是杜甫写栈道的句子。"仰凌栈道细，俯映江木疏"，这也是杜甫的句子。"细泉兼轻冰，沮洳栈道湿"，还是杜甫的句子。看着片中出现的镜头，再把杜甫写过的诗句一一加以印证，我不由得又一次头晕起来。不只晕，同时还有另外一种毛病冒出，就是恐高。"目眩陨杂花"、"百年不敢料，一坠那得取"、"终身历艰险，恐惧从此数"，杜甫又这么写。他这里所述，可能也就是恐高的感受吧。不过我真不好意思明白说出了，又是晕车又是恐高，到底有完没有。一个大男人，所有的毛病都集中到身上，娇弱得比一个娘们都不如，旁边的人简直会怀疑，你是真的虚弱如此，还是故作矫情，执意要装萌扮嫩什么。何况，就我个人来说，什么栈道，我平生还从未见过一次呢，更没有到上面走一走了。明明没走过，如何就能断定自己不能走。试都没试过，就说不行，就害怕，不说别人，只怕自己都受不了。再怎么恐高，我也必须真实地面对一次。至少一次，一定得经历。更重要的，杜甫在诗中也写了太多的栈道。我一定得去看看，略略体验一下多少年前的某天某时，杜甫的具体感受。

在杜甫眼里，每一个出现在自己面前的人都是依靠，是温度。是火，是热，是独一无二的救星。生活上及心灵上一无所托，一无依靠，便会把所有的人都当作自己的依靠，把所有的东西都当作依靠。可杜甫实在是一个过于苦命的人，靠水水干，靠山山崩，无论他施展多少手段，费尽多少努力，他始终无法让自己的家庭安妥下来，维持起码的温饱。他更无法安妥自己的心灵。"乌几重重缚，鹑衣寸寸针"、"饥卧动即向一旬，弊衣何啻联百结"、"妻子衣百结"、"垢腻脚不袜"、"补绽才过膝"，这里所写，是乱世中他一家七口各自的尊容。"一旬半雷雨，泥泞相牵攀。既无御雨备，径滑衣又寒"、"熊罴呴我东，虎豹号我西，我后鬼长啸，我前狨又啼"、"天寒昏无日，山远道路迷"、"常恐死道路"、"山寒夜中泣""天边老人归未得，日暮东临大江哭"，这些写的是路途的艰险。"九度附书向洛阳，十年骨肉无消息"、"海内风尘诸弟隔，天涯滴泪一身遥"、"厚禄故人书断绝，恒饥稚子色凄凉"，这些写的是兄弟骨肉相阻隔。"故国悲寒望，群云惨岁阴"、"永夜月同孤"、"孤舟一系故园心"、"远在剑南思洛阳"，这些写的是对故乡的萦怀与惦念。在杜甫的诗句里，就像在此前和此后所有的中国人心目中一样，故乡已经不是那种单纯意义上的故乡，不是简单的地理概念，而是一种非常抽象的心灵概念。是皈依，是彼岸，是终其一生的托命之地。当所有的依靠都失去之后，唯一留下的，便是对依靠的强烈向往与祈求，是对那种托命之地的祈求。这时的杜甫当然也不是真实的杜甫，而是一个游荡在乱世、四处泣血哭号的孤魂野鬼。我们看看他笔下的那些句子："世乱遭飘荡，生还偶然遂"、"飘飘何所似，天地一沙鸥"、"老魂招不得，归路恐长迷"、"吾衰将焉托，存殁再鸣呼"、"狂走终奚适"、"漂梗无安地"。直到最后，杜甫躺在湘江中的那条

61

小船上，临终前给湖南亲友的留别："葛洪尸定解，许靖力难任。家事丹砂诀，无成涕作霖！"我马上就要死去了，再没能力像早先那样，带着妻子儿女继续漂流，以找到一个更好的安身立命之处；家庭的计划、家人的归宿一筹莫展，永远只停留在口头上，无一项能落到实处，惶恐之余，怎不叫人摧肝断肠，泪流满面。作者言下显然留着这样的意思，希望亲友们能像早先一样，再次出面帮助料理他身后的一切，给这个多难的家庭以必要的安置，否则叫人如此能够瞑目。在杜甫诗中，像这样以一首诗题赠多人的，应该并不多见，可这时却连写了几首，另外如《舟中苦热遣怀奉呈杨中丞通简台省诸公》等。单靠哪一个人根本是不可能的，无论是亲友还是诸公。杜甫只能抱一种极侥幸的心理，尽量把乞求的这张网撒大些，撒开些，保不定其中总有一人两人有能力，也愿意站出来，为他的后事做点安排。

最敏感的心灵，最有痛感的人，却遭受最凄惨的流离生活，所有的倒霉事都让他摊上，所有的战争、苦难都集中到他头上，让他承受。似乎他与某种阴晦之气，与某种消极人生早就结下什么不解之缘，他的脚步走到哪里，兵火丧乱便如影随形跟到哪里，或者反过来说，是他把灾祸带到哪里。他在长安，长安乱了，到秦州，秦州陷落了，后来到成都、到绵州、梓州、阆州，直至后来到潭州、郴州、衡州，哪里都是乱糟糟一片。一个人的运气差到如此程度，如此富有偶然性戏剧性，时间一长不由不令人产生某种怪异之感，出现某种错觉或幻觉。以为眼前的一切都不是无缘无故的，而是有目的、有计划的，是谁在冥冥中事先安排好的。他的肩上一定会承担一些什么，他身上也一定会发生一些不同寻常的事情。这似乎是一个被选定的人。他并不代表自己一个人，而代表着一个族群、一片土地，代表着冥冥中那个不可动摇的意志。很显然，那个意志绝对非同一般，他选定谁，那么必定就是谁了，他的安排不可能有任何差错。杜甫没有辜负自己的使命，这是一位天生的诗者、天生的歌者，是眼前这片土地及土地上所有苦难的表达者。他走到哪里便写到哪里、唱到哪里，那诗句，那声音，根本不像来自杜甫本人，不是来自哪一处单一的个体，而是直接来自上苍，来自冥冥中的意志本身。这是一个超时空、超自然的存在。他已经不是简单地写诗。那是滔滔之水或汩汩之泉，从高天倾泻而下，从地底喷溅而出。叙所历、思朝廷、忧天下、悲祸乱、怀亲朋、念故乡，见到什么写什么，目中所见、耳中所闻、口中所吟、笔下所写，始终诗作不断，实在让人不可思议。许多时候我这么读着，不止一次把书本推开，沉吟良久。我深深知道，人，肉体凡胎，本身是根本做不到那一点的。随便举个例子吧，杜甫"一岁四行役"，自秦州经同谷县入蜀，每天翻山越岭，在路途上颠簸不停。有时泥巴把整个人满身糊满，晒干后几乎成了一层铠甲，"白马为铁骊，小儿成老翁"，人形都几乎找不到了。若是我们一般人，身和神各方面早该累崩溃了，命且难保，哪还有心思提什么笔、作什么诗？可杜甫不这样，我们只看看这些诗的标题：发秦州、赤谷、铁堂峡、盐井、寒硖、法镜寺、青阳峡、龙门镇、石龛、积草岭、泥功山、凤凰台；到同谷喘一口气，然后再发同谷县，经木皮岭、白沙渡、水会渡、飞仙阁、五盘、龙门阁、石柜阁、桔柏渡、剑门、鹿头山，到成都府，一路写过来。实在无法理解，他这些诗都是什么时候作出的，又写在哪里？读到后来，面前的这副病弱之躯早已从眼前消失，唯有诗句唯有歌声，脱离有形生命独自飞出，飘荡袅绕在天际，直到今天，仍响在我的耳畔。

六

傍晚时分，我们从明月山的栈道下来，由导游领着，直接来到这个叫温汤的集镇。接连几天，我们一直以为自己住的地方就是温汤镇，此时才知错了。我们所在只是角落里的一个宾馆区，或说叫度假村，与真正的镇子还隔了不远的距离。镇子明显不小，旅游车穿过一条街道又一条街道，拐过来拐过去，还从不同的方位接近过一条并不很窄的河流。深冬的河面水位很低，人工砌成的河床及河床上的所有淤积多半裸露在外。有时车子会从桥上驶过去，有时到了河边，转个弯又退回，如此反复几次。我不能断定那是不是同一条河。如果是，为什么来了又去，去了又来；如果不是，那么这小镇到底又有多少条河多少座桥。停车场到了，导游又把我们带到一条河边。当然眼前的河绝不是刚才车子反复驶过的那条，这条河更窄，蓄满了水，两岸更挤满了人。我们从河面蓄水坝上的水泥跳石走过，来到人丛当中。不能肯定这挤的都是些什么人，应该同我们一样，都是些游客吧。人们多半坐在什么木椅或水泥椅上，每人面前放一只木桶，将裤脚高高挽起，伸了两腿到桶里去洗。也有人站在一旁，看他们洗。当然还有不少的小摊小贩们，手揽着各种零物，在人群里兜售。我们随着人流，哪里热闹便往哪里流过去。这么流过一会，流不动了。原来遇到阻力，我们已挤到了温泉的泉眼跟前。

对所谓温泉，我一点也不陌生。自小生活在深山中的温泉之乡，基本就泡着温泉水长大，因此对眼前所见，不只没什么稀奇，且不由露出几分不屑。水面不到我老家村子上那口泉池的五分之一，一丈来长，五六尺宽，陷在河边的一处低地上，四周用条石一层比一层大地码好。码了几层之后，接着出现一个较宽的平台。平台之上，再用条石圈着往上码，整个呈现出一个漏斗形，我们站在高处，就像站在城市体育馆的看台之上了。沿着泉眼，蹲伏着不少人，手持木勺或塑料勺不停地往外舀水，倒进身后的木桶里，然后提起，嘀嘀嗒嗒顺台阶往上走。这就是我们刚刚看到的那些提水之人了，正给外面的洗脚木桶添水吧。有同伴递了一只熟鸭蛋给我，说是当地特产，用温泉的水泡制而成，又用温泉水煮熟的。我以为是咸蛋，剥开看看，原来是皮蛋，颜色与味道的确与一般的皮蛋大异。我找到垃圾箱把蛋壳扔了，同伴那边又有新动静，原来已有人忍不住，提议洗脚。话语一出众人响应，纷纷捋起裤管，加入到洗脚的行列。只我独自无聊地呆站，过一会，犹疑着四处看看。没等我把内心的意思表达出来，早有人上前热情邀请，拉扯着到一处坐下。叭，随着一只木桶摆到面前。叭叭，特制的塑料面袋抖开，将木桶铺好。然后倒水，递毛巾，添水。

我紧低着头，将脚深深浸入水深处，渐渐看到皮肤颜色变深、变红，身子随着舒坦起来，关节什么地方发出窸窸窣窣松弛之声。身边的同伴身子伏得更低，分明也同样在享受着。就这时，我发现自己身上什么地方，哪块肌肉，或心脏哪里，突然用力拉扯了一下，扯得我整个胸腔发虚、发痛，不由直吸冷气。应该说，我看到了什么极其可怕的东西。再次抬头来回张望，没有呀，什么特别的东西也没看到。左右两边都是挤挤挨挨一心一意洗脚的人。可我刚才分明看到了什么。为准确起见，我干脆手扶桶柄，慢慢让自己的身子站了起来。我先把目光放远，然后缓缓收回来，直收到眼前，到身边。然后再从身边往远推，一个人一个人地分辨。仍没有觉察有何不同之处，一排又一排的露天木椅木凳上，坐满如我这样的游客，每人守着面前的一只木桶，脚泡得通红，面呈陶醉、安宁之色。"孤魂野鬼",突然一个词冒了出来,是从内心冒出的词。我迟疑着,想仔细琢磨出这个词所表达的具体意思。这是我近些天读杜甫诗时,常常萦绕在口边的一个词,它所表达的,是我对杜甫诗的一个大概印象,或者说,是我对杜甫心境及心灵的一种总结,现在怎么莫名其妙冒出来了?我的意思莫非是说,眼前这些人,这些坐在一起洗脚的人,我,我们,与杜甫有某种程度的相似之处?我们跟杜甫一样,都是些"孤魂野鬼"?怎么可能?呈现在我面前的,是一幅多么安宁平和的生活场景,与杜甫所经历的那种颠沛流离哪能扯得上半点?近些日子,我想我是不是读杜甫读得太多,进也杜甫出也杜甫,神经大概都弄出些问题了吧。

坐在回程的车上,我一直在想这个问题,想"孤魂野鬼"这个词。直到夜里,独自一人坐在床头,对着这本《钱注杜诗》,面前仍一遍遍呈现下午见过的那场面,那坐在一起洗脚的一排排木椅,椅上所坐的一个个人。我知道没错的,第一感觉非常准确,这都是一些"孤魂野鬼"。别看表面安宁、平静,可我正是从这片安宁之中,看出完全不一样的东西,看出深处的紧张、惶恐、无依靠。不妨想想吧,大家不远千里万里,跑到山角落这个叫温汤的地方来干什么,真相信这一桶水能对身体起什么作用吗?那不可能。除非是傻瓜,除非心理不正常。可是毋庸讳言,那一刻当我们把裤管挽得高高,两脚浸在桶中,我们真的相信了。我们信桶里的那点水。我们什么都信。作为一个人,本性决定,本能决定,我们必须信点什么。可我们真的没有任何可信的东西。我们找不到任何抓扯的东西。于是便见什么信什么。见一桶水都深信如此。不只当时这些洗脚的人,还有早上在地下餐厅聚集的人,在栈道上看到的人,在山顶坐电动车的人,以及挤满所有风景区的游人。我们都是"孤魂野鬼",我们身形漂浮,神态恍惚,在各自的视线所及之处寻寻觅觅,企图能找到一点可以比较结实的东西,可以抓扯、可以依靠的东西。我们尽情享受着自己的生命,陶醉于所有能够陶醉的每一瞬间。我们的惶恐之感其实比杜甫更深、更大、更无边际。在杜甫的时代,还有具体的生活目标,每天都得考虑如何活下去,都得为温饱奔走。可现在这些都不用考虑,于是便得考虑到这些东西背后的东西,必须直接面对生存背后的东西,面对本质的东西。惶恐当然会更大、更深,无依感更强、更内在,也就更无法摆脱。我们到哪里也搁不下属于自己的那副身心。当然很多时候，我们根本没意识到这些，我们只能被动地为内心中的东西所催逼，盲目出走，四处漫游。我们在泉水边的木椅上整整齐齐坐着，把裤管挽得高高，两脚浸在温水中。我们在栈道上踽踽独行，在地下餐厅中相互缠绕，以麋集的方式，以蚁聚的方式，或者说，像什么行为艺术那样的方式，尽情表达着各自内心的无靠、无告与仓皇。具体说，杜甫只用面对自己每天的生活，那所谓的故乡、所谓的家国天下，可我们，面对的却是生命后面那层令人头晕的黑暗与神秘、颤抖与战栗。

七

张戒在《岁寒堂诗话》中曾将杜甫与黄庭坚加以比较，认为前者的许多诗后者也能写出来，但像《壮游》《北征》等，黄庭坚怎么也写不出。"莫自使眼枯，收汝纵横泪，眼枯即见骨，天地终无情。"这样的句子黄庭坚写不出来。我个人认为，张戒这里只说对了一半，其实许多诗句，并不是哪个人写出来的，而是冥冥中有一个谁，让你写出来的。天意如此，许多句子已经摆在那里，只用你上前捡拾而已。像张戒上面讲到的那些篇章，不只黄庭坚写不出来，即使杜甫自己，假如没经历如许心灵痛苦，那种大悲伤、大苦难，也肯定写不出来。我始终相信，人类历史上肯定有一种使命性的诗人存在。像杜甫，许多时候说他处于一种半神半人状态，应该是不错的。

每个时代，都有各自的半神半人，应该也是不错的。杜甫诗云："仰看云中雁，禽鸟亦有行。"鸟兽都有各自的秩序、各自的归宿，各自的支撑与依靠，人类当然更有，每个人都有。只是我们一时不知道而已。我们不知各自归向哪里。我们不知，但我们满身都是知的冲动。我们有作诗，有歌吟的欲望。吟出没有时的焦虑与企望。即便不能唱，只能麻木地倚在那里，挽高裤管对着一只木桶无声呆坐。但无声也是一种方式，呆坐也是一种方式。或者是更形象更直接更令人触目惊心的方式，如同某种行为艺术那样的方式，有力地诉说着自己的凄怆与绝望，与祈求。

《钟山》2016年第2期

对杜甫的评价太多了，小说家丁伯刚在山中翻阅杜诗，既没有想着对杜甫作全面的考察，更没有想过要对他的诗艺来一番头头是道的甄别。丁伯刚的读，更多是一个小说家，隔着几百年的历史，感同身受着一代诗圣的生活境遇，于是，杜甫在他的心中有了多重形象："孤魂野鬼"、"半神半人"、"他是一位天生的诗者、天生的歌者，是眼前这片土地及土地上所有苦难的表达者。"我更喜欢的也不是这些思考和判断，而是作为小说家的他，在阅读的过程中，旁枝斜逸，精幽细微地描画了一段安静的山野生活。

新经验

四封信

/钱佳楠

人生作为修行

亲爱的人：

　　上海的夏天说来就来，而我正读着1906年伊迪丝·霍尔登写于英格兰乡村的自然笔记，满眼看到的都是如下的诗句和谚语：

　　　　苍老的一月随后登场，
　　　　层层紧裹御寒的衣裳；
　　　　却如死之将至，战栗不止……

　　　　　　　　　　　　（埃·斯宾塞）

为免一年风雨苦，唯愿二月无晴日。

　　　　暴烈的三月终于来临
　　　　裹挟着风云和多变的天宇
　　　　我听到疾风在狂飙突进
　　　　越过积雪之谷匆匆奔去

　　　　　　　　　　　　（布莱恩特）

因为英格兰的冬天过于冗长而严酷，所以他们特别珍惜夏日的美好时光，米勒甚至感叹：

> 最好的季节！成熟的夏日女王
> 一年中最鼎盛的时光
> 身着长袍，日照流金
> 甜美的八月确已来临

你是知道我的，我不喜欢这炎炎夏日，我像躲避瘟疫一般躲避夏日的阳光，但是读着欧洲和美国的文人对阳光的珍惜，又很感慨自己的这种不喜不知会不会是身在福中不知福呢？

人人都说我将会改变很多，我开始觉得这是一件好事。我有没有跟你提过H？那是一位我非常敬佩的朋友，最初的朋友，他对很多领域都有涉猎，且绝非浅尝辄止，而是可以给出令每个领域的专业人士都叹服的洞见。事实上我申请去美国也是H在背后推波助澜，他到了美国后，写信问我，你有没有想过用英语写作？我说自己确实有过这个念头。他立马回了封邮件，附上全美MFA的排名，给我下达选校的考量准则：第一，先不考GRE；第二，给全奖；第三，排名前二十。

就这样，我开始了我的申请，现在想来，简直像一场赌注。

我前几天见了H，说实话，我挺怕见他，因为他总是在推着我往前走。他从美国回来省亲的头一天晚上就给我打来长途，跟我聊了很长时间美国的主流文学是什么。

这次也是，怕他又给我加压，我事先跟同行的师兄打好招呼，要他到时候替我挡一挡。然而没有，H变了，他成了一个非常豁达的人——我更喜欢现在的他。

他说了很多，可惜我只能与你分享其中的一部分。

他说中国的文学标准长期被诺贝尔文学奖的标准"毒化"，而去了美国才发现，美国有着全然不同的写作理念。欧洲与中国长期以来坚持左派的传统，我们衡量一个作品的深度是以作家对现实的批判力度为指针的，而对于美国而言，左派或许是随二战后移民外来的东西，并非他们的传统，你会看到他们的作品不批判现实，而是提供更深层的慰藉。

比如说，涉及老人的题材，如果是左派，会坚持发现问题，而后通过改造社会来解决，老人孤苦伶仃，我们认为这是社会的问题，需要政府拿出举措，改变现状。然而在美国的文学中，老无所依就是老无所依，你看到的不是他们要如何去改变，而是他们接受这个事实：在上帝面前人人都是孤独的，老无所依就是人的命运本身，每个人面对的都是荒漠。并非说后者会流于泛泛的感伤，而是你还会看到那些老而弥坚的人，七十多岁还坚持自己开车，带上枪证明自己仍然是个英雄，或者就是我们都很熟悉的《老人与海》，海明威笔下的圣地亚哥仍然执着于反抗命运，即便到最后捕上的大鱼只剩下骨头，但他证明了，人只能被毁灭，而不能被打败。

H说，原来他笃信左派的传统更具优越性，而今他认为可以重新衡量。

对H的整个人生具有重大意义的还有他的稚儿，师兄和我那天都见到了，好可爱的一个孩子，看到两个陌生人和父亲同时出现，他本能地冲向父亲，但又用好奇（而非警惕）的眼神打量了我们半晌，很快，他微笑着向我们挥动他的小手。

H说起带孩子在美国学游泳，所有的指令都是英语，他的孩子很自然地接受了英语的"驯化"。

师兄问他，那你会不会担心孩子无法习得中国的传统文化？

H笑了，说：当他有了孩子，他发现这个问题没有他想象中这么严重。他说起他原本对世界的悲观看法致使他一度不想要孩子，然而当他的孩子诞生之后，他突然醒悟：这个孩子与他是两个截然不同的人。

当你有了孩子，你会发现，你很引以为傲的天赋很有可能偏偏这个孩子没有继承，但那没关系，他有别的天赋，其实天赋遗传的案例是非常稀有的，而非常见。同样的道理，他所面对的那个世界，他所面对的那个时代和你所面对的完全不同，你只能尽可能地将独自面对世界的胆识传递给他，而未来世界将会变成何种模样，并非你能力范围内可以改变的事。

很巧，我几天前在《基列家书》里读到类似的话语，老牧师写给孩子的信中解释他对《圣经》经文的布道：

　　我开始评论，指出夏甲和以实玛利被放逐荒漠的故事和亚伯拉罕带着以撒去祭献的故事的相似之处。我的看法是，实际上亚伯拉罕被要求祭献的是两个儿子。上帝在那两种情况之下，都在关键时刻派天使干涉，救出孩子。亚伯拉罕垂垂老矣，是这两个故事的重要因素。不只因为他几乎没有希望再生几个孩子，也不只因为老年得子多么宝贵，我想还因为任何一位父亲，特别是一位老父亲，必须最终把孩子交给茫茫荒漠，最终依靠上帝的眷顾。倘若即使在最好的条件之下，父母也只能给孩子如此之少的保障，如此之小的安全之感，那么一代人为另外一代人之父，几乎都是一种残忍。因此有必要树立坚定的信念，把孩子交出去，相信上帝会把父母的爱给予他，相信荒漠上确实有天使。

　　那天，我和H都坦率地承认，我们先前不屑于阅读美国文学，基于一种美国没有历史与文化的偏见，然而，当我们的生活和这个国度开始发生联系，我们开始阅读尤其是美国的西部和南方的作家，感受到另一种价值观对我们固有价值观的冲撞，也不失为补充。

　　正如《基列家书》，我不是信徒，因而我和作者玛丽琳·罗宾逊的价值观势必南辕北辙，但这不妨碍我从书中牧师的家信中收获智识，我很喜欢牧师对地狱的诠释：

　　有一次，一个名叫薇达·戴尔的女人非常激动地谈起"火焰"。这里的"火焰"指的是"永久罚入地狱"。我只好拿下《基督教原理》，给她们读了一段关于被上帝摈弃的人的命运的论述。他们受到的磨难是"用有形的东西比喻给我们看"。用扑不灭的火焰等等象征性的东西告诉人们，"和上帝切断联系，将是多么悲惨"。那一段话就在我面前。当然是令人警醒、发人深思，而不是荒谬可笑的。我对她们说，如果你想知道地狱里的苦难是什么滋味儿，不要把手伸到蜡烛的火苗跟前体验火的烤灼，而是要仔细考量自己灵魂最卑劣、最隐秘的角落都有些什么东西。

这部杰出的小说里没有波澜壮阔的故事，连家族史也不过是散落在书信中的只言片语，但却提供思辨，提供给你合上书本后内心持久的震撼。

我想到，在过去，很多文人都会拜见高僧，拜见道士，不尽是为皈依宗教，而是为与智者清谈，是为获得人生的哲学，人生或是作为修行的所在。最终认识到自身的狭隘与不完满，逐渐使自身丰盈起来。

吃完饭出来，师兄很是惋惜H不见了当年的野心和抱负，而我一点儿也不惋惜，而且我觉得他的雄心壮志不过转化了呈现的形式而已。那天我还对师兄说，我很喜欢定海桥互助社的年轻人，师兄说，他们现在年纪还小，还看不出未来的成就。他说的对，但我又忽然觉得，未来的成就大约是不重要的，重要的是我看到了现在的他们身上具备的特质，他们全然不同的知识结构，他们理性的热情，他们长远的理想，他们不问回报的自觉实践，这些东西要比未来实现什么成就更可贵。

类似的，对于H，我觉得这些人生阅历让他收获的是自身的丰盈，这种丰盈要比利用这几年的时光写了什么书，拿到某个学位，或是得了某个了不起的奖更重要，不是吗？

师兄似乎并不理解我对H的这种羡慕，说实话，我真是羡慕极了！一直以来，我都用与生活决裂的方式逼迫自己前行，看起来我在努力向上攀登，但这种动力并非源于天空的召唤，而是源于对脚下深渊的恐惧。

师兄时不时问我：你这么努力，你读这么多书，但你最终写了什么呢？

我很羞赧，因为我什么都没有写，我一事无成。

但现在，我反倒觉得，如果我能够在人生的修行上有所突破，化解自身与生活无时不在的冲突，或许这些要比任何外在的肯定更为重要。

有一天你说你会想要来看我，我很开心，虽然同时告诫自己不要对你再抱有任何期待。而今我想，如果你真的来这片玉米地，我希望你看到的会是那样一个我。

想你。

是我

当别人说"你不能写"

亲爱的人：

这肯定是离开之前写给你的最后一封信笺。有时候我甚至会想，如果有一天我完全用英语写作，给你写下的这些信会不会是我用中文最后写下的东西？

你知道的，大概是两周以前的样子我见到了偶像李翊云。很多朋友问过我为何这么喜欢李翊云？这很难回答，我需要搜寻一个比方——比方说，以前听张怡微学姐说过一次她为何喜欢蒋晓云，因为蒋晓云写的上海让她很焦虑，这种焦虑从未有过，蒋晓云甚至没有任何的上海经验，连上海话都是在西门町跟人学的，笔下的上海气息却没有半分捏造。我不知道我是否误解了怡微学姐的焦虑，因为人与人之间几乎难有百分百的理解的，然而焦虑这个词也是我会用在自己对李翊云的阅读经验上的，她的中国故事让我焦虑。

我痴迷《千年敬祈》这个短篇集，不仅痴迷同名的短篇小说《千年敬祈》，也深爱着其中的另一个小说：Extra，大概可译作"零余人"。这个故事的主角是个工厂倒闭后遭遇下岗的女工，她年纪很大了，让她出去独自谋生几乎不可能，就在热心的邻居的帮助下，从未嫁过人的她竟然草草地嫁给了一个罹患阿兹海默症的老人，那个老人根本不知她是谁，而当那位老人洗澡时滑倒死亡，她就被这家人随意地打发出门，到北京郊外的一所私立学校当校工。李翊云在描绘这位女工的心理时尤为高妙，因为她从未真正爱过，所以在和人的亲密相处中，她时常生出爱的错觉来，比如帮那位名存实亡的丈夫洗澡擦身时，又比如后来在私立学校为一个小男孩厮守着他不可告人的隐秘时。

大约有两年的时间，我到处找人聊天，聊上世纪末国有工厂转制的往事，聊工人下岗后人生的变轨，当我读到Extra，我很难形容我的感受，这就是我一直以来心心念念想写的故事，然而早就有人写出了，而且完美无瑕，李翊云已经宣告了这一题材的完成。

所以你知道她回信说愿意和我聊一聊时，我有多兴奋了，我还期盼能从她身上获取一些一手经验，最基本的却也是最不可思议的，她的英语怎么可以跟native speaker一样好？除了给正午故事做的那个访谈外，她还和我分享了很多她在爱荷华的经历，然而，更多时候，我越是倾听，越是发现，原来他人的经验对自己的裨益是那样的有限，原来人与人之间的不同是那样的多。

如果你读了访谈，你会知道，她是一个多么沉得下心来的人，她每天要读十个小时的书，每年都能把《战争与和平》重读一遍，并且，她还是个天才式的人物，她转向写作的初衷在于：科学研究对她而言太简单了，缺乏挑战。

是的，你看到的是一个分分钟被学神碾压的我。

倘若这是在过去，我听到这些，我的焦虑会加深，因为当我阅读更多的李翊云的作品，我真的会这么想，在美国，有她写就足够了。然而，现在的我反而很高兴，每个人都不一样，所以每个人的作品也都会闪现着个性的光芒，正如她在访谈中回答我的问题，会有少数人写出了所谓的"工作坊小说"，但更多的人写截然不同的东西，比如她和Junot Diaz写的东西就不一样，她和Gish Jen（任璧莲）写出的也不一样。

和她聊得越多，越发现我之前的很多困惑和疑虑都是不必要的——这话显然是事后诸葛亮，疑虑和困惑需要前人的提点，不然还会是放不下的包袱，像禅语中小和尚记挂着的那位被师傅抱过河的美女。我做采访前还问了她一个问题，一问出口我就感到这个问题愚蠢至极，幸而没有引起她的嫌恶。

我问她：如果有人认为你的作品代表中国，并且认为你没有提供一幅完整而真实的中国图景给世界，你会怎么回应？

她后来在访谈中也谈到了这种误解，她称之为"有意的误解"，实际上近于中文的"曲解"——没有人能代表中国，没有人能提供一幅完整而真实的中国图景，她还引用了一句前人的话语，回答道：Disloyalty is a writer's privilege.

这句话放在当今中文语境中来探讨十足有"政治不正确"的危险，但是它在文学和艺术界就是一条板上钉钉的真理，并非鼓励你去充当不忠之人，而是鼓励你去怀疑，反思，遵从内心的真实，我们现在用了一个更中性，看起来也更无害的词汇来替代：独立。我们有各种各样的独立出版人，独立艺术家，独立作家，独立音乐人，但如果我们没有意识到"独立"二字背后潜藏的风险，那么这个"独立"不过是个花哨的名头，沪语说，摆摆野人头。

而那风险对于我们而言是每分每秒都可以感受到的，并不仅仅是Gish所言，我们被柏拉图驱逐出理想国。

前几封信里我跟你提到过Gracie，几天前我才知道她和Gish一样，本科毕业于哈佛大学（自从认识她之后，我就不再觉得自己小说中捏造哈佛学生的桥段会给人感觉很假）。Gracie说她写过一个中国农村的故事，写一个女子在农村学会识字，算数，最后把几个孩子培养成为杰出的学者的故事，而当Gracie的父亲偷看这篇刊登在美国期刊上的英语小说时，她父亲对她说：你写的完全不对，你根本不可能了解中国，一个中国农村妇女怎么可能凭一己之力学会识字，算数，最后还能改变命运呢？

Gracie当然有被苛责的理由，她五岁就来到美国，她是个地地道道的美国人。

但Gracie没有被父亲唬倒，她说：我写的就是你的母亲，我的奶奶的故事。

她的父亲一下子惊住了，但并没有退却，反而说：你的奶奶是个非常特别的农村女人。

Gracie问：我为什么就不能写一个非常特别的中国农村女人的故事？

第一次和Gracie深谈，在南京西路上的一家日料店，她告诉我，她来到这里，感到很熟悉，因为她应当就出生在这附近，只是上海的变化翻天覆地，她已经找不到儿时的住所了。那天她和我聊起黎南（Nam Le）的集子《船》，说黎南的父亲对他说的"你写不了越南船民，你两岁就长在澳大利亚，你根本不了解那里"，这与她的父亲的语气如出一辙。

当然黎南也不会就此罢休，他的《船》里不仅写了越南，还写了广岛，写了纽约，写了德黑兰，写了世界各地各种人的故事，最后这本书结集，仿佛是在对他的父亲宣告：你看，我不仅能写越南船民，事实上，我什么都能写！

在这种时候，我特别感激，自己能被爱荷华接受，因为我碰到的困境也在这里，身边的人拼命告诉我，你只能写上海，你只能写好上海，你把上海写好就够了！

Gracie 说，他们就是这样，假如你写了一个上个世纪初中东的故事，他们会问：你连中东都没去过，怎么能写这个故事？但他们不会问：你连上世纪初都没有去过，怎么能写这个故事？——所以，不用在乎。

李翊云对我说，你在工作坊里会遇到很多人出言不逊，甚至出口伤人，但你不用太在乎，你的心里要自己有一把尺。

就在去年的这个时候，我为"网易-人间"采访几位盲人朋友，我们一起聊到娄烨的电影《推拿》，他们都很反感娄烨过分强化身体欲望的特异视角，听我说道这是娄烨的一贯风格后，其中一位盲人朋友——小溪给出了特别中肯的评价：

> 问题不在于这部电影本身，而是目前市场上，表现盲人生活的电影太少了，于是这部电影一出，大家就以为这部电影代表了盲人的生活，大家看了电影以后，就觉得盲人就是这个样子的……

小溪还说，有一天，他接到以前工作过的盲人按摩院的老板打来的电话，抱怨不知道为什么，生意一下子变差了，小溪说："你去看看，会不会跟最近的电影《推拿》有关系？"

如今想来，海外写作中国故事的作家或也遭遇同样的尴尬。事实上，他们高度个人化的视角和娄烨一样，并没有错，艺术家尽可以展现个性化的趣味和风格，最大的问题是现今在海外写作中国故事的人不是太多，而是太少，正因为太少，所以一经出版就被贴上"代表"的标签，使得中国的印象，或者华裔作家的印象单调而刻板。

当然，即便故事的版本更加斑斓，有意和无意的误解仍旧会存在，仍旧会有人苛责作家在贩卖自己的国家和文化，但是，这都不重要。我喜欢 Gracie 引用她的导师，澳大利亚作家 Peter Carey 的一句话：你尽可以去写你的国家与文化，哪怕是那些最诡谲最绚丽的故事，只要你自己心里明白，你没有 take free ride 就行了。

"心里有一把尺"是这么重要，不仅让人有坚持写作的动力，还能让人抵挡他人的误判，但这个很多初学者就明白的道理，我竟然需要兜兜转转一大圈才能恍然。

离开前一直都忙着与外滩教育合作的网络课程，忙毕竟是件好事，因为一忙起来，就不会这么想你。

是我

生活是更大的学问

亲爱的人：

下周才正式开学，作家工作坊的教授同时也都是作家，作家的性格表现于：他们要到开学当天才回到爱荷华城。

这些日子，我在这里更重要的课程是如何生活，毕竟生活要比任何学问都深邃得多。几天前，听了学校要求新生必修的prevention of sexual misconduct课程，真是做得非常出色，对misconduct的红线应当划在何处有非常明晰的判定（如，学校的rule是，身体接触的前提必须是口头问清楚，对方是否同意，无论男女——并且，始终记住：没有抗拒不表示同意）；另一重要的环节在于，学校鼓励学生如果看到有人置身危险，应当挺身而出。这里的"挺身而出"绝非我们想象中的"舍生取义"，完全不同，视频中演示了如何智慧地帮助别人，比如你在派对上看到一对貌似情侣的人在争执，肢体上已产生拉扯的行为，你应当干涉，有这样几种方法：

一、坐到他们两个中间，喝东西。

二、带走其中一个人，对另一个打招呼：Excuse me, may I borrow her for a second?

三、随便和他们聊点什么，转移注意力。

又比如，如果你看到有人给身旁人的饮料里放了些什么，你也可以做一些事：

悄悄打电话给campus security。

假装不小心碰翻饮料，或者把你的饮料翻到那个可能的受害者的衣服上。（如果是强壮的男生）索性告诉下药的人，嘿，我刚看到你做了什么了。

视频提示，有三分之一的sexual misconduct都是在身旁有人的情况下发生的，因此，you can make a difference。

还有一处让我印象特别深刻，如何判断你是否处于unhealthy relationship中，事实上，这是有明确的表征的，比如说，这个人：

> 轻易许下诺言
> 有强烈的控制欲
> 有强烈的嫉妒心
> 经常羞辱你，贬低你
> 经常吓唬你，恐吓你
> 性格多面，时好时坏，喜怒无常

这些表征非常有用，简直是经验的总结，而在这里，大学的第一堂课，就明确告诉你，遇见这样的人，绝对不是Mr. Right。

事实上，这些表征不仅适合情侣关系，也适合一切的人际交往——朋友之间，亲人之间，同事之间，等等。话说，我把你从我的朋友圈屏蔽了，因为你总说一些不中听的话，以前我觉得很有意思，而今却不，感到徒然消耗着无谓的情绪。一切好的人际关系都在于相互肯定，相互促进和相互激发，跟说不说对方好话不完全等同，再多的人跟我说"你好厉害"，我也只能报以感谢的微笑而已，而是在于，所有言语背后的情感都是促成对方成为更好的自己，无论是批评还是赞美，也都是为了让对方感受到自己对他（她）的在乎和关心，这个简单的道理，我现在慢慢从别人身上学会了，似乎有些迟，但好在还来得及。

那天我把自己在超市买鸡蛋，在超市外面看着好几袋食物发愁如何拎回去的照片发在朋友圈里，大学的室友感叹，很难看到你如此生活化的一面。确实，这必须感谢我的室友，照片是她趁我不注意时偷拍的，她特别善于记录生活的点滴，我从她身上感受到了对生活的热忱。我感到自己特别幸运，从高中住宿起，每一位室友都好。我们一起搬家，一起去超市采购（如果不是碰到一位好心的白人大叔，我们大概要拎整整一个下午才能回来），一起煮饭做菜。上个周末，附近的教会组织了一场international giveaway，我们搞了张单人沙发，但布艺的东西，很担心别人用过，不知道会留下什么来，于是，我们把沙发套硬是剪开来（他们不像我们中国人会装条拉链，这里的沙发套是缝死的），把套子扔到洗衣机里洗，把棉花掏出来晒。拆东西很费功夫，线头特别多，室友摆弄了很久，结果出来的棉花都不成形状，整的整，碎的碎，我们都担心洗好也装不回去了，结果——

我们竟然塞回去了！她缝主要的线口，我缝中间固定棉花的凹槽，我们竟然把沙发垫的形状做回来了！和刚拿来时候的形状差不了多少！忙碌了一个下午后，我们真是佩服自己。

做菜也是，简直是逐步挖掘潜能的过程，我们都会做一些，所以轮流做，但是，这与我在英国自己应付伙食不同，因为有两个人，我们加入了比"应付"多一些的心力，几乎每次都能运用有限的食材做出极为丰盛的效果来（虽然还是建立在最简单便捷的完成基础上），而且，因为是自己做的，特别高兴，我们还在乎起了摆盘，每一次都忍不住先拍照，照片成了我们精神上的开胃菜。

我的母亲还是很担心我独立生活的能力，这固然是做母亲的无法摆脱的对儿女的牵挂，但我感到，我大概很早就已经准备好独立生活，而今这一天到来，我感到反而有些迟了。其实最初从英国回来，我就和家里大肆宣过战，要求搬出去住，最终却以买房而妥协收场。然而无法否认，我们这一代毕竟和上一代隔着巨大的沟渠，父母会觉得，他们照顾我的生活，是为了我好，帮我节省时间，但我已然长大，完全有能力照顾自己，过与他们完全不同的生活。孙隆基先生在《中国文化的深层结构》中提到过中国文化的这个特征，先是照顾你的身体（供给你衣食），然后在此基础上建立obligation，这个obligation就成为中国的人际关系的基础（孙先生特别指出"吃"在人际中的话语运用：因为在一起"吃"，我们会从"生人"变成"熟人"）。我们对父母也是如此，身体发肤受之父母，父母之恩无以为报，所以，我们要报以孝顺，服从——父母之爱固然伟大，但不能总是让我成为依附于他们的"巨婴"。我无法接受我母亲的一个观点，她说，现在我有义务照顾你，等你嫁人了，我就不管了，让你的老公照顾你。她这么说，好像我永远是一个附属品，先是附属于她，后是附属于我的丈夫。

我刚读完美籍华裔作家Samantha Lan Chang的《Hunger》，有一则故事写一对中国夫妻到爱荷华州定居，希望儿子就读一小时车程的爱荷华大学，但是儿子不肯，儿子想去东海岸上常春藤，惹得父亲很伤心，孩子的母亲开释父亲：这里的儿子们都是这样，他们长大后离开父母和妻子一起生活。

我固然不愿看到父母伤心，但我力求向母亲证明，我的独立生活真的过得还不赖；况且，衣来伸手饭来张口的岁月或许太过安逸，纵容我的懒惰和刁钻；自己动手丰衣足食，能感受到和生活更亲近的联系——你知道的，我原来怎么也学不会与生活和谐相处，而今，才发现，不难，奥秘在于珍惜生活馈赠的一点一滴。

话说回来，我在上一封信里提到，让生活如此简单的原因还在于现代机器，洗碗机、洗衣机、烘干机、微波炉、烤箱，这些都已经把生活的渣滓都已滤掉了一遍（这里似乎又有一个文化差异，很多中国人都抵触现代科技，我母亲一再问我，洗碗机能把碗洗干净吗？不仅干净，而且还省水，省洗涤精呢）。

你更无法想象的或许是，我甚至开始 hit the gym 了，宿舍和学校都有健身房，走几步路就到，我可以一边跑步一边看当地的电视新闻，一举两得。

现在已经和朋友聊起，或许读完书回去，和家庭的矛盾会更趋激烈，父母将会更难以接受自己的改变。但是，以后再说吧，先享受这两年的"间隔年"，真的，这对于我而言的确是难能可贵的"间隔年"。

是我

重读包法利夫人

亲爱的人：

前段日子，外滩课堂要我回答一个问题，对于已经在海外求学的高中学生，如何才能保持对母语的热情和兴趣？

我觉得这个问题很难回答，因为语言的掌握程度和 exposure 成正比，一旦不"暴露"在这种语言环境之中，有些东西就徒留一个空壳，就像很多海外的中餐，名字听起来，东西看上去好像是这么一回事，但实际上味道已不复原初的味道。

最后我想了想，还是得给一个回答吧，所以我就说可以给家人或朋友写信，但必须是亲近的家人和朋友，懂你的那一个，然后通过和他（她）

的亲近维系和母语的亲近。

我们已经很长时间没有说话了，我最近在想，是否需要换一个收信人，因为那种亲近大概从两封信前的样子就开始流失，慢慢干涸。可最后还是写给你，这样很好，或许这一封，或者接下来的每一封都可能是最后一封给你的信，一旦不再写给你，你也知道，不必来看我了。

开学前的周末，我在读Gracie推荐给我的一些小说和文论，其中一篇弗兰纳里·奥康纳写的散文尤其精彩，我已经和国内的文学期刊约好，全文翻译这篇文论。其中有一部分，她特别提到了福楼拜的《包法利夫人》，说福楼拜有条原则，你如果要"写活"一个人，必须至少同时调动读者的三种感官来感受这个人物。接着奥康纳引用了《包法利夫人》中的一句对爱玛的描写，来自英文译本，她感叹，你越多次进入这样的文字，你从中所获得的启示也越多。

真的很巧，我第一次上Margot Livesey的seminar，Margot要我们重读的第一本书也是《包法利夫人》。是的，《包法利夫人》现在就在我的身边，这是我的周末，而我还远没有读完。

我曾经应该至少读过两遍全书，李健吾的中译本，被其文辞的优美所感染，但是对情节的认识和之后在乔治·斯坦纳的文论中读到的相同，福楼拜竟然运用这么高超的技巧写了一个这么庸俗的故事，这是欧洲现实主义文学的最高峰，但也是尽头。我在给学生上《罪与罚》之前带领过学生沿着乔治·斯坦纳的观点看俄国文学的伟大，因为俄国文学在已经行将陌路的欧洲写实传统中硬是杀出一条血路来。有两条经典的线索，一条是《包法利夫人》和《安娜·卡列尼娜》，两个小说的情节相似点很多，但斯坦纳观察道，就算读小说的开篇你也知道福楼拜和托尔斯泰的野心迥异，《包法利夫人》的开篇是包法利先生第一天转到学校的场景，日常，还有点像校园小说，而《安娜·卡列尼娜》则是那个著名的开头："幸福的家庭总是相似的，不幸的家庭各有各的不幸。"

托尔斯泰不是只想写安娜，他要囊括整个时代。

斯坦纳显然更偏爱另一位俄国杰出的作家，陀思妥耶夫斯基，于是还有另一条线索，所谓的拿破仑传统。司汤达的《红与黑》和陀思妥耶夫斯基的《罪与罚》都是拿破仑传统的演绎，一个外省人如何凭借他的野心、抱负力求颠覆世界。这样的比较是残酷的，因为《罪与罚》确实是这个传统中最深刻的版本，不停留于批判现实或人物心理分析本身，而是从拉斯科尔尼科夫身上看到了时代的病症，这个病症直至今天依然，如果每个人都相信自己所说的是真理，那么世界就会永远陷于分裂与战争，用什么去弥合？最好的文学作品正是提出伟大的质疑，陀思妥耶夫斯基做到了，而司汤达则没有。

　　脑海中装载了过多文学史和文学理论的我其实很难亲近文本的，然而可能是之前奥康纳的提点，和第一堂课中对 Margot Livesey 生出的钦佩，让我重又投身到《包法利夫人》之中。而这一次读就好像是从没有读过一般，英译本和中译本差异甚大。即便李健吾已经是杰出的译者，但两种语言的距离太过遥远，打个不恰当的比方，这两天我跟美国朋友描述我吃美国提子的惊异，水分饱足，甜而不腻，好像孩子第一次尝到甜的滋味，我说我在中国也吃过，但可能是运送的路途漫漫，虽然也甜，但像假的一样，我夸张地说：It tastes like plastic。《包法利夫人》经历的或许也是类似的旅途，许多东西在途中或者消逝，或者变质，英语译本因为路途稍微近一些，所以保质的效果显得稍微好一些。

　　我一开始是在做摘抄的，这是之前李翊云极力推荐的"笨"办法，是的，没有比笨更聪明的办法，没有比慢更快的方式。可我很快发现，这样我根本无法完成这周的阅读任务，所以我只好把需要摘抄的地方在纸上标注好，一有时间回来补这项作业，但就在开头，我就读得好慢，因为福楼拜的语言（即便是英译本）太值得咀嚼了，比如包法利先生第一次来到爱玛家中：

　　A young woman in a blue merino dress with three flounces came to the threshold of the door to receive Monsieur Bovary; she led him to the kitchen, where a large fire was blazing. The servants' breakfast was boiling beside it in small pots of all sizes. Some damp clothes were drying inside the chimney-corner. The shovel, tongs and the nozzle of the bellows, all of colossal size, shone like polished steel, while along the walls hung many pots and pans in which the clear flame of the hearth, mingling with the first rays of the sun coming in through the window, was mirrored fitfully. (Paul De Man译本，下同)

其实化学作用这个时候就发生了，福楼拜没有直接写包法利先生眼中对这个年轻女性迸发的火花，但是字里行间，这火花燃烧至这个小屋每一寸空间，所有平凡的东西都被施了魔法，焕发光彩。之前和学生一起读过两次马尔克斯的《霍乱时期的爱情》，我们都感慨这个小说和《包法利夫人》是有联系的，原来我们的聚焦点是情节和象征上的联系，而我重读《包法利夫人》的英译本时有种直觉，马尔克斯写作时语言上也在向福楼拜致敬，这一段和乌尔比诺医生头一回来到费尔明娜家看到的情景何其相似？普通的花园，连同费尔明娜饲养的鸟雀都披上了魔幻的外衣，魔幻不是《霍乱时期的爱情》的笔触，而来自于费尔明娜对乌尔比诺的致命吸引。

再看福楼拜如何描述包法利先生确实感受到了爱玛的美，远在他感受到现实空间的膨胀之后：

Once, during a thaw, the bark of the trees in the yard was oozing, the snow melted on the roofs of the buildings; she stood on the threshold,went to fetch her sunshade and opened it. The parasol, made of an iridescent silk that let the sunlight sift through, colored the white skin of her face with shifting reflections. Beneath it, she smiled at the gentle warmth; drops of water fell one by one on the taut silk.

这些视角，是后来电影作品向文学经典取经的起点，爱一个人的感觉就是全世界因为她而变得不同，变得美，而她的美当然也是依托于特别的情境，或许对别人而言是寻常的情境，对坠入爱河的人而言就是被雷电击中，阳光与遮阳伞的游戏衬出她的肤质，或者，是乔伊斯的Araby里的，黄昏时分唯一的光亮为那意中人营造了天使一般的光环。

Workshop里有个美国男孩（其实在除seminar以外的workshop和课堂

里，我都不仅是唯一的外国人，也是唯一的少数族裔），对中国文化感兴趣，本科的毕业论文做的是李安的《色·戒》，他也很喜欢日本文学，那天吃饭的时候他问我：你一定看过不少日本文学。

我说是的。

他马上大胆地下了结论：我认为日本的文学恐怕是全世界上最好的文学。

我兴奋地直点头。

然后我们就聊起了日本作家，他读的是英译，我读的是中译，有时候作家的名字都很难说出一样的来让对方知道，但他讨巧地说起这些人的经历，他说，有个作家他很喜欢，喜欢练自己的身体，最后还搞了个刺杀行动……

啊，三岛由纪夫！

我读《包法利夫人》的时候，时常思维飘出去，想到川端康成的《雪国》《山音》，这样的语言在川端笔下，在三岛笔下也俯拾皆是啊，川端写女性的美，不会直写女性的容貌，而是要借着车窗的倒影来写，东方的情致原本就是贴近文学的，不是吗？

或者说，一个在爱着的人，他（她）的思维会变得东方，变得更感性，变得更含蓄婉约，更小心翼翼——只是，对于写作的人，"明白"是一回事，"写作"是另一回事，如果没有在"爱着"（广义的，我寻不到一个好的词，用来指某一瞬间，自己的情感体悟和世界恰好灵犀相通），为了写而写，那文字也只会流于造作，流于匠气。

写作是难的，我们总以为"明白"可以取代"灵感"，甚至要不断告诫自己职业的作家无须仰赖"灵感"，但在没有与世界灵犀相通的时候，你无法否认，写下的东西确实糟糕透了。

所以朱岳说：写作最重要的方法之一是等，这一方法运用起来有相当的难度。

啊，是我

钱佳楠的新浪博客

最初对钱佳楠有印象，不是因为她的文章，而是她的画，或黑白或彩色的图景中，总有那么些如魔似幻的惊悚气息。后来看到她的照片，还在想，原来这些古灵精怪的想象都是来自这么单薄的一个人身上。真正记住她，应该是在微信公号"正午故事"上读到她对李翊云的一篇采访。那篇文章具体说了些什么大多漫漶不清，倒是记得了一句话，大意是李翊云说她每天的工作就是要读十来个小时书。我从没意识到读书也能成为一种工作。很多时候，一个人坐在阴冷的房间翻小说，事后总有虚度光阴的焦虑，万事无成的荒诞。奇怪的是，因为这么一句话，在很长一段时间里，我好像治愈了。钱佳楠的书信系列应该还会继续，这里摘取四封，可以粗略感受到年轻一代人对待人生，对待世事的态度。因为专注，平常的日子，也可以过得不同凡响；因为认真，简单的事情，也能做到极致，见出力量。

前头有很多好东西

/阿慧

一

雪片碎碎的，围着楼下的路灯凌乱地飞，像一群缺心眼的小白蛾子。我仰着脸注视了一阵，听得它们折断翅膀的丝丝疼痛。拐上一条铺满鹅卵石的小路，又拐上向北的一条水泥大路，雪花仍热情不减地追随着我。我和父母家离得不远，都在一个小区居住。十分钟后，我来到他们楼下，上了两级台阶，发现雪花没有追来，它们又小白蛾子似的，围着妈妈家楼头的路灯傻转。

我敲门，咚咚咚，不等落音，屋里两位老人一起答应：哦，来了！拖拖拉拉的脚步声，急促地接近门外的我。妈总是比爸抢先一步开门，她精瘦的身板，细长的双腿，都比我爸条件优越。妈拉开门，笑眯眯地明知故问：俺大闺女来了么？爸虽站在妈身后，但他腆起的大肚子，始终保持向前一步走的姿态，使我错误认为，他是和妈是并排站立。不等我回答老妈，老爸就说：咦，这不是俺的阿伊莎么？要是不打电话请，你还不来家吧！阿伊莎是我的经名，小时候阿訇给起的，爸妈都喜欢这么叫我。我站在娘家热气腾腾的门口，心里竟有着小白蛾子撞碎身体的酸痛。

屋内装修的味道淡淡的，客厅的方形顶灯光芒四射，这屋子每一个细节，都透出大妹对年迈父母的孝心。去年三月，在宁波医院工作的大妹夫

89

妇，给年迈的父母买了这新房。因为是新建小区，绿化又格外的好，所以房价也很高，但大妹考虑到她和小妹都在外地，只有我一人留守，想让父母离我近些，照顾起来也方便，就立马借钱买了这套房。我用挑剔的眼光扫量，还好，玻璃茶几明晃晃的，可以看见白底台布上蓝盈盈的花朵。淡黄色贵妃榻后面的夹缝，也清理得干干净净，我的目光满意地收回。

问爸妈：都卖了吗？他们点头，说：都卖了。阳台上也卖了吗？他们又点头，说：也卖了。我满意地点头。妈说：该过春节了，得清扫室内卫生。又说：节前这些东西价格也高些。爸提醒说：明天腊月二十二了，是主麻，好日子。

妈好像早就等爸这句话，她看着我说：阿伊莎，咱仨商量件事儿。

我料到爸爸下午电话定与这件事有关，立刻像吞进一把缝衣针，满腹扎巴得难受。

这时，窗外的天空有谁燃放一个大烟花，随着咚的一声巨响，天幕上铺开一大团炫目的红，散落时，又是一大片耀眼的紫。爸爸的脸上红红紫紫，他把肥胖的身体朝沙发背上靠了靠，说：我不去。

我站在妈妈背后，不让她看见我的脸，又一团烟花在天空爆裂，我趁机说：我也不去。

妈妈没有看爸爸，也没有回头看我。她戴着一架老花镜，在绣一只小手袋，黑呢绒布上一朵七彩的大菊花，还剩最后一根花蕊没有完工。

一时间无人说话，窗外的烟花也突然沉寂了，我的胸腔有撕扯的刺刺声。妈妈咬断最后一根线头，她把菊花在灯下照了照，说：都不去，只好我自个去了。她从小凳子上费力地站起，说：谁让我是当事人哩。弯着腰探进了卧室。妈妈的腰啥时候弯成这样了？我似乎现在才发现。我的目光跟随母亲进屋，感觉自己的腰也酸痛得直不起来了。

出来时，妈妈手里捏着一沓子钱，她递给我说：数数。红红的两匝，分别用橡皮筋束住，不用数就知道是两万。爸爸说：还是数数吧，别少了。我数一匝，妈数一匝，不多不少。妈还是不放心，递给我爸说：我和阿伊莎都是教语文出身，对数字不敏感。你是教数学的，再数数吧。爸晃晃了身子，在沙发上坐正，一张张数出声儿来，还不时用食指蘸着口水。妈妈眼睛紧盯着，不眨，一张不差，整整两万。

两万元人民币，被妈妈小心地装进新绣好的菊花手袋里，她放在手掌拍了拍，嘴角绽开菊花般生动的笑。

从父母家出来，地面竟白了，路两旁的桂花树、玉兰树、香樟树也白了，这让我低估了小白蛾子碎雪的耐力，它们不动声色的飞飘，终让大地改变了模样。

一个个垃圾桶，在小区楼头站立，张着污秽的大嘴，雪让他们与往日不同。

两个月前，那时天气还没有现在寒冷，垃圾桶旁的枇杷树，还开着一簇一簇可人的小紫花。那晚，我陪父母说了会儿话，同往常一样告辞回家，二老也习惯性地送我到楼梯口，我朝他们摆摆手，看到他们回了屋，听见门锁的啪嗒声，这才安心下楼。快到我家门口时，一摸钥匙不见了，才想起落在了父母家，又转身往回走。刚走到父母家前边的那栋楼，就发现垃圾桶前两位老人的身影，一高一矮，一胖一瘦，老婆婆伸胳膊在桶里扒拉，老头儿撑开塑料袋子口等着。老人们没有说话，甚至连呼吸都放得很轻，但我还是从他们收紧了的脊背，感觉出老人心里的紧张。微弱的路灯，没能阻碍我对亲生父母的识认。我看见母亲把挑拣的东西，放进父亲撑开的塑料袋，我紧抱一棵粗壮的香樟树，仍没能止住从头到脚地颤抖，我的身体，连同五脏六腑都哗啦个不停。不听话的泪水，使我没能看清爸妈那晚的表情。迷蒙的夜色里，二老分别揪住袋子的两边匆匆离开。妈妈的伤腰，走成瘦弱的一棵弯柳。爸爸的脚步很沉，脚后跟已难以轻快地抬起，他只好一路拖拉着走，鞋底和路面发出密匝的嚓嚓声，远去。一拐，我的父母，提着他们夜的战利品，消失在楼道口。

我没有想到，父母会在新搬来的小区内拾破烂，他们从什么时候开始的呢？难道从去年春上，刚搬到新家就捡拾了吗？也许在郊外，那仅有五十平米的老屋居住时，父母已经操持上了这行业。这么一想，我脑仁子都疼木了。近两三年里，父母怪异的行径，浪花似的呼啦啦翻卷过来，翻出了我湿沉的记忆。

有那么一阵子，我每次在电话里说要去看望爸妈，他们几乎都会慌忙推脱，说这会儿不在家，晚些再联系。有一天，我终于急了，一下班就直奔郊外老屋去了，提溜着鸡蛋和青菜，上到四楼连气都喘不匀了。敲门没人应，热乎乎的心马上就凉了。家里的座机早停了，我只好倚着门打爸爸的手机，爸爸声音明显地慌乱，他说：你咋不吭声就来家了？妈在旁边不住地插话。爸说：让你妈说。妈比爸平静，她说：是这样阿伊莎，我和你爸正在黄淮大市场买菜，有十多里路哩，赶不回去了，你明儿带孩子来家吧，咱中午吃顿羊肉馅饺子。

我下楼时气冲冲的，心想，我这老爹老妈真是越溜达越起劲了，都快八十岁人了，买把青菜还跑到十里外的大批发市场，弄得我回个娘家还要提前预约，比见市长还难呢。又想，二老这样忙活也挺好，最起码可以淡化小妹带来的沉重。回家的路上，我呆站在十字路口，看红绿灯不安分地眨眼睛，我不眨眼，仍在想：爸妈究竟在忙些什么呢？

假如不是我亲眼所见，砸破脑袋也不会相信，我儒雅的父母，两位特级教师，会忙着满世界捡破烂。老人家是怎么迈开这令人羞窘的一步的呢？他们年迈的身体，是怎么把破烂大包拖到四楼的呢？那些精心捡来的脏东西，又都集中在家里的什么地方？对了，那次在郊外的老屋，爸妈急切地阻止我进家，一定是那些捡来的东西还没被及时卖掉，它们小山似的堆在小屋的客厅，甚至卧室，叫人无法下脚。我揪心地后悔着，我那时任性的造访，爹娘该是怎样的一阵惊慌。老爸的高血压，不会因我更高了吧？老妈的心律不齐，不会因我更不齐了吧？在那个秋天的夜晚，我搂着那棵香樟树，一圈圈无意识地旋转，我的眼泪一圈圈飞溅。

第二天一早，我冲进父母的新家，用一夜无眠的红肿眼睛，红外线似的搜寻他们拾来的宝贝。我在崭新沙发与洒金窗纱的间隙，找见了一捆捆整齐的废纸箱和旧报纸；在卧室新式大床和飘窗的走道，发现一袋袋各色饮料瓶。在洒满金色秋阳的阳台上，看见一团团费电线、泡沫板……这明明是很多夜晚的积累，还有更多白天的奔忙。我记得，我摔门冲出父母家时，吐出这么一句话：我大妹要是知道，孝敬您的新房成了垃圾场，她会哭死的。不忘狠狠地回头，看着惊愕中的父母，大声说：我不会再来了，你家太脏啦！不知我走后，父母在门口呆立多久，只知道，我一口气跑回家，软在沙发上泣不成声。

一连几天我不去父母家，连儿女也不许去。我想给二老压力，想让他们改掉这毛病。但女儿下班回来后，红着眼圈告诉我，在小区大门口看见姥爷姥姥了。我心一紧，忙问看见他们什么了？女儿带着哭腔说：他俩在扒垃圾桶。我的眼泪也下来了。

我一口气跑到父母家，对面带惊喜的爸妈说：我女儿正谈男朋友，如果因为你们捡垃圾给散了，我是不会原谅的。

没几天，在上班路上遇到爸妈，老两口在骄阳下缓缓地走，妈妈垮个小包，爸爸提了个大包，大包小包都鼓鼓的。走近了，我喊了一声妈，妈妈就在柳树旁蹲下了。她掏出小毛巾擦汗水，连带把眼泪也擦了。爸爸的双颊被毛巾擦掉一层皮，红赤赤的，汗水不停地往外冒。

我拉上二老的手，哀求说：咱别干这个了行吗？你们的身体要是累坏了，那可是要花大钱的。从今天起，你俩的生活费我包了，小妹欠下的债，我和大妹帮着还，中不中啊？妈妈摇摇手说：孩子，这事你别管了，你也管不了啊。我和你爸，都跟真主口唤过了。做父母的，是在给小女儿赎罪哩，欠债不还，为主的不会恕饶，临了是要下火狱的。你和二丫头，家里负担都重。再说了，你们给我再多的钱，那也是咱自家的，每天捡拾一点儿，总是一个进项。妈妈靠近我小声说：我和你爸有个计划，攒钱把你喜姐的给还了。我大惊，十五万呐！靠捡破烂？妈已经背上垃圾包，弓着腰走了。爸向我摆摆手说：你就别管了阿伊莎，就这么定了。

没想到一年的功夫，爸妈竟攒了两万元。

风雪中，想起刚才父母亲数钱时的情景，我亲亲的爸妈，你们一年中弯腰的次数，又有谁能数得清呢？

我站在风雪里，拨响了父亲的手机，我大声说：明天我陪妈去喜姐家。几片雪花飞进嘴里，没有品出味道，爸爸说了句什么，我也没有听清。

二

在小区大门口，妈妈站在雪地里等我，我刚走到红楼的拐角就看见她了。妈背后是一棵挂满白雪的松树。她今天特意穿上了大妹从南方寄回的丝绒绣团花的大棉袄，黑呢裤子直挺挺的，白头发藏在黑色盖头里。夜里雪停了，阳光升起来，把天地照得亮堂堂的，也照见妈妈少有的笑容。

自从小妹生意破产后，她老人家很少这般地笑了。三年前的一天，在上海做物流公司的小妹夫妇突然回来了，几天后，又突然走了，还带走了我年迈的父母。过后我才知道，当天带走的，不仅有父母半辈子的积蓄，还有我存在妈妈那儿的五万块钱。

那天，我和老公、孩子把他们送到高速路口，爸妈从车窗伸出手摇摆着说再见，他们的笑脸一闪就不见了。我不走，蹲在路边落泪，老公和儿女嬉笑着拉我，嘲弄我的矫情。当时我心里涌动一股说不出的恐惧，感觉父母在奔向一个火坑。事后，父母告诉我，其实出发前，他们已经知道前面是一个火坑，但小妹夫妇已在坑里，二老只好朝里跳了。妈妈说：为了救一个女儿，我把另外三个女儿都给害了。那时我才知道，除了我的五万外，父母还借了大妹的六万，她干女儿王喜的十五万。小妹夫公司彻底破产后，连小妹也没料到，这个火坑其实更大，竟欠债一百多万。半年后，父母带着小妹一家，从上海连夜偷跑回来。当天的深夜，我在城外一个偏僻乡村的破屋，见到了分别半年的爸妈，还有面如死灰的小妹夫妇。他们的两个孩子，挤在一张板床上，不哭也不闹。

意外的，老人们的脸上，除了消瘦憔悴外，并没有看到过多的绝望。妈妈忙着清理锅灶，爸爸把我带来的米面油盐，一件件往屋里拿。不多会儿，屋里就飘出了饭菜香味。饭桌上，爸妈对小妹两口子说：灾难是真主对咱的考验，生意垮了人不能垮。有人在，就不怕欠债，你们一家四口，一个也不能给我少。

要账的还是来了。我正在机关上班，爸爸忽然打来电话，他老人家抖着声音告诉我，这两天别来他四楼的家，上海来了三个讨债的，扬言要卸掉妹夫的胳膊腿，不还钱，家里大人小孩，见一个砍一个。我的心提到了嗓子眼儿，我说：我不放心你和妈。爸爸说：你不能暴露。给小妹一家送吃的，这几天别让他们出门。

不敢再打父亲的手机，我就偷跑到他们家楼下，躲进一间废弃的煤屋，观察四楼的动静。将近中午时，我听到父亲熟悉的脚步声。我在暗处拉上爸爸的手，他老人家脸色寡白，满头是汗，手指却凉如冰棍。我摇晃着爸爸的手说：你接他们电话干吗呀，还把这些人领进家，小妹夫不是早就让你换号码吗？这下该咋办吧。爸爸猛地甩掉我的手，说：你这丫头咋说话呢？人家大老远来了，咱没钱总得有句话吧。你小妹俩人犯浑，我这把年纪了也跟着犯浑吗？转身朝楼外走，急着去桥头清真饭店叫菜。我小声说：爸咱报案吧。爸爸朝四楼说：报案？该报案的是人家。爸爸拖拖拉拉急促地走了，肥胖的身体左右摇晃，深灰色褂子敞开着，像一只耷拉着翅膀的老鸟。

三个粗壮大汉，在父母家一住就是五天。五天里，我日夜焦灼，满嘴燎泡。五天里，我的父母亲，天天给讨债人包饺子、烙油馍、做烩面。

夜静了，爸妈轮流陪客人说话，说生意，也说家人，爸妈说得最多的是道歉，说自己没把儿女教育好。说得饿了，爸妈就又起身给他们做饭，烙油馍、擀面条。有时这仨人也进厨房帮忙，做顿南方的菜，煲几样上海人爱喝的粥。临走时，汉子们拉上父母的手，说小妹两口子是被码头的老板给骗了，他俩又不肯去骗人，结果就拖了一屁股的债。临上火车还说，这几天，他们享受到家有父母的福，让老人家多保重。

几天后，我和父母送走了小妹一家，湖北宜昌有几个妹夫生意上的朋友。妈妈一遍遍叮嘱小妹：挣到钱先还债，哪怕是一千、一百、一块钱，还的是人心。小妹夫低头一直不敢看父母，妈妈说：朝前看孩子，只要不坏良心，为主的会帮助你哩。你要领着他们母子往前走，前头会有好东西。

显然父母拾荒就是从小妹走后开始的。他们每月的工资基本不动，攒成一撮，到银行排队寄给小妹，给他们的创业做本钱。我和大妹也常往宜昌寄去衣物和生活费。

小妹夫几经周折，终于在某个大学食堂承包一个窗口，经营清真饮食，今年年底刚有起色。

三

我挎着妈妈胳膊，并排朝喜姐家走，雪在脚下咯吱咯吱轻响。妈妈很欣慰我能陪她一起去还钱，她轻轻拍着我的肩膀，我知道，她老人家还真没有勇气一个人去面对。妈妈说：一提起你喜姐，我就难受得像挖心，三年了，咋对起人哩。妈妈在雪地里泪光闪闪。

小妹夫妇破产前，并没料到自己会破产，码头老板拖欠他们运输费将近百万，公司每天都要筹集车队的出车费、加油费，眼看资金周转不动了，小妹夫妇就跑回来和妈妈商量借钱。妈妈就把她和我，还有大妹的钱汇拢到一起，仍然不够，小妹就想起了妈妈的干闺女王喜。

王喜两口子在东城办了个汽车客运公司，五六辆豪华大巴，常年跑浙江，生意还不错。妈妈说：听说你喜姐买车的钱还没有还完哩，咱咋张口给人借呢。小妹说：试试吧，不能眼看公司关门啊。码头的运输费，下月就能回款了。当晚，妈妈就陪小妹一起去了王喜家。

一进屋，王喜两口子都在家。喜姐是汉族，知道妈妈不喝他们家的水，就忙拿苹果给妈吃。小妹侧身坐在妈妈旁边，喏喏地说出，想借些钱救公司。喜姐瞅了丈夫一眼，举着苹果进里屋找水果刀去了。姐夫从烟盒里弹出一根烟，低头在茶几下找打火机，就找到二楼去了。妈妈僵硬着身子，从皮沙发里摇摇站起，哑着嗓子对小妹说：走吧。喜姐喊了一声妈，把一张银行卡放进妈手里，大眼睛呼闪闪地说：十万，够不够？姐夫走下楼梯，见小妹和妈妈站在那愣神，就说：不够我这卡上还有五万，先拿去救急。

喜姐家不远，从我家小区向南，不足三里路。我和妈站在别墅区大门口，一簇翠竹朝我们唰拉拉摇动。妈妈一只手在额前遮挡雪光，一边说：这竹子啥时候长成竹林了？三年前只有稀稀的几棵。说完，垂下眼帘看脚，脚下的雪湿泥泥的。进得院内，妈妈拐上一条小斜路，我拉她向南走，妈妈说：记不得路了。

这三年，妈妈和喜姐始终没有通过电话，节日里，妈妈仍会多做一些吃食，但最后会被我们吃掉。喜姐是妈心尖上的痛，她不肯提起，家人也不敢提及。从小生长在上海法租界的妈妈，这干女儿喜子，是她今生唯一的债人，妈欠她的是钱，更多的是情。妈打听到，喜姐半年前又卖掉一辆大巴车，妈妈一夜不睡，一天不吃，手脚不停地整理捡来的破烂。爸爸怕她犯了心绞痛，一手端水，一手拿药，妈不接，两手不闲地忙。老爸只好把药倒进妈嘴里，又灌上一口水，妈妈咽下药，仍不抬头地忙活。

妈妈终于认出干女儿的这座别墅，她扶住缠绕着刺玫花茎的铁栅栏喘息。院子里积雪扫得很干净，水泥地面白亮亮的，里边的门紧锁着，我猜测家里一定有人。就喊：谁在家呢？又喊：王喜姐。有人走出来，是喜姐的儿子，他喊了一声姥姥，妈妈的眼睛一下子红了。

喜姐的儿子说，他爸妈都去东城车站帮忙了。今天腊月二十二，是个好日子，回乡过年的农民工很多。

出了大门，妈妈按了按口袋，问我怎么办。我知道，妈妈既然把钱拿出来，就不肯再揣回家。就说：咱们去东城车站。妈妈腰杆一挺说：好啊，快走吧。

赶公交的路上，老妈的脚步比我还快，她本来个头比我高，步子比我大，肉还没我多。没多大会儿，我就鼻尖冒汗。我拽住妈妈的后衣襟，喘息说：海大小姐啊，您矜持点儿，雪地滑溜，您别摔着。她老人家果真停下了脚，却弯腰在雪地捡一根旧电线，电线越抽越长，把雪下的烂泥都带出来了。我一跺脚说：你怎么又捡呢？脏死人了。她老人家装作没听见，掏一张卫生纸，把电线捋干净。我说：你带着这脏玩意儿去车站啊，我不跟你去了。老妈不理我，径自走到路边的小树林，把那截电线缠在树腰上，说：回来再拿上。拍拍手，朝我笑笑，那笑像一树新雪。

母亲说这是一段铜线，剥出的铜丝，比洋娃娃的头发还好看。

我在爸妈家见到过二老的宝贝。自从爸妈的秘密暴露后，他俩就不再躲避我。一进门，一地的破烂，爸妈坐在破烂间，都戴着闪闪的老花镜，那认真的劲头，就像给学生改卷子。

老爸把纸箱、报纸、书本等铺平、捋顺，用绳子结实地捆上。老妈在剥一根费电线，用小刀一点一点削外面的胶皮，脚下红红黄黄的一层。她左手的食指裹着创可贴，看来这手指没少受伤。老妈旁边花花绿绿五六个塑料盆，像摆杂货地摊。盆里分别装有钉头、螺丝、焊条、瓶盖、铜丝、铁丝，还有大半盆易拉罐拉鼻儿。

我第一次见到那么多的拉鼻儿，仿佛世界上的拉鼻儿都在这里了，个个翻卷着刀片似的舌头。我忍不住问妈妈，这些都是从哪儿捡来的。妈妈好像不愿意回答，她头也不抬地说：门口。我问：哪儿的门口会有那么多。妈说：游戏厅，歌舞厅。瓶罐被里面的人捡走了，小拉鼻儿给扫到路边了。又说：再小它也是铝啊，三块七一斤呐。

我不敢想象，这么多的小拉鼻儿，妈妈要捡拾多久？弯腰几次呢？更怕看见上面有血，那个个翻卷的铝片，能保证不划破妈妈的手指吗？

妈妈让我看一盆剥好的铜丝，崭新，闪亮，婴儿般干净。我忍不住蹲下扒拉，铜丝有粗有细，有长有短，都被妈妈缠成无数个闪光的"8"字，像开了一盆金灿灿的花。我试着端了端，有些斤两。问妈妈能卖多少钱，妈说，十九元一斤，有时还要贵一些。我的眼里冒出铜钱的光芒，呀，这一盆至少十五斤，能卖二三百元呢。爸爸说：你妈一年才剥这么多。旁边是一盆铁丝，妈说：铁丝价格便宜，五毛钱一斤。

我的心被黄黄白白的金属丝缠疼了，问这些都是在哪儿捡到的，爸爸接话说：哪儿都有，工农路最多，那里正拆老房子。他疲惫的眼睛从老花镜后眨巴了几下，说：你不知道吧，有次捡铁丝，你妈还给你认了个姨哩。

爸妈每次出门前，总是穿戴得很整齐，妈妈挎个大妹买的名牌皮包，爸爸拖个旅游用的拉杆小车，就像出门讲授优质课。他俩这次转到了工农路，一大片废墟让二老停下脚步。爸妈正弯腰捡拾碎砖里的铁丝和电线，一抬头，一个灰头土脸的老太太站在了面前。老太太看起来很愤怒，一愤怒，头发和脸上的尘土就乱掉。她盯着我爸妈粗声大气地说：恁俩是吃多了撑的吧！跟俺穷人抢饭吃，不知道这是俺的地盘吗？说完，夺过妈妈手里的铁丝电线，转身走向路边的小棚子，那电线随着她的脚步一甩一甩，像一挂红绿的鸡肠子。

爸爸告诉我，我妈从此忘不下了这老人，她的那句"抢穷人饭碗"的话，让我妈不安和心愧。有一天，我妈提一篮鸡蛋走进了老太太的小棚子。爸爸从外面瞧见，她们手拉手说话的情景，很像一对失散多年的老姐妹。

妈妈除了在垃圾场捡拾一个老姐姐外，她还捡到不少好东西。我在他们家吧台上，发现一只木质雕花小笔筒，涂着朱红老漆，样子很古朴。还有一只紫红小烟斗，小树根做成的，浑圆的烟锅，雕着一个大肚弥勒佛，笑眯眯地看人。一只铜质小闹钟，一对青年男女抱在一起跳舞，姿态很优美，只是衣服穿得有点儿少。在他们腹部，镶嵌一个圆表盘，恰好遮住关键部位，只露一段光洁的小腿。闹钟滴答滴答地走，我对照一下手机，走得很准，一秒也不错。

爸爸说：这些都是从不同地方捡来的，你要是喜欢就拿去。他摇着一只婴儿的小手铃，叮当叮当，像是在唱着无忧无虑的儿歌。

四

公交车上，去东城的人不少，大都是来市区采买年货的农民。他们采购的有新衣新帽，活鸡活鱼，车厢里气味难闻。我坐在车上皱着眉头，掩着鼻孔。妈妈心情却出奇的好，她一会儿逗逗前边的小男孩儿，一会儿摸摸过道里的一只鸡，弄得小孩和鸡都看她；鸡和小孩都咯咯叽叽。妈妈就忍不住哈哈笑，我紧张地四处看，伸出食指压在她嘴唇上，妈还是身子一抖一抖地笑。

田野里白白绿绿，白的是积雪，绿的是麦苗。田间小路上，有红衣姑娘骑电动车突突地走，越走越远，一抹流动的艳红。

我搀扶妈妈下车。望见喜姐家车站，妈妈竟停下了，我问：打电话吗？妈说：不打。又问：进去吗？妈说：进去。

车站里闹腾腾的，刚从浙江回来两辆大巴车，下车的人忙着抱孩子，拿行李，大人喊小孩叫。有一个人掐着腰站在车前头，叫喊的声音更大，我喊：姐夫。他一眼看见了我俩。姐夫拨开人群走向妈，喊：妈，您咋来啦？妈妈没回答，声音哽在咽喉里，只拍了拍姐夫的胸口。

我们随姐夫进了办公室，他关上门，将喧闹关在了门外。姐夫用一次性纸杯给妈倒了杯开水，妈妈这才问：俺闺女喜子哩？姐夫说：她去新郑机场接大姨了，刚走。妈妈身子在椅子上欠了欠，说：妈没脸见你和喜子。当初借钱时，说只用一个月，结果一拖就是三年，你说妈还是个人吗？老泪淋了妈妈一脸，我的喉头像塞进一团火球，伸出胳膊把老妈干瘦的肩膀搂了搂。姐夫的眼眶也红了，他的大手攥住又伸开，伸开又攥住。姐夫说：妈您不能这样说，小妹的公司出事后，我和喜子都不敢联系您，怕您和爸着急上火。妈妈说：你和喜子是孝顺孩子，三年里没催过一次债，你们卖车还银行贷款，都没跟妈吭一声。

外边有人叫老板，姐夫应了他一声。妈妈摸索着从内衣里掏出绣有菊花的小提袋，热乎乎放进姐夫手里说：孩子，这两万你先拿着。钱太少，妈拿不出手。但是从今天起，咱娘俩就接上头了，以后我和你爸年年还。你小妹已经在湖北站住了脚，托靠主，很快就翻过身了。姐夫惊慌地站起，把菊花袋放回妈手上，说：您和爸先花着，不急，等小妹有了钱再还我。妈又急得掉泪，说：等我还够了钱，你给我多少我都要。姐夫这才收了钱。我看见姐夫把爸妈的钱，连同那只菊花提袋锁进了抽屉，他脸上的肌肉一会儿缩紧，一会儿展开。

在返家的路上，我说到了市里请爸妈吃饭。妈让我给爸打了个电话，老爸从中听出了顺利，他的笑声从手机里传出。

回家路过小树林，妈妈不忘取回那根旧电线。树上的积雪已经化掉，小树的叶子碧绿碧绿。

路边的广告牌换成了新的，一只红头顶、黄身子的小鸟卧在枝头上，背后是一大片茂密的绿林。

我在前方发现一样东西，忙抓紧妈妈的胳膊说：前边有个易拉罐，是可口可乐瓶，再捡我就跟你急。妈妈笑起来，说：你这丫头，啥时候也瞄上这东西了？

清早，我端了锅胡辣汤给父母送家去。刚喝完，爸爸就给妈妈使眼色。

爸爸说：转转？

妈妈说：转转。前头有很多好东西。

评鉴与感悟

老人拾荒，也算不上特别陌生的场景，走在大马路上，谁没有见过步履蹒跚的老人走向废品收购站？只是，假如这个搭荒的老人是自己的亲生父母呢？阿慧的《前头还有很多好东西》，以简洁迅疾的文字描述出了种种对抗场景：父母出去翻捡垃圾桶或许是出于节省，身为子女却生怕被人知道不孝顺。阿慧却没有停留在这些简单的道德拷问上，废弃的垃圾最终转换成丰盈的爱意，她以丰富的细节，塑造了两个热爱生活的老人印象。

小镇青年、酒及酒事

/陈涛

因地处青藏高原的缘故，小镇的天气变化难测。七八月时，中午前后的炎炎烈日轻易就能灼伤皮肤，可早晚时分与空阔荫凉处却有一份恍如秋日的清爽，尤其是晨起后洗漱，扭开水龙头，流出的水中带着彻骨的凉。七八月时雨水很少，入了九月，一下子就多了，随时都可落下来。时常一场大雨过后，天空陡然放晴，温暖热烈的阳光晒得人睁不开眼，可好景不长，又是兜头一场。许多次，出门前天晴风静，途中雨突然而至，只好狼狈躲避或者快步返回。有次运气不错，黄昏时小雨初歇，出门沿河边散步，顺便点了一小碗牛肉馅的饺子，等我坐在这家有着几十年历史的清真小店把二十三个饺子吃过，再慢悠悠地走回住处后，窗外瞬间电闪雷鸣，大雨骤降。九月一过，雪就到来了，今儿个一场，过几天又是一场。有时是雨雪同落，也分不清究竟是哪个更多一些。但雨雪下归下，往往在中午太阳过后都留不下一丝痕迹，若非亲眼所见，实在难以置信。

与天气的多变一样，小镇时有停水断电的情况发生。印象中有次晚间夜雨突至，急忙起身关窗，还未转身，只觉灯管忽闪几下，接着彻底熄灭，整个房间、整个楼道瞬间一片黑漆。还有一次早晨起床后刚烧好一壶水，就发现电停了，接着发现水也停了，郁闷之余有些庆幸没有先洗漱，反倒省下了饮用的热水。小镇停电多是一整天，白天尚好，在屋内翻书，去楼下走路也就打发了，可待到晚上，顿觉长夜之漫漫，有时会约几个朋友去饭馆吃饭，镇上有发电机的饭馆也就那么几家，挑一家人少的点几盘菜坐至深夜再返回。更多时候则是点一根蜡烛，于暗夜里静静坐着，或闭目养神，或抄诗，或是想一些村里的人与事以及平日里接触到的年轻人。

在离开北京赴甘南小镇工作生活的半年中，我发现这里与全国许多地方一样，年轻人并不多，青壮男子则更少，只有等到重大节日的时候他们才会从周边的县城或者兰州等地打工归来。前几日去池沟村的李书记家，碰巧遇到一个刚从兰州打工回来的小伙子，二十出头，身穿厚厚的军绿色棉衣，国字脸上有着当地常见的高原红，正蹲在火炉前取暖。问他外出打工了多久，回复是两个多月，问打工的收入如何，他憨憨地笑着说一万多吧。正在倒水的李书记听到了，扭身对他说："咦！哪有那么少？怎么着也得两万多吧？"小伙子先是羞涩又连忙摆手说："没那么多，没那么多。"

与村子比起来，在镇上见到的年轻人要多一些，常见的地方有两个，一个是河边的台球桌，另一个则是镇政府。七八月时，大批年轻人聚在台球桌前，从早到晚，甚至还有一些喇嘛参与其中。十月过后，天气转寒，年轻人只好去别处消遣，河边的六张台球桌就被封裹得严严实实，停业待来年了。倒是在镇政府工作的年轻人因为下村工作的减少，在办公楼进出的身影多了起来。近些年基层工作人员扩编，镇政府的工作人员大幅增加，现在约有120人左右，而1985年后出生的年轻人有一半以上，这其中我常见并能喊出名字的差不多有30人，小尤是我最早见到的几个年轻人之一。那是我刚到小镇的时候，他把我带到镇领导的办公室里，为我倒过水后在我对面的沙发坐着，高高瘦瘦的他双手交织放在腿间，眼镜片应是许久未擦了吧，一小撮头发斜刺出来，在一片油亮杂乱中格外醒目。总是要说些话的，我问几句，他答几句，除此无话。

与小尤的深入交谈是在两个月后。那天我在食堂吃过晚饭后已近七点，刚回房间又被喊去参加一场晚宴。小镇上聚会较少提前预约，饭前通知是常态，起初多有不适，既有计划被打乱的无奈，也有被怠慢之感，后来了解习俗后就释然了。进门后发现镇领导基本都到齐了，他们大多刚从村里工作回来。小尤也在，安坐在房间不起眼的位置，才几天竟有好久不见的感觉。由于一个副镇长升迁去邻近乡镇，所以同事设宴欢送。大家举杯几次后气氛慢慢活络，可始终是一种有节制的热烈。席间，我数次观察对面的小尤，他弯腰坐在凳子上，心不在焉，众人大笑时才随着稍微一笑，偶尔起身为大家倒水，更多时间则是一支接一支地抽烟。在我印象里，小尤的烟吸得很凶，并且姿势很奇特，永远都是用嘴巴右侧叼着烟卷，并且烟卷向右上方翘起。宴会持续的时间不长，我回到房间时还不到十点钟。倒一杯水，刚靠在沙发上取书来读，听到有人敲门，开门一看是小尤。酒意未消的他手里拿着一沓材料，谦虚地说请我帮忙修改一下。材料不多也不复杂，很快也就看完了，我帮他做了适当调整后交还给他。他拿在手里，没有翻看，依旧坐在椅子上闷头吸烟。见他未有离开之意，就问他为何晚宴时一副情绪低落的样子。

"没有吧？在座的都是领导，我也不知道说什么好。" 听到这个问题，小尤先是否认。

"你最近心情是不是有些不好？工作方面的？"我小心地问他。

"也还好吧。"小尤声音不大，表情却变得黯然。

最近关于小尤的传言隐约听闻一些，镇政府职位空缺，最有希望的小尤再次落选了。只是我一向不喜流言与八卦，有时竟会有本能的身体排斥，所以就没深入去探听。对一个人的判断，我倾向于自己的观察与感知，而非那些神神秘秘、似是而非的言语。可是总有许多人以为自己完全洞悉事件的真相，并借助自己的想象与推断，让那些自以为是与自鸣得意的论断散播开去。想想也是可笑，如果真的有这么简单，世界岂不是早就臻于完美。这些传言若是善意自是好些，若夹杂着有意无意的恶意，则真是令人不屑了。我们面对一个人，如同面对一个真相，真相究竟是什么？随着年龄，我再也不敢妄下断语，洞悉这世道人心不是易事。

"其实也有一些吧。"小尤终究是承认了。

"前段时间酒后出车祸，也和这有关吧？"

"差不多吧。"小尤的头微微上扬，轻轻叹了一口气。

小尤今年三十岁，工作七年，按说也该提职了，但次次希望最大可最后都不是他。领导也多次向他承诺过下一次就提拔，结果却是永远的下一次。就这样过了两三年。现在的他，虽然依旧年轻，却早已变成了年轻人中的老资格。

"这种事身不由己的，你还是要调整好心态。"我试着开导他。

"也不是。"小尤说得很慢。

"不是什么？"

"这些年来，我经常加班，来得最早，走得最晚，做的工作远远超过那些提职的人，与我一起工作的人都提职了，可我还是这样。如果他们比我强我也认了，但许多人在工作能力、学历上都不如我。"

"我们家还有一个弟弟，比我小两岁，我们俩感情很好。我上高一的时候他没了，那时他是初一。我那时全班成绩是前两名，可弟弟没了之后，我的成绩越来越差，下滑到三四十名，最终没有考上理想的大学，只好去读师专。上学的时候，本来情绪就不好，有一个少数民族同学总是惹我，后来有一次我实在没忍住，拿刀子捅了他，一连捅了七刀，当时心里就想着弄死他。后来，他没死，学校也准备开除我。那段时间也巧，正好赶上校长拿枪把书记打死了，好像是因为财务上的事情，我的事就被缓了一下。再后来我爸到学校去求领导，都给领导跪下了，我才没被开除，让我留校察看。"

一口气说完这些，小尤的眼睛通红，长长的烟灰，此时也终于掉在了地上。我轻轻地拍了拍他的肩膀，起身去给他倒水。

"所以我现在特别想出人头地，让父母亲戚脸上有光。我害怕他们失望，所以我都没敢把这次的车祸告诉他们，因为我弟弟当年就是因为车祸没的。"

小镇地处群山之间，较少平地，道路环境差，加上酒驾也多，所以事故频发。前段时间镇政府的干部接连发生三起交通事故，三个年轻人，一个追尾，一个撞人，所幸都不严重，最严重的就是小尤。他本来酒量不大，心情不好又喝多了酒，执意开车上路，结果撞到路边停放着的一辆大卡车上。小尤的那辆二手桑塔纳前部整个撞烂掉了，幸亏气囊弹出才使得人无大碍，唯有胸腔与肋骨生疼。

"这次职务调整，你的希望如何？"

"好像是没什么希望吧。"小尤很平静。

"确定了？"

"好像是。"

"那就先别多想了。你有资历，有能力，人生有点挫折也没什么，把自己打开一些，别整天愁眉苦脸的，该是你的总归是你的，不是你的争抢也没有用，对吧？"面对小尤，我用这些我自己都无法信服的话语去开导他，而他也默契地配合着点头。

　　小镇酒风颇盛，规矩也多。与大多数场合相比而言，欢送晚宴特别斯文。宴会开始后，从书记开始，大家按照级别、资历依次起身向众人一一敬酒，次序是乱不得的。敬酒也有讲究，一般是敬酒者端一个酒碟，上面摆三个酒杯，斟满后请被敬者喝下，此时敬酒者是不喝酒的。记得初到时，有次与地方干部聚会，因为不清楚习俗所以不敢妄动，后来有一干部略有不满，调侃道："北京来的干部也要入乡随俗，架子不要那么大嘛。"我哪承受得起如此大的帽子，只好急忙起身挨个敬酒。像宴会式的那种各自矜持、秩序谨严毕竟是少数，更多情况则偏粗野豪放。往往一桌人坐下之后，等常规的敬酒仪式走完，便开始进入通关的环节。通关的方式有两种，一种是划拳，一种是纸牌。酒桌之上会选出一个代表挨个与在座的人进行较量，若划拳论，一般以六杯为准，或划三拳，输一拳喝两杯，或划六拳，输一拳饮一杯；若纸牌论，则一般以三杯为准。一般情况下，我是坚决不做通关者的。其一我不会划拳，其二若无好酒量，想顺利通关是很难的。但有时被逼无奈，也会通过纸牌的方式去通关，好在牌运总是不差，所以大多时候也能勉强过关。当地有一种名为"梦幻拖拉机"的玩法，分别是庄家与在座众人手中先各发一张牌，再选一张公牌，然后每个人就可以根据这两张牌想象一张牌凑成三张牌，大小以豹子、同花顺、对牌等顺序论。通关环节是全场气氛最热烈也是众人最尽兴的时候，同样也是饮酒最多的时候，只见一瓶瓶青稞酒转眼就变成空瓶。

　　在小镇的生活，总有一些躲不掉的酒局。有的是推辞不过的应酬，有的则是不期而至的酌饮。多次深夜九点、十点钟，有人敲我房门，问是哪位，也不说话。开门一看，几个微醺的朋友站在门口喊我与他们小坐片刻，起初不管怎样坚拒，结果都被软磨硬泡、拼命拖拽去喝酒。每每此时，均苦不堪言。其一苦在我的酒量应付不来轮番的敬酒，其二苦在无酒菜果腹，只是如饮茶般干喝。问他们空腹饮酒可有不适，答复说传统如此。

　　小武他们来找我饮酒的那个晚上就是一种不期而至的状况。那晚已经十点半了，我在电脑前忙着事情。有人敲门，开了门，小武他们笑嘻嘻地涌进来，往沙发上一坐，把两瓶酒拿出来。原来他们刚参加一个同事的喜宴回来，见整个大楼只有我的房间亮着灯，于是他们一合计就拿酒上来找我继续喝。我说我这里没什么下酒的菜，他们摆摆手说用不着，接着不知从哪里搬来一张小圆桌，以及几个塑料杯子。席间就谈到了一些当地饮酒的俗事。小虎说得有趣，说："我们刚上大学那会，宿舍有两个藏族同学，其中一个报到的时候带了一大桶青稞酒，有三十斤，估计是送人用的。有同学说没喝过青稞酒，想尝一尝，那个藏族同学就同意了，可没想到大家开喝之后，竟不知不觉就把那桶酒给喝光了。"

"你们真够能喝的！"我有些惊讶。

"嗨，每个人拿着饭缸，也没有饭菜，也不知怎么稀里糊涂就喝光了。"

"后来呢？"我问他。

"哈哈，"小虎还没回答就自己大笑不止。

"后来我们八个人基本上一个礼拜没下床，浑身乏力，根本下不了床，饭都是隔壁同学给带回来。"听到这我们几个都被逗乐了。

小虎讲完，小武接着讲，讲的是他与一帮村民喝大酒的故事。小武在我的左侧坐着，每每讲到兴高采烈处便手舞足蹈，而我也就清晰地看到了他右脸下面的疤痕。疤痕真长，从右耳延伸到下巴，痕迹已然变淡，但在他红黑色的脸庞上反倒是白得有些刺眼。小武讲完后我问他疤痕的事，他随口说是喝酒弄得。看我不解，他又解释说是有次喝多了酒，出了车祸。"这个地方缝了二十多针，"小武指着自己脸下的疤痕说，"唉！别的地方也有呢。"小武越说越懊悔，我却从这语气中听出了一种不以为然，以及暗自得意的味道。镇上一个四十多岁的朋友也是因为酒驾撞车伤到了腿，现在走路都要借助一根文明棍，有次他和我谈及伤腿，双手用力揉搓着左大腿，告诉我刚刚做过第二次手术，因为第一次手术放置的钢板断掉了。我问他何时可以康复，他说快了快了。我看得到他眼神中的憧憬，更能感受到他内心的痛楚与无奈，而这些，我从小武的身上感知不到。或许这就是少年不识愁滋味吧。见小武在讲自己的伤疤，对面的小马按捺不住，他说小武那些只是小意思，不如他遭受的罪多。原来小马的伤也是车祸导致的，那次他们几个朋友开车从兰州回镇上，朋友开着小马的车，由于劳累，全车五个人竟然都睡着了，包括司机，结果他们的车在高速路上与前方车辆发生了追尾事故。随后的事情小马说他都不记得了，只是后来听说被路边的一帮村民送到了医院。事故先后拖了两年时间才算处理完毕，小马的桑塔纳车报废掉了，因为是车主，所以要赔偿被撞车辆的损失，问开车的朋友可曾承担一些，小马无奈地摇摇头，不停地叹气。

那晚的酒越喝越多，小武本来酒量不大，多饮几杯后思维愈发混乱，声音也越来越大，大家劝说不住，都准备要结束。可后来小武的情绪彻底失控，他一边用力拍着桌子，一边嘴里反复念叨着那么几句："我鞍前马后这么多年，可我爸做手术，领导竟然连问都没问过，不仅领导不问，全单位同事也没有去看我爸的。""现在我媳妇怀孕了，我以后要家庭第一，事业第二。"说到后来小武几乎是吼着说这些话的。小马他们拉他走，他坚决不走，最后被几个人强行架走，从院子里的声音判断小马他们费了很大力气才把小武送回去。等到了第二天的上午，小武跑来房间找我，我招呼他坐，而他像做错事的小学生一样。他两眼通红，略带倦容，穿戴却是上下一新，淡黄色的夹克毫无褶皱，皮鞋也是明亮无尘。他不停挠着头向我抱歉酒后失态，我则反复宽慰他，并让他把昨晚剩下的酒带走，而他却匆忙逃一般的走了。

在小镇上我还有许多的年轻朋友，他们的喜怒哀乐从言谈举止之间自然呈现，较少掩饰。与他们的交往快意直接，如同饮酒般一饮而尽，较少扭扭捏捏拖泥带水。我与他们一起欢笑，分享他们的快乐，也与他们一起迷惘，体味他们的忧愁，不经意间，发现自己对年轻人的许多坚固认知也在逐渐发生改变。二十多岁，原应是尚存梦想与理想的年纪，而我眼中的他们，一些人洒脱于生活，一些人通透于人情世故，一些人焦虑于职场的成长，这不同的表象深处均是他们内心深处过早呈现出的世故与暮气，与他们相比，我反倒多了些幻想与幼稚。当我用悲伤的眼神看待他们的人生处境时，不知他们是否也在用同样的眼光看待着我。

瓶子里的苍蝇，是他们中的许多人对我讲过的比喻。在他们自己看来，他们就是瓶子中的苍蝇——前途一片光明，但却不知出路，起初听到时我会与他们一起大笑，可慢慢觉得不可笑，甚至有些可悲。可是环境的艰苦与生活的复杂，让他们早早陷入各自的困境与无奈之中？还是这是每个人的人生旅途中无解的永恒困境，只是他们过早沉溺其中？小镇散落于群山的缝隙之中，是否这地理的设置早就预示并注定了他们生存空间的促狭？他们在早早看清的人生之路面前，是悲是喜？若是喜，我为何一点都体会不到快乐；若是悲，又要把多少怪罪于生存空间的促狭？多少归结于个体安于现状的软弱？我真的是没有答案。

《福建文学》2016年第3期

评鉴与感悟 —— 本来在北京做着一份优裕的教书工作，有一天却到了甘南的一处乡镇扶贫，家长般操持着各种繁杂的事务。生活环境的巨大改变，肯定影响到了陈涛的视野。有意味的是，在他的文字内外，却看不到个人情绪的起伏。他安静地看待这周遭的一切，既有对陌生文化的省察，也有对乡村青年一代生存环境的担忧。他的笔墨内敛，隐忍克制，却又饱含着热血，还有滚烫的温度。

奔跑的小楠（外二篇）

/渡一苇

刚刚挂了小楠的电话，愣了一会，觉得有点难过，又觉得有点欣慰。

小楠是我们同村的一个小姑娘，瘦小利落的样子。我俩关系并没有很好，但是住得不远，她爸妈跟我爸妈又关系不错，偶尔也会联系下。

打电话过来是向我咨询一些大学时专业上的一些问题的，我其实已经很久没有接触过这方面了，含混地给了一些建议，就想着要挂断。重感冒把我打倒在床上已经好几天了，嗓子痛得厉害，说几句就咳嗽不断，只想自己一个人待着，要是不怎么熟的人，电话都干脆不接了。

但是小楠似乎还想跟我聊一会，抢着问了下我以后的打算什么的，话题又得以继续。

她接着说起自己做的那些兼职，跟我说自己最近接了很多婚庆主持的活儿，而且一点不耽误本职工作："我们不是中午有两个小时休息嘛，我算了算，中午的婚宴一般都会比预定时间推迟些，得快一点才开始，下了班赶过去完全来得及，中午饭还能顺便解决了。"

小楠一直很拼，这在我们村子里是公认的。

在村子刚刚被划为旅游区的时候，住在公路旁的人家纷纷开起了农家乐，其中就有小楠家。一样是开店，小楠家的生意就格外好些。有次过年同村的二姨说起来，在嘴角暧昧不明地笑了下：还不是人家闺女厉害！没见过那么会说话的小姑娘，跟客人聊起来嘴那个甜啊，本来就吃个饭的能让她劝着点上一桌海鲜，不喝酒的三言两语她也能哄着人把好贵好贵的酒开了。你是没见她招徕客人那个样子，恨不能去拉人家手了都！

当然有因为嫉妒而夸大的成分，但是小楠的确在村子里名声不太好，其实很大一部分，也是因为她太拼了。

小楠初中没上完就去读了职中，导游专业。所以农家乐干了一年，就不再在家里出力了，开始在夏天满世界跑着当导游。村里一直流传着她的传说，一趟挣了三五万什么的。小楠的空间里更新的各种照片也很让人羡慕，十几岁的小姑娘，已经走过半个中国，在每个风景如画的景区甜甜地笑成一朵花，打扮得又那么美。但是其实每次在村子里看到她，她总是一脸疲惫，皮肤晒得黑黑的，嗓子也是沙哑的。

高考那年，小楠凭借两件事又一次成功抢了我们这些规规矩矩高考的人的风头，成了村子里的话题。

一是她以职中生的身份，以小我们两岁的年龄，也考上了大学。虽然是个大专，毕竟是大学啊！跟她一起读职中的那些同龄人们，早就不等毕业就开始该站柜台站柜台，该去售楼去售楼，只有她不声不响地混成了大学生。

二是她给自己买了辆车。如果考上大学这件事只是让人震惊，买车这件事，简直就让人不敢想了。其实也就是几万块的一辆小车，但是，一个女孩子，还上着学，凭什么呢？跟她同龄的男孩子都还在泡网吧打游戏，买包烟的钱都得跟家长伸手要，她居然有这么多钱给自己买了辆车。

这个时候村里人早就忘了自己当初怎么起劲传她一天挣好几万了，各种流言纷纷开始猜测她买车款的来源。于是有很多人开始似乎见过她放学的时候上了一辆豪车，空间里那些景点照片的某个大腹便便的路人甲也开始变得很可疑。否则一个小女孩怎么可能自己买车，哪有那个本事！

但是小楠还是活得那么快乐，见人就咧开嘴笑着，甜甜地问每个人好，亲热地挽住阿姨奶奶们的胳膊，总是那么热情周到。

上大学期间小楠似乎也没闲着过，做导游、做婚庆主持、做礼仪、做一切她找得到的工作。就连前不久跟朋友们去西藏玩了一圈，在遥远的青藏高原还一边发美景照片一边宣传人肉背回的菩提和鸡血藤是多么高品质又有情怀。

在电话里，我忍不住问她：那你到底为什么这么拼？

她脱口而出：我马上要攒够钱买房了啊！

感觉到我的诧异，小楠声音顿了一下，说，我家里的那些房子，我爸妈住一套，剩下的都是我弟弟的。我怎么也得自己买一套吧，算是给自己一点儿安全感。

我当时特别想说一句，凭什么都给你弟弟？你也是你爸妈的孩子啊，话在嘴边打了个转又咽回去了。转而安慰她，我们当然会有自己的房子！将来跟老公吵架了，敢顶嘴就让他滚出去，这是咱自己的，多威风！小楠笑笑说，那倒不至于，反正将来要是吵起来，不用灰溜溜回娘家，有个自己待的地方就挺好的，这个世界其实谁也靠不住，咱还是得靠自己。嗯嗯，我接茬说，还是靠自己最踏实。

其实我始终记得小时候跟大人一起去小楠家玩的时候。那天天气特别冷，大家都围着火炉坐着，喝茶聊天，我靠着我爸爸妈妈，小楠的爸爸妈妈轮流抱着小楠弟弟，大家嗑着瓜子吃着糖，其乐融融。

小楠也在，小楠蹲在地上，手泡在水里用力洗她弟弟的几块尿布。大概是因为天冷，小楠端着盆使劲儿往炉子前靠了靠，冷不防被小楠爸爸一脚把盆蹬出去老远：没看大人说话呢吗？！那时候小楠也就十岁左右吧，抬起头来冲我们甜甜地笑了一下，端着盆出去洗了。

就像后来她遇到每个人一样笑得那样甜。

不快乐的人们

2013年我的妈妈情绪上出了些问题，住进了精神病院。

她是一个经历过大风大浪的人。二十多岁就背井离乡从黑龙江来到山东，三十一岁丧夫，后来再婚的结果也不太好，嫁了个抽烟酗酒赌博打老婆的人渣。此后漫长的十多年里什么事情都只能自己扛着，凭一己之力供养两个孩子的生活读书，去跟试图欺负自己是外地人的一切邻居撕破脸打架，为了孩子上学跟亲戚借钱，被自己亲姐妹明嘲暗讽地赶出门。当时这一切她都咬着牙坚持下来了，很多时候甚至乐观到让人觉得有些没心没肺。

然而当一切都似乎已经好起来的时候，她却毫无预兆地崩溃了。先是说自己心慌，说浑身都疼，接着就絮絮叨叨自己曾经的不开心，翻来覆去讲别人对自己有过的恶意，然后就号啕大哭起来，像个无助的孩子。

我们对这样的妈妈感到不知所措，试图用各种办法来让她好受点。带她去检查心脏，又给她买很多治疗更年期的药，甚至恳求她的朋友常常来陪伴她宽慰她。

阿姨们拉着我妈妈的手苦口婆心劝她，说老厉你为什么不开心呢？你现在也有钱了，也有房子了，你俩孩子都马上大学毕业了，你知道多少人羡慕你吗？你得自己想开点，过去的事情就过去吧。我妈妈只是捂住脸拼命摇头，压抑的哭声和眼泪一起从指缝里滴下来。

大家慢慢地失去了耐心，搞不懂早就过去的陈年旧事就那么值得天天回味吗？至于哭成这样吗？后来再看见她哭就赶紧走开，就当没看见。

当我们放弃努力的时候，我妈妈反倒开始向我们求助。她不分时间地给一切亲人打电话，不管对方是在上班还是在跟朋友聚会，电话周围的人都能清晰听到她的号啕，然后还是翻来覆去地唠叨自己多么难受。

于是耐心彻底不复存在，大家都开始呵斥她：你一个五十岁的人了，能不能有点自控能力？让你别想了别想了你非想！你知道你跟祥林嫂似的不？

直到有一天晚上，我妈妈泪眼扑簌地非要跟我一起睡。半夜我觉得不对，醒了，外面路灯昏暗地打进来，我妈就坐在我旁边，痛苦地一直撕扯着自己头发，整个脸狰狞地扭曲在一起，她始终没睡着。

天一亮我们俩就打车到了市精神病院，挂号，排队，问几个简单的问题，医生在病历上写下抑郁症、焦虑症，办理住院手续。

回家拿钱的路上我给我姐打电话，她还有点愤怒，不满地问我，咱妈就是心情不好，你怎么能把她送到那种地方？

妈妈住院之后心情明显好了很多，每天有护士一天三遍来关心，家人天天陪在身边，她终于不再哭了，睡眠也开始有了规律，甚至愿意拉着我出去走走，或者主动找病友们扯闲，听了很多发病的故事。

聊天最多的是跟我妈妈一个病房的老太太。老太太快六十了，个头不高，外表就是典型的那种农村妇女。特别干净利落的一个人，每天早早起床收拾自己床铺，一切东西都井井有条放在柜子里，而且淡定温和，见人就笑笑，一点看不出来有病的样子。只是在医院那么久，从来没见过有人来探望她。

后来我妈妈跟我说，老太太光住院住了两年了，这次是第二次来。老太太也是早年丧夫，有个儿子，已经二十七岁了，还没有对象。据说这次复发的原因也是儿子。

说老太太那天早起正在那整理买的年货，儿子突然怒气冲冲走过来："这都快过年了，我连个对象都没有！老太太听了没头没脑的这么一句，愣了下，抬头看着儿子。儿子接着说：本来就穷得要死！偏偏一个都死不了！这周围谁不知道我娘是个疯子，你让我还怎么找对象？看见你就烦！"

老太太当时没说话，低下头继续默默整理年货，当晚就寻了短见，抢救好只能继续住院。其实在家吃药也行，老太太不肯回去。

隔壁病房是两个姑娘，一个大姑娘和一个小姑娘。

大姑娘看起来也就二十出头，长得有古典美人的那种娴静。除了因为长久住院脸色有些苍白憔悴外，五官都精致极了，好看。

基本上每次看见她，都是跟在她妈妈身后，低着头，一只手拽着妈妈的衣角，很怕人的样子。有时候喊她一声，她浑身一震，微微抬起头，看清是认识的人了，又把头低下去，抿着嘴一笑，赶紧迈着小碎步推着她妈妈离开，害羞极了的样子。据说住院也一年多了，从来没开过口说话。

其实这姑娘已经三十岁了，发病那年二十八，有个谈了九年的对象。小伙子为人如何不知道，她妈妈也从不跟病友们谈起，只知道小伙子一直不肯求婚。等到姑娘爸妈叫来小伙子开始催，小伙子才说嫌姑娘家没有权势，不能给自己带来什么发展。

当时的情况想必很混乱，愤怒的姑娘父母讲话开始不好听，激得小伙子也口不择言，他们都忘了一直在一边低头不说话的大姑娘。这件事之后两个月，小伙子就跟另一个姑娘闪婚了，而可怜的大姑娘就被送来了这里，精神楼住了几个月才转到心理楼的。

另外一个小姑娘才十一岁，也是老病号了。小姑娘情况比较严重，总是一副无意识的样子。家长给喂饭，到嘴边了也知道张口，拉着她手往前迈步，知道抬脚走，其他的反应一概没有，你打她面前走，眼珠子都不转，倒更像自闭症。

听说也是个很聪明的孩子，文静好学，在班里成绩数得着。有天家长发现有点不对劲，孩子老是自己偷偷哭，问怎么回事也不说。家长猜是在学校受了欺负，觉得小孩子之间闹矛盾都正常，就没管。

再接着就不说话了，回家就躲到自己房间，拒绝跟家长的一切交流，家长这个时候依旧没觉得怎么不好。直到有一天小姑娘早上没起床，家长推门进去，已经是现在这个样子了。

后来家长想起去学校问，同学对发生了什么都避而不谈，老师也一问三不知，只说可能同学之间闹过矛盾。

反正从小姑娘主动跟外界切断联系那天起，就再也没有从自己的世界里出来过，住院也没有用，只不过是家长为了缓解自己的愧疚做的赎罪。

有次陪我妈去做腹部彩超，正赶上一个老太太在前面，拼死挣扎，嘴里呜里哇啦喊着，就是不肯乖乖躺下。身边围了三个中年汉子，也不知道是儿子还是女婿，气得吓唬她：再不躺下，让坏人来把你带走！

我妈妈赶紧上去帮忙，一手握住老太太手，一手轻轻拍拍她背，跟她说不怕哈，让医生看一下就好了，不怕。老太太渐渐安静下来。

其中一个汉子很是感激，主动跟我们谈起来，说老太太八十三了，自己住，半夜三个青年撬窗户跳进老太太屋要偷钱。老太太一辈子就剩下手里三千块钱了，偷摸掖枕头底下，也给人翻出来了。老太太上去要拼命，让一个青年一把从炕上推到地下。钱拿也就拿了吧，缺德的青年居然走之前给老太太捆起来了，窗户还不给关。等第二天邻居发现的时候，老太太已经被五花大绑躺在冰冷的地上十几个小时了，连惊带气，受不住精神就崩溃了。

有时候待得实在无聊了，也拉着我妈妈到处逛逛，两人偷偷潜入精神楼去探险。精神楼比心理楼冷清多了，我们一个一个楼层溜达过去，都很少能看到进出的家属。最底下四层楼道口都锁着铁门，隔着铁门可以看见里面偶尔会走过一个神情冷漠的病人，穿着条纹病号服，目不斜视。再往上两层，就是更为严实的大铁皮门，看起来厚实沉重，拒人千里。

我们一路往回走，一路猜测里面的人都曾发生过什么故事，给他们编造各种坎坷的八点档身世。我妈妈后来说，其实，谁也没有什么惊天动地的大事，但是别人看起来的小事，有时候摊到个人头上，就是过不去的坎儿。

老李

老李是个东北汉子，个子不算很高，一米七五左右的样子，但是因为结实，给人一种很魁梧的感觉。常年在户外劳作，晒得黑黑的，上唇蓄了一点须，加上略微有一点鹰钩鼻子，看起来有点凶。

老李好喝酒，偏偏又没什么酒量。每顿饭前都会认认真真拿出自己的小酒盅给自己倒上一点。酒盅很浅，没大拇指高的那种玻璃小盅，几滴就满了。

喝上之后脸立刻就红了，酒品好，也不多说话，拉过来小女儿教她唱歌。唱的永远是弯弯的月亮，再不然就是风霜依旧不见当初的夜晚。唱得认真而惆怅，充满对故乡和过去的眷恋。

老实，窝囊，三棍子打不出一个屁来。这是老李媳妇的评价。其实也未必就那么窝囊，老李毕竟是个年轻气盛的汉子，喝上酒，老李有过一次猛烈的发火。

起因是一件很小的事情，媳妇给四岁的小女儿脱衣服的时候衣服里掉出来一张糖纸，色彩斑斓很显眼，被大女儿一眼看到了。大女儿也才七岁，摔打着长大的，从来没从父母手里领过零花钱，过年吃糖都得数着数。

大女儿盯着糖纸愣了下，突然哇一声大哭起来，偏心！偷偷给妹妹买糖！一边控诉一边推了小女儿一把，两个孩子一起扯开喉咙哭了起来。

可能是酒精的作用，也可能是孩子哭得心烦，也可能是想到来异乡一年多，在心底给自己发的衣锦还乡的誓言还遥遥无期，现在让孩子吃块糖都吃不起，老李心头火起抄起一把暖瓶就摔到了墙上。

房间里立刻就寂静了，三双眼睛吃惊地望过来。老李其实也不知道自己怎么了，一张脸憋得通红，只好随口指责媳妇：你能做点什么！看孩子都看不好！瞎买什么糖！

媳妇眼圈一红，牵上两个孩子收拾东西回娘家了。老李搬了张凳子独自坐在院子里看天，夏天就要过去了，虫子在草丛里叫得格外起劲儿。晚上的天空干干净净，闪着几颗星星，星星下应该就是老李的故乡。

老李本是深山里的农民，半山腰盖了一大排房子，当中隔开，一半送给弟弟当婚房，一半住着自己一家四口。弟弟的老婆厉害，平时嘴上就好挖苦挖苦老实巴交的老李一家，看见老李的两个女儿也是把眼睛一翻，说声，俩兔崽子！

弟弟娶房媳妇不容易，老李也不跟她计较。

但是这天出了件老李不能忍的事情。

老李的弟弟是个木匠，接了个大活儿，得去山外待一个月。前脚弟弟走，后脚弟媳妇的干兄弟就来家了。走亲戚嘛，也没啥。结果这个干兄弟竟住下不走了，一住就是半个月。山里人家住得都远，一个村子稀稀落落的几户人家，但是日子久了，也是有流言的，老李觉得自己脊梁骨上发热。

于是不顾媳妇的苦苦劝告，老李还是赶了两天路去山外把弟弟叫回来了。弟弟红着眼睛一脚踹开家门的时候，得到信儿的干兄弟已经早走了，弟媳正一脸大义凛然坐在堂屋正中，被弟弟两个耳光打翻在地，爬起来继续一脸大义凛然瞪着弟弟。

老李不好多待，劝了弟弟两句就回隔壁自己家了。

当弟媳冲到家门口一边破口大骂一边铲着牛粪往自己家院里扬的时候，老李还没搞清楚是怎么个意思，只听着弟媳嘴里越骂越不干净，从不得好死的窝囊废、臭乡巴佬升级到祖宗八辈，不堪入耳的各种脏话也连篇而来，而弟弟在屋里始终没出来。

老李愣在原地不知道怎么回应，老李媳妇赶紧上去劝阻询问，没想到被弟媳一铁锹把抡倒在地。抡完弟媳突然停下铁锹，双手挂着锹把，冷哼一声，斜盯着老李，轻轻地、一字一顿地说：断子绝孙的老绝户。

老李怒吼一声上去掐住了她的脖子：你住嘴！你住嘴！

跪在老娘前面，老李还是没觉得自己哪里做错了。

弟弟回家后，挨了打的弟媳妇一口咬定老李造谣，哭哭啼啼说家里活儿重，叫干哥哥来帮了几天忙，都是上午来天不黑就走了，妇道人家的清白怎么能这么凭空乱说，这样的话不如离婚算了！

老娘痛心疾首地看着老李：儿呀，你糊涂啊，你怎么能打她？这么久你都忍了。你说你弟弟娶个媳妇容易吗？咱家就恨不得倾家荡产了啊！好人家的姑娘谁愿意嫁到咱们这山沟沟里？现在她闹着要你赔五百块医疗费，不赔就要跟你弟弟离婚啊！你是打算让你弟弟打一辈子光棍吗？你不孝啊！你让娘操心！

话锋一转，老娘的语气又柔和下来。娘知道不是你的错，可是事情到了这一步，为了你弟弟，你去给她赔个不是，把这五百块掏了，啥事也没有了，不要逼死娘啊。

老李一直知道娘偏心，小时候有口好吃的都是弟弟的，打起架来也是老李受埋怨。老李能理解，自己对自己两个女儿也做不到一碗水端平，小女儿就是心尖尖上的肉，对大女儿心里就没那么疼，所以从来也没争过什么。但是这事儿是弟媳妇不守妇道，是她做错了事还往自己身上扣屎盆子，是她骂人专拣痛处骂！他不能认这个错！

老李没想到娘最终会选择这样的解决方式。当叔伯家兄弟们冲进家里的时候，老李还在炕上午睡，在睡梦中就被揪到了地上，接着就是一顿拳打脚踢。我们李家没有你这样忤逆犯上，敢打自己老娘的人！兄弟们打完轻蔑地甩下这样一句话走了。

老李推开来扶自己的媳妇，青肿着脸吐出一口血唾沫，镇定地说，收拾东西，咱们搬家，去你娘家那边。

在去见娘的路上，老李买了瓶二锅头，半斤装白瓶的，咕嘟嘟灌下去，一路跟跟跄跄跌进屋。娘看了赶紧来扶，一边扶一边掉眼泪，絮絮叨叨说着娘也不忍心啊，娘总得让她出出气啊，怎么也不能真离了婚啊！你弟弟怎么办啊！拧了个毛巾要给老李擦脸上的土和血。老李嘿嘿嘿笑了，推开娘的手，扑通跪下，端端正正磕了三个响头，转身走了。

老李一家从深山来到海边。种地没有攒下多少钱，只能租村里的一处废弃院子住着。院子里荒草丛生，一推门满院子野猫盯着人看。屋子里灰尘老厚，也没什么家具，四摞砖上垫一块大木板，就是一家四口的床。房顶塌了一角，老李挑了个阳光好的日子买了些瓦爬上屋顶给补上，媳妇在房下给递着装满泥巴的桶。

生计成了大问题，村里给分了二亩地，海边的盐碱地也不出庄稼。撤摸了半个月，也就下海打鱼来钱快。

老李还记得决定买船的那天晚上，一向温顺老实的媳妇第一次激烈反对，就快跟老李拍桌子了：咱们都是山里的，海的脾性你摸不着，那海多危险啊，哪年都出事，咱们一家人在一块挣多挣少平平安安就行了，吃苦我跟你一起吃，下海就是不行！

船还是买了，这一年多，天天起早贪黑，老李打了渔，老李媳妇骑自行车带到市场去卖，两个孩子都顾不上了。平时两人在外面一天，就是带瓶水，带块馒头，连酱菜都舍不得吃。

下海的确赚钱，前不久老李终于攒够钱买了村子里一处半新的房子，孩子不用在夏天半夜被房顶漏下来的暴雨淋醒了。趁着新鲜劲儿，老李还定了一堂崭新的家具，给两个孩子定了一模一样的两套小床和书桌，甚至还咬牙花几百块买了个电子琴呢！

然而每当自己一个人的时候，老李还是想家，想深山里那个小房子，那才是自己生长了三十年的地方啊！唉，多想无益，只有努力赚钱，努力存钱，早晚有一天要衣锦还乡，让这群人好好看看！

第二天一早，老李穿好油衣准备把岸边的船推进海里。天气真好，才五点太阳就隐隐露头了，海面风平浪静，天空漂亮极了。老李一边推船一边盘算，再攒一阵钱要买个摩托车，媳妇天天骑着个破自行车来带货太辛苦。大女儿学习不行，小女儿让她早上一年幼儿园，家里总得出个大学生啊！这辈子唯一的遗憾是没能有个儿子，被人骂老绝户，那女儿得使劲儿给她们供出来……

正想着，突然脚底踩到一个坑，老李瞬间就跌入水中。幸而水不深，老李脚蹬着地猛地一站，居然没站起来，油衣进水了！老李有点慌，水凶猛地从不知某处的破洞里漏进来，拽着自己往下沉，老李脚再猛地一蹬，慌乱中脚崴了，钻心地疼。

水面上的阳光影影绰绰透进来，老李面前闪过两个女儿的笑脸，闪过媳妇带着两大筐湿漉漉的海鲜埋头蹬自行车的样子，闪过老娘常常瞪着自己的恨铁不成钢的眼神，慢慢沉了下去。

《山西文学》2016年第5期

评鉴与感悟 ——

这组散文，有形象，有故事，看似迅疾，甚至是凌厉的几笔，却勾画出了一些人漫长困顿的大半生。作者写出了人的命运。说到命运，难免有装神弄鬼的嫌疑，在《奔跑的小楠》中，我们更多看到的，是人的生命体验，他们或庸常或曲折的人生，那些人世间的切肤感受，总是让人猝不及防。我向来偏爱这样的散文。在朴素的质地下面，字句的剪裁，能见出写作者的学识和性情，材料的选择，更能彰显写作者的眼光和态度。能碰到明了清白的文章，是编者的运气，也是读者的福气。

骑　手

/阿微木依萝

一

山脉中的小镇大多建在平缓的峡谷，四周被绵延的高山包围，一条独路通向遥远的市区，另一头通向更为偏僻的县城或小镇。

我们这里的小镇建在河道边，贴在山脚像啃剩的半块烧饼。街道不能扩展，房屋修得矮趴趴，商贩的摊子支在通往市区的公路旁，人们在灰尘滚滚的街面上讨价还价……

这种场景我在别人的书中看到，一些外国作家的小说或随笔，都描述了比较落后的边陲小镇，那儿的情况——或者说是气味——与我们小镇相似。

住在这里不需要特别有钱，但假如过于穷困，生活不是把你磨脱一层皮，就是将你磨成一把灰，或者，像菜饼先生那样的，磨成一个骑手。

菜饼先生当然只是我们给他的绰号。他有别的什么名字，不太记得了。

那会儿上山流行一首歌：干杯朋友。菜饼先生唱这首歌的时候抖着嗓子，特别文艺，天生就是个流浪歌手的样子，他二十多岁，黑皮肤，耳边飘着微长的头发，挂着彝族人特有的左耳环，由于那阵子刚从外地回乡，身上有安静的气质和让人喜欢的忧郁。没有见过世面的年轻的姑娘总是围在菜饼先生的周围，她们喜欢听他唱歌，还会让他讲一些山外的见闻。

然而，菜饼先生很快就变得和山民们一个样子了。山外的见闻讲来讲去都是那个样子，姑娘们不爱听。之后的日子，他在峡谷灰尘滚滚的小镇街面上与人讨价还价，摩托车后座驮着一箱啤酒或两颗莲花白，后背染满一层灰土，咧嘴笑起来满口的泥沙。

　　长久住在山上需要对付的不是别人，而是自己。山永远比你高，你的祖辈埋在那儿的缘故，使你看它们的时候不得不仰视和敬拜。你永远像个弱者却又不得不强大。在山脉上，你对着每天的太阳就只有一个目的：活着。

　　菜饼先生出山那阵子，我们都说，好了，总算有个人要去过不一样的生活。他最好永远不回来。

　　但是谁也不知道菜饼先生在外面干什么。听说，他一分钱也没有带回来，出山时穿的牛仔裤，回山穿的还是那一条。他父亲是乡村教师，坐在门口叼着烟杆给他讲了一上午做人的道理。

　　有一阵子我们经常在街面上看到菜饼先生，摩托车后座驮的不再是啤酒和莲花白，而是两本翻得稀烂的书。他快三十岁了，又做梦似的重读中学，这必须归功于他父亲，他要他浪子回头，最好将来也做个乡村教师。他父亲对这个职业有一种神圣的情怀。

　　菜饼先生当然有自己的想法，可是那阵子他刚从外地回来，许多事情身不由己。剪掉长发的菜饼先生扎着学生头穿梭在街面和学校附近的背影让人失落——"像他这种人才，应该生活在别的地方……别的、很远的地方……"

　　三十岁再读中学肯定不是菜饼先生的意愿。他无数次跟我们说，坐在教室最后一排的他胡子都快甩到黑板前，他的年纪看上去比老师大几岁，由于剪了头发，耳边几根白发藏也藏不住。同学们下课后怪声怪气地喊他——嗨，老哥！

　　菜饼先生基本不去学校，这个秘密只有我们知道。他父亲正在做梦：再过几年，儿子上了高中，然后大学，然后成为他的同事。

　　我们挺愿意看到菜饼先生逃课，跟着他去河边散步，捞一会儿鱼虾听他唱"再回首"。他唱这首歌时是仰着头的，喉结鼓得很大，像在吞石头。他肯定想到些什么，坐在礁石上像只瘦巴巴的水鸟，放下脖子的时候泪花堵在眼眶。

我们说，有心事可以说出来。

他说，不。

我们玩泥沙，在河坝边烤河虾。他躲在石头背面只有鱼看得见。他的秘密也只照在水里。那儿燃起的火花只有对岸的水黑雀捉住，它知道，这个人在吸一种白色的粉末。这种东西突然流进山区，有人因它偷盗、抢劫、丧命。

我们说，你戒掉吧。要好好过日子。

他说，我就是在好好过日子。

他蹲在石头后面不准我们接近，眼睛高高地望着天边。我们猜，他在回想从前的生活。那会儿，他留着长头发，白衬衣，浅花色领带。他在人们不知情的外地戒食白粉。但是人们以为他在外地过着不一样的理想的生活。他是山区里飞出去的凤凰。

真相不知道怎么传开的。很快人们就将菜饼先生看成绿的了。什么叫"绿"呢？是这样的，人们在看菜饼先生的头发的时候，像是眼皮上盖着一层青苔，吃力地睁开一个小缝说，哟，难怪当初留那么长头发，原是遮羞用的！听菜饼先生唱歌的时候，又用那种绿色芭蕉叶才会拍出的大的声响，横着眼眉道：鬼叫鬼叫的！

姑娘们肯定是要远离菜饼先生的。她们羞耻地聚合起来诉苦：天哪，这个骗子，他竟然编了那么多假故事。

他的书很快也不用读了。

但是，他似乎获得了大解放，以后去哪儿不用遮遮掩掩，也不必装模作样捆两本书在后座上。

有一天晚上菜饼先生驮着我们去邻近的县城玩。山上有车的少年都是在这个县城消磨时间。那儿有乱糟糟的烧烤店，啤酒味，女人的唾沫星子，横睡在马路上的酒鬼。越是这样的地方越可以将菜饼先生的怪病治好。他天生就应该生活在这样的地方。后座上的我们，被风吹起来的他的头发刺得睁不开眼。

这个县城，就是菜饼先生的"远方"。

事实上，菜饼先生是个极其敏感的人，这种特质让他曾经很想当一名作家，并且也曾有过真正的文艺青年的日子。也就是说他确实到过很远的地方，但是，他熬不住。那儿的城市太大，太空，淹没在车流和人流当中的菜饼，压抑得透不过气。他与人搭伙租住在窄小的房间，室友也是文艺青年，混得比他好点，一年当中有那么几次晒一百块稿费的机会。其余时候他们只能抱怨房间里杀不尽的蟑螂，以及灭不完的轰炸机似的蚊子。这样的环境让他什么都不想写，他只是留了长头发，戴起左耳环，每天给自己煎一块菜饼（他的绰号就是这样来的）。

他成为山区的骑手是命定的。在这儿住着的青年，如果不想出去做工，那就买一辆摩托车，隔三岔五驮点山货去镇上卖。

菜饼先生只有到了那个县城，也就是他的"远方"，才会流露出浪子本色，豪迈的，孤独的，远志的，疯狂的。那个晚上我们初次见识他的生活，也或者，我们的骨子里有着相同的气质，也流露出了浪子本色，从那个县城回来的路上，我们坐在菜饼先生的后座唱一首歌，唱得两眼透湿。

菜饼先生的车子驮着我们在山脚飞奔，像疯狂的蚯蚓，要出山，要入海，要乘风破浪。

可是，车子摔倒了。我们从疼痛中缓过来，蹲在路边的草地上休息。菜饼先生望着月亮，有点伤心地说，要是哪天你们发现我说了谎，不要怪我。那会儿月光正好，铺在我们脸上就像一层保护膜，在这种浑突突的光芒中，我们表示任何谎话都可以谅解。

菜饼先生得到谅解后就从草窝里站起来，骑着他的车子又跑回刚刚冲出来的那个县城。他的背影在昏色的月亮下拖得很长，像个浪子也像个逃亡者，两个车轮子在脚下看不见转动，但是可以想象，他是骑着一匹黑马跑走的，扬起的灰尘把人呛得喘不过气。很奇怪，谁也没有问他返回去干什么，也不责怪他把我们扔在草窝里像几颗坏掉的蛋。

那天晚上我们走了很长的路，途中，我们猜测他不想当骑手了，他去的地方很可能不是县城而是更远的地方，不然为什么要走回头路呢？这条路上每天都有从那个县城出来的人，没有一个走到一半调转车头。想到这些很让人兴奋，扯了几片树叶不停地吹"走出大凉山"。

"这会儿他应该到市区了……明天就到省城……后天的黄昏，他会在省城之外的地方找个满意的角落晒太阳。那儿的太阳肯定不像山区的那么刺眼和烤人。"

我们越说越激动，简直这一生的愿望已经快要实现了似的。

然而第二天上午，菜饼先生回来了。第三天，一位顶着头帕的姑娘从峡谷的小路上被一匹马驮着、被送亲的人簇拥着，向菜饼先生的家走去。

他结婚了。

婚后的菜饼先生在路边开商店。有人说在他屋背后发现一种粉末和亮色的纸片，还有人非常肯定，说某次无意中撞见他蹲在厕所旁边，乌龟似的捧着那张亮纸，纸下点着打火机，鼻子在纸片上嗅，菜饼先生非常投入，嘴角还有些颤抖。他们结合了这个人黑得发亮的脑门，很有经验地表示，只有吸食这种粉末的人才会把脑门熏成这样。在这种情况下生意多少会受到影响，他当起了真正的骑手——摩的司机。这个职业干了很长时间，直到他的儿子出生。当了爹的人有点邋遢，衣服被儿子踩满脚印，当他像旗子一样飞在路上，那几双脚印也在背后突突地飞。这个时期，他已经不唱歌了，什么"再回首""走出大凉山""单身情歌"，都是很遥远的事情。那个县城当然也不会再去。

菜饼先生怎么滚进大车轮子只有天知道，有人说，看见他的车子像电一样闪进去，他骑得不稳，像喝醉了。人们将他拖出来的时候已经不能听见呼吸，血水把后背淹湿，躺在那儿像一片红色的湖泊。我们赶过去围在他身边，望着这个不幸的人，他的上衣口袋露出一点亮色纸片，这似乎是，那天晚上他要我们原谅的谎言已悄悄地别在口袋上。他半睁开的眼睛无神地望着顶上的天空，摔倒之前他可能想到什么高兴的事情，嘴角扬起的笑意还没有完全放下来。这时候天黑得看不见旁人，我们立在他身边就像虚空的，他蜷起双脚弯成半圆，仿佛在听自身淌出来的血水的响。

我们说，你还有什么愿望吗？

我们说，算了，他听不见。

月亮出来了。它将黑夜收割却不能将菜饼先生的血液归还到他的血管。但是，在这个山脉上，不是每个人都可以在有月光的晚上走完最后的路。这大概是上天为了弥补一个浪子，降下慈悲的月的光辉来超度他。

我们将他扛起来象征性地送到医院，假设这是他真正的远方之行、一个山区骑手的蜕变。

二

　　花椒成熟时，公路上就会跑着很多骑摩托车的人。他们像蚂蚁搬家似的驮着花椒到山脚小镇上出售。那段时期他们手上染着花椒的颜色，脸上的汗水都有一股麻味。

　　我们的同学尔布，他家栽了很大一片花椒。在我们还上小学的时候，摩托车没有那么普及，那种洋玩意不是每个家庭都能享有。尔布家的花椒最早是用一匹矮马往山下驮。等到尔布十七八岁，也像他那早亡的哥哥菜饼先生一样成为一名骑手后，矮马的任务才落到尔布身上。

　　他的摩托车当然是从哥哥那里继承的。

　　"它比一辆新车还贵！"尔布拍着摩托车后座跟我们说。

　　不到万不得已，很少有人愿意搭乘尔布的车。他们认为，这个人是骑着他哥哥的命在跑。

　　尔布骨子里也有一点向往山外生活的想法，可是，他哪里都去不了，年迈的父母，沉重的农活，以及哥哥留在世上的唯一的骨血要抚养，还有，他很快也要当爹。

　　尔布栽了更多的花椒来增添收入，在花椒树下忙得像个绿巨人。他个子高，但是花椒树的乱糟糟的枝丫和树刺，逼得他低头哈腰。

　　有一次大概喝醉了，尔布放倒了几颗花椒树，提着斧头坐在路边哈哈大笑。

　　我们说，不行就去外面闯荡吧。

　　尔布说，去个球，哪儿不是一样。

　　他喜欢喝酒，这倒没什么，山上的男人没有几个不喝酒。尤其像尔布这样的青年，只有每天喝醉了跑在路上才能找到一点活着的乐趣。除此之外，他还有一点不能告诉外人的尴尬的秘密，那就是，到山脚小镇去逛一趟窑子。那儿的女人全是外地来的，她们隐姓埋名，性格豪爽，可以陪着尔布喝很多酒，说很多山上女人羞于启齿的荤话。在那些廉价香水味的场合中，尔布可以模仿他哥哥的样子，说一些上不沾天下不着地的事。

　　他喝醉了甚至可以假冒父亲的名字，以父亲的名义找女人，以父亲的名义跟人干架，有时候，也以父亲的名义做好事。这个背着父亲名字的青年在镇上混得很出名，而知晓这个秘密的人并不拆穿，类似的事件太少，人们还不想失去这种生活中难得的笑料。

镇上有几个姑娘对尔布动了心，源于他肯花钱，他掏钱的样子可不像摘花椒那么啰嗦，当然，姑娘们也不会将这个豪客与摘花椒的农民联系起来。他进窑子之前要到镇上最好的理发店休整一番：梳大背头，抹发油，刮胡子，夹鼻毛，顺便要一点老板娘的香水，朝胳肢窝喷。他做足了逛窑子的准备，才像电视剧里肾虚公子那样，踏着方步，端着他父亲的名字，向他的姑娘们走去。他的口才肯定是客人中最好的。

但是他也有闹笑话的时候，毕竟每一分钱都是从花椒树上结出来，据说某天晚上，一位姑娘从后背拔出一根花椒刺，大惊失色，闹着要尔布给她一个说法。那姑娘很委屈，尔布的身份是教书的，教书的身上怎么到处是花椒刺？这事情尔布拿着四处说，他自己很快就忘记了。当人们走在街面上指着那姑娘的背脊说，"嗨，带刺的！"他才会突然想起来，笑笑。

花椒不到采摘季节，尔布也要去镇上晃一圈。这已经成了习惯。如果妻子偶尔搭乘他的摩托车，他就不去装修头发，想方设法绕开他的姑娘们，老老实实蹲在桥头吃两块钱的凉粉。

他也有伤心的时候，比如，突然间哪个姑娘不告而别。本来嘛，这些人没有一个来处，也从不给人留一个去处。她们抱着尔布的假名字走，尔布也留不住她们的真情。

不知道是不是厌倦了这种日子。尔布斩断了与他相好的姑娘们的联系。他跑到山顶自家的坡地上撒了很多荞麦，从那之后，每逢荞子花开，一个人骑着车子冲到山顶，坐在花地旁边吹冷风。这时候他已经三十多岁了，由于山区风色苦寒，他的眼角已开始起皱。

而立之年的尔布，立于山顶之上。他看上去离太阳很近但离我们很远。他像修道的，也像讨饭的，平时不多说话，即使到了山顶与他坐在同一块石头上，你也顶多是另一只失语的黑鸟。当他从山顶下到半山腰，才会驼背似的弯着腰杆说，还有冷饭吗？

我们不能说，你从山顶下来吧，那儿空气稀薄，那儿的人站在石头上像一堆荒草。

但是他哥哥的孩子，他的孩子，以及他的妻子和父母，他们倒是很高兴，因为这个人站在山顶的样子实在像根可靠的顶梁柱。

三

有天下午，吉芝阿妈骑着她的五羊摩托到镇上加油。由于没有驾驶证不敢到街上瞎晃，车子只能停在加油站上方的公路边，她扯了几把干草盖着，生怕太阳把车子晒坏。

"他妈的，老子再也不用甩火腿赶场（上街）了。"吉芝阿妈是这样跟我们炫耀的。

其实她很想将车子骑到镇上。

她六十五岁了。是个老年骑手。山区像她这种年纪学车的，不多。

她为什么六十五岁了还要当骑手，这件事得从她的儿子们说起。

她的大儿子菜饼先生三十多岁车祸身亡，人们怕她伤心，将这个丧子的消息一直隐瞒。菜饼先生的骨灰放在草路旁的山洞中藏着。她只知道大儿子出去做工，要好几年才回来。

这件事当然不能隐瞒多久。吉芝阿妈知道真相后哭了一个月。哭一个月对一个做母亲的人来说，不够，但她必须打起精神，因为她大儿子还留下一个很小的娃娃。他还不知道自己的父亲已经不在了。他扬起眼睛看奶奶的眼泪冒出来的时候，会伸手拍拍奶奶的肩膀说，不疼哦。

菜饼先生的骨灰后来撒在松林里，他大概这个时候才完全将自己的文艺青年的特质从地上长出来，那儿的花香飘得很远，那儿的树木长得最旺。然而做母亲的很少从那条路上走，她的眼睛受不住林子里穿梭的长风。可是很多人表示不止一次在夜里听到林中传来老妇的哭声，听上去很像吉芝阿妈的，只有她才能哭出那种落魄的味道。但是，谁都不太肯定自己的判断，因为他们看到的吉芝阿妈总是精神极好，她还主动提起大儿子，说一些他小时候的笑话。

只有一种场合能看到吉芝阿妈掉眼泪，那就是丧葬场中，无论死者是长辈还是晚辈，她的哭声最响，每一次都把嗓子哭坏了，眼泡肿起来。

吉芝阿妈的丈夫死，她是不哭的。自始至终不哭。甚至有点悠闲的样子，扛着一根烟杆——这个时候她已经是个老烟鬼——坐在屋背后一座荒坟上。那荒坟被很多人坐得光溜溜的，像剃了光头，阳光落在上面还能闪光。吉芝阿妈坐得最多，有时她拖了一床草席顺着坟包铺好，躺在上面晒太阳。

我们说，吉芝阿妈，你快从那儿下来啊，你丈夫死了，为什么不伤心？

吉芝阿妈说，我伤心够了。

丈夫活着的时候，酗酒，打人，吉芝阿妈的脑袋上还顶着一个包。丈夫死的前三天，他还能跳起来打人。而这么快他就死了，吉芝阿妈说，她完全想不到，所以来不及为他准备眼泪。

吉芝阿妈下决心学车，那是小儿子出走以后，她再也不能有力气走到山下赶集，一狠心买了一辆摩托车。说起小儿子，她只能摇头。不知道为什么他突然要离家出走，再无音信。他走之后妻子也走了。现在吉芝阿妈要抚养三个孙子，哪有时间操心儿子的事情。

这天下午吉芝阿妈是驮着一麻袋花椒到镇上出售。她顺便加油。她遇到我们的时候花椒已经卖掉了，手中提着两只半大的胶桶，晃晃荡荡从那头走来。我们当时不知道她在学车，还准备请她坐一程。谁知道她摇着双手很兴奋的样子说，你们跟我讲一下，骑摩托车下坡的时候双脚怎么放，人的身子才不往前冲。我感觉我的脖子都冲疼了。

吉芝阿妈就是像长颈鹿一样骑车的。她个子高，脖子也长，下坡又不能很好地收住身子，只能长长的伸着脖子往前冲。我们跟在她后面走，冒着一股冷汗。因为这个老年摩托车手，还不能双脚踩住脚踏板，她是一只脚搭在刹车上，另一只脚拖在地面，哗啦啦地冲到镇上去的。而从镇上回家，那些弯道的地方，她只能下来推着转弯，像卖苦力一样，弯腰驼背，擦汗也不是，喘气也不是，根本忙不过来。

其实她可以拿儿子们留下的旧车子操练顺手再上路。它放在堂屋的一角，用大花布盖着。有人劝她把旧车子拆了卖废铁，他们认为堂屋里放着一辆死者的摩托车不吉利。吉芝阿妈表示伤心，她说世上再没有比这些人更绝情了，她说，这摩托车是她的命。

山顶荞麦花开的时候，吉芝阿妈也会到那儿坐一会儿，可能年岁大的原因，到那儿坐着坐着就睡着在石头上。那块石头其实很像她屋背后的那座坟墓，她坐在上面有点像根树桩。

她当然不能将车子开到山顶，但是她可以拼命地将它扭到半山腰。她对付车子用的是驯马那一套。眼看车子龙头控制不住，嘴里就会自然地冒出"乖乖乖……往左往左"的口令。

说来还是矮马比较可靠，毕竟是血肉之躯，毕竟是眼见着长大的，通人性。吉芝阿妈说起她的矮马还很怀念，可惜它摔死了。

而现在这辆五羊摩托，动不动就把她甩翻在地，最可怕的是启动，如果电子启动器坏了，她只能模仿两个儿子，使劲用脚蹬，可她已经六十五岁了，牙齿掉得不剩几颗，一顿半碗饭的力量根本不能奈何它。

下雪天是吉芝阿妈最担心的，以她单脚骑车的糟糕技术想到半山腰驮一捆木柴，太难。

她必须步行到山上，就像年轻时候那样，将头帕挡在脑门，她可以用脑门驮柴，她的脖子那么长，像是生来就要用它驮柴的。

春天当然要好过一点，对于吉芝阿妈这样的老年骑手来说，天气逐步变暖，可趁此加强骑术。最让她焦虑的莫过于找不到合适的人当教练。尤其这个年岁的徒弟谁都不敢收。

事实上，她周围也没有几个骑术好的人，他们骑车用的全是驯马那一套，比吉芝阿妈好不到哪儿去。

一开始就有人阻挡她学车，他们用那种可怜的却让吉芝阿妈感觉到嘲讽的语气说，在你还能放几只鸡的时候，就不要在那儿浪费时间啦！

那天晚上我们也准备劝一下吉芝阿妈，冬天又快来了，她的骑术还没有什么进展。她还是不能将另外一只脚熟练地搭在摩托车踏板上。去哪儿都拖着一只脚，鞋底在路面磨得沙沙响，仿佛她是带着千军万马的阵势，也仿佛，那是她憋在喉咙的暗沉的哭声。

不等开口她已想到我们的目的。她笑着给我们倒了一碗酒，现在她能拿出来招待客人的就是这些酒水。

喝了一碗酒的吉芝阿妈很坚定地表示，她的双脚力气绝对不输给年轻人，并且，如果有必要来一场骑车比赛，她一只脚搭在车上也未必跑不赢我们。为了使人信服，她推着车子在外面的沙地上遛了一圈。

那之后吉芝阿妈总是一个人在场地上操练她的五羊摩托。实际上她可以去山下女儿家生活，那儿的条件不差，甚至在那里，她的摩托车跑起来更顺畅，说不定那只脚轻松就搭上去了。可是她不能去，对于在山上生活惯了的人，在山下根本不能自由，她吐一口痰，白亮的地板就脏了，她出去逛一圈回来，地板上又出现了乱糟糟的脚印，她在那儿不是去生活，而是去打乱别人的生活。更让她不能接受的是，她越来越话多，女儿却不怎么说话，她们的话题很难扯到一起。这种疏远是天生的，她生的不是女儿，而是一条路，一条注定要延向远方的路。而她自己到了这个年岁，就像一间老房子，里边装满她的一肚子牢骚和没完没了的回忆。

她跟我们说起这些事难免叹气。但是，谁也没有更好的办法帮她解决。反正她不去山下生活，这个决定谁也别想破坏。

吉芝阿妈的女儿会选在天气晴朗的时候上山，帮母亲找一些木柴，割两捆猪草，也会到大哥的那片松林掉一会儿眼泪，再到那位失踪者二哥的花椒地和荞麦地看一看。作为最小的孩子，她其实并不能完全感受母亲的遭遇。对于那架霸占了堂屋一角的旧摩托车，吉芝阿妈的女儿很伤心，她表示过无数次要拆掉它的意愿，母亲不准，为此她们闹了不少矛盾。她认为那不是哥哥的命，而是催命鬼。

她当然不知道六十五岁的母亲也有一辆崭新的五羊摩托，在她上山之前，吉芝阿妈已将车子推到邻居那儿藏起来。她不知道，一个前所未有的山区老年摩托车手正在诞生。

我们没有勇气揭穿，吉芝阿妈的手在抖，油门时大时小，她嗡嗡地跑在路上，就像一个哭坏了嗓子的人从这头冲到那头。

《红岩》2016年第3期

评鉴与感悟

不是马背上的男人才能称为骑手，阿微木依萝的笔下依次展开的是大山中男男女女骑着摩托行进在路上的故事。这些人因为不屈服于命运，追逐更好生活，结果事故频出，这是读完文章最直接的冲击。故事更多像是闲言，像是悲凉沉浸之后的一声长叹。死亡与不甘心，就这么一路牵扯着她的文字前行；平常人物的梦想与辛酸，都在她跌宕的文字中具体呈现了。

宇宙风

乌蒙山记

/雷平阳

短歌行

到观斗山去的人，心里都装满了星斗。他们在山上看见那些星斗，就是他们安装到天空里去的。他们并不需要额外的发光体，之所以千里迢迢地赶赴观斗山，他们迷恋带着星斗风尘仆仆地赶路的滋味，需要观斗山这样一座有仪式感的瞭望台，需要天空这样一片天花板。

我在镇雄县到威信县之间的那条野草丛生的路上，遇到过很多从观斗山下来的人，从外表上观察，他们普遍有着到天空安装星斗时所获得的孤独与疲惫，少数人似乎还把灵魂安插在了辽阔的夜空里。他们彼此之间没有任何交流，也没有谁坐在路边，给蚂蚁和小草讲授天文学知识。我给一个摔碎了膝盖的老人让路，顺便向他打听如何才能保持长期仰望的秘诀，他斜眼看了我一下，在拐杖的引导下头也不回地走了。很显然，他把我当成了一个恶棍一样的异教徒，而且认定，给他让路，是必须的，只有从他们往来的路面上闪开，我的生命才具有合法性。

我目送他们远去。心里难免琢磨，如果造物主把天空交到他们手上，他们会不会在天空上安装监视器，并顺手建起一批火力发电站和义肢厂？可以肯定，如果真有那一天，天文学一定会取代哲学和政治经济学，天空里也必然会挖出一条条黑暗的隧道，一条高速公路将会把天国与阴间果断联结起来。

铁匠

红色的张铁匠，迎亲的那天，遇上了一支白色的送葬队伍。一条狭路，两边是水田，绿色的稻子正在怀胎，蜻蜓像飞着的花朵，蚱蜢像灵魂的尘埃。一边是花轿，一边是棺木，不是谁不给谁让路，的确是在红与白之间，谁也找不出一截宽裕的角落，让红过去，或让白过去。然而，两支队伍，所有的人，都清楚，对峙的时间越久，白的悲哀将升级，红的喜悦将转变为血的凝固。最后，是红为白让路，鲜活的生灵主动向后退，沉默的死者唱着哀歌朝前走。

一种现象上的哗变，在夏天美得让人心碎的田野上，一支送葬的队伍，紧跟着张铁匠迎亲的人群。在送葬的队伍中，一个年老的鳏夫在事后回忆，他说，那时候他听见两边水田中，怀胎的稻子纷纷炸裂，他预感到，一个风调雨顺而又颗粒无收的年头来临了。

在红的队伍中，那个丰硕的中年媒婆，她看见的是蛇和田鼠，密集地布满了水田中所有的空隙。无边的田野啊，谁能把死亡重新抬回家？无边的田野啊，你让崭新的婚姻往回走，后面跟着送葬的队伍。

让开白，红才又踏着满地的纸钱行进在那条狭路上，花轿中的新娘在恐惧中睡着了，提前来临的月经，渗出轿底，像红色的蜻蜓，在田野上飞翔。只有高大健壮的张铁匠，心中的蛤蟆很快地停止了邪恶的歌吟，爬走了。两个唢呐手，鼓着腮帮，又把欢快的曲子吹得惊天动地，昆虫乱飞。

新娘进家门，天已黑定，摆开的酒宴正在回锅，饥饿的亲戚和乡邻在院子里，全都心绪不宁，但谁也说不清楚，这迟来的夏夜，有什么东西，已经混入迎亲的队伍，进了张铁匠的家。

月经弥漫的新娘，在闹房之后，被张铁匠打铁的双手抱进了一个动荡而又陡峭的世界，神示的诗篇，到处都涂上了血污。当她从中弯腰站起，那个颗粒无收的年月，已经到处堆满了空腹的稻草，她来时经过的田野，是那样的宽大、平坦，像张铁匠无声无息的打铁铺。整整一个冬天，张铁匠几乎都没有生火打铁。

村里的一个小贩，遭人抢杀，头被割走了，入柩那天，小贩的家人为了给死者一具全尸，请张铁匠打了个铁头颅；一个异乡的布客，马累死了，又想把马埋葬在故乡，就卖了马肉，请张铁匠打了一匹小铁马，然后请巫师把马魂放入小铁马，带了回去。张铁匠在整整的一个冬天，就接了这两桩活计。这个浑身力气的年轻人，就把所有的时间花在了妻子身上。那是个风雪狂舞的冬天，张铁匠的情欲像巨大的雪花一样，不间断地涌向那一片似是而非的沃土，他不管身下的大地是否与他一块儿飞旋。骨子里的疯狂还使他忘记了打铁的要诀，烧红的铁需要淬火，才能更加坚硬。他在这一轮轮充盈着异美的杀伐与耕作中，听从了肉体的驱使，忘掉了灵魂的叮咛。可是，尽管他的精液像水一样流淌，他的妻子仍然像铁巴一样冰冷，那炽热的、火苗一样伤人的，却又像酒一样醉人的精液，流进去，全都熄灭了。

春风吹来的时候，张铁匠的母亲满怀疑惑地问老伴：劳作了半年，怎么连一颗豆荚都还不见饱满？张铁匠的父亲说，我怎么知道！谁也没有想到，这才是疑惑的开始，十年后，张铁匠的精液变成了眼泪，妻子的沃土上依然颗粒无收。

而铁匠铺却愈发地兴旺了，活计一桩接着一桩。但为了安慰年迈的父母，张铁匠给两位老人分别用铁巴打制了两个小铁人。两个小铁人，在两位老人慈爱的手中，很快地就被抚摸得闪闪发光。父母相继去世，张铁匠分别把小铁人，装入了他们的棺木。后来，又过了许多年，技艺已经炉火纯青的张铁匠，在打一把犁铧的时候，钳子没夹稳，一锤打偏，犁铧像鹰的翅膀，飞进了他的胸膛。把张铁匠沿着水田中的那条狭路送上山之后，张铁匠的妻子，一块不会产崽的铁巴，在收拾变卖铁匠铺的时候，在一个大铁箱里，发现了铁打的自己，腹大如鼓。

霍俊明的忧伤

霍俊明，河北唐山人氏，吴门弟子。他来到昭通，让我带他去拜访山梁上一个会"放阴"的女巫师。

女巫师披着染了霜花的头发，对着他的脖子吹巫气，然后对他说："如果你有兴趣，我把你的灵魂拿出来，把它放到阴间去，让它到那装满了惩戒之书的图书馆去看看，再参观一下审讯室和古老的行刑方式。但我不敢保证，到了阴间之后，你的灵魂还愿不愿意回到人间。"

霍俊明天生不是一个赌徒，也不喜欢冒险。他小心翼翼地问女巫师："如果灵魂回不来了，我会是什么样子呢？"说话的时候，他用左手卸下女巫师放到他肩头上的鹰爪一样的手掌，又用右手把飘拂在他面额上的白发掠开。

女巫师说："灵魂不回来，在人间你就死了，肉身像一块腊肉，但你在阴间却活过来了。在那儿，你的灵魂会找另一个肉身，比如巨蟒，天天与你喜欢的女伴交媾。也可以做你在人间所做的活计，加入死亡诗派，为其建立当下诗歌法律的理论基础。你也可以做人世间任何违禁的事，再接受惨绝人寰的惩罚，从而实现你做一个恶魔或暴君的愿望。"

半斤烈酒下肚，霍俊明在一张牛皮上写了封遗书，决定试一次。他用雪山上流下来的冷水洗澡，又在焚烧牛骨的篝火旁边烤干了眼镜片上的水雾，并换上了一身运动服。之后，为了让自己在阴间时身体轻便一些，好做折返跑，他到柴房后边的茅厕里恶狠狠地减负。返回途中，经过柴房时，他从窗外向内看，发现惨白的灯光下，稻草上躺着许多人，像睡着了一样。受好奇心的驱使，他推开柴房的门，走了进去。他用脚尖，碰了碰一个戴着骷髅面具的女人，感觉这个女人的身体僵硬了，就弯下腰去看，这才发现，不仅这个女人，所有躺着的人都没有了呼吸，被速冻在了一座冰川里。

重新坐到女巫师旁边，霍俊明说："那些灵魂去了阴间的人们，我想知道，他们会不会饥饿、思考和继续浪费时间？"女巫师告诉他，那些人有的已经睡了几百年，比如南明的那个边塞诗人，他的身体是巫祖的遗产。这些人里面，最短的也睡了几年了。他们的灵魂因为种种原因一直滞留在阴间，有的则在回来投生的路边，也就是人世与阴间的边界上，与鬼恋爱和结婚，不想回来了。还有一些灵魂，转回了人世，却抛弃了原来的肉身，活到别人的肉身里去了。女巫师把嘴巴伸向霍俊明的耳朵，悄悄地说："这正是很多人一直有两个灵魂在躯壳里互相厮杀的原因！"霍俊明想知道，那个南明时代前往阴间的云南边塞诗人，他干吗把自己的身体遗弃在这儿。女巫师说，一个同盟会的早期会员，不久前刚刚离开，他的饥饿是民国的饥饿，他的思考是民国的思考，他的时间却是被涂改了的："我敢断定，过不了几个月，这个人还会回来，继续躺在柴房里。因为在这儿，可以躲过太多的离乱，还可偷生于人世与阴间，做一个谁都无法将他连根拔除的人。"

女巫师还想说点什么。柴房里传来了一个女人的咳嗽声，接着是一阵长长的带动了肺腑的呼吸。随着一阵高跟鞋的响声，那个戴着面具的女人，跌跌撞撞地走了进来。

女巫师问她："你怎么一个人回来了，你的先生呢？"

戴面具的女人没有回答女巫师，而是坐到了霍俊明的身边："知道你想去阴间看看，他们让我来迎接你。不要吃惊，在阴间你还有一份档案，死亡档案馆里可以自由查阅。档案里说，你经常在北京的一个公园里梦游？身上还会藏着仿真手枪？"霍俊明对类似的象征主义提问毫无兴趣，一直想烧毁某些故意拔高、有意将自己嵌入纪念碑的人工档案，他伸手去摘戴在女人脸上的面具："不知道你是谁，我怎么敢让你领着去另一个死掉的世界？"

那个女人拨开了霍俊明那只伸向面具的手。这才对女巫师说："我的先生，在他独自回来的途中被一群从天而降的人抓走了。有人说，在某个地方遇到过他，他是一所大学死亡研究所的研究员，致力于毒杀研究。我去了那个地方，是一片荒原，白骨纷纷成了野草的人质……"

霍俊明最终没有去阴间旅游，我带着他离开了女巫师的家。他非常忧伤，既不敢去阴间，又想远远地躲着人世。出门前，他只拜托那个戴面具的女人，把他的那封遗书带到阴间去，同时，他把换下来的衣服交给了那个女人，让那个女人在阴间显眼的地方，随手给他建一座衣冠冢。

乌有乡

乌有乡藏身在几条江交叉之处的一块废地上，只有几十个人。有人是金沙江的儿子，横江的女儿，白水江的主人。有人是水稻之父，玉米之母，豆腐西施，茶叶公主。在基督教从扬子江逆流传播滇土的那些年，那儿还有耶稣之子，主的仆人，光的使者，摩西式的圣徒。对应他们的，是巫师，守灵人，佛爷，灵魂工程师，梦的解析者，播种希望的人，太阳之子，思想奠基者，先驱，转世灵童，鬼神的送信人，神一样的人物，降魔者，典范，圣贤，宗师，万世师表，标兵，拓边者，舵手，摆渡人，精神导师，灯塔，守护神，战神，黑煞神，色鬼，酒鬼，大仙，土地爷，催命鬼，弑神者，纪念碑……类似的村庄，我在里面生活过，像一只生活在巨大宫殿或寺院里的鼹鼠。更多的时候，则是小白鼠，在实验室里，被培育，接受尚未确认功效的一剂剂疫苗，做杀死人类或医治人类的试验品。

山谷里的死亡训练

在鲁甸县与巧家县交界的一条山谷中，每一个人从诞生那一天起，就得接受死亡训练。人们都认为死亡是可以战胜的，特别是老人，他们掌握了各种各样战胜死亡的方法，说起心得来，总是滔滔不绝。就像逃亡多年的罪犯终于在临死前投案自首，坐在警察的对面敞开心扉，得意忘形地讲述他们所掌握的反追捕的种种技术和手段。小说家徐兴正就出生在这条不怕死的山谷里，他的一个短篇小说里的二叔，从山谷里来到城里，替人修筑水塔。很长一段时间，二叔都没有领到工钱。工程就要完工的时候，在高耸入云的水塔顶端，有一天早上，他一脚踏空，身体就离开了脚手架。刚开始向下坠落时，他觉得自己是一袋别人恶意抛弃的建筑垃圾，有着惊人的坠落速度。坠落到一半的高度时，他突然不再慌乱，也不再恐惧，而是将四肢舒展地张开，像山谷里的老鹰那样滑翔。坠落的速度减慢了，他的心里也便生出一种从未有过的轻松、自由与超脱。这位"二叔"，不是山谷生活中的个案，山谷里的人们，在六十度的斜坡上耕种，在悬崖上牧羊，在无人的地方服用剧毒农药或者上吊，在没有安全设施的矿洞里挖矿，在泥石流随时可能从天而降的学校里读书，在活动频繁的地震带上承受生不如死的种种精神震荡……死亡训练，对每一个活着的人来说，都是阳光、空气和水，当然也是他们基本的人权。在日常化的训练过程中，他们没有接触过模拟的死亡或意外死亡，刻在骨头上的训练手册，没有繁文缛节的防护措施，所有的条目都直指死亡和战胜死亡。他们看到的死亡，都是正在发生的死亡，躲避不了的死亡。而所谓的战胜死亡也只是特指平静地接受死亡，飞石、坠崖、饥饿、绝症等等，没人能免除。去年的鲁甸大地震，甘家寨被滑坡埋到了一百米之下的地心里，救援人员只挖出来了几具被泥石的强大冲力卷到表层上来的尸首，更多的尸首，除了造物主而

138

外，谁都拿不出来。民间因此有个传说，地震过去几个月后，有一群找矿的外乡人，赶夜路从甘家寨经过，听见地底下死神正在大摆庆功宴，表彰那些死神突然降临时，毫不畏惧，而是死死抱住死神，与死神同归于尽的人。死神不在意自己又死了一次，他对自己又多了整整一个村庄不怕死的部下而欣喜若狂。死神酒喝多了，爬出地面，到山谷里来散步，吓得那群赶夜路的外乡人，来不及掉转车头，丢了越野车，没命似的，就往鲁甸县城方向逃去。

与小学女同学擦肩而过

昭通是个没有生与死界线的地方，坟地和村庄总是混杂在一起。我听说过的死亡，先是祖辈，然后是父辈，接下来是同辈。最近几年，听说我的下辈中也有人跳河或喝农药自尽了。清明节那天，我去给父亲扫墓，在通向坟地的小路上，我与一个小学时的女同学擦肩而过，不敢与她打招呼，因为我不知道她是活着还是死了。

在曲靖市的郊外

郊区美学正在演进为一门具有时代性的显学。它提振了四野的物质欲望，又把市中心漫溢而出的精神泡沫悉数消化得一干二净。抛开飞短流长的城市唯美观，单从客观的认知角度去看，所谓郊区，已经不再是"城乡接合部"，它应该被视为城市之狮与乡村之虎媾和而诞生的群落怪兽。它的超市、学校、发廊、饭店、旅馆、洗车场……市中心有的，它都有，只是品质下降了。同时，它的住房、地摊、杂货铺、人流、医院……又往往是乡村的升级，处处庸脂俗粉，低级趣味。

这不是在单一地说曲靖的郊区，中国的每一个城市的郊区都是如此。至于有的二线和三线城市一看上去就像某些一线城市的郊区，那就另当别论了。我之所以把"郊区美学"摆到桌面上来，正是因为郊区概念的模糊、郊区标准的游离和郊区形态的无所不在。曲靖，当我从舌尖上弹出这个词，瞬间它就能找到一支声势浩大的同盟军，佳木斯、保定、温州、张掖、喀尔木、绵阳、遵义、昭通……它们不仅行政建制同等，城市的规划、建筑符号、社区文化也别无二致，很难找出差异性。它们的郊区，如果没有了方言和饮食的壁垒，没有了地名和气候的天然区别，它们分明就是同一条流水生产线上流淌出来的同一产品。都说故乡消失了，同质化给人们带来的最大好处是，任何一个城市你都可以视其为故乡，普天之下没有谁再可以说自己是异乡人或流浪者。比如现在，站在曲靖郊区的雷家庄，扑面而来的房子、水泥路、垃圾堆、小吃店等等，我一点也不陌生，它们与昭通土城乡的聚落元素没有什么不同之处，就连从逼仄、混乱、肮脏的楼房夹缝里走出的老人，他们的样子，也是我父母的样子。一触即炸、满脸戾气的人，站在路边、街头、窗前和店铺门口，我不敢向他们问路，如果他们要把我当成外来者的人质，我也不会反抗，因为我有过太多类似的经历，早就麻木了，没有痛感了。尽管我的心头有一万头羊驼疾奔而过。

卡夫卡一觉醒来，发现自己变成了甲虫。我想有一天早上醒来，走到街上，我会发现，每一个人都与我长得一模一样。我即我们。我们却不是我。

街头

一天晚上，我与几个朋友坐在街边，吃烧烤，喝啤酒。话题是臧否几个山谷里的诗人，以及一支已经四分五裂了的地下摇滚乐队。月亮从高楼的背后移至天空时，有人建议，借着酒兴，去东郊的山丘上听一个巫师讲鬼故事。我们正准备起身，只见天主教堂旁边的小巷里，冲出了十几个年轻男子，人手一把白光闪烁的西瓜刀。街边上还坐着很多人，我们以为，一定会有另一群人，从桌子底下抽出西瓜刀，朝着提刀前来的人直扑上去，上演一场血雨腥风的生死游戏。微电影流行以来，生活中到处是镜头和演员，每一个人随时都可能是闯入者，陷入千奇百怪的剧情。为此，我还掉头朝四周看了一遍，以为月光下面会有一个手忙脚乱的剧组呢。

这十几个年轻人径直冲到了我们身边，伸手就抓住了我们每个人的头发，把我们的脸扭向月亮，用凶狠的目光认真地辨认，然后，丢下我们的头颅，又扑向另一群人。整个过程，他们没说一句话，手上也没有拿着某个人的照片，发现我们不是他们要找的人时，也不摇头，不失望，像一群机器人似的。如果我们中间某个人的长相，像极了他们要找的人，剧情会不会急转直下？想到这个问题，我们觉得必须马上离开了，担心他们又折回来，来我们中间寻找替死鬼。

街头的杀伐还没有落幕，这就说明，在互不会面的杀人者和被杀者之间，这批冷冰冰的年轻人还得继续过着刀锋上舐血的生活，像一把把刀子，以杀人为职业。古老的义气和文身，比刀光还要锋利百倍的目光，没有出处和下落不明的无名尸首，一刀就剁了的狠劲，以及与片区警察暗通款曲的传奇故事，也都会继续保留在街头巷尾。

蠢蠢欲动的生活

丈夫去了东莞打工。听说到了东莞的男人不分贵贱，都管不住自己。每次听见屋顶上的猫跑到自己的身体里来叫春，张春雅把儿子哄睡了，都会想自己该不该给那个从江西来的养殖场老板打个电话，叫他来家里坐坐。

（在东莞打工的乡下男人，生活中只有三件事：在流水线上打捞血汗钱，在出租房的窗口看着小街上来来往往的妓女手淫，在邮局给家人寄钱。只要想起自己老婆与江西老板私通的传说，刘之凯就想，下个月的工资，自己是不是用来找一个好一点的妓女？）

喜鹊和乌鸦，在中午的天空中偶然相遇了，一闪而过。它们不想结成同盟，报喜者总是出现在上午，报丧者黄昏的时候才会出现。喜鹊在飞向上午的途中，天还没亮，就想掉头飞回头一天的黄昏，在乌鸦报丧之前，给人们一个惊喜。

（乌鸦跟着太阳的节奏向着黄昏飞行，看见地上的人们正在狂欢，谁都没有落日之悲。它就决定穿过茫茫黑夜，赶在喜鹊报喜之前，给熟睡中的人们泼一盆冷水。）

刘之凯在流水线上不明不白地死了，法医确认为饿死，说他的胃里什么食物都没有。张春雅悄悄去了一次东莞，抱回了丈夫的骨灰盒。她把丈夫的死讯告诉了江西老板，一再叮嘱对方，不能对任何人说。因为丈夫守寡多年的母亲年事已高，得让她觉得，活着就是为了思念活着的儿子。

（江西老板从此每个月坚持去一次邮局，给张春雅寄钱。两个人在养殖场里的大床上颠鸾倒凤的时候，江西老板总是想象张春雅的丈夫还活着。一旦意识到，那个自己一次次冒名顶替的人已经死了，他就会从张春雅的身上滑下来，觉得自己也死了。）

刘之凯的母亲去世那天，村子里的人看见，张春雅从菜地里挖出丈夫的骨灰盒，放到了他母亲的灵前。几天后，人们抬着两具棺木上山的时候，天上一前一后地飞过了乌鸦和喜鹊。

（江西老板站在养殖场的小院中，长长呼出了一口气。他愿意看见任何一种死亡，但他不愿花太长的时间去保守死亡的秘密。在死亡的废墟上寻欢作乐，早已让他心力交瘁。）

在凤凰山上想

我独自去过很多次凤凰山，没人可为我作证，我似乎也不需要谁为我作证。这就像一棵树生长在山上，一只鸟飞到了这棵树上，它们互相不是证人，它们也不用其他树或其他鸟为它们作证。在那条蜿蜒而上的公路上行走，我遇到过几个少年，他们对着公路尽头的月亮大声地喊着什么，嗓音沙哑极了。他们看见我一个人上山，很快消失在松树林里，然后躲在我必经的一个弯道处，用鬼叫的声音恐吓我。

对着秋风里的松树林，我告诉几位少年："我也装鬼吓过人，不仅用声音，还用脸谱，甚至躲在坟地里……"松树林中的少年突然哄笑了起来，随后，告诉我，他们没有装鬼的经验，因为他们就是一群鬼。我没有再理会他们，以更快的速度向山顶爬去。我只想在山顶上坐下，不看万家灯火，也不在月光下寻找生活过的村庄，就是想心无杂念地坐一会儿，像老僧入定那样。老僧可以花大量的时间去入定，我没有那么多时间，也不可能每天都住在凤凰山上，我的入定只能是老僧入定的一个瞬间。

如果在静坐的时间内，我不能进入无我或飞升至高空俯视我的其中一种境界，我会在心里给昭通市的每一个乡镇重取一些名字，没人认可它们，只有我一个人在写作的时候使用。就像旧圃镇，我一直叫它土城乡，竟然让编辑和读者都一直以为昭通市有个土城乡。不过，昭通市也的确有过一个土城乡，在我的记忆中，它最先叫土城公社，后来改成新城公社，后来又改成土城区，再后来又改成了新城区，最后，它被并入了旧圃镇，像一个人被活埋在了凤凰山上。这种改换地名的行为，我非常不认可，举个例子，比如，我的父母在土城公社时享受的待遇，到新城公社时就有可能被取消了，同样，在土城乡时政府答应批给他们的宅基地，到了旧圃镇时政府就可以不认账了。这说明，改变地名或重新进行地理区划，是制造和遗忘人间纠纷的捷径之一，为了对付这随时可能发生的事件，一个书生，我当然只能在自己的可控条件下，编一本不为人知的地名志。我已经厌倦了，因为别人改动自己故乡的地名，我得一次次在档案材料中修改故乡的名字，仿佛我是一个逃亡的罪犯，必须不停地给自己换一个新的身份。

昆仑山，高黎贡山，祁连山，泰山，包括凤凰山，这些山是幸福的；长江、黄河、澜沧江，这些江河也是幸福的，因为没人敢改动它们的名字。坐在凤凰山上，我想旧圃镇应该向历史道歉，把从土城乡拿走的一切都还给土城乡。不过，这也只是想想，没几个人会觉得把土城乡改成旧圃镇有什么不妥，能洞见其中迷局的人就更少了。

有一次，在凤凰山上独坐，我破例没想土城乡的事，而是想到了守望乡。之所以想到守望乡，是觉得这个名字比土城乡还古老，还悲怆。至于太平乡，我就从来没有想过，它赤裸裸的愿望，肯定得赤裸裸地去争取，一想，我心里本来还存在的一丝太平，瞬息之间就消失得干干净净。报纸上说，东北的一个上访者，被人关在太平间里，结果这个人争取个人太平的内心火焰始终没被扑灭，身在太平间仍然在用自己的灵魂不停地上访。不想则罢，一想就觉得凤凰山夜晚的秋风，比冬天的北风还像无形的刀子。

《草原》2016年第4期

评鉴与感悟

雷平阳是诗人，诗人的思绪总是天马行空。读他的文字，就像看远方朋友的来信，一行行展开，却总盼着后面还能再多说点什么。可他却是那么节制。这是我想象中散文该有的样子，简短，有见地，凡常事物，一经他的笔墨皴染，顿时气象万千。

从伦敦到曼城

/刁斗

自由行

属于我的伦敦时间，共七十小时。除去三个晚上用于睡眠，小半天用于推介我刚出版的英文小说集《POINTS OF ORIGIN》，其他四十五小时，没确定的事情非做不可——吃饭和读书，无须专有化地切分光阴。当然了，我不远万里地来趟英国，也不可能还像在沈阳那样，只让日影在饭桌与书桌间往返流窜，户外清明的天气和我自己清醒的头脑，都已替伦敦城向我发出了邀请，我没理由不演好游客的角色。

演——游客？的确如此。我不擅旅游，只长于闲逛，一旦出门在外，游客只能是我扮演的角色，而很难成为我的身份。如果有伴儿，作为一个随和的人，我倒不介意以同伴的意志为我的意志，别说旅游，"视察"的脸皮也舰得出来；可倘若出行的只我自己，闲逛便是我唯一的姿态。

我的间或远足，其意义仅在于颠覆我一成不变的日常生活，与其说我渴望"前往"他方，莫若说我看重"离开"此处，也就是说，行北京与走东京并无区别，即使去月球，我也不觉得窝在飞行器里聊天看书就比参观嫦娥博物馆更不妥当——不好意思，我这么咬文嚼字，非把个简单的行走离间出几重不同的意思，已经首先不妥当了。没办法，对人文景观或自然风物那种确定的、具体的、目的性的奔赴，在我就是兴致不高，而通往偶

144

然或未知的"离开",即使麻烦多风险大也让我迷恋。

多说一句，本来我特别喜欢"游"字，可为了避免让人联想到它与"旅"或者"客"的组词，我只能退而求其次，让"闲"替它与"逛"联袂。

我最初憧憬"离开"那会儿，中国人刚被允许把饭吃饱，自然地，旅游的概念也刚刚萌芽，所以，还既无旅行社，亦无旅行团，除了有本事支配公款的，多数人并没资格更没条件为名山胜水糟蹋盘缠。可旅游这事契合人性，而契合人性的事，一旦发端便易成规模，成了规模又易生教条，于是，后来被提炼为旅游铁律的那段顺口溜所表达的意思，在放之四海前已先皆准了：上车睡觉，下车撒尿，逢商店购物，遇景点拍照。现在想来，爱动的我，本该是"旅游"麾下的一员壮丁，却易帜"闲逛"另立了山头，这只能与旅游模式中，那种抹杀个别化消解独异性的缺陷让我抵触有关，而不该有别的微言大义。但那时的我，喜欢高蹈热衷升华，就把"闲逛"的高深，命名得莫测了。那时是1980年代尾声时段，正思想混乱的我，偶然中，囫囵吞枣了瓦尔特·本雅明的《发达资本主义时代的抒情诗人》。这本小书繁复晦涩，并没帮我更明白资本主义或波德莱尔，可歪打正着的是，它使用的"游手好闲"这一熟词，却让我品出了新的滋味，还经此找到了拒绝的方式与投身的方法——那种方式方法，可以与旅游有关更可以无关。自此，我不仅不再为自己无所事事的闲逛形象感到羞赧，还借助"微服的王子"与"不情愿的侦探"这两顶冠冕，堂皇化了自己种种的无厘头表现：比如1980年代去四川那回，我随大溜儿夜里爬了半截峨眉山后，忽然觉得没大意思，就在次日凌晨别人登顶看日出时，搭车下山回了成都，再漫无目的地徘徊街头，翻武侠小说般，阅读了半天四川妹子；再比如1990年代走青藏那回，因为是从沈阳开车直奔的拉萨，何等的有特色可想而知，可前后一个月，面对无数值得记忆的场景人物，我包里的吉米特相机硬是没拿出来过，当时我突发奇想的歪理邪说是，"到此一游"的快门每按一次，我的浅薄都会添加一分；还比如2000年代玩海南那回，在三亚洗完海澡喝完椰汁打算回沈阳时，我忽然感到意犹未尽，想想长沙和宁波都有聊得来的朋友欢迎我去，买机票时，我便如同赌徒下注，不惜惹得售票员小姐受了冒犯遭了骚扰般惊恐愤怒，当然也让她陡升了好奇——

沈阳长沙宁波，哪的票打折多我就去哪……

说了这一堆，我只为强调，我的闲逛攻略再不三不四，再不伦不类，也只是一项历史性的无害怪癖，不论好坏我都不想改它。于是，这回远在异国他乡，我这赝品游客便没多犹豫，立刻就习惯成自然地，选择了不报名参加敞棚双层巴士一日游，也没去雇请留学生当我向导，还放弃了辗转通过国内朋友麻烦英国朋友来陪我的打算。与在国内闲逛相比，我只多做了一件事情，即在手头的伦敦地图上，把城区东部国王十字街我住处的位置标示出来，然后模仿着识途的老马，分六个往返，并每次不少于三小时地朝四面八方驱策自己。

其实，若懂英语，我更愿意锁定闲逛的目标，毕竟英国是我特殊尊重的几个国家之一，对它的首都，我未必就比我自己国家的首都更不熟稔。我特别想看看泰晤士河，看看威斯敏斯特教堂和大英博物馆，看看格林尼治天文台和海德公园的"演讲者之角"，看看那些与小心眼儿的牛顿，与世事洞明的达尔文，与以智力为入伙门票的布卢姆斯伯里精英圈子和与开了法律约束权力之先河并成为后来宪政基石的《大宪章》有关的地方……但作为英语世界的聋人哑人半个盲人，我知道我只能剪除奢望，把具体的诉求丢诸脑后，再尽量掩饰住双脚的踌躇，假装气定神闲地踱量东半个城区——由于时间所限，虽然我已能从频繁迷路到如鱼得水了，却终未将西半个城区也尽收脚底。

随着我的如鱼得水，我的遗憾也漂浮起来——不，我的遗憾，不指我足迹未能踱遍伦敦：那不可能，也没必要。我的遗憾是，作为水性尚可的游鱼，我对最易辨识面目的伦敦标志泰晤士河随波逐流后的喜欢是超预期的，可越看它好，越觉得它百游不厌，我就越会联想到和意识到，此前我穿梭过的某处地方，那携带了一方黄色解说铭牌或未以铭牌作标榜的某座雕塑、某片广场、某幢住宅、某个教堂……尽管平和、低调、不动声色又含而不露，但没准儿，它们与我感兴趣的某人或某事，恰好就勾连着千丝万缕，而因为有眼无珠我竟冷落了它们。但是，虽然有时候，那遗憾会扎得我心脏都隐隐疼痛，我却没为缓解疼痛做过努力，哪怕只需举手之劳，比如，针对某方具体的铭牌，向懂汉语的当地人问询讨教。间或心脏疼痛的我，就那么随心所欲地踱量着伦敦，感受着或者说享受着，那些懂与不

146

懂的、知与无知的、历史与当下的、熟悉与陌生的种种刺激。

为什么会这样？

我的伦敦时间，被一列开往曼彻斯特的火车给终止了。窗外的乡村景致恬适雅致，但却单调，在安静若课堂的车厢里，我读英国人丹尼尔·汉南的《自由的基因》。可作者那篇只数千言的引子未及读完，我的思绪，就沿着"盎格鲁圈"朝泰晤士河回流过去，因为在书页之间我骤然悟到，为什么，对自己踱步伦敦的信马由缰，我不以为憾反觉其妙。也许，我脚下的伦敦是个沙盘，那些我感兴趣的过往人事，此时仍系上帝的构想，尚未在沙盘上摆放停当；而作为上帝意志的执行人，我这个误打误撞的外来客与我行我素的闯入者，则可以率性地，甚至张冠李戴改头换面地，往沙盘上任意安置我感兴趣的林林总总，以通过我的记忆与想象，去创造一个古旧却又新异的伦敦。

哦，《自由的基因》不是谈自助出游的旅行手册，但它涉及了思想的闲逛。

伯吉斯之宅

那处宅子临条细街，门窗窄小，墙皮斑驳，像蒙尘已久的一颗珠子，还是玻璃的。我大步流星没正眼看它。原本与我并肩而行的萨曼莎，却为它收住了迅疾的脚步，叩它门板时，声息柔和如同耳语。我止步回头，从窗户一角，看屋里两排不大的书架和墙上的几张图书海报，以为这是曼彻斯特街头又一家不事张扬却历史悠久的微型书店。不是，因为进屋后，萨曼莎对我强调的，只是一个英语的人名：安东尼·伯吉斯。接着，在一间能容纳百十来人的会议室里她解释道，作为2015年度曼彻斯特文学节嘉宾，我这个下午的专场活动将在此进行。

萨曼莎是曼彻斯特逗号出版社的编辑，我的《POINTS OF ORIGIN》即由"逗号"出版。前两天，在伦敦，她曾陪我为宣传那书做过活动，应该说，我俩也算挺熟悉了。

因为熟悉，尽管萨曼莎的汉语词汇量极为有限，手势表情又总生歧义，可她的意思，我还是懂了，尤其后一个意思，她未表达完整，我已领会完毕。幸好，对她此前的意思我也有所悟，否则，作为一个久经"高大上"文化浸淫的中国人，我的经验，我的虚荣，一定会挑拨着我腹诽不止，甚至，都会引发我公开挖苦这曾经日不落的大英帝国的文学活动地点竟如此寒酸。但基于某种心灵感应，在萨曼莎表达后一个意思前，我已猜闷儿式地领悟到了她前边的意思。加之墙上同一个男人的多幅照片，以及频繁出现的、分别以"A""B"为名和姓首字母的一个汉语拼音风格相对突出的英文人名，让我没太迟疑就准确无误地——这里是，与安东尼·伯吉斯有关的地方。讶异的我不光忘了经验，忘了虚荣，连礼貌都忘了，像所有在公共场所不知节制无所顾忌的中国大嗓门一样，任由兴奋冲口而出。

显然，我猜对了。更显然的是，萨曼莎与这处宅子的工作人员，对我突兀的兴奋有点不解，认可我时，表情上现出了得体的错愕。安东尼·伯吉斯是活跃于上世纪中后期的英国小说家，热衷于文本实验，从来不像简·奥斯汀或狄更斯或毛姆那么流行，他差不多是仅凭一本薄薄的《发条橙》，还更因为被美国导演斯坦利·库布里克拍成了电影，才为中国某些艺术男或小资女所约略知道，而我这远道而来的中国客人，只因偶然借用了"伯吉斯之宅"的一方宝地便惊诧莫名，这没法不让东道主以为，我的喜悦太夸张了。

东道主会这样想吗？我希望不会，如果可能，我很想给他们看看，此番邂逅伯吉斯，在我思维的太平洋上，产生的的确是蝴蝶效应，还是一场历史跨度颇大的蝴蝶效应。其实，我表达思维结果时已经多有节制和顾忌，由于对偶然性我一向敬畏，发感慨前，已做到了先冷却偏热的情感。

对伯吉斯我怀有特殊的好感，始于三十年前。按说三十年里，我喜欢过的作家不计其数，伯吉斯作为我早期的钟情对象，成为被后浪淘汰在沙滩上的前浪倒更正常，毕竟，在我这里，他的小说虽然别致，但并非那种每读都有新触动的启示录式作品，或者，它的启示功能对我作用低微。可奇怪的是，他这个魅力有限的早年诱惑者，却始终以一种无以替代的必要性占据着我的记忆空间："他是一个爱尔兰记者，一个盖尔语学者，一个贪杯好饮的人和为数很少的几部小说的作者……"哦，这几句话，说的不是伯吉斯，而是伯吉斯在评价小说《双鸟戏水》时，说它的作者弗莱恩·奥布莱恩的，但我对伯吉斯好感特殊，却正因为这几句并非名言警句也不精辟隽永的大白话之醍醐，于不经意间灌了我顶。有好长时间，我总喜欢把隐身于《现代小说佳作九十九种》中的这几句话视为诗歌，时不时音韵铿锵或怪腔怪调地诵读一番，似乎这样一来，我写作时的语言乃至我生活中的态度，便能远离做作而趋近诚恳，远离训诫而趋近趣味，远离说明而趋近叙述，远离主题而趋近字词……顺便说一句，奥布莱恩的作品好像都没汉译，至少没有大陆译本，但《双鸟戏水》却令我着迷，成了我脑海中为数不多的，我未曾读过即喜爱有加的小说之一。这是否有点不可理喻？但谁敢说，不可理喻不是小说的魅力之一呢？可这样的意思，我怎么给身边的老外做解释呢？即使我英语比汉语说得还好，他们肯定也听不明白，一个中国小说家，在我早年学习写作的那个时候，即使跟在马原徐星刘索拉这种探路尖兵之后，蹀躞前行时，仍需揪着自己头发艰难起跳，在这种背景下，伯吉斯的出现便很重要，"贪杯好饮"与"记者""学者"的异类项并置便特别重要，自我的而非"钦定"的观察视角与评价标准和说话方式便尤其重要。

　　不过，我相信，我可能更加解释不清的，还不止于此，而是"缘分"这种东西，在2015年，在我来伯吉斯之宅的前十个月内，为什么会让我与这位暌违三十年的前辈偶遇了三次：难道，为了一遭上场，先要三番热身？先是年初，春节前后，我在朋友家住了一宿，为打发没有困意的漫漫长夜，我去朋友的家庭影院东翻西找。朋友的碟片有两三百张，我基本没看过，可挑拣之后，不知为何，我选的两部都是旧识，一是基耶洛夫斯基那个著名三部曲里的《蓝》，另外就是《发条橙》了。然后是年中，在与布伦丹电邮往返时，不知怎样和由谁起头，竟说起了《双鸟戏水》。我们都对它赞不绝口。布伦丹·欧凯恩是美国人，为翻译我小说，与我偶有电邮往来，当他欲把对《双鸟戏水》的赏析推向细部时，我急忙承认，那书我没读过，喜欢它，只缘于伯吉斯的精妙推介。我记得再来信时，对我这等情绪化的好恶选择法，布伦丹只表示了有限的理解，但在此之外，他被我们的交流刺激起来的创作欲望则差点儿无限，事务繁忙的他冲动地说：我真想把《双鸟戏水》译成汉语呀！最后，就是我来英国的十天前了。十一假日，我网购新书，其中包括《自由的基因》，还包括了安东尼·伯吉斯的《莎士比亚传》。当下社会，书的毒奶粉地沟油同样泛滥成灾，网上买书，没法手抚一卷判断取舍，难免让人时感无措。为克服这无措，我除了考虑书的内容和作者，亦接受信誉好者的宣传蛊惑，像买《自由的基因》，就与刘瑜的推荐有关。我不认识刘瑜，但这几年，读过好几篇她的文章，知道她理念品位大体啥样，也就信赖了她的眼光。至于《莎士比亚传》，我犹豫之后也勉强认购，则不为传主的声名赫赫，只为作者与我牵强的私谊。莎士比亚很像曹雪芹，个人资料大面积阙如，给他画像，谁都做不到眉目清楚。我喜欢看人物传记，可如果那传记由猜测编织，靠假定支撑，我倒更愿意去同主题的小说里想入非非。当然了，几天后，与伯吉斯之宅一邂逅巧遇，我就意识到，"莎士比亚"是个兆头，同样，我在朋友家以电影打发长夜，我与布伦丹通信时交流《双鸟戏水》，都是奇妙而又美好的兆头：一年里，春夏秋的三度铺垫，皆为烘托我来伯吉斯之宅拜谢卅载的醍醐之情……

且慢抒情，这种戏剧性的巧合太莎士比亚化，让我自己信以为真时都要掐下大腿。但这的确都是事实。如果为制造某种效果，我倒更愿意让《莎士比亚传》与《自由的基因》和另一本小说一样，也作为旅途读物被我带在身边，以便在曼城时，有可能送它给伯吉斯之宅，好通过这一物化的痕迹，为我与伯吉斯的缘分留存佐证。可这"莎士比亚"，自打十月初归我所有，就一直宅在我书架上，这几天，我为写作此文顺手翻它，它还用那种演员的腔调，声音琅琅地对我说过：这世间之事的不可理喻，几乎已经有了小说或者戏剧的魅力。

这时候，我已参观完整幢宅子，看过了伯吉斯用过的打字机、坐过的硬板凳等不多的遗物。太不过瘾。我东张西望地问，伯吉斯在这里住过还是工作过呀？伯吉斯之宅的工作人员摇着头笑，但并不遗憾。不，伯吉斯生前跟这座宅子没有关系，也许，他顿一下，望着窗外清冷的小街说，在曼彻斯特大学读过书的他，散步时途经过咱们门前吧。说后边这句话时，并不遗憾的他满脸满足。我一时语塞，不知怎样接话才好。我是否有必要告诉他呢，说这伯吉斯与他纪念处所之间的关系，与我和他的关系颇为神似？给我和这宅子照张相吧。很少主动钻进相机取景框的我，有点没话找话地对萨曼莎说。但说话时我没有遗憾，满脸满足。

超现实

与我聊天时，不约而同地，他们都以"超现实"定义我的小说，对那判语的信手拈来，似乎比中国人说"你好""谢谢""对不起"还自如熟练。可他们，不光接触我小说的方式与程度迥然有别，文学背景更是各不相同，难道，像中国流行"雾霾"那样，英国流行"超现实"吗？

在我的词汇库里，"超现实"早已边缘化了。并非它不能再魅惑我，而是它像"爱情""真理""幸福"这类词一样，其感受意义的愈益丰盈与阐释可能的日趋干瘪，越来越像被维特根斯坦归过类了，"不能说的东西"。也许，它们更适宜在意识中发光，言说则会黯淡了色泽。我倒也知道，英国的"超现实"与中国的"先锋"或"现代派"一样，所画的边界都很模糊，大体框限了什么东西，心照不宣也就是了，不必较真也没法较真。法国才子安德烈·布勒东相隔八年两度发布《超现实主义宣言》所证明的，恐怕也只是在定义面前，能言善辩者若他，也容易言不尽意和辞不达意。

于是，和他们交流，我的适度敷衍便在所难免，但愿他们未曾察觉——哦，他们，主要是伦敦的薇蔻和一位我叫不上来名字的黑衣女士，以及曼彻斯特的凯伦与拉·佩治。

薇蔻汉名江可唯，是个走出校门不久的室内设计师，四岁时由中国来英国落户，会说汉语但不识汉字，知道我正以双脚度量伦敦，就是聪明的她，想到了给我找张伦敦地图，不仅为我设定了坐标，还把她的电话留在了地图一处空白的边角。那天下班后，她匆匆赶来自由文字中心参加半截我与读者的见面活动又草草翻几页我的小说，不为文学，只为她出生的那个国度。而作为自由文字中心负责人的黑衣女士，当然有名字也有职务，萨曼莎细致地做过介绍。我没记住。我能记住的，只是她大眼睛里的善意、坦诚还有亲切，流溢得多么美不胜收。她对我说，他们中心的关注重点刚转向文学，我是他们请来的第一个小说家，而以往，他们更关注绘画、摄影以及戏剧。说到戏剧，她提及一个汉语人名，又比画出一个坐轮椅的动作。翻译茫然。我试探着问：新凤霞？她连声说对对，瘦削的脸上笑出了细纹。她说近三十年前，中心曾分别邀请过中国的吴祖光新凤霞夫妇和高行健，以戏剧家身份访问英国。那时的高——黑衣女士的笑纹里，

151

骄傲和友好一齐荡漾——还没得诺奖呀。"他们"中的第三位也是女士，叫凯伦，祖籍杭州，汉名王晓方，在上海读本科时学科技英语，成英国人快二十年了。她以曼彻斯特孔子学院英方院长身份请我吃饭本系公事公办，可从客套礼仪中，却脱颖而出本色的明敏：与我放眼世界或聚焦中国时，她喜不倨傲忧不矫情，头脑清醒意见客观。近些年来，我接触过不少"半路出海"的大陆同胞，不知何故，他们的消化酶适应了牛奶面包培根肉后，所分泌的，却多为可笑的幼稚可怜的迂腐可恨的愚蠢可恶的狭隘。我在曼城的最后一晚，凯伦推荐我看芭蕾舞剧《1984》。乔治·奥威尔的小说——我以为她在说英语至少杭州话上海话——能改芭蕾？所以该看呀！她有点情绪激烈地启发我道：你想想，用芭蕾舞表现"文革"的疯狂……唔，那种疯狂我不陌生——可是，拉·佩治却插足进来，拽我和他的一帮朋友去了酒吧。我辜负了凯伦。拉·佩治是我的出版商和我这次赴英的始作俑者，但我犹豫之后随他而去，又并非不好意思对他说"NO"。我很清楚，他或他们，不论做什么，都只会尊重我不会勉强我。我没提《1984》，只因沟通太麻烦了，我若能把喝啤酒看芭蕾的选项理由分说明白，也就有资格替哈姆雷特解难题了。另外，我愿意在酒吧度过分别的前夜，也是我这个平时嘻嘻哈哈但一端酒杯就犯愁的人，很希望与拉·佩治这个平时少言寡语但一端酒杯就活泼的家伙，为于斯曼或者为我们都偏爱于斯曼，认认真真地干上一杯。此前做活动时，为回答读者某个问题，因为一时没从英国作家中找到例子，我曾让法国人于斯曼当过替补。已离世百年的于斯曼不是流行作家，在他的母国，多数时候也锦衣夜行。这样，他一出场，我身边的翻译就有点磕绊，受她传染，场下的听众也磕绊起来。我冒汗了。是这时候，连汉语"谢谢"都说不利索的拉·佩治，却通过观察发现了问题以及问题的症结，他果断出手，巧妙插话，内行地替我清理了所有的磕磕绊绊。是在替我打圆场前，他一意识到我在表述什么，大大的眼睛便瞪得更大，颓着的腰板也挺了起来。他目光直视着我，仿佛在以诧异和惊喜向我通报，那个从未大红大紫过的法国名字，正是我俩臭味相投的验证密码：乔里-卡尔·于斯曼？他用英语的疑问句与我接头；乔里-卡尔·于斯曼！我用汉语的感叹句回他暗号。

在他们中，薇蔻和凯伦，使用"超现实"都只顺嘴一带，我以"嘿嘿"或"呵呵"那种在所难免的敷衍应对，并没什么不妥之处：噢，你这小说超现实主义；哦，我喜欢你这种超现实故事。而黑衣女士和拉·佩治，一个是在电脑视频前，一个是在摄像机下，把"超现实"夹在提给我的一二十个问题里正经八百地陈列出来，我再光"嘿嘿""呵呵"，就是轻慢工作乃至文学了。尽管，做访问前，分处伦敦曼城的他俩像受过同一家教化机构的培训那样，都体谅地指出：如果哪个问题你觉得敏感，会惹麻烦，不方便回答，就跳过去没有关系。可是，我若滥用体谅，去唬人家老外不识中国的数，说"超现实"便"敏感""麻烦""不方便"，那还不成臭无赖了：你好像特别喜欢运用超现实技巧，这是基于怎样的考虑？在西方作家笔下，超现实的写作只指向内心，可为什么，你的这类表达总与社会性问题藕断丝连？我不认为我的某些小说超脱或者超越了现实，不认为同系小说里虚有的什物，还有必要分门别类。在我看来，与这个规则通约的物理世界比，心理世界的法度再千差万别千变万化，也会因对于蹲着这种动作、蟑螂这种昆虫、猫这种动物、杀手这种职业的精当表达恰切演绎，而使得《蹲着》的屈辱、《蟑螂》的无奈、《变形记》的丑与恶和《最后一枪》的忠诚或蒙昧，成为我们最为现实的生存体验——哦，它们，我随手出示的这几个题目，除了在我英文小说集中各占目录的九分之一，再没什么特别之处：它们讲了为防范犯罪，城市居民必须按要求蹲着活动的故事；它们又讲了随着蟑螂的灾祸渐成顽疾，得过且过的人们与灾祸渐为朋党的故事；它们还讲了一只奴才猫终于涅槃为人，青出于蓝又胜于蓝地摇身变成主子的故事；它们更讲了一个杀手遵循着指令，一步步消灭自己的故事……

是的，它们现实，都是官能更易触碰的可靠的东西，是习见与常态，是会意与默契，是在与有，是方便指认的证据与适宜解剖的标本，如同普通到不论以哪种语言出现，都极度简单的"你好""谢谢""对不起"。可是他们，薇蔻凯伦黑衣女士拉·佩治们，为什么对它们，对我的小说，对我那些现实到可以熟视无睹的身边故事，却要冠名"超现实"呢？就好像，它们是哈姆雷特那亡父的鬼魂，是漫游奇境的艾丽丝或降妖伏魔的哈利·波特，是我这个英语世界里聋人哑人半盲人的伦敦踱步，是我在脑子里自行上演的芭蕾舞剧《1984》，是"雾霾"那种既具象又抽象的流行词汇……

我短暂的英伦之行，已经迅速成为了过去，在这节文字结束的时候，我很想赘述两个插曲，以候教于帮我把现实视野拓展向超现实领域的英国朋友：

其一，几乎一踏上英国土地，我就隐约感到，有的当地人，是薇蔻凯伦以及出版社为我临时雇请的翻译，还有偶遇的留学生等黄皮肤当地人，与我接触时，都多少有点莫名的亢奋——当然了，再自作多情，我也看得出来，那亢奋与我并无干系。但回国后我还是顺手破译了出来，他们在我面前没加掩饰的亢奋，是被即将盛装赴英的中国最高领导人夫妇给激活的。完全出于好奇，对照着新闻报道，我再次穿越被时区切割过的时间与空间。我不由也滞后地亢奋了一下：在我返程的飞机由西向东地掠过乌拉尔山脉时，国家最高领导人夫妇的专机，恰好自东而西地也正点卯那里，也就是说，在欧亚天空接壤的地方，嗖地一下，我曾和他们交臂而过。

其二，大约在我归国的二十天后，接到拉·佩治与萨曼莎的曼城电邮，除了祝福我平安归家，又问我，收到他们的稿费没有。不是大钱，我也眼开，本来电话就可以查询，我仍然屁颠屁颠地跑趟银行，去取号排队看人家新钞票般僵硬的脸子。没英镑进项，只有一笔凭空而来的日元，不速之客般增添我的紧张。好在拉·佩治与萨曼莎的又一封邮件追了过来，他们歉意地做出的解释是，发稿费时，为方便我，本想特意兑换成我常用的币种，可一马虎，一随手，一想当然，就忽略了中国日本虽然都在东亚，又一衣带水，人模狗样也大体相同，尤其"鸡的屁"皆荣居世界的三甲之列，但货币，却并非名字都叫日元。

《作家》2016年第2期

评鉴与感悟

把一个人从几千公里之外，突然扔到陌生的环境中，如何看待周遭的世界？刁斗说得俏皮，他说要"演好游客"这个角色。同样是看，同样是演，有文化的人就是大不一样，所以，他走在任何一个地方，似乎都能把过往阅历与现实重叠起来。却又不是简单的堆积，他有自己的判断。他有判断，却并不武断。这样的行走，好看了。

去马坡

/蒋韵

笛安开车，我们去马坡意大利农场。

这是我第二次坐她的车，她这个司机，绝对崭新出炉，开车的历史不满一个月。头一次坐她的车，是此前二十多天，那天她第二次离开陪练独立开车，我坐在副驾的位置，她戴好墨镜，挺直腰板，淡定地对我说："妈你帮我看着点儿右边的车，我顾不上看。"顿时，我的冷汗就下来了。

那天，是甲午岁末，腊月二十九，北京城马路上，车流明显减少，但我们的目的地，是最热闹的东单金鱼胡同一带，所以，一路行来的各种状况，还是足够我魂飞魄散。但那个新司机却始终是淡定的，面不改色鄙夷着我的惊慌，说："只要如意不在车上，我就一点也不害怕。"如意是她的女儿，于是我回答："可是我的女儿在车上啊！"

这一次，她的驾驶技术有了明显的长进，我们沿着潮白河走，长长的右堤路上，北方的杨柳开始吐绿。比起喧闹的城里，这条路，偶尔还是有安静的时候。有一年国庆期间，李锐开车，带我去宋庄看一个朋友的画展，走的就是右堤路。那天，这条路上总是过往的大货车，大概是因为长假的缘故，突然绝迹，浓荫蔽地的一条乡间长路，寂静无声，明澈的阳光透过树叶，影影绰绰洒下来，竟然有一种久违的老时光的悠长精美。就是从那一天起，喜欢上了这条乡间公路。

但坐在女儿的车上，起初，仍然免不了紧张，觉得右堤路变得好窄，迎面过来的每一辆车都有一种凶险的疾速。好在是河岸边熟悉的路，好在过往车辆还不算多，车窗外的景色也毕竟有了一些乡野间的春意，渐渐也就松弛了一些。我们说着闲话，我说，我喜欢乡村公路，她说，那是因为你不开车。我问她喜欢开车吗？她回答说："喜欢。"这让我意外。我始终以为她是被迫去学开车的。

"我尤其喜欢在高速公路上开车。"她这么说。

她说，有一晚她从机场第二高速开车回家，一路畅通无阻，车灯照着安静的路面，车里放着她喜欢的音乐，那感觉很奇妙。"那时候真觉得高速公路有一种善意。"她说，"好美。"

我非常惊讶。

高速公路，这些年来，实在是走得不少，中国的，外国的，内陆的，港澳的，连接湖海的，通往山区的……尤其是我所生活的省份，高速公路披荆斩棘穿行在千山万壑之间，乘车走在上面，有一种真心的赞叹，赞叹我们的路真是越修越棒。但，认真想想，它却从未让我动过情。对我而言，它不同于乡村公路，它永远只是物质，不是生命。

年轻时，在我还没有见过高速公路的时候，曾经读过一篇小说，叫《铃兰空地》，是法国作家米歇尔·图尼埃写的一篇充满象征寓意的作品，隐约记得，主人公是一个长年行走在高速公路上的货车司机，偶然地一次阴差阳错，他驶离了高速公路，在一条乡村公路深处，发现了一片美好的林间草场，这就是铃兰空地了。自然，在这美丽的空地上，是要发生故事的，但故事的内容，一点也不记得，只记得，这是一个悲剧。还有，那就是，铃兰空地和高速公路各自所象征的东西：前者，是自然，是理想或者说幻象，是人类回不去的精神家乡；而后者，则是远离了自然之美的现实，是每个现代人都无法逃脱、无可选择的冷酷宿命。这样说太简单了些，但，先入为主地，我似乎已经为我还没见过的事物做了一个判决。

渐渐地，高速路就来了。

山西的第一条高速公路，叫太旧路，旧，是旧关，太行山的一个旧关隘，娘子关。这路，全程穿行在太行山千山万壑之中，有着数不清的隧道和凌空飞架的大桥。从前，从我的城市去北京，坐火车要十多个小时，而有了这条路，坐大巴只需六七个小时，且半小时发车一趟，去北京，真就成了可"说走就走"的旅行。那种惊喜，至今记忆犹新。

随着高速路的到来，生活不由分说地改变着，我们对空间和时间的概念改变着，对世界的认识在改变着。这改变，似乎，与古典的美感、与诗意、与温情，日益遥远。至少，我是这样认为，或者说，我和许多的人都这样认为。记得女儿曾说过一句话，她说："妈妈，你不爱这个时代。"我回答："对。"可其实我是困惑的。是，我不爱这个以高速路为代表的时代，可哪个时代是我爱过的呢？换句话说，我不甘心做城市之子，可也远不是一个自然之子呵。

我爱那些远去的、正在消逝或已经消逝的东西，我爱河山，爱蓝天，爱田野，爱无垠的大森林，爱我从没有见过的广袤而荒凉的西伯利亚，爱一切残破却有时间痕迹的东西……但我爱得很抽象，是审美意义上的爱。记得读沈从文先生的小说和散文，爱上了湘西，爱得一往情深。上世纪末，有一年，终于有机会去凤凰了，好兴奋。正是秋高气爽的季节，桔子熟了，公路边到处都是卖桔子的。抵达凤凰时，天在下雨，去拜谒沈从文先生的墓地，就是在绵绵秋雨之中。通往山坡的路，因为雨，变得泥泞，大坨大坨的牛屎，盘踞在泥泞的路上，几乎无处下脚。短短一段牛屎路走下来，湘西的美，在我心里，就打了折扣，变得有些暗淡。至少，在我回忆它或者向人赞美它的时候，心里总有一点暧昧的犹豫和羞涩。我想，我还是更爱沈先生笔下的那个湘西，而不是这个真实的地方。

《红楼梦》里有一回"大观园试才题对额"，贾宝玉不喜欢"稻香村"，被贾政斥责为"无知的蠢物"，说他只知朱楼画栋、恶赖富丽为佳，哪里知道这清幽气象。他甚至感慨，此处唤起了他的归隐之心。宝玉不服气，据理力争，批评"稻香村"，说它不天然，"远无邻村，近不附郭，背山山无脉，邻水水无源，高无隐寺之塔，下无通市之桥，峭然孤出，似非大观。是人力穿凿扭捏而成"。贾政只有怒喝："又出去！"

想想，生活在今天的我们，说自己热爱田园，热爱古朴幽静的自然，已成时尚。但我们向往的，其实很可能只是一个大观园中的"稻香村"。或者说，也只剩下这样的"稻香村"来安放我们的田园之梦。女儿不同，女儿宣称，她不是自然之子，且永远也不会做自然之子。所以，她才能没有负担、没有任何道德障碍地、全心全意地融入这个她生活其中的时代，切肤地爱它，切肤地恨它，并且用审美的眼睛，在那些冰冷的、被现代科技所创造出来的事物之上，发现我永远也发现不了的美感和善意。

意大利农场到了。去那里，是为了买农场自制的各种小菜和面包饼干，还有我们喜欢的一种智利产的白葡萄酒。顺便，女儿在餐厅吃了纯正的意大利披萨，而我，因为吃过了午饭，就坐在女儿对面，点了一杯饮品，看她吃。

这里，还有很多绿色的好东西，比如，他们自酿的果酒、他们树上的各种果实、他们自产自销的蔬菜、鸡蛋，还有土耳其蜂蜜、荷兰奶酪、意大利橄榄油以及各种火腿香肠……很多人在假日带着孩子来这里。确切地说，此地，亦是一个触手可及的、人力穿凿而成的"稻香村"，供如我这样心有不甘的都市人画饼充饥。与此同时，真正的古村落、村庄，真正"暖暖远人村，依依墟里烟"的美景，正在我们的土地上凋零、衰落，一日千里，无可奈何地，成为一座座荒村、废墟。我们心疼地高唱挽歌，却没有一个人真的甘心回头。

想问的是，我们这一代人之后，还会有人为河山伤心吗？

《文汇报》2016年4月3日

评鉴与感悟

很多人都注意到了环境的变化，我们呼吸的空气，我们吃掉的粮食，我们饮用的水，凡是与人有关的东西，都出现了危机，但真正又有几个人为我们生活的空间感到焦虑呢？蒋韵的《去马坡》提到了河山不是旧河山的恐慌，也写出了两代人之间对待发展与变化的态度。问题并不在于热不热爱这个时代，有时候站在批判的立场，葆有一颗警惕的心，保持疏离的态度，也是更炽烈的爱。

转 山

/鲍贝

冈仁波齐神山，海拔将近七千米。几个世纪以来，冈仁波齐不仅是朝圣者们的信仰终级之地，也是探险家们心中神往的地方。然而，那么多敢于冒险的人，他们可以登上世界最高的山峰珠穆朗玛峰，却迄今为止，还没有人能够登得上这座神山之巅，哪怕他们想尽一切办法。那是一座神灵之山，凡俗人不可逾越。释迦牟尼佛就在这座神山上得道成佛。2014年是马年，正是释迦牟尼佛祖的本命年。据说在往常转神山一圈，即可洗尽一生的罪孽，而在马年转神山一圈，相当于往年转十三圈的功德。

有人说，在这个世界上的芸芸众生，能够去瞻仰冈仁波齐神山的人少之又少，而能够具备一切转山因缘的人，就更是寥寥无几。十二年一轮回。能在马年去转山的人更是跟神山有缘。虽然我不是佛教徒，也并不知道转完神山之后，是否真能将我一生罪孽从此消除干净。但我被一种巨大的愿望促使，就如受了蛊惑一般。

我们从拉萨出发，第五天才开车到了塔钦。塔钦是冈仁波齐神山脚下的一座小村庄，是朝圣者们进出神山的必经之地，也是转山的起点和终点。

记得十年前我走进阿里，也曾经到过这里，在牧民的帐篷里住过几天。要是早上醒得早，推开帐篷，白雾笼罩、水汽如烟的草原上会出现一两头狼。它们看上去并不凶狠，也不对人虎视眈眈，可能它们并不想真的吃人。你只要不去攻击它们，它们会拖着尾巴悄然离去。在这人迹罕见、生命绝迹的地方，生命与生命的相对，原本就应该惺惺相惜，而不是彼此厮杀和消灭。感觉那时候的狼，也是孤独的，甚至孤独到有些失魂落魄。

塔钦紧挨着神山，也紧挨着圣湖玛旁雍措。记忆里的从前的塔钦，有一条溪流绕过村子，流向不远处的圣湖。曾经在这里，没有商店，也没有旅馆和像样点的茶馆，连日用品也买不到。

然而，如今的塔钦不同了。记忆中的小村落，早已失去昔日的宁静。我住过的人家和帐篷也不知去向，到处都是钢筋混凝土的建筑物。有商铺、药店、水果摊、旅馆、饭店，还有各种娱乐场。俨然一座热闹的小城镇。至少在这个适宜转山的季节里，它是热闹的，甚至是沸腾的。

九月仍是转山旺季，到了十月就会大雪封山。神山复归宁静，只与风雪相伴。因此赶在大雪之前的九月来转山的人依然很多。

和我同行的小雅说，马年来转山的人特别多。山上本来住的地方就少，人一多，根本就没地方住。神山上气候多变。有时候，在炎热的夏天，一阵冷空气袭来，山上会突降大雪，或者来一场暴风雨。遇到这样的突发天气，有的人扛不过寒冷，就会冻死在路上。也有体力不支晕倒在山上，病死或饿死的，都有。神山上还有许多野狗，白天它们都比较温顺，或走在你前面，或跟在你后头，从不对人吠叫。但一到天黑，人的体力会变得衰弱，这些野狗会在夜里变回本来的面目，狼性的一面会出现，对着失去力量尤其是对气若游丝落单的人，会发出攻击。不过，对于佛教徒来说，死于转山途中，是一件有福之事，意味着灵魂已经升入天堂。而对于徒步冒险的游客来说，便是一场灾难。

摆在眼前的经历，明明是场冒险。然而，小雅却说得轻描淡写，就像在陈述一件家长里短的往事。我把小雅的话每一句都听进去了，听得很认真。说一点也不怕是假的。但当时的情形下，害怕是没有用的，完全被另外一种力量所控制了。我也说不清楚，我当时哪来的勇气和自信，能够用两天时间转完神山。要是在平时，我在小区里走上半小时就会累得半死。

在塔钦修整了一夜，第二天一早，背起行囊出发。

冈仁波齐神山地处冈底斯山脉，和喜马拉雅山脉遥遥相对，是中国最美、最令人震撼的十大名山之一，也是世界公认的神山，它被人称为"东方的耶路撒冷"。

珠峰的海拔在八千多米高，感觉比冈仁波齐峰要危险好多，但是，冒险家们不断地登上珠峰，却从未有人登上过冈仁波齐峰。你不得不相信这句话：山不在高，有仙则灵。冈仁波齐和珠峰的不同之处在于，珠峰只是一座高山，而冈仁波齐却是一座神灵居住的山峰，是人类终极的信仰圣地。作为凡夫俗子，永不可能抵达神山顶峰，只能绕山而行。

进入山口，抬头便可看见被白雪覆盖的冈仁波齐主峰，就像一顶壮观的大银冠，凌空而起，直指云霄。峰顶旗云缥缈飞扬，有着唯我独尊的气派，更似被冥冥间的气息所笼罩，梦幻神圣如大佛，仿如从天外横空飞来。

一条蜿蜒的山泉在山脚下无声地流淌，我们沿溪而上。

开始时，走的是一段沙石路，路况倒也平坦，越野车都能开上来，海拔也在五千米以下。因此，一路自我调息，匀速地行走，我们几个人都没有分开。大概走到十公里左右，明显感觉头晕目眩，胸闷乏力，开始上气不接下气。走几步就想坐下来休息，但又不敢久坐，怕一坐下来，就再也不想走。

海拔在逐渐升高。望着前面盘旋无际不知通往何处的沙石路，心里直打战。有人说"蜀道难，难于上青天"，我觉得眼前的这条转山路，比上青天还难。由于体力逐渐跟不上，又缺氧，整个人变得焦躁不安。高原的日照猛烈地射击在我们身上，仿佛在抽干我们的水分，同时也狠狠地抽走我们身上的所有力气，让我们失去力量，失去信念，失去所有。

又坚持走了一个多小时，出现四五个帐篷。酥油浓郁的味道从帐篷里飘扬而出。一个高大的藏族女人看了看我们，不知说了句什么，我们听不懂。她黑亮的脸蛋晒出来两朵高原红，头发用红绳子扎成粗大的辫子拖在后背上，油亮油亮的，发尾部分结成了块。青灰色的旧藏袍，门襟处已磨出好多线头，丝丝缕缕地垂挂下来，贴在她胸前。她不会说汉语，也听不懂我们说话。

帐篷里只有酥油茶和康师傅面条，除此之外，再无任何食物。将物品运上山的成本太高。有这两样食物可容我们饱腹，已是神赐，应心怀感恩。我们点了几壶酥油茶。都不习惯酥油的味道。但你不喝，就什么也没得喝。

帐篷里有人在绝望地哭泣，一边哭一边说，实在走不动了，她要回去。全程五十八公里，至少要走整整两天，还没走到十公里，便已崩溃。

转山之前不止一次听人说，转神山是要有因缘的，缘分未到的人，哪怕体力和耐力再好也是没用的。和我们一起走的有一位来自山西的大哥，为了这次转山整整准备了两年，他每天坚持锻炼，跑步、吃素、念经、祈祷……所有的一切都只为了能够顺利转山圆满。然而，车子一驶进阿里，他便开始高反，越接近神山，身体越是不舒服，终于无缘无故病倒在神山脚下，最后还是被救护车搬回去。同行中大都是佛教徒，他们认为那位大哥身上的业障太重，也可能是前世今生杀生作孽过多，神灵的山暂时拒绝了他的朝圣。

我是个无神论者，在平时我几乎不信这些。但在西藏，尤其是在神山上，我不由得不信。我坚信神的存在。

风呼啦啦吹着，把帐篷吹得不停摇晃，我的双腿沉重酸痛，犹如灌满了铅，只想坐下去，躺下来，从此不动。我咬着牙，低下头去，看着自己的双脚，新买的登山鞋已风尘仆仆，沾满了泥土。想起一些往事。忽然两眼一热，鼻子发酸，随之而来的一股倔劲突然就涌上来。我对自己说："继续走，走不动也走。"

一个藏族女人五体投地磕拜着经过我们，她的额头磕烂了，肿起来一个包，血肉模糊。藏袍上全是灰。她朝我们浅浅一笑，我递给她几块巧克力，她接过去，双手合十，弯腰道谢，然后把巧克力藏于她的袖管内，继续将身体匍匐于大地，双手向前，举过头顶，然后，慢慢立起身，再次跪倒……

我盯住那个藏族女人看，看着她的身体紧贴着砂砾地，此起彼伏，由近及远。那一刻的我，突然哽咽出声，直至热泪盈眶。

经过一番默默崩溃，接下来的状态竟然出奇的好。虽然置身神山，却有很长一段路根本看不见神山主峰的真面目，它被其他山脉挡住了。再次看到它的时候，又是一个完全不同的角度。每次都会驻足仰望，或者用相机拍下来，仿佛一种意外的收获和馈赠。

能够看到神山真面目的人，是有福的。当我可以置身山中，又如此近距离仰望神山主峰的时候，心里洋溢着幸福和感恩。

大概又走了四个多小时，看到一座横跨溪流的石板桥，桥两旁的栏杆上飘满绚烂耀眼的经幡，经幡上竖着一块木牌，上面写着"止热寺，由此进"。

蔚蓝的苍穹已置换成朦胧的金红色。夕阳的余晖照射在神山主峰上，如一顶冉冉升起的金碧辉煌的皇冠，又如一尊开光的大佛腾空而立。

终于走到止热寺入口，全身累瘫，意志力已撑不下去。当意志力开始崩塌，身体一下子便失去了支撑，双腿一软倒在山坡上，面朝神山，让自己沐浴在夕阳的光辉里。照在我身上的光，仿佛是从神山上直接泼洒下来的。

佛光普照。只听见自己急促的喘息。身体直挺挺倒在地上，像一具只有呼吸的尸体。我尽力地调整着自己失衡的心肺。

夕阳把天空变成绛红色的海洋，眼前的神山变得模糊起来，有一种很不真实的感觉。仿佛置身在天上，又似乎在遥远的汪洋深处。感觉自己变成了一小粒灰尘。一切的一切都是微不足道的。像看见海市蜃楼。神山就如一座肃穆庄严的庙宇，里面住着神。它就在天堂，在茫茫汪洋，在我眼前。

我是在这个时候，才突然想起那头豹子来的，它在另一座神山上。是海明威写的小说《乞力马扎罗的雪》。我没到过乞力马扎罗山。它被称为"非洲屋脊"，海拔也在五千多米高。那座山的西高峰，和冈仁波齐一样，终年积雪不化，被非洲人称为"上帝的庙宇"。海明威在他的小说开头这样写那头豹子：

> 在西高峰的近旁，有一具已经风干的豹子的尸体，豹子到这么高的地方来寻找什么，没有人作过解释……

以前每次读到这里，从来就没想明白，那头豹子，为什么会跑到这么高寒的地方去送死？它当然不可能是为了去觅食。在这么高寒的山巅，没有任何食物，连空气都是稀薄的，豹子不会那么笨。

那它为什么要跑这么高的雪山上去？

此刻的我，躺在五千多米高的神山上，忽然便想明白了。这种内在的被召唤的精神力量，或许只有到了一定的"境"上，你才能够豁然领悟，才能够真正懂得。

那晚，投宿于止热寺。房间很小，简陋到了无以复加的地步。每间房都是三张单人床，除了床，一无所有。寺庙还在修建中，依傍着山坡一排排往上建，每一座屋子都正对着神山主峰。

小雅说，在这里修行一天的功德，相当于在别处修行一年。虽然这个说法多少有些虚无和玄幻，但我完全同意。我也无意于谈论宗教，但我深信不疑。在这里，神绝不是虚无的，它就在此地，在我们身边。只要你抵达这里，就会强烈地感受到神的存在。眼前这座如庙宇般巍然而立的神山之王，是奇迹，也是神迹。神迹是人无法揭秘的。唯有膜拜。

登上庙殿的台阶很陡，大概有二十来级，每往上爬一步，就不得不停下来大口喘气，喘气时不能仰面朝天，只能低头看地，不然更会头晕目眩。那种感觉很奇特，犹如腾空在天，在登天梯。

终于进入殿内，没有坐的地方，只能站着喘息。我们向着释迦牟尼佛五体投地跪拜。这是我第一次在海拔五千多米高的庙宇里磕这么多个长头，三十个，还是五十个？我已记不得了。只记得当时的我心里空空，毫无杂念。以为自己仅剩的体力会在不断的磕头中消耗殆尽。然而，竟然不觉得累，心清神明。起身时，点起供养的酥油灯。

在庙宇顶部，有一岩洞，仅可容一人猫腰进入。据说，好多高德大僧都曾在这个洞穴里修道成佛。只要有缘进入洞穴参拜过的人，都可免去七世轮回之苦。

洞口窄小，我折腰而入，几乎是爬进去的。仅有的一点点光线，是从洞外打进来的。刚进入的瞬间，根本看不清内部，只是黑乎乎一片。我跪下身，用双手摸着地往前爬行。大概爬摸两三步，双手忽然触到一团物体。分明是人的气息，吓得我差点尖叫出声。也不知是谁正跪在那里喃喃祈祷。

走出神殿，天色渐渐暗下来，呈现在眼前的冈仁波齐峰，已是一个模糊而庞大的轮廓。

默然往回走。猛抬头，满天繁星，密集如白色灰尘。忍不住惊呼出声。居然那么多星星，就像满天雪花在空中飞扬，感觉就要落下来，下一场漫天大雪。

在这静谧的星空下，我忽然想到"空花道场"四个字。我仰着脖子，站在夜里。缺氧令人窒息。星空神迹般的美，是另一种窒息。这种神迹般的美丽星空，在都市里住上百年都不会遇到一次。而在这里，我却一览无余地看到了。感觉心里再无遗憾。然而，山中的夜，奇冷无比，站不了多久，便得急急回屋去。

屋里没有灯。开水只有一壶，十块钱一暖壶。一个房间只允许买一壶。我和来自广东的娘俩睡在一起，那女孩受了风寒，平时有天天泡脚的习惯，她妈妈找到烧开水的那个藏族小伙子，想再买几壶开水，被拒绝了，给多少钱他也不卖。在这缺电缺水缺食物的神山上，要烧一壶开水实在不容易。那妈妈空手回到房间，但也是理解的。望着那壶开水，那晚的我们谁也舍不得喝，第二天转山时带着，那是要用来救命的开水。饿了随便咬几个饼干，吃上几块巧克力，便脱了外套上床睡觉。但实在是冷，又把外套全都穿回去，再钻进被窝里，还是冷。

由于寒冷和缺氧，我们都没有睡着。那女孩整晚咳嗽。我和她妈妈都担心她第二天走不了。虽然大家还没完全入睡，但实在是疲惫至极，神志和身体都处于迷糊和涣散状态。没有力气说话，也不想动。就这么各自静伏在床上。偶尔有人一个转身，或一声叹息，便都知道对方还醒着。

天亮之前就要出发。想起来就会有深深的恐惧。只能紧闭双眼，拒绝去想。夜越深，氧气越稀薄，呼吸困难，头痛胸闷到窒息。

那一夜，每一分钟都是折磨，每一分钟都是煎熬。

突然会出现幻觉。突然会崩溃。突然会没有了方向。突然会想哭。突然会问自己，为什么会来这里，为什么？到底为了什么？

但已经来到这里，就跟那头死在乞力马扎罗雪山上的豹子那样，没人能够说得清楚为什么。

凌晨五点，我们整装出发。小雅再次叮嘱我们，离开止热寺，就是又陡又险的乱石坡，被称为"地狱坡"。大约有十公里这样的路，要尽量坚持一口气往上爬，不要过多停留，直冲顶到五千七百米的卓玛拉山的垭口，就往下坡走了。要是一口气冲不上卓玛拉山垭口便崩溃，可能就会永远过不去。因为那段被称为"地狱坡"的路，事实上并没有路，全都是乱石。

万一出了什么事儿，急救车到不了，飞机也飞不上来，手机仍然没信号。所以，要保证自己安全下山，全靠自己。

人是这样的，处于安全温暖的家中，想着外面的世界可能会发生的那些危险的事，会心生恐惧，会越想越怕。然而，当你果真到达那个险境回不了头，也没有选择的余地，便无所畏惧了。只听凭一股力量，牵引着你往前走，带你去发现、去经历、去冒险、去到你想象不到的另外的那个境上，直至生命结束。

走出止热寺，冷风呼啸着往身体里灌。天黑得伸手不见五指。满天的星星都躲了起来。地上积了一层薄冰。我们的额头上都戴着一盏头灯，在黑夜里闪烁晃动，照不清前方，也照不见来路。只觉得一路打滑，如履薄冰。

开始时，我们几个人自然而然地走在一起。但走上乱石坡，根本就没法相互照顾。差不多七十度的陡坡，我们要在巨大的乱石之间绕行，好多时候，都无法直立行走，不得不弯下腰去，或者趴下身体攀着岩石往上爬。手摸在结冰的岩石上，冷气隔着厚厚的手套往里钻，刺骨般寒冷。

在这种情形下，我们不能允许自己出现半点差错，要是一不小心脚下打滑，完全有可能会人仰马翻滚下山去。只能靠着自身力量，一点一点往前挪移。不敢扭头朝身后看。若是一不小心滚下去，谁都不会知道你滚向何处。

爬行了一段坡路之后，我们几个人都已各自分散，在黎明前的漆黑里，我们根本看不见对方在哪里，谁都管不了谁，也不指望谁会来照顾自己。每个人只能靠自己。

好在是个大晴天。除了从雪山上刮过来的一阵又一阵凄冷的风，没有下雨，也没有下雪。曙光慢慢照亮了神山。

终于迎来了白天。在有光的山路上，走着走着，会突然想哭。

身体渐渐热起来，手脚也灵活了。只是喘不过气来，浑身冒着烟。也不知休息了多少回，但都只是稍作停留，不敢坐，怕一坐下去，真的就起不来。

走过一段陡峭的坡路，前面出现了一条曲曲绕绕的羊肠小道，拐过几个弯，忽然便撞见日出。日出时的神山，光芒四射，令人目眩神驰。瞬间就被眼前的景象打动。真想高声欢呼，却没有欢呼的力气，感恩之情只在心底暗自奔涌。

身边不时有转山的圣徒，口中念着六字真言。他们经过时，会投来疑惑的一瞥，便匆匆超越我，走向前方。他们个个身穿拖地藏袍，却走得快而轻松，就像我们平时穿着布鞋在小区或大街上闲庭信步。

海拔越来越高。卓玛拉山口一抬头就可看见。它就在眼前，但就是走不到，永远走不到，永远就差那么一大截。坡道又开始变得窄小陡峭起来。心跳一直在加速，血液涌上来，头晕，胸闷闷的像绑着块石头。要是身边有块空地，可以让我躺下去，我永远都不想再起来。但咬咬牙，还是要坚持爬上去，死也要爬过卓玛拉山口去。

很多个瞬间，有个念头突然就会崩出来：不走了，坐下来，或躺下去，真的走不动了。每当出现这个念头，身体就开始摇晃，就只想倒下去，想死的心都有。但又有一个声音在对我说：坚持，再坚持，你一定可以的，你要一口气爬上卓玛拉山口，不然你就得永远留在这里，你要好好的，活着回去。

我不想永远留在这里。我还不想死。那么，只有往前走。坚持，坚持，再坚持。

身体就处在崩溃边缘，仿佛随时就可消融。唯有坚持。

终于，抵达一大片舞动的经幡，意识到这里已经是传说中的卓玛拉山口的时候，我的心都快跳出来了。

激动是在所难免的。可是，我强忍住没有哭。哭是需要力气的。在五千七百米高的山口，我只是安静地让自己坐下来。仰望，带着感恩的心。

抵达这座山口，于我真是奇迹。在这以前，我从未想到过我会走到这里，但今天的我却真的就走到了这里。我自己也成了奇迹。满山的经幡呼啦啦飘扬着。经幡的尽头是一个天葬台，一些灵魂从这里去向天堂。

我恍惚觉得，这里已经不是人间。

翻过卓玛拉山口，一直都是下山路。我只知道，下山的路要比上山路更长，没想到居然会更难走，也许是体力透支了的缘故，每往下迈出一步，双腿沉重如铅，总是找不到着力点，仿佛一不小心，人就会向前滚落下去。原来这段路，才是传说中的"地狱坡"。

此时此刻，我所有的力气和意念，全都用在走路上。一心一意往前走。我不断地提醒并告诫自己，在这里，你只能靠自己。

我回转身，再次望向庙宇般的神山之巅，那里白雪皑皑、威严肃穆，它是永恒本身。世人只能绕着它转啊转啊，至今从未有人攀登过它的顶峰。那么多人历尽千难万阻抵达此地，只为转山祈愿，洗涤业障。而有些人，却只愿在转山途中，升入天堂，从此超脱重生。

来这里的人们，在他们心里装着信仰、天堂和永恒。死亡因此变得意味无穷，甚至丰富多彩，而不再是我们世俗地理解为单调乏味，或者是痛苦，是灾难，是不可面对的一件事。

如果说，那段陡峭的"地狱坡"，是对体力的一种挑战，让人走到几乎绝望崩溃，但咬咬牙，还是硬拼着走下来了。以为这趟苦行就快结束。然而，从陡坡下来的那段绕山路，却漫长得令人绝望又绝望，人称"绝情弯"，直接就是对精神和意志力的一种摧垮。

原来走貌似平坦无险的"绝情弯"，要比走"地狱坡"更考验一个人的意志力。战胜遥远和漫长，从来都比战胜凶险更艰难。

每次都以为，走过这道弯，就会看到塔钦了，就可以走回塔钦去休息了。可是，绕过一道弯，还有一道弯，再一道弯，无数道弯弯，走不完的盘山路，绕过一弯又一弯，让人崩溃无望到想哭。然而，实在没有力气哭。只能命令自己走，一直走。不想死在路上，就只能走。直走到双腿打颤，走到身心俱疲，走到浑身冒烟，走到眼冒金星，走到昏天黑地、天旋地转，一直走到，生不如死。

这一路，漫长如人生。

走过这一路，才知道什么叫挑战，什么叫克服，什么叫极限。直至傍晚时分，才两眼昏花地走回塔钦。

这一天，整整走了十四个小时。加上第一天走的时间，总共走了二十三个小时。

终于，走完全程。圆满下山。

当我站在塔钦，回首神山之巅，再也没能忍住，转身之际已泪流满面。这刻骨铭心的转山路，生命中再也忘不掉抹不去的两天一夜。

那天晚上，我又一次看见神山上出现令人震撼的夜空，繁星似雪，背景是一尘不染的蔚蓝苍穹。大美无言。任何词语都难以表达那晚的夜空之美。我唯有带着感恩和敬畏之心，久久仰望着这份大自然馈赠的神迹。忽然怀疑，自己是不是已经离开了地球？呈现于眼前的景象，它仍属于地球吗？

分明是满天星星璀璨，却无端端地想起雪花纷纷："漫天干雨纷纷暗，到地空花片片明。"

犹如仙境，犹如梦幻。又如"空花佛事，水月道场"。

一路走来，所有的勇气、堕落、痛苦、追求、情爱、希望、怨恨、抗争，与种种放不下的情结，皆在刹那间破灭消散。一切所执的事物，都不过"唯是梦幻"的力量。

茫茫然走来，与我相遇的，竟是一场幻化般的"缘觉"。所有的转山转水，最终抵达的皆是幻觉般的"菩萨地"。

在幻境般的神迹面前，我仿佛又看见了那头死去的豹子——那头海明威笔下的非洲豹子。他让它爬到五千多米高的乞力马扎罗雪山上去送死。在那个故事里，他又安排小说里的主人公哈里死于一个梦境："他乘着飞机，向非洲最高峰——乞力马扎罗的山顶飞去。"

在转山途中，我重新认识了生命和死亡的另外面目。此刻的我，只想把我的这段经历记述下来，告诉人们，在我们的生活之外，还有一些人，正在生活着我们无法想象的生活，经历着我们永远想象不到的经历，以及，在这个世界上，还存在着一种比活着更丰富、也更深刻的死亡。

评鉴与感悟

生命需要多重体验。一个活在静滞状态下的人，怎么去理解他人的信仰？鲍贝的《转山》，写到了生命，也写到了死亡。同样是生命，同样是死亡，有追求的人生，有信仰的族群，总是大不一样。鲍贝以她的亲身经历，见证了另一类人是如何活着，如何以他们最朴素的行动震撼着远方来客。

行地边疆(三章)

/周晓枫

天台散记

　　绿茶味的空气，从污染严重的北京，经过一千一百多公里的飞行航程，然后再坐几个小时的汽车……夜晚到达天台，站在宾馆门口，这是我的第一个瞬间印象。的确，就像午后沏了一杯明前新茶，却忘了喝，搁到晚上，茶已凉——但饮一口，清凉润喉，冷香回甘。

　　整夜舒服的睡眠，清晨是试音的小鸟把我叫醒的。像是刚刚谱就的旋律，它的声音开始是犹豫的，渐渐，就被喜悦和激情充溢，它饱满地高歌起来。我看到越来越多的鸟，从树梢飞到檐角，在最初的光线里展开天赋的翅膀和歌喉。一只黑白相间的小鸟，离我很近，跳来跳去，展示它细弹簧般的脚杆；一只深藏树冠中的鸟，离得很远，我猜不出样貌，但它嗲声嗲气的叫声，让我忍俊不禁。台州到处是草木，到处是溪流和滴水的声音，到处是迷宫般的幽径和露出滩底巨石的溪涧，青翠欲滴。对那些在水泥丛林中和混浊云层下谋生的鸟儿来说，是否，天台的鸟，活着就已经成为天堂的鸟？

　　岂止鸟类快活和受益。整个秋冬，我的嘴唇都在开裂，什么补充维C维E，什么苹果加蜂蜜的偏方，均无效。北京向以春天干燥著名，所以随着暖意到来，我的状况并未好转，赞美花开的嘴依然破损，唇纹上起泡般挂着半脱落的硬皮。来天台两天，裂开的唇竟然自愈，这里山水好、空气好、吃得也好——我的嘴唇还有什么不满意的？这里的高山蔬菜生长期长，不施农药。曾几何时，虫痕成了检验果蔬是否无公害的证据，我们请酒邀茶，在山上云雾缭绕的农家院落，高高兴兴，吃最健康的虫子剩菜。

用新摘的紫藤花蕾炒蛋，喝新酿的酒，特别符合中国文人的田园调调。不过，别因此得意，因为我有了别样的发现。远望田亩：云蒸霞蔚的朦胧紫色，劳动者纷纷弯下腰部的弧度。请教之后，得知地里种的是紫云英，正值开花和收割。割下的紫云英花茎用来喂猪，下面的部分沤在地里，是天然的肥料，增强土壤的养力用于种稻或种植其他作物。生活品质如此浪漫的猪，它们的食物不是泔水、垃圾乃至人类的排泄物，它们吃花和蕴藏其中的芬芳……似乎猪的性情也有所改变，和其他地方吃饲料、抗生素和激素的速生猪相比，此地的猪出栏时间要长得多，它们慢慢悠悠、不慌不忙，一副平等且自尊的样子。

收割紫云英的是农民，但据说田地的产权属于国清寺。我曾看到田畴上一个僧人孤远的背影，久久地垂手而立，纹丝不动，似乎在用心感受……袍袖底端是隐约的风，头顶是清阔的天。渲染到天际的连绵紫色中，我记得，宠辱不惊、去留无意的那一袭青袍。

天台的国清寺享有盛名，已有一千四百多年的历史。虽然在历史上曾受到摧毁，甚至被改造为缫丝厂，但它依然保持着沉稳风貌与内在活力。就像国清寺里那棵古老的隋梅，遒劲的老枝和状如藤蔓的枝条，生生灭灭，如用枯墨写就的行草，但它每年依旧绽出新翠，依旧繁花似锦，依旧在果实里凝聚它千年的酝酿。

国清寺门口，伫立着高大而色泽鲜艳的四大天王。看看他们手中所执：剑无鞘、琴无弦、伞无骨、龙无鳞——不仅不是高端配置，似乎连最基础的设施都没到位。不过，正是从这种缺失中取其隐喻，分别对位于谜底的风、调、雨、顺。庭院里花开锦簇，明代的古树上，两只松鼠活跃而快捷地追逐，尾部保持着怡然的平衡，那种形态，称得上行云流水。国清寺里，点点滴滴的美好印证着神的护佑。

由元代楠木雕制的十八罗汉，造型精细。据说供养千僧，其中必有三个罗汉，但我们并不能事先指认，而罗汉自己甚至也不知晓——命运会在不期然的时刻被揭破和昭示。

拜过大雄宝殿里的文殊菩萨和普贤菩萨，我忽然听到寺外雷声隐隐。台州的阵雨说下就下，果然，庭院的地面很快就一片湿漉漉的。仰看雨水，如同电影中被放慢的镜头，它们既柔缓又决绝地，从高远的天堂抵达尘世的泥泞。神灵施予万物的爱亦如雨，淋漓透彻，日常而润泽，惠及众生。听雨，听国清寺的法师讲解坐禅，让我的内心被洗涤。他说禅修无处不在，即便寻常的走路，我们也可专注于脚与地的触感并禅悟玄机。这种静态与动态的追究，与写作颇为相似——或者说写作，也是一种俗世禅。的确，写作看似平心静气地俯案，其实汇聚对世界的专注与感恩……一念三千里，然后见万物花开。

国清寺里种植了许多花木，当我们第二天夜访时感受尤深。月色中，花开汹涌，锦簇满枝，暗香浮动的庭院令人心旷神怡。僧行月下，蛙鸣渐起渐弱。之所以来此夜访，是当地的大才子帮我们联系前去拜望住持方丈。

其实我很怕这种见面，怕被当头棒喝为"妖孽"，虽然知道大和尚必慈悲为怀，可难免惴惴。好在我的情绪很快缓解，甚至放松——出家人讳问出处，我却鲁莽问及法师，因为听说他是台州黄岩人，而我去年正好去过这个蜜橘之乡。法师不答，笑而不言。我不懂佛教规矩，猜测之所以讳问出处——是否不再追忆前事，是为了让出家人彻底断去尘缘，从此了无挂碍？我常常好奇，那些出家人是如何获得顿悟而绝念红尘的。对于我们这样的凡俗之辈来说，知道释迦牟尼是古印度迦毗罗卫国的王子，知道济公是天台县永宁村人，不仅对他们的存在增加信赖，且"他们出自我们"的认同感更能让人笃定追随信仰所散发的光芒。

提到济公，他就是天台人。游本昌扮演的济公形象传播广大，但我似乎能越过电视荧屏嗅到不洁而混沌的体味，还有他努力维护的笑容，我并不喜欢。然而，对于传说中济公的性格：他乐善好施，喜欢以戏谑的方式惩恶，我觉得有趣。我们不知道这位和尚如何眠云悟月、生疑求智；如何革故鼎新、行侠修心；世间流传的故事，多是关于济颠的破戒、不羁、醉步狂歌与神仙般的法力。参观济公洞时，看到一处崖壁滴水，据说为济公饮水之用。并非导游的牵强附会，是我们自己的豁然发现……连续滴下来的水迹，竟然在岩壁上绘成一尊形神兼备的坐佛像。

天台以"神宗道源"著称，许多高僧曾在此修行。我们去华顶森林公园浏览，看到门口小贩售卖生姜一样的东西，原来就是黄精。据说，高僧入住茅棚，打坐与冥思，如遇大雪封山，可挖掘黄精为食。不过华顶寺有粥饭供应，鸣钟响起，僧人们披纳托钵、穿云破雾而来，日食一餐，然后独自返回茅棚之中，继续聆听内心的诵佛之声。一个作家撰文，说华顶寺有苦行头陀，名为"拜月僧"，敲打木鱼、口念经文，数小时边走边跪拜，直到月暗；有时一晚上要拜数小时，甚至彻夜不眠，拜至天亮。我未眼见，不知拜月僧的近况，但他们的行为所传递的神秘与美感，烙写于我的记忆。

也是在华亭，我们见识成片成林的珊瑚杜鹃。还未到花期，浓雾弥散，隐现着无根无叶的蜷曲枝干，所谓虬枝绒干，风格怪诞，效果诡异。我想象，从这狞厉中怒放艳异无比的花朵，反而比温顺枝条的绽开更迷人。我不能解释为何震撼于此种狷介之美——是否，使我震撼的并非是美，而是不受审美约束的野性的自由？拐过弯儿，地上异动，我遇到一只癞蛤蟆，它开阔的口讳莫如深，以中世纪骑士般古老而极富尊严的步伐缓慢移动，渐渐，进入堆叠叶片的丛林与迷雾之中。

台州适合隐修，无论是高僧还是写作者；台州可以供养万物，无论自由的花还是散漫的蛙。没有什么在这里不被仁慈地喂养，我在明岩洞天看到崖壁高处的缝隙里，栖居着整群的蝙蝠——它们在正午的光线里匿藏，裹紧宽阔的衣袍。难怪寒山子择此而居，并活到百岁高龄，成为颇具神话色彩的唐代白话诗人。

寒山子曾经的隐居之处，如今山还是山，水还是水，河边还是磨刀的老者、浣洗衣裳的女人和或顽皮或发呆的孩子。我们乘船游寒山湖，湖水泛起鱼鳞纹，从某个角度的光线看来，行船汇拢的水波形成一道隐约龙脊。

我蹲俯船头，脖颈也垂下去……水汽，清凉如禅。涌起的浪在船头破碎，水流在船两侧漾开……渐渐，就感觉波浪真的流过自己的肩胛和脊骨，我正由此变成隐修在寒山湖里的一尾青鱼。

橘花之盟

春天，仿佛让万物复苏与繁茂的诺亚方舟在我们身边停靠下来。四月的南方，湿润，清新，少女眼睛里微漾的泪光那么动人。穿越万米之上的云层，我来到中国蜜橘之乡黄岩，想去感受十万亩橘花散发的香气。

黄岩的柑橘种植历史悠久，品种丰富。我喜欢参观果园，无论是在采摘季还是专为赏花而来。可惜迟了几天，等我进入黄岩的橘园，多数花瓣凋谢，已经开始结果了，萼片上托举着珍珠大小雏形的颗粒。偶尔还是能找到开花的树。原来开得如此浓密，朵瓣牙白、蕊柱鹅黄的小花，密布枝丫。梗相对长，加上星芒状的瓣，橘花的样子看起来就像袖珍仙女的魔杖。自然真是神秘，竟能从这样精巧的花里，慢慢酝酿出圆满的橘实。

橘子外表金黄，剥除之后，隔着里面丝丝缕缕的絮状物，然后才是半月形的囊瓣。吃橘子的时候，人们把絮状的帐幔和坚实的籽核，都放在功能如小碗碟的橘皮上。橘子不仅自带容器，而且是内有小包装的水果，十几瓣橘子可单独取用。当橘瓣被剥除得仅剩一层薄膜，手感绸样细滑……亵衣薄软，像十几个姐妹羞涩地抱拢一起。水果的样子各具童话感。比如同样黄岩盛产的东魁杨梅，和橘子相反，全无包裹地裸呈着，散碎的深红蜜粒凝结在果核上。再如荔枝，像某种棘皮动物，比如幼鳄虚张声势的外皮，它身着中世纪的小小铠衣。想想橘子之妙，除了水果所普遍具有的神奇，它又是如此平易、家常，微酸带甜，一如生活本身的滋味。

我们在橘树之间穿行。橘树甚至不太像树，看起来倒像一蓬蓬长大了的茂盛灌木丛。远远的，在橘树之间的缓坡形成的夹角上，我看到一个果农的背影。虽然距离不近，我依然能看清他身背橘红色的玻璃钢喷雾器，穿着高筒黑胶靴，他像一只勤勉的工蜂，忙碌在珐琅质的正午。如果有雨，水流就会汇聚在果农走在的渠沟，而此时，清凉的，只是他脚下枝条形成的阴影。果农向果园深处走去，很快被自己寂静而美好的劳动淹没。每朵花，都是与春天结盟的标志。橘花此刻看似单薄，但在硕果累累的秋日回忆起来，才知道这样的春天，它的创造之手有着多么有力的骨节。想象数月后的果农，手执环剥刀灵巧地采摘——他会在劳动获得的慷慨回报里，感到怎样微醺的喜悦？

一条小河穿过橘园，几个浣衣的妇人裤脚挽起在波光密集的水流中，衣杵捶打的声音时起时落。她们脸色赤红，腰腿圆大，不是古诗中的抒情形象，体现的却是日常而结实的本貌。古老的劳动，古老的生活，千年如斯。如果今夜仰望星空，它是否就像一座古老的橘园呢？那些金色的闪光果实，那些陪伴我们的甜蜜。原来，那些关于美、关于诚实的法则千年不改，一座橘园已概括太多的隐喻。

橘园后方，坐落着中国柑橘博物馆。

门口的橘神雕像，似乎并不年轻，她的体态腴润，韵致成熟，大约是因为她代表着丰收的祈愿。东方女子特有的圆润面庞，疏朗而娴静的五官——她裙袍曳地，只露出隐约的足尖，手里拿着一枚饱满的橘子。橘神有着劳动者朴素而满足的安详神情。我对应地想起西方的许多女神雕像：赤裸，倦慵，除了诱惑，她们简直无所事事。想起东西方的此种差异，我不禁微笑。

博物馆门口放着一个巨大的根，这就是橘树秘而不宣的力量。橘根盘错，沉入深渊，才能支撑满枝丰盈的果实。我们看到树冠，就应猜到黑暗中那倒影般的宿根。如果枝条间哺育过飞鸟和昆虫，那根须之间也必然供养着同样丰富的隐默生命。大量的展品和展板，普及着有关柑橘的科学知识。植物分类很有意思，填写在纳目属科的理性框架里的，是古典而感性的抒情。橘子族谱附近的枝枝蔓蔓上，铃铃当当，都是随风起舞的悦耳名字：五桠果目、河苔草目、桃金娘目、伞形目……树状图形成鹿角般的枝杈，世界充满生动之美。在古文字形变化的说明中，我有了另外的有趣发现。柑橘，是橘、柑、橙、柚的总称，称呼无论怎么变化，字形里都隐藏着"口"字，可见人们难以抵抗橘柑的诱惑，唇齿之间须臾不舍离开它的美味。

参观过橘园，我们又来到黄岩的著名景区布袋山。刚进山，就下了毛毛雨。北方的毛毛雨再小也小不到如此精微的程度。灰色光线中繁密的乱针，落到皮肤上却毫无重量和感觉。润物无声的雨，下得人心里柔若无骨。就在细雨中攀登。山有野趣，步道由各种材质组成。土、石、木、岩块和竹节，这条五味杂陈的路，走着走着，就水净沙明。桃花源匿于武陵，这里亦有袖珍的一座。到处是参差的绿。音阶般的流水，有时如琴低诉，有时雄浑如交响。行道上经常有千足虫闯入，身上附着金属色泽的华丽漆彩，小火车一样平稳而高速地移动。飞鸟轻灵，身影一闪即逝，尾羽像精巧的剪锋般对称张开。雨渐停，在别处可说的"细雨收尘"，在布袋山却是不成立的，因为，"何处染尘埃"？布袋山令人忘却烦辱，我想起朱熹的句子："莫问无穷庵外事，此心聊与此山盟。"

我们住在布袋山脚下的村舍。村里的狗温柔害羞，听任小孩子或轻或重的手脚揉搓，却低头躲开游客的直视。院子里散养鸡鸭。公鸡冠宇嚣张，赤红着一张余怒未消的脸。有时几只体健者联合起来欺侮一只看起来孱弱的公鸡，后者在频频袭来的啄锋之间闪避，并仓皇地试图从围剿中逃脱——它有时误入母鸡阵营，这引发了新的误会和讨伐。鸭子倒是自律者，无论行动到哪里，队伍总是排成整齐的一行。村里的食物绿色天然，餐桌上有当地特产的走地鸡、紫山药和一盘暄软的白馒头，已是简单而香气四溢的美味。

当晚布袋山举行黄岩每年一次的"橘花诗会"，诗人们举樽邀月、对酒当歌。我独自漫步小道，在朦胧的树影之上，山村的月亮浩大、端庄。

我总是想象月亮背面有更多的阴影，也许，唯有我们目睹的这面，月亮才雕镂着如此美妙的工艺。在这样的夜晚，恍惚于月色之中，我重回沉静。事实上，许多时候我听不到自己的回音，某种声呐系统被破坏掉了。身体里的寂静区域，会突然爆发出啸音——那本来不属于灵魂的分贝。我失去了内心必要的空旷，太多的纷杂事物相扰、挤压了空间；而自己也混沌，随波逐流，沉浮于事。有句话说：你不能叫醒一个装醒的人。如果我们试图唤醒装睡装傻装糊涂的自己，也许不需要持续叫喊，也许，只需要月亮的静寂。漫游乡村，我心怀祈祷，但愿未来一如璞石，有着埋藏在朴素里的奇迹。

是夜浩荡，月亮圆满、芬芳、灿若金橘。我由衷地体会到，美，永无终点……因为大美之中，有着任性而至尊的自由；而自己对自由的热爱与敬意，天平对面，没有什么东西可以称量。

呼伦贝尔的雪

最初不觉得冷。

我开始嘲笑自己的装备，以为海拉尔的冷是那种最冷的冷，我把自己用羽绒和毛皮裹得紧实，然后小心翼翼地打包寄来，根本不敢探出手脚。没想到，并无想象中的酷寒，我摘下口罩，从毛茸茸的围巾里仰起脸，感受高纬度的阳光……没有温度，如此弱力，它只是一片有限的明亮。

一旦略感寒意，已经来不及了，我觉得自己瞬间就被击穿。即使后腰上贴了两片暖宝，它们嗞嗞地升腾热气，我就像被打了马印，但无济于事。冷，瞬间把我压缩成一个薄薄的片状物。好在蒙古包里炉火明亮，过了一会儿，我就像进入洞窠的冬眠熊——整个世界，大雪弥漫，而我，即将被柔软蓬松的梦境保护起来。

然而身体一旦暖和过来，我马上掀开厚实棉帘，继续寒冷中的考验。因为，我舍不得在舒适中养神——高贵俊朗的蒙古汉子正驾驭马匹驰骋，最好的摔跤手正摇晃肩膀上威风凛凛的泡钉，他们将在冰天雪地中赢取自己滚烫的荣誉。

我们，来看冰雪那达慕。

蒙古、鄂温克、达斡尔等等各族人民穿着鲜艳夺目的盛装，跳舞、骑马、赛骆驼。我们唯有在黑暗中，看见礼花；此时，在一片耀眼无边的银白色中，那些饱满的色彩如同节日变幻中的焰火，绚丽夺目。

如同重回童年的喜悦，我们在内心的狂欢里，兴奋时哈气的频率都变得快了，颤动的睫毛上挂满细小的霜晶。看马鬃飞扬，皮毛还是缎样的光滑。看，骆驼的前胸直到下巴，都像围着驼色拉绒围巾，这些体形庞硕的巨人，好奇的眼睛让它们显得一脸萌态。一切，回到纯真，回到呼伦贝尔的雪那无瑕无染的洁净世界里。

雪，无涯。

这是呼伦贝尔长达七个月的漫长冬季。窗沿垂下的冰凌，玻璃上绘出的魔法。连平常缺乏美感的高压电线都变成了白色的纬绳，像准备编织一顶大大的毛线帽子那样松散着。喂养牛羊的牧草被埋藏，蓄养它们的根茎。樟子松落尽它们的松针。卸下鞍鞯的马背，呈现出优雅的弧度。结冰的小溪光线幽微，骨簪一样，埋进浓发般的黑暗丛林。仰望，深蓝色的蒙古袍一样的草原夜空，钉着星星的银扣子……即使整个世界寒意凛冽，万物依然笼罩在老额吉秘密的温暖怀抱中。

在呼伦贝尔，大地的极寒和人性的暖意形成强烈的对比。越冷，炉火越旺，奶茶和手抓肉的香气越是弥漫。蒙古族人因感情克制而沉默的脸，或者骑行时的洒脱奔放，以及草原上各个少数民族那敬畏自然又处变不惊

177

的天性、不被寒冷侵蚀的灼热的内心，总是让我产生敬意。甚至在城市中，感觉亦是如此。当坐在海拉尔的哈萨日酒吧，外面寒风吹彻，而我们无话，听那些出色的演唱：《蒙古颂》《黑犄角牛》和布里亚特民歌的《山顶》。说不出什么，只觉得那是抵抗和忘却寒冷的方式。

酒吧是蒙古族作家黑鹤带我们来的。奇怪，他身形有一米九的高度，性感的胡子里有些许白茬儿，但我依然错觉他是少年。大约因为，他富有少年的英气与率性，会让人产生轻微的恍惚。有人像把小刀有着凌厉紧凑的美，而黑鹤，更像草原夜空下独自的马头琴，既纵情又自制，不羁却内敛……他就像他笔下的那些文字。黑鹤长驻呼伦贝尔，他在呼和诺尔湖附近用自己的稿费建立了蒙古牧羊犬基地，繁育基因优质的狗仔送给牧民。他的率性而为里，有种看似大大咧咧其实却是细腻的对草原的深情、慷慨与感恩。反观自己，有时，因为虚伪得没有技术含量而自以为真诚，对比天然的坦荡，我相形见绌。

我从黑鹤那里得到一个礼物：口弦琴。它的旋律和音色与我想象不同。形状简易，像把微型便携工具，是利用舌头的位移和搅动产生气流，使音色发生变化。由于我不掌握技巧，口弦琴只能发出单调的复述。但是，如此简易，当我尝试黑暗中弹拨，在渐渐空旷的余音里，我不知道自己为何感伤。又想起在哈萨日酒吧听到的呼麦。呼麦，一个人同时唱出两个声部：声带发出的是低沉的基音，口腔发出的是高亮的泛音。哈萨日主唱那种高亢的金属哨声，穿透力极强；而呼麦低音声部的浑厚振动，同样有着口弦琴般单调低缓之感——然而，这种传承千年的唱法带来源自古老的震撼，让我想起远方神圣又神秘的献祭。呼麦的高与低，融汇苍穹的高渺与大地的沉缓……的确，只有生活在草原上的民族才能发出这样的声音。并且，没有什么深情不是孤独的。呼麦为什么会出现重声？因为那天荒地远的孤独，让一个人学会与他的灵魂合唱。

此次旅行，我学会了满语中发音有意思的两个词汇：哈拉巴和嘎拉哈。哈拉巴指的是牛羊等动物的肩胛骨；嘎拉哈是羊后腿里的膝盖骨。我对嘎拉哈更为熟悉，因为它是童年游戏里的常用道具，我们叫它羊拐。它有耳郭般的边缘，弦月样的弧度，背面像鞍鞯那样拱起，正面的凹窝，大小正好能够放进食指的指肚。我在餐馆里吃了一只卤制的羊膝盖，慢慢啃食它筋槽里的肉纤维，直到它露出隐藏其中小巧的嘎拉哈。清洗干净，我把它作为一种纪念。

离开那天，看到海拉尔街头各处的雪雕——这是只停留在冬天的建筑。雪，就像草原一样，辽阔中交融着单调与丰富那难以言明的部分。在其他城市那里用以铲除的冰雪，正在这里垒砌为艺术。是否正因极寒，未来的春天才会来得健康苗壮？这里的春天，将拥有凿刻雪雕的创造之手那样有力的骨节。我的手指抚触着口袋里的嘎拉哈，这块马鞍形的小骨头，让羊群得以漫步草原。如是，我可以在回忆中弯曲膝盖，既是致敬中的礼仪，又可以想象自己行走在呼伦贝尔席卷天地的大雪之中。

《黄河文学》2016年第2期、第3期

评鉴与感悟 —— 边地向来以苦寒的面目出现在文人骚客笔端，但时移势迁，尤其是交通工具的变化，昔日的鬼魅之地，在文人的笔下呈现出新的面目。周晓枫的笔触是热烈的，因为好奇，也因为带着逃离拥堵城市的欢喜，这一切涌现在她的笔下，蔚为大观，不经意间，建成了她的纸上王国。

人间世

俄罗斯来的丹顶鹤

/艾平

　　多雪的冬天曾经是柴河的狩猎旺季。雪无私覆，留下过往生命的迹象，所以这里的人们习惯研究脚印。他们立马能认出狍子、雪兔、驼鹿、马鹿、猞猁之类的脚印，所以今天早晨推门一看，这位嫂子就不敢往院子里迈步了。院子里出现了一种陌生的脚印——很像鸡爪的样子，却有老爷们儿的手掌大，印痕很深很实，不似家禽的脚蹼印那样轻浅。她循着这脚印一看，便发现了那四只丹顶鹤。这是2015年12月9日的事。

　　四只丹顶鹤饥寒交迫，毛翎褴褛，挤在一群灰头土脸的家鹅中，只露出头顶上那举世闻名的一抹红，身姿却依然挺立着，目下无尘的气质丝毫不减。

　　一位老护林员说："仙鹤根本就不是咱们林子里的鸟。它们来有来的道儿，走有走的理儿，别瞎吵吵，随着它们的便吧。"

　　可是四只丹顶鹤不飞离也不走动，当家鹅散开去抢食的时候，它们仍然把长长的喙插在翅膀上的羽毛里，细脚伶仃地站立着。森林警察来了，他们腾出一间车库，把四只冻僵了的丹顶鹤送进了车库。在安置它们的时候，发现其中三只丹顶鹤腿上带着环志，白底黑字，居然是外文。经微信请教呼伦贝尔市野生动物管护站专家，他们知道这些丹顶鹤来自俄罗斯兴安斯基自然保护区，属于俄罗斯鸟类保护专家人工孵育、野化放生的种群。

俄罗斯在靠近北极圈附近拥有大片领土，其中包括沙俄时代通过不平等的条约，从我们国家割去的一百余万平方公里土地，兴安斯基鸟类保护区就在这片地域中。这里的动植物资源丰富得无以媲美，几乎所有北方候鸟都飞到这里繁育后代。

柴河位于兴安斯基正西偏南，并不在丹顶鹤的迁徙路线图上，两地直线距离七百公里左右。兴安斯基的丹顶鹤每年十月迁徙，到朝鲜半岛中部过冬。它们应该直接向南，飞过黑龙江和吉林，向东，再向南。十二月，柴河已经是千里冰封，根本没有吸引丹顶鹤的水源和食物。那么，这四只丹顶鹤为什么会出现在柴河？

我去请教鸟类专家窦华山博士。华山博士毕业于东北林业大学，毕业前到呼伦贝尔达赉湖国家级自然保护区实习，被这里良好的自然生态和丰富的物种吸引，索性落户呼伦贝草原，成长为一个与动物朝夕相处的实干家。他认为这四只鹤中，带白色环志的三只，是从俄罗斯兴安斯基自然保护区出来的无疑，没有带环志的那只，可能是将环志丢失了，也可能是其它三只鹤拐来的小伙伴。他告诉我，经过称重和身体检查，认定这四只丹顶鹤为两雄两雌，应在两岁左右，属于没有性成熟的亚成体。至于它们如何来到柴河，只能根据丹顶鹤的生存习性来分析推测。

在2014年的春天，兴安斯基自然保护区某一个孵化器，保持恒温三十八至三十九度，已经工作了三十余天，数只丹顶鹤雏鸟破壳而出。接着一只手伸过来，柔软又温暖。这只手把它们捧起来，为它们擦干羽毛，然后把它们放到了水草萋萋的大地上。不过这只手是隐形的，藏在一个栩栩如生的布偶里面。在小鹤的眼里，喂养它们的是一只长着长喙，头顶鲜红，嘴巴里不停吐出美味的母鹤。专家看着小鹤们蹒跚着脚步，扬起长长的颈子，向辽远的天地发出第一声问候，小鹤们却看不到把它们带到世界上来的那个人。为了避免它们与人类亲近，专家一直躲避着它们的视线，让它们在荒野上率性游走。原野上的草籽，湖泊里的小鱼，是它们的最爱，无垠的苍穹任由它们舒展稚嫩的羽翼，蹁跹起舞。它们自由而快乐，并不知道生命中会有莫测的风雨。

如果小鹤在野外出现了异样的状况，饲养员便穿上白色的"鹤服"，戴上鹤偶，模拟母鹤，做出奔跑的样子，引导小鹤们离开危险境遇。即使给小鹤治疗伤病的时候，人也要绝对隐形，让小鹤们感觉到这是大鹤妈妈的所为。然而，饲养员毕竟不能像母鹤那样，带领它们战胜疾风暴雨，飞越千山万水。到了十月中旬，小鹤们本能地躁动起来，它们不时地抻直颈子，狂飞乱跳，双翅像芭蕉叶似的随风飘摇。基因记忆使它们在迁徙的季节跃跃欲试，懵懂地转了一圈又一圈，正如一群没有妈妈领路的孩子，勇气再而衰，三而竭，最终不得不偃旗息鼓，讪讪地返回。寒冷让它们找到了保护区鸟舍为它们敞开的大门。

　　野生丹顶鹤的第一个春夏，要在出生地跟随父母学会觅食和飞翔，到了秋天，它们便汇入鹤群，按迁徙轨道飞到南方过冬，也就是说，必须有大鹤为它们领航，才能完成第一次迁徙。在艰辛的旅途中，也可能一些小家伙经不住大自然的考验，落得香消玉殒，折戟沉沙。然而到了下一个春天，但凡回来的小鹤，无不焕然一新，变得强壮、聪明、勇敢。这四只人工繁育的小鹤由于没能在夏天融入鹤群，只好在封闭的鸟舍中度过了生命中的第一个冬天，因此落下了对于生存至关重要的一课。当北方的残雪中透出一丝绿色，远处的芦苇塘里，传来了几声明晰的鹤鸣，迁徙的丹顶鹤群回来了！小鹤们立刻回应着冲了出去，渐渐和迁徙归来的鹤群混熟了。起初，它们还在专家的视野里游移，后来，芦苇像灌木那样疯长起来，看到它们的机会就越来越少了。深秋时节，一排鹤影出现在橘红色的朝晖里，专家的心算是落在了肚子里，人工孵化的小丹顶鹤们终于跟着迁徙的鹤群，向着南方飞去了。

　　当人类再一次近距离地看到了它们，时空已经转换到两个月之后——中国·内蒙古·呼伦贝尔·柴河。它们之所以脱离大部队，原因应该有多种，也许是一场突如其来的暴风雪，迷蒙了它们的视线；也许是一次降落之后，它们因贪恋新鲜的食物偏走一隅；也许是因为体力不足，它们渐渐掉队。看看它们飞过的地方，就应该明白它们的趋向轨迹。与俄罗斯兴安斯基隔江相望的黑龙江嘉荫县乃至伊春地区有大片的湿地，起初尚未结冰，可以觅食果腹。湿地不远，是小兴安岭，金秋时节，满山的松籽、浆果、菌类是诱惑它们向西飞行的食饵。这一向西，它们就偏移了迁徙轨道，进入了秋收不久的嫩江平原。耕地上到处都是散落的谷粒，足以牵制它们贪婪的胃肠，而周边开阔，都是同样的地平线，初出茅庐的它们不迷失方向才怪呢。再往西，是呼伦贝尔境内的林缘草原，这里位倚大兴安岭东坡气候屏障，气温略高，使小鹤们逐暖而来，感到好像回到了夏天。然而突如一夜，飞雪袭来，气温骤然降到严酷。在呼伦贝尔过冬的动物，必须有熊油一般的凝脂和地毯一样的毛皮。丹顶鹤生就的那一身羽毛，无论怎样皎洁雍容，终不过是为南方的冬季准备的，于是，它们仓皇逃跑，飞啊飞啊，却不知道要到哪里去。也许是视野中柴河那些四季碧绿的樟子松迷惑了它们——如此这般，它们在柴河徐徐降落，却发现，绿色之下是厚厚的白雪，唯一可以躲避大雪的地方，就是居民院子里的鹅圈了。

怎么安置这些俄罗斯来的丹顶鹤？

从柴河向西，翻越大兴安岭，就是世界闻名的呼伦贝尔大草原，绿野长风，一碧千里，湖泊湿地星罗棋布，是大天鹅、丹顶鹤、蓑羽鹤、鸿雁等许多候鸟的繁殖地。可是，现在是千里冰封的季节，该如何养护这四只丹顶鹤度过寒冬？2015年12月23日，柴河森林公安局和呼伦贝尔林业野生动物救助站的工作人员，将四只俄罗斯来的丹顶鹤用汽车运到四百公里外的城市海拉尔，寄养在西山樟子松公园内的鸟语林中。鸟语林是游人观赏鸟类的游园，也兼做救助鸟类工作。园子是一张高大的铁丝天网，可容鸟类在其中自由飞行。但是这里的鸟儿已经不愿意飞翔了——从巧克力到花生米，游人的恩赐让它们饱食终日，致使它们羽毛亮丽，身体娇弱，美并寂寞着。到了冬季，它们被送进砖瓦结构、装有暖气的鸟舍庇护，从不知道栉风沐雪是什么情形。

我去看了这四只丹顶鹤的临时居所，不由想起记忆中的另外一只丹顶鹤。它生活在辉河湿地特莫胡殊鸟类繁育中心，六岁了，雌性，用华山博士的专业术语说，已经是一只成体鹤了。它没有名字，我们就叫它"特莫胡殊"吧，以区别于那四只俄罗斯来的丹顶鹤。一位记者朋友告诉我说，由于没有鸟舍，仪态万方的"特莫胡殊"整天站在鸡圈里，和一群鸡抢食吃，把"鹤立鸡群"这个成语变成了现实版。听得我鼻子一酸，第二天就跑到了那里。看到"特莫胡殊"的居住条件已经大有改善，它住进了一间宽大的砖房鸟舍。天气暖和，它在屋外的露天网圈中徘徊吃食，天气冷了，就躲入砖房避风寒。

六年前，保护区收缴了一枚被偷盗的丹顶鹤蛋，经人工孵化，得到了这只小鹤。它没有父母，也没有兄弟姐妹，甚至没有听过同类的叫声。孵化和养育它的是饲养员小徐，小徐是它在这个世界上唯一的亲人，也是它全部的世界。它不知道什么叫凌空翱翔，它的生命之舞就是跟着小徐满院子奔跑，间或展开双翅轻盈地盘旋弹跳。人们对它的野化训练一直在进行中，每一次都失败而归。辉河湿地近在咫尺，可它就是不肯飞向那里。"特莫胡殊"也是小徐的心肝宝贝，他千辛万苦地到湿地打鱼，到草原上捉蚂蚱采草籽，把"特莫胡殊"喂得身强体壮。

小徐领着我们去看"特莫胡殊"，还没等小徐打开门，正在梳理羽毛的"特莫胡殊"，一个激灵跳过来，虽然它的眼神我们看不懂，但是它的身体语言已经道出了它的欢喜。它远远地就把颀长的脖颈递给了小徐。小徐也同样，人还没有进门，手已经在"特莫胡殊"的后颈背上抚摸了。只见"特莫胡殊"乖乖地不动，微微张开嘴，仰脸冲着小徐低声叫着，那声音来自胸腔，是一种由衷的倾诉。接着它便在小徐的衣袖、裤腿、衣襟上乱动起来。小徐和我们说，没事儿，它这是和我玩呢。果真，"特莫胡殊"又把小徐的手指含进嘴里，就像一个爸爸膝下的小姑娘那么调皮。小徐从口袋里掏出一把饲料给"特莫胡殊"看看说："来客人了，咱们跳个舞。"于是"特莫胡殊"欢喜地向上耸跳起来，翅膀起起伏伏地扇动着，时而昂扬，时而松弛，当它的翅膀向上展开到极致之时，造型犹如婀娜的花朵，那鹤顶红，是它醒目的花蕊。其实，所谓鹤之舞，不过是它们飞翔中某一个段落。无论"特莫胡殊"在笼舍中的表演多么美丽，都给人以插翅难飞的悲憾感。小徐告诉我们，"特莫胡殊"没有舌头了，是在吃鱼时划伤后溃烂掉的。小徐说，一开始也不知道它能吃什么鱼不能吃什么鱼，好在没有影响它的健康。只是作为雌性，"特莫胡殊"一直没有产卵，按理说，即使没有伴侣，雌性丹顶鹤也会产卵，也会衣带渐宽终不悔地焐着未受精卵坐窝。小徐说，六岁的"特莫胡殊"远离荒野的襁褓，就像一味吃肯德基长大的孩子，身体内在的状态是紊乱的。这个人工塑造的宝贝，已经很难回到大自然中去了，养育它非百般细心不可。

丹顶鹤的寿命最高可以达到八十二岁，"特莫胡殊"现在六岁，它的余生还有很长。面对水泥地面、砖墙、铁丝网和一个个周而复始的日出日落，它该怎样度过那漫漫的宿命？小徐是个大龄青年了，还没有婚恋，为了照管"特莫胡殊"和其他鸟类，连续多年没有回家过年了。我不敢去想"特莫胡殊"和小徐分开的那一天。

鸟类无国界，它们属于大自然，无论到了哪里，都应该得到人类的保护，给予它们免于饥渴的自由，免于不舒适的自由，免于伤害、痛苦和疾病折磨的自由，表达正常习性的自由，免于恐惧和悲伤的自由。这是动物福利的原则，为世界动物卫生组织OIE认同，已经是绝大多数国家的共识。我国专家在妥当安置了四只丹顶鹤之后，即向俄罗斯方面告知了这四只丹顶鹤的情况。俄罗斯方面立即开始了频繁的关注和查问。显然这些举动的后面除了职责，还有难以掩饰的不信任。

俄罗斯的鸟类生态保护水平领先世界。然而，在一百多年之前，鹤却是通过狩猎走向读者的，俄罗斯的自然文学也是从狩猎开始的。起初俄罗斯人和《渔猎笔记》的作者阿尔萨科夫一样，是以一个猎人看猎物的眼睛来看丹顶鹤的：

"仙鹤是一种非常强悍的鸟，大自然给了它一个强壮的体魄……往往仙鹤受了伤之后，冒失的猎人就会跑上前去捉，而仙鹤会飞快地跑开，它奔跑速度之快，没有猎狗很难追上，因为仙鹤奔跑时扇动两个或一个翅膀（如果一个翅膀受了伤的话）来增加其奔跑的速度。跑了一会儿，如果发现猎人还没有走开，它就会愤怒地向后转，直奔猎人的后背扑去，一边用脚踢，一边用嘴啄，三下五除二就能打败对手。我就曾经见过这样倒霉的猎人和猎狗，当时他们冒冒失失地去捉一只仙鹤，结果（都）被仙鹤啄伤（瞎）了一只眼睛，成了独眼猎人和独眼猎狗。"

阿尔萨科夫的心态其实有些拧巴，他把仙鹤写得非常优美，鸣叫如小号和圆号的和声，把他狩猎的那个夜晚描述成一幅宁静的图画："月光非常明亮，收割后的麦田芳香而辽阔，一大群洁白的仙鹤在田野里休息，一只仙鹤在站岗，它没有发出不安的叫声……"这时，他的笔锋突然变得十分冷酷："我让车停下来，然后瞄准一排熟睡的仙鹤，那一排大约有二十来只，我对准第三只鹤，枪响了——竟打中了四只仙鹤。"他让我们看到了人类是怎样横扫了那些平等的生命。

后来，我喜欢上了艾特玛托夫，一打开他的书，我就能闻到熟悉的草原味儿。在我的记忆中保留着一个清纯少年的形象："他也会追逐荒地上那早来的鹤，拾掇起那落下的最美丽的羽毛，送给心爱的梅尔扎古丽……"多么优雅，多么美好！鹤的羽毛，世界上还有比这更圣洁的爱情礼物吗？艾特玛托夫把这篇小说叫作《早来的鹤》。是的，鹤来的时候，春天还没有长大。

然而，人类并不知道，当我们将诗意一遍遍付诸某种动物身上的时候，事实上已经远离了它们。因此，科学家不这样考虑问题。

到了2012年，俄罗斯总统普京亲自驾驶滑翔机为白鹤引路，让全世界叹为观止。俄罗斯有一种白鹤，习性和丹顶鹤基本差不多，每年在西伯利亚繁殖，秋天到阿富汗一带过冬。由于阿富汗连年战乱，它们或死于硝烟炮火，或被饥饿的难民宰杀，在第二年春天返回来的时候只剩下很少几只，已经成了濒危物种。为此俄罗斯的鸟类养护工作者，开始加大人工繁育力度。他们在白鹤出没的地方安装上红外线照相机，当白鹤产下两枚蛋后，他们泅水进入芦苇丛，偷走一只蛋。鹤类的繁殖注重的不是数量而是质量，它们每次只孵化两枚蛋。小鹤出壳后，听任其中强壮的那一只，将另一只凌弱致死，一对夫妻只留下一只基因良好的孩子。被偷走一枚蛋，它们并不在意，会接着再产下一枚，所以科研人员每每得手，用这些蛋人工孵化出一群新生命。这些人工孵化的小白鹤，在保护区里天牧野长，其生存与野生鹤并无异样，只是由于没有大鹤引领，无法迁徙。科研人员根据鹤的铭记习性，让这些小鹤自幼就熟悉伪装成大鹤模样的滑翔机，跟着这种滑翔机在蓝天绿野中练飞一个夏天，同时在乌兹别克斯坦给它们选好了冬季栖息地。

2012年9月5日，俄罗斯秋明州天蓝如洗，普京一身白色飞行服，戴着黑色的帽子，酷似一只白鹤，驾驶着悬挂式滑翔机起飞了。第一次飞行只是熟悉情况；第二次飞行仅有一只白鹤尾随；第三次飞行，共有五只白鹤尾随，成功地把白鹤引向乌兹别克斯坦南部。普京说："这些漂亮的小伙伴一会儿飞到滑翔机左边，一会儿飞到右边，感觉非常美好。"普京为此花了一年半时间学习驾驶滑翔机，他认为驾驶滑翔机要比驾驶战斗机有难度。

相比之下，我们的生态改善之路，却任重而道远。

俄罗斯人当年曾经找上门来向我们抗议。他们从兴安斯基鸟类保护区放飞的二十只丹顶鹤，栖落到日本、朝鲜、韩国的都已经归巢，只有飞到我国的三只没有返回。GPSGMS设备跟踪发现，有一只漂亮的丹顶鹤在我国某地被猎杀。的确，我方专业人员在一个被随手抛掷的动物跟踪器中，听到了非法捕猎者的对话。他们在探讨鹤肉的质感和味道，这只大鹤的肉体又硬又老，并未让他们大快朵颐，因而他们猜想小鹤的肉应该鲜嫩多汁。看不出他们有丝毫的愧疚，权当是做了一场嗜血的游戏。

现在，四只从俄罗斯飞来的丹顶鹤，被小心翼翼地装上一辆面包车，低速行驶四百公里，平安抵达海拉尔西山鸟语林。除了没有给它们一个可以春暖花开的季节，中国人做到了一切。喂丹顶鹤的苞米粒、大麦粒几经挑选，确保无任何添加剂；喂它们的小鱼，第一不能多刺，第二大小要保证它们可以整个吞咽下去，第三，食物要事先解冻暖化，既要新鲜，又不能让它们的胃肠受凉。它们的鸟舍，恒温摄氏十八度，绝对清洁，置放着清水和绿草，工作人员还要经常给它们测体温，称体重，做全身检查。这五个月中，呼伦贝尔的最低气温曾达到摄氏零下四十七度，四只俄罗斯来的丹顶鹤安然无恙，仿佛身处南国湿地。

咱们一定要做得最好——这不是那个领导的指示，为了保护世界上这个应该与我们同在的物种，也为了找回国家应得的诚信和尊严，这一百五十余天，华山博士和鸟语林园长小戴时刻如履薄冰，一丝不苟，终于完成了一个满分的答卷，现在四只丹顶鹤身体健硕，羽翼丰满，处于最佳状态。

蓝盈盈的白头翁花在残雪里开放，草原的春天来了，候鸟相继归来。大天鹅、小天鹅、鸿雁、灰雁、蓑羽鹤、绿头鸭，大银鸥以及众多候鸟，仿佛相约于盛典，铺落在呼伦贝尔草原的水域，不过其中丹顶鹤极少，人们只在乌兰泡见过它们三三两两的倩影。呼伦贝尔以呼伦湖和贝尔湖著名，连接这两个湖的是乌尔逊河，乌兰泡就是这条河中段弥漫出来的一片长满芦苇的湿地。在乌兰泡，原来的河道不见了，水潜流在芦苇的膝下，被密密匝匝的鸟巢占据着。这里是贝尔湖的鱼群游到呼伦湖产卵的通道，水中营养非常丰富，可谓鸟之天堂，也是放飞这四只丹顶鹤的首选之地。

在乌兰泡湿地，新鸟舍与野外只隔着一层网围栏，四只俄罗斯来的丹顶鹤可以沐浴草原的风和阳光，可以嗅到潮湿的水气，可以看到无边无际的绿野，可以听到来自芦苇深处的雁声鹤唳。它们的食物都是鲜活的，那些小鱼放在一个大大的食槽里，飞快穿梭游动，丹顶鹤必须反复练习才能将其叼住。没有办法的是，这四只丹顶鹤在五个多月的完美养护中，已经开始依恋人类，有点乐不思蜀，也有了几分杨贵妃式的慵懒。

我通过视频观看了四只丹顶鹤放飞的过程。北京林业大学的鹤类专家郭玉民教授被请来指导，华山博士和小戴园长具体操作。那天上午，春日的阳光似乎唤醒了丹顶鹤的某些记忆，它们喜悦而癫狂，又舞又跳。小戴和华山有办法，他们手臂套着黑袜套，像平日嬉戏时那样，捏住丹顶鹤的嘴，然后把袜套一翻，正好套在它们的头颅上，它们立刻在黑暗中安静下来，听由人抱着上了汽车。

郭玉民老师亲自动手，在这四只丹顶鹤的胫部安装了太阳能GPSGMS永久性跟踪器。这个火柴盒大小的设备，每十分钟发射一次信号，可以让工作人员及时掌握它们的活动信息。放飞地点是一片洒满阳光的高坡地，丹顶鹤在此能看见它们喜欢的湖泊水面。

正是春风浩荡时。华山和小戴把四只丹顶鹤放在原野上，给它们摘下头套。可能是还没有适应光亮，它们有点发愣，像在柴河的鹅圈里那样站了许久，慢慢缓过神来，开始梳理羽毛，在草丛中寻觅食物，却没有要飞走的意思。

郭老师说，你们快轰赶它们。

华山蹲下来，抚摸着丹顶鹤的颈子，推动着它们的身子，说："走吧，走吧……"小戴向空中扬起一把玉米粒，试图让丹顶鹤跳跃起来。

郭老师说："凶狠一点没关系，你们要教会它们害怕人，它们才能离开人，到野生环境中去。你们现在狠心一点儿，它们将来的危险就会少一点儿。"

文章写到这里，我觉得有必要讲一下华山博士与狼的故事。

有一年，华山救助了一只小狼崽，用羊奶把它喂活。管护站正好有一只狗崽，华山就把它们放到一个笼子里饲养，后来它们长大了，一起在草原上奔跑玩耍，这两个不同的物种在一起，常常互相攻击，却从不真动手，对峙一会儿，就恢复了耳鬓厮磨的亲热状态。它们在草原上常常与牧民的马群、羊群相遇，从没有发生过什么冲突，倒叫人们忘记了它们当中有一只狼。

某一天，华山发现狗没有按时回来，就带着狼满草原找。狼鼻子好使，在一个牧户的院子附近找到了已经死去的狗。狗可能是吃了什么有毒的东西，发出一种奇怪的气味。华山只好离开，狼却不肯走，它围着狗的尸体转了又转，然后悲伤地站在那里，凭华山怎么叫也寸步不离。华山只好把狗的尸体载到车上，带回管护站，找到一个合适的地方掩埋了。狼始终在一旁看着这个过程，当华山埋下最后一锹土，狼飞也似的冲了出去。

　　第二天早上，两个气冲冲的牧民找到了管护站。原来是失去了哥们儿的狼，一口气咬死了人家的二十多只羊。在它的眼睛里，是那家人害死了它的兄弟。狼没有回来，牧民要求华山带他们去找这只狼，消除潜在的危险。华山觉得对不住牧民，又在感情上无法割舍自己的狼。当华山呼叫狼的名字，狼从草棵中蹦了出来，看到有生人，掉头就跑。牧民开着汽车、摩托拼命追赶，狼表现出了它的天性，凶猛、机灵，跑得飞快，不时掉头拐弯，一会儿就把汽车和摩托甩掉老远。在回家的路上，这狼竟然又咬死了一只肥壮的种公羊。后来管护站赔偿了牧民的损失，这只狼从此被锁进了笼子里。

　　从这个故事走出来，我们再看那四只不肯离去的丹顶鹤，或许会悟出点什么。人的世界和动物世界应该是两个平行的星球，一旦交叉就会错愕百出。我们的关怀中充满人文色彩，却往往不知不觉地居高临下。动物真的那么蒙昧吗？未必。在动物和人类之间会不会早已存在一种文明的冲突，而我们还没有认知，或许我们终将发现更多的秘密。那么，让这四只丹顶鹤离开人的豢养，到大自然中去搏击风雨，风餐露宿，避免沦为那只被终身囚禁的狼，避免沦为寄生于施舍之下的"特莫胡殊"，是人类对大自然母体的回报，也是人类文明的至高大道。我要告诉更多的人，随意制约动物是人性的扭曲，饲养宠物是人类霸权的表现，对动物一味怜悯无非是貌似善良的蒙昧。动物保护和环境保护是一致的，人类不能随意占据动物的领地，应该懂得退却。只有让荒野永恒，人类与万物才会和谐共存。

　　在场的人们挥舞着围巾和帽子，大声地吼叫着，一起驱赶俄罗斯来的四只丹顶鹤，天助也，它们迎风而起，也许是在空中看到了乌兰泡的全景，瞬间远去了，那波光粼粼的水面呼唤着它们。

　　几个小时以后，GPSGMS跟踪器显示，四只俄罗斯来的丹顶鹤，正徜徉在乌兰泡湿地中，娴熟地捉捕鱼虾果腹。野化放飞初步成功。

郭玉民老师随身携带的仪器显示，有三只丹顶鹤已经成功返回俄罗斯兴安斯基自然保护区。晚春季节，那里云集了世界上仅存的两千余只丹顶鹤中的大部分，但愿它们会在鹤群里找到生命的归属。

另外一只丹顶鹤的信息尚不得而知。

接着，俄罗斯兴安斯基的鸟类专家发来消息，已经见到了那三只从中国回去的丹顶鹤。它们的身体状态和身上的跟踪器，让俄罗斯专家感到惊讶，继而赞叹。

就在这篇文章印刷之后，俄罗斯兴安斯基方面传来消息，第四只丹顶鹤也出现在那里。

《作家》2016年第8期

评鉴与感悟

人与动物究竟该怎样相处？动物真的蒙昧吗？艾平在《俄罗斯来的丹顶鹤》一文里提交了独属于她的思索。李敬泽说她的文章"能见天地"。天地之间，不单有人，还有与人或平行，或交叉的动物世界。四只丹顶鹤，带来的讯息足够意味深长，足够令人想象。

菜 们

/林那北

一

早晨起来，拉开窗帘那一瞬，眼睛就会顺便打量一下天空与地面，这个习惯是从什么时候开始的？想不起来了。地湿久了，根会烂；总是旱，苗会枯。忽然就明白了老农绵延几千年的朴素心思。风调雨顺，才能起居平安、出行无忧。

从前几十年我只是以衣服的多寡来应对天气的冷暖，冬天等于毛衣棉袄雪地靴，夏天等于短袖凉鞋连衣裙，渐渐加衣或者逐步减衣过程中，一个季节就过去了。回望那几十个再也不会重来的春夏秋冬，用可惜当然不足以概括。春其实有一条绵长的鞭子在空中舞动着，像一根乐队的指挥棍，挥这里划那里，小叶就应声往外冒了。邻居会好意提醒道："今天是立春，要插枝吗？"立春这天把百香果或者无花果剪下一段，插到土里，居然真的就理所当然成活了。立春之前行吗？其实也行，但插下了，并不马上有动静，看上去挺哀怨地立在那里，皮焦了，叶枯了，身子凄厉萎缩，仿佛已作别世界，可是立春一到，对，只要过了立春，皮仍是焦的，粗看枝也仍是枯的，却有薄薄的小芽从枝节处细细探出来了，像一只只婴儿的手。除非粗暴拔除，外力根本挡不住它们的脚步。

去菜苗市场前我大致构想了几种蔬菜的名字，丝瓜、苦瓜、茄子、空

194

心菜，有爬藤类有矮株型，佛手瓜完全不在计划内，结果最先下手的却是它。一个瘦小的中年男子蹲在地上，前面摆着一个蓝色塑料袋，袋子里的小盆中埋着半颗嫩绿的瓜，已经长出巴掌高的苗。瞥一眼我就也蹲下了，我种过它。那时读初中，不记得谁给的瓜苗，种在屋子旁的空地上，那里还养有鸡鸭，在鸡粪鸭粪喂养下，佛手瓜的藤茎一路爬上一截断墙，很快以青春奔放覆盖掉墙的沧桑老迈。平时几乎无须理会，偶尔记起浇点水，忘了也就忘了，它照样好好长，瓜一茬接一茬。逢下雨，瓜仿佛一夜之间就被气充大了，摘下来，炒好上餐桌，中午是它，晚上还是它。那时整个国家都处于饥肠辘辘中，即使如此，也经不起日复一日的单调轰炸，终于有闲钱自由购买，从广阔浩大的超市中穿行而过时，我一而再再而三忽略它，几十年都极少购买。

但它终于还是逆袭成功，重新入驻院子。有人说这个季节种下去，它会长得又快又好，我说我知道。有人又说栽种时要先以沙子围一层再堆上土，我还是说我知道——这一刻我内心横贯着老农的自信与踏实，神情大约也是一致的，会不会因此被路过的人解读成傲慢与自大？　但管他哩，我的世界你不懂。

刚开始它挺有作为的，拔节，再拔节，叶子水汪汪地饱满，每天主茎都能嗖嗖地长出一大截，用手掌丈量，都是一巴掌左右的长度。无聊时我会呆站到它跟前屏气凝神，试图看看它的茎是怎么伸长的，须是如何勾连的，叶又是怎样绽开的。这太考验耐心了，十分钟基本上是极限，可是这期间我的眼睛一无所获。所有的植物似乎总是在夜间才伸展腰身的吧？人类睡去了，世界就留给它们狂欢，在夜色掩护下沸腾地社交、谈情、交配、生育。它们都戴着夜视镜吗？

其实我们肉眼也看不到自己的生长动态瞬间，从婴儿到成年，肉身究竟是在何时又是以怎样的姿态扩展的？就是每天在眼皮底下的子女，冷不防间长高了，长胖了，变美了，总之能让你惊喜，却不会让你握住具体的生长轨迹，这是生命不肯示人的神秘。

佛手瓜买下后，放在车厢内运回，途中茎蔓折断了一枝，只有皮还连着。瓜入土后把断枝扶起，用干树枝顶住，已经做好放弃这根伤员的心理打算。反正主茎还在，等于主力部队仍兵强马壮，散兵游勇就顺其自然吧。结果这个伤兵制造出了惊喜，它很快自我治愈，断裂处居然愈合，一点不影响向上推进的力度，旁边还很快就长出另一枝干，与其他各茎蔓一起高歌猛长，蓬勃之势让我误以为初中时种在屋旁那株佛手瓜又投胎重活了。架了篱笆，又砌高土堆，每十天左右施喂一勺肥，总之后勤工作做得款款有致。

谁知中途它却叛变了。

没有任何预兆，突然有一天已经攀爬十多米长的茎蔓开始萎靡，叶子枯了，边缘倦怠地卷起，一片片吊在篱笆上，像晒在渔网的干鱼。缺水？连忙提着水管久久站立，哗哗的水鱼贯而下，土湿透了，吃不下了，溢出来了，然后叶子也逐一浇过一遍，第二天再看，又枯了一大截。还没开过花，我还等着它结果哩，到底有什么不满？你倒是说呀！

它当然不会说，说了我也听不懂。

二

左邻右舍都种了芥菜。这座城的人似乎一直对它有偏爱，包括我。梗嫩、叶片硕大、苦中夹杂耐人回味的清香，这是从前通过味蕾留下的好印象。落实到种植，听到关于它的也都是褒义词：长得快、好养、可以割好几茬。

初次务农内心茫然，我正需要凭借多快好省就见成效的收获激发自信心，那就它吧。都集中在露台上，十几个盆子全成了它的天下。

菜还没长成时，小叶子总是动不动就秃个精光，仅剩下参差的梗。虫子？能吞得下这么多绿叶的该是多么肥硕的大虫子啊，可是左右上下都找遍了，虫迹绝无。终于有一天在一脚跨入露台的瞬间，一只鸟扑腾着翅膀从菜盆里腾空而起，尖声叫着，又气又恼的样子，好像被吓着的是它而不是我。谁能想到，原来鸟吃青菜啊，它们究竟是太饿了饥不择食，还是因为体内缺维生素C了，才自寻补充？怎么办呢？我又不能在空中搭起一道防护网，转念一想，种点小菜又不是为了养家糊口，有鸟共享，也算造福世界吧。十几盆菜，上百片菜叶，终究不至于都进入鸟嘴，从它们嘴边成功逃生的，慢慢就长出叶脉纵横的老叶片，这时候鸟们就不屑了，它们已转战他处寻找水嫩的下口，这与很多老男人的爱好是一致的。

终于逃过鸟的啄食后，芥菜在很长一段时间里成为家中的盘中餐。我不知道繁杂的青菜界是否还有比它更粗枝大叶的其他品种，那么腰圆膀壮骨架硕大，每一株都是北方女人才有的丰腴饱满。从外围割下两三片就可以炒一盘，过几天余下的叶子又扩成一大坨，再割一圈，直至最中央伸出一根又直又长的圆柱形的梗，顶着一束将开的花蕾，这并非昭示怀春，而是将老的标志，这时候把整株从根部一刀切下，竟能炒出最鲜嫩美味的一盘，或者将其炒得半生不熟时铲起，盖实捂上一阵，就捂出一股在微辣与微苦间徘徊不定的特别滋味，可直接吃，也可买来光饼剖开夹在中间吃，虽然常被辣得龇牙咧嘴泪光闪闪，却有种坐过山车般的失控坠落感，五脏六腑都一起欢腾参与，痛了才极致快乐了。

福州人把长豆角叫作菜豆，豆色分紫红和淡绿两种。我把豆苗种成一排，插上篱笆后最多浇浇水，就再没费过其他心思。开花了，我从它们旁边走过，多看两眼是有的，却没有期待。很快花后面跟来牙签状的小豆荚，像一双双婴儿笑眯眯的小眼。

豆长成了，每一根长达一尺左右，都是女人们羡慕的纤细修长，参差吊在篱笆上，像吊着一条条巨型毛毛虫。这需要心理适应期，如同饥寒交迫一辈子的穷鬼突然捡到几麻袋美元，自己摸着脑袋好半天才敢相信。没有急着摘下，拖了一天，又拖了一天，直至它们现出倦容，一粒粒豆子在豆荚里不耐烦地鼓出一个个边缘清晰的小包，才慢吞吞地逐一摘下，然后挽成一团，搁在冰箱上方。母亲想趁鲜下锅，被我阻拦。她不知道我已经把它们拍了照发到微信："都留着，晒干，陪我一起人老珠黄。"

第二次再收成时，我已经淡定得像一名江湖老手，摘下，炒了，吃掉，做得流畅而自然，心里波澜不起。"啊真的不一样啊！"其实哪里不一样啊？　舌头、牙齿都加入辨别工作中，再三努力，也没发现与平日市场买回来的有什么区别。这当然多少有点扫兴，但人活一生，扫兴这件事难道不是最常邂逅的吗？再扫兴我都悄悄藏起，绝不示人。

同样是藤蔓科的，丝瓜的到来要比菜豆迟很多日子，却迅速后来居上成为主力，遮阳都靠它了。叶子大、藤蔓长，这都算它的优点，另一个优点是结出来的瓜粗且壮，体积是长豆角的无数倍。有时候撩开叶子，会赫然发现一粒硕大无朋的老瓜，厚着脸皮，腆着大肚子，似乎正哧哧窃笑。

从开花结瓜那一刻起，它一直开动脑筋躲避我的视线。我自己笨，缺什么仰望什么，所以对天下聪明人再三膜拜，对瓜亦然。必须的，我饶过它，让它在瓜棚上爱待多久就待多久。

与人一样，植物也性情迥异。如果参照京戏角色，丝瓜与丑角很接近。这么说不是贬它，而是被它的幽默感所打动。一株瓜藤似乎枯了，正想着要不要拔掉藤蔓，处理善后，不经意间一转头，却猛然看到篱笆联结处挂着一个食指粗的小丝瓜，不显眼，却很生动，瓜身月牙般微翘，黄花娇小娟秀。噢，它老来得子，又迎来第二春了。或者某天打开门，忽然见到一株藤蔓携瓜垂到眼前。之前它私奔到屋顶上了，我并不知有瓜暗长，也不知屋顶上的风花雪月，它却蓦地凯旋，惊喜自不待言。它本可以一直避在我视线之外，喝我的水，食我的肥，悠哉度过瓜生，可它最终没有忍住。说到底它还是过于诚实本分了，让我不吃都不好意思。

《文汇报》2016年1月5日

评鉴与感悟 —

初次操事农作的人，情形大抵类似于母亲陪伴幼儿的成长，有纠结，有困惑，更有意料不到的惊喜。事情说得上琐细，不过是种菜，林那北却谈得热烈，俏皮，字句之间，仿佛能感受到她的眉飞色舞。一块菜地，付出的是耐心，观察，还有共同度过的时光，处处印证的，是她的趣味，看待生活的眼光。

茶　书

/胡竹峰

"茶"字

茶字好看，楷行隶草篆，哪个字体写出来都好看。书家文人写的茶字好看，粗通笔墨的老农写的茶字也好看。有一年在一茶农家喝茶，他捧出经年往来买卖的茶账，别的字写得形神俱废，唯独茶字独见风味。他家墙壁上有毛笔歪歪斜斜写的茶字，更了不起，远远看来，俨若汉晋手笔。

茶字字形中庸端正，有君子之风，入神了。字形入神，怎么写都好看。

范烟桥有本随笔取名《茶烟歇》，结集前请章太炎题签。章太炎先生好古，把"茶"写成了"荼"。茶的本字是荼，荼是个多义字，苣荬菜是荼，山茶是荼，茅草也是荼，实在不易分辨。后人始减一画作茶，陆羽著《茶经》，沿用此茶。二十世纪三十年代，这种书蠹似的复古，处于人人喊打的境地。《茶烟歇》出版时，只得将章太炎的题词挪到扉页上。

荼字比茶字好看，多出的一横画蛇添足，乱了茶字的神。章太炎这样的学问家，写出的荼字也不及常人笔下的茶字耐看。

茶字的读音好听，念出口，尾调扬起来，兀自低眉顺眼，一点也不骄傲。酒字发音急促，远不如茶字在气息上安安静静。

幼童说茶字，奶声奶语里有元气。小姑娘说茶字，脆声脆语里有喜气。少妇人说茶字，轻声细语里有娴气。中年人说茶字，大声高语里有生气。老年人说茶字，老腔老调里有静气。

以前觉得"吃茶"二字好听，现在觉得还是"喝茶"悦耳。吃茶，太急了，一泄如注。喝茶，娓娓道来，水声潺湲。

采茶、摘茶、栽茶、喝茶、饮茶、煎茶、煮茶、烹茶、泡茶、制茶、好茶、卖茶、买茶、上茶，茶叶、茶铺、茶亭、茶厅、茶圃、茶炉、茶具、茶器、茶壶、茶水、茶事、茶香、茶花、茶话、茶馀、茶客、茶人。茶与什么字搭配都好，有古风。汉语里能与茶字媲美的只有琴字，琴字的好，也在古风上。

很多年前用过一个笔名叫沈无茶。沈无茶三字有旧味，色泽丰美没有陈酱气，那是我前世的名字，也是我用过的最好的笔名。可惜没能写出般配沈无茶先生的文章，不好意思再用了。我还有个笔名叫瓜翁，也没能写出般配瓜翁先生的文章，只得弃之不用。

委屈"胡竹峰"了。

水

好茶须用好水，不然，纵有好茶也不得入味。张大复《梅花草堂笔谈》云："茶性必发于水，八分之茶，遇十分之水，茶亦十分矣；八分之水，试十分之茶，茶只八分耳。"陆羽《茶经》道："山水上，江水中，井水下。"住在城里，不要说山水，井水也遥想不可得。

我乡多山，山常有泉。那水晶莹不可藏物，顺涧而流，自成清溪。人缘溪徐行，脚底砂石清晰可见，鱼纹虾须历历在目。水凉且润，触手有冷意，蓬然一惊。乡人日常起居皆倚此山水。犹记村口一眼泉，水质清洁，用来泡茶，甘滑无比。想来闵老子当年泡茶的惠泉之水也不过如此。经年所用之水，无有匹敌者。惜乎我乡偏僻，无人赏鉴耳。

水贵活，存得过久，水性僵了，入嘴硬一些，发不开茶味。刚打上来的山泉水，归家后即来烧用。水不可烧老，我的习惯是，沸开后水面微微起了涛纹即可。

古人用雪水、雨水泡茶。《红楼梦》第四十一回中妙玉给贾母喝的茶，用的即是"旧年蠲的雨水"（蠲，音同涓，清洁之意）。后来宝玉、黛玉、宝钗几位在妙玉耳房喝茶，又换成了玄墓蟠香寺梅花上的雪水。妙玉收梅花上的雪，共得了那鬼脸青的花公瓮一瓮，埋在地下五年。

有古人说，雪水冬月藏之，入夏用乃绝佳。但我以为，此番藏水法，有悖常识。妙玉将雪水埋在地下五年，真真替她担心，恐成臭物一洼了。我宁愿相信贾宝玉《冬夜即事》里说的，扫将新雪及时烹。

据说雨水清淡，雪水轻浮。雨水没尝过，不知究竟，雪水吃过一次。十来岁时，有回落雪，我好奇，在松枝上扫下几捧雪球，化开来烧水泡茶。水是滚的，却有凉意，不是口感的冰凉，而是说水质的火气消退净了，入喉如凉性之物。说雪水有轻浮的口感，也贴切，但更多是空灵，有"空山新雨后，天气晚来秋"之况味。唯一的缺憾是雪水浑浊，要沉些时间才好。信了曹雪芹的小说家言，真怪我多事好事。

壶说

壶以紫砂为上品。陶质也不坏，有古意，但沧桑感不如紫砂。以壶而论，沧桑少了，俊俏也就少了，紫砂壶有一种沧桑的俊俏。

有些壶呆，呆头呆脑跌宕可喜。

有些壶巧，顾盼有情眉目生辉。

有些壶奇，嬉笑怒骂一意孤行。

有些壶雅，低眉内敛拈花微笑。

有些壶素，不着一字尽得风流。

有些壶正，荣辱不惊八风不动。

呆巧奇雅素正，是胡竹峰的壶论六品。六品之外，为外道也。

紫砂壶我有十余把，用来泡常喝的几款青茶、白茶、黑茶、红茶、黄茶。一款壶，一类茶，不混用。绿茶多用玻璃杯冲泡，无他意，好色耳。

我的紫砂壶没有一款绝品，只是舍下日常的茶器，为一己喜好之物，皆在六品之外。壶身都不大，其中一壶仅拳头大小。有人家的壶几乎要双手合抱。又不是开茶馆的，用那么大的壶，吓人一跳。壶雅何须大。紫砂壶是风雅器物，书前清供，以小为贵，手掌盈寸之间一握方好。

有款壶曾自撰有壶铭一条：竹林藏雪，一壶风月。

壶不小心摔了，小心也会摔了。人间何处藏雪？遑论一壶风月。

明前雨前

朋友去山里买茶，明前的翠兰。

开春后下了场雪，朋友感慨新茶真贵。去年一斤的价格，今春只能买六两。我对朋友说，你是有缘人，这一轮春茶，因为下雪的缘故，品质特别，香气沉潜。雪打过的春茶，何其难得。听我这么一说，朋友欢喜了。

返城后朋友送来半斤明前新芽。明前茶好是好，唯滋味淡远，不经泡，往年喝上半月尝新，转而喝雨前茶。今年的明前茶，因了一场桃花雪，泡在杯底，入嘴沉而稳，回甘亦好，有些绝唱的意思。

明前茶好在形上，刚冒尖的嫩芽，娇怯怯又落落大方，投入杯底，环佩叮咚之声络绎不绝。翠兰、碧螺春、龙井、毛尖、瓜片、黄芽、安吉白茶、太平猴魁、黄山毛峰、汀溪兰香，这些茶的明前新芽我喝过。回忆起来，仿佛选秀，眼花缭乱。我喝过的绿茶，除太平猴魁外，尽管品类不同，茶形有别，但她们的明前新芽皆有共通处，口味新鲜，入嘴有不经世事的懵懂感。雨后茶不是这样，雨后茶江湖稍老，气韵饱满。入嘴的不经世事变成了柴米油盐家长里短。

古人也论明前雨前，《茶经》说凡采茶在二月三月四月之间。说得很宽，只要是春茶即可。不过唐宋人用团茶研末法，其实品尝不出明前雨前的。

明朝人开始用炒青技术制茶，因此朱权《茶谱》上认为好茶当于谷雨前，采一枪一叶者制之。张源《茶录》更明确提出采茶之候，贵及其时。太早则味不全，迟则神散，以谷雨前五日为上，后五日次之，再五日又次之。一家一个口味，许次纾《茶疏》看法又稍微不同，他认为清明太早，立夏太迟，谷雨前后，其时适中。若肯再迟一二日，期待其气力完足，香烈尤倍，易于收藏。还说："吴淞人极贵吾乡龙井，肯以重价购雨前细者，狃于故常，未解妙理。"

我喝茶，不重明前雨前，专讲来路，只要来路正，雨后茶也无妨。雨后茶比马后炮强。

友人曾送我雨后的高山野茶，长于苦寒之地，一芽三叶兀自二八佳人，形神双绝，滋味又锐利又稳妥，比惯常喝的明前雨前更胜一筹。

煎茶

一片茶叶细小纤弱，无足轻重，与水融合，则开始神奇，变得神气。

茶叶少放一些，我不习惯浓茶，涩涩地不合口味。也不喜欢太滚的茶，烫。我喜欢淡茶，茶令人爽，只能针对淡茶而言。王世贞在《香祖笔记》中说："然茶取其清苦，若取其甘，何如啜蔗浆枣汤之为愈也。"话虽如此，我仍不喜欢苦茶，在饮食上，我这个人趋甜避苦。

虽生自茶乡，却不善饮茶，少年时总嫌费事，还是白开水方便。近年始，稍领陆子之意，恰冬日清寒，读书与工作间隙，喝茶遣兴。丢开工作与书本，泡一壶茶，独自一人，或约上三五知己，找个地方把盏闲话或废话，这是生活的趣味。一壶茶中，一往情深。

喝绿茶用玻璃杯，透明，观其色，赏其神，看其态。喝茶，一人得闲，二人得趣，三人得味。

最难忘夏天长夜，阖家团团围坐竹床上，人手一杯温茶，说着年成，议论家事。小一点的孩子缠着老祖母磨磨叽叽，大一点的捕了很多萤火虫装在纱笼里。斯时斯景，自有融融之趣味。

曾见过一轴巨幅山水，远景葱郁，亭台幽幽，小榭精雅，淡墨勾勒的木窗下，几个衣袂飘摇的古人坐在一张木案四周，黑白对弈，还是煎水煮茶？可惜非工笔画，看不清楚，我在心里默默将其当作古人的一次茶话会。

站在画轴下，气息宁静，茶水的清香似乎能穿过时间。

我们祖先曾将茶叶当作药物，从野生的大茶树上砍下枝条，采集嫩梢，先是生嚼，后加水煎成汤饮。隋唐之际，炒青技术萌芽，煎茶遂绝。煎茶绝技已渺去，世间再无煎茶人。

文章题为煎茶，无非怀旧而已。

粗茶

灶头贴着木刻的人物版画，起先以为是高老爹。高老爹是我乡清朝乾隆年间人，是名兽医，医术如神。

高老爹：真是好马，可惜肚子坏了，三日必死。

官差：你个跑江湖的说瞎话。

高老爹：三日内，此马不死，我不为兽医。

官差：走着瞧。

拂袖而去。

见死不能救，高老爹一脸无奈，叹息而归。

三日后，马毙。开膛破肚，脏腑焦黑。

高老爹的故事我听得熟。小时候祖父一边喝粗茶，一边给我讲故事。故事又老又土，诡异，充满巫气。

灶头贴着木刻的人物版画。后来我才知道是灶神。我乡人称其灶王神，或称灶神爷。烟熏火燎，灶神满面油灰。

他们在炒粗茶。

春茶舍不得喝，卖了补贴家用。粗茶是夏茶，劲大，苦涩。乡下人出力多，粗茶止渴。

田间地头，粗茶泡在大玻璃杯里，枝大叶大，粗手粗脚。

一个小男孩躺在树荫下睡觉。

那个小男孩是我。

好茶

好茶有两种。

一种唯恐易尽，一种不忍贪多。

我有一杯茶

读完半本书，喝茶。喝的是毛尖。

近来读书，常常看到一半就放下，放下屠刀立地成佛，放下图书歇会喝茶。有人写作注水，搞得我读书要甩干。甩不干的，只得读半本。你写得潦草，我也读得马虎。

前几天在碎碎办公室玩，她是信阳人，知道我是茶客，随手把自己喝的一盒毛尖送了我。这两年在安庆，很少喝毛尖，尤其是信阳毛尖。在河南的时候，喝过不少毛尖，南来之后，说不上惦记，回忆是有的。

回忆比惦记格高。沈从文说茨菰比土豆格高，万物有灵有格。

惦记浓得化不开，像徐志摩的诗。徐志摩的散文更浓得化不开。化得开的是汪曾祺，化不开的是徐志摩。化得开的是回忆，化不开的是惦记。

人到三十岁，不敢惦记什么，偶一回忆，觉得不曾虚度——有回忆的人生是饱满的。

回到郑州，一家子窝着，忙也忙得无所事事的样子，闲更是闲得百无聊赖，于是想喝点茶。居家过日子不得无茶，柴米油盐酱醋茶。酱醋平常吃得不多，茶一事上也就多了贪念，有一天我泡了四道茶。

这款毛尖是上品，外形细、圆、光、直，白毫不多，汤色明亮翠绿清澈柔嫩。冲泡后香高持久，连加三开水，入嘴滋味兀自浓醇。索性再泡它两开，香气虽已淡如鸿爪，回甘依旧余音绕梁。

同样是绿茶，有些太嫩，有些太老，这一款毛尖恰好，在风情与纯情之间，这么说或许俗气了。我写茶文章，多好扯上女人。这一次说说男人吧。泡在玻璃杯中的毛尖是不经半点风霜的中年士子，有士大夫气。茶里面百人百相，摩肩接踵，熙熙攘攘。

少年时喝毛尖，嫌其苦涩。茶之苦我不怕，茶之涩至今不喜欢。茶的苦味是"绅士鬼"，涩味是"流氓鬼"。周作人说他心中有两个鬼，一个是流氓鬼，一个是绅士鬼。正经文章评论时事，反专制礼教，这属于流氓鬼的成绩。闲适小品，"聊以消遣，这便是绅士鬼出头的时候了"。

喝残了毛尖，又换了一杯翠兰，重洗杯盘，还我河山——杯底别有天地。

我有一杯茶，不关春风事。

饮茶是一个逐渐空旷的过程

暮春时节，看树和草的鲜嫩的绿叶，看新茶在杯子里的样子。

新茶入口，鲜。青嫩之鲜自唇而入，一跃舌尖，迅速弥漫开来，滑落喉底。醉了，醉得薄，一身绿意。

喝着今春的新茶，突然发现，饮茶是一个逐渐空旷的过程。茶越喝越淡，越喝越简单。喝到心中升起一轮明月自半空垂下，我们各自回家。

茶饭

茶饭，实则茶泡饭，也叫茶淘饭。现今不多见此番吃法了，说是伤胃损脾，于人无益。前几天见小林一茶俳句："谁家莲花吹散，黄昏茶泡饭。"真觉得是绝妙好辞，一虚一实，虚引出实，诗意禅意上来了。所谓禅意，关键还是虚从实出。所谓诗意，关键还是实从虚出。

日本俳句有微雕之美。扩大一点说，日本文学皆有微雕之美，仿佛《梦溪笔谈》里的《核舟记》，纤毫毕现。日本文学的敏感小心翼翼，写出了文字的阴影，只有中国的宋词可与之媲美。

小林一茶还说："莲花开矣，茶泡饭七文，荞麦面二十八。"莲花当指季节，夏天热，适合吃茶泡饭。七文大概是七文钱吧，二十八应该也是价格。四碗茶泡饭只抵一碗荞麦面。荞麦面我喜欢，放几匹青菜，煎一个鸡蛋，是我惯常的早餐。

日本人送客时问："要吃茶泡饭么？"客人会意，起身告退。中国过去也有这样的传统，相坐无话，主人托起茶杯说请喝茶请喝茶，客人识趣，告辞而去。

茶泡饭多年没吃了。昨天有兴，用龙井茶泡了一小碗，没有过去的味道了。不知道是茶的原因还是饭的问题。过去吃的是乡下粗茶泡的粳米饭，饭是土灶上烧的，有柴火香。柴火香是什么香，只有吃一次柴火饭才知道。

粳米饭泡在浅绛色茶汤里，染得微红，像淘了苋菜汤。只是苋菜汤泡饭，色彩艳一点，茶泡饭朴拙，红得旧而淡。

祖母不让吃茶泡饭，说小孩子吃多了不长肉。我乡人认为，茶水能刮油。实在抵不过，祖母就让我吃白开水泡饭。夏天的傍晚，胃口不开，偶尔偷偷吃一点茶泡饭。佐以腌制的豇豆或者梅菜或者萝卜干，有平淡而甘香的风味。暮色四合，老牛归栏了，蜻蜓快而低地在稻床上兜圈子，微风吹来，汗气全消。那样的境况，最适合吃茶泡饭。

在澳门，吃到过一次滋味妙绝的茶泡饭，岩茶泡白饭，顶上嵌有数颗梅子，几条海苔。坐在临街的窗下，雨洒在玻璃窗上，映得街巷支离破碎。一口泡饭就一口泡菜，真是很好的滋味。

谢茶礼札

上午收到送来的春茶，不是三盒茶叶，而是春色三分啊。拆开包装，春天的气息迎面而来。叵耐今天太忙，顾不上喝。忙的状态喝不得好茶，怕是唐突了一叶叶佳人。哪日得闲，再好好泡一杯，闲来泡茶，方可泡出惠风和畅也。

前夜之茶

安庆人家的饭菜真好，有没有叫"安庆人家"的饭店？听说有。我在安庆待了快一年，还没去过，下次谁请我。苏州有吴门人家，安庆也应该有叫"宜城人家"或者"安庆人家"的馆子，专门经营皖式风味的家常菜。

前夜去安庆人家吃饭，安庆人李卉家。他客气，请我们吃饭，这是地道安庆人家的饭菜。李卉家的二楼真好，阳台空阔，尽管没看到星星，兀自觉得星河灿烂。这是错觉。二楼的格局更好，仿佛画家的工作室，凌乱中处处是章法，生活区隐得深。

时令暮秋，天气还没降温。和振强、郝建二兄挪步阳台上说话，说闲话，嘴边浪迹天涯，心头持斋把素。小冬在书架前捧书坐着，我瞥了一眼，是《红楼梦》。顾盼之际，看见楼下的绿化带，仿佛绿色的浓雾，在夜色中氤氲，如重墨滴在宣纸上慢慢化开了。

人多嘴杂，树多嘈杂，那些树是乱种的，没有匠心。没有匠心倒好，乱簇簇长着，枝叶间你争我夺。我起先以为是三国演义，再看却是五胡乱华，看久了，又仿佛五代十国，或者八王之乱，仔细凝神，几乎成诺曼底登陆啦。

楼下喊吃饭，我们下去，一桌子菜。李卉说家里有钢琴，女儿会弹，等会儿大家要唱歌的。然后给小冬盛了碗鸭汤，说从中午煲到现在，要多吃点。

李卉的厨艺不错，我的朋友中，男人厨艺普遍比女人高。男人一认真，铁杵磨成针，烧菜，倒成了业余中的专业了。席间，振强兄去厨房烧了道鱼。现在回忆，满桌的菜，那道鱼印象最深。如果说一桌菜是龙，烧鱼则是点睛之笔。对不住李卉啦。

饭后大家坐在客厅里喝茶，心旷神怡。不是茶能消食，故心旷神怡，而是心境——突然有了喝茶的心境。我经常去茶馆喝茶。在茶馆里喝茶，赏心乐事是有的，心旷神怡未必。喝茶不一定非要茶馆，饮酒也犯不着去酒吧。喝了一口茶，是浓香型的铁观音。存放太久，已经不香了，好茶是色香味相辅相成，这款铁观音偏偏不香。帝王是不需要香水的，脑海中突然掉出这样的句子。

这道茶正好在放得久，不久不足以怀旧，不久不足以褪去浮华，无香反而恰到好处。这茶是老方丈，红尘之心不灭的老方丈。这茶是大学者，童稚之心犹在的大学者。喝第二茬的时候，有读《尚书》的味道，不是说佶屈聱牙。《尚书》味道，无非是说古味与金石气。

出门之际，下雨了。访友归来，遇雨，可谓赏心乐事。芦俊兄开车送我们回家，一路上，茶味兀自在唇齿盘旋。

连喝三杯茶

从乡下归来，感觉疲倦。是受了暑气，还是人太娇气？年近三十岁，明显感觉体内清气下沉，浊气上升。中年是浑浊的。青年的气息清清平平，生活太紧张，太沉重，中年的肉身，冒着浊气。

到合肥时，迎路下了一阵雨，雨点慌不可待，在挡风玻璃前乱窜，雨刷左遮右挡，像理屈词穷的憨夫。

回到家，恹恹欲睡。洗完澡，倒在床上，做了一通梦，黄昏时分醒来。身体干燥，皮肤湿润，忘了开空调，汗水濡湿床单。起身烧水泡茶，友人沈永送我的，说是采自高山的野茶。每次回家，总有朋友送我茶叶。人在城市生活久了，钢筋水泥的气息太重，喝一点茶亲近亲近山水。

连喝三杯茶，方才感觉舒服，体内清气萌发。

昨天晚上茶喝多了

昨天晚上茶喝多了，睡得不好，失眠。早上五点钟起床，多年不曾如此了。以前失眠，想女人，从胳膊想到大腿。年少气盛，欲壑难填，幸亏以前很少失眠，经常一夜无梦到天亮。如今失眠，想的都是男人，从先秦到民国——从先秦到民国那些会写文章的男人。

起床后无聊，提壶烧水。烧水间隙，在楼头远望晨光。夏天的晨光极嫩，像刚长出拇指般大小的南瓜头。冬天的早上，霜天一色，晨光极老，是老南瓜。秋天的晨光呈现出肃穆的模样，又有丰腴之感，像保养极好的中年妇人。

这些年春天总是睡懒觉，晨光如匆匆流水，几乎没见到过，抑或见到了，我忘了。睡得不好，心情欠佳。在晨光中看看远方的楼，看看楼下的路，看看路上的车。车上的人看不见，愉悦感顿生。于是开始喝茶。

在楼顶喝茶

秋天时候，在岳西和朋友坐在他家楼顶喝茶吃枣，入眼是后山树林中大片大片的红枫叶。那个下午，至今想来，兀自在心头流淌着诗意。我想起杜牧"停车坐爱枫林晚，霜叶红于二月花"的句子，字里行间散发着晚唐风韵。现在除了喝喝茶读读书，已找不到晚唐风韵了。

好茶有人情之暖，好茶有心血之暖。春夏秋冬，一年四季，春华秋实，夏华冬实，秋华春实，冬华夏实，四时皆华皆实，人间并不寂寞，只因一口好茶。

纸下有两个人在喝茶

淡墨勾勒的紫砂壶，两个小茶杯，宛若婴儿的拳头，一行题跋，字迹漫漶。这是吴有为先生给我台湾版散文自选集《墨团花册》一书的插图，雅致得很，像三月江南的清风明月。清风是早春的清风，明月是水榭楼头的明月。有时候会朝深处琢磨，尤其看到这幅画的印刷品，越发让人怀想。似乎纸下有两个人在喝茶，是我和吴有为也可以，是张三和李四也可以，是鲁迅和郁达夫也可以。朝远处说，是八大和石涛也未尝不可，何人不能喝茶，何处不可喝茶？

清风明月下，如此良辰美景，茶还是不要喝太多，尤其是好茶。我喝好茶，浅尝辄止，不贪痛快淋漓。

一个人喝茶

雨迷蒙，雪迷蒙，坐檐下听雨看雪，一个人喝茶。茶喝浅了，再添上水；茶喝淡了，来壶新的。

一个人喝茶，不用说话。

昏昏灯起，暮色余光，携半盏茶汤归家。

茶·看云

阳台外的天，辽阔无际，雨丝细密密，一道又一道。树被重重地洗过了，绿得近墨，水分太足，在盛夏的空气中葳蕤苍翠。茶虽陈，老朋友陪聊，喝在嘴里，还是乐陶陶的。

用来遣兴，即便是陈茶，也会让时光变得慢悠悠的，跟着悠闲、闲散、散淡、淡泊一起涌来。茶是无辜的，陈不是它的错。

也就是无所事事。无所事事地轻摇杯子，手中茶水微漾，像一泊湖水细浪拍堤。一院子的树木，阳台上有朋友精心侍弄的兰草，树木无言，兰草无言，我们也无言，无言独上二楼——看云。

在无所事事之际看云，看的不是云，是心情。

今年都过了芒种，我还没看到故乡的云，不免起了些乡思。天下何处无云，人间处处有雨。但故乡的云是孤本，它奇形怪状，乌云白云红云铅云灰云黑云，各种云种都有，关键还有一份故乡的风土民情。

坐在阳台的小椅子上，喝完一杯茶。抬头，不远处就有大团大团的云，像棉花，像羊群。也的确像羊群，山树是它的草原，羊群奔腾，慢慢离山而去。又像抖开软软的棉被，一下摊在床上。厚的云，一团团，重的云，凝滞着，轻的云，随风飘散，薄的云，欲遮还羞，或丝或片，露出纯棉的白或者淡淡的灰，透过稀薄处，兀自可以看见天空。

刚开始是有规则的云，像列阵的士兵移动着，风一吹，云便散了，散成了极有韵味的一朵朵。天空飘满了云。白云纯洁，一大捧一大捧滚滚而来，有种富足的美感。真好看。乌云像移动的焦墨。用干笔蘸浓墨，传统叫焦墨，焦墨可以说是最干的浓墨。灰云则是水墨。在焦、浓、重、淡、清之间产生着丰富的变化。

墨分五色，墨何止五色。茶分五味，茶何止五味。

比我高的是楼，比楼高的是山，比山高的是树，比树高的是云，比云高的是天，天之高，不知其几万里也，天之大，更不知其几万里也。

今天中午出去吃饭，路过一小区，二楼有个少妇在厨房烧饭，她的头发蓬松着，家居服蓬松着，偶尔看我一眼，那是一朵让人遐想的云。她是出色的女子，顾盼之间，文静、优雅、教养便显露了出来。她看了看我，我瞧了瞧她，她又看了看我，我也瞧了瞧她。她是人间的云。

空杯

喝完茶，杯子空了。空的杯子放在桌面上，静静的，是等待，也是在回味。等待下一次茶水的注入，回味曾经充盈的茶香。

空杯低眉内敛又目空一切。低眉内敛是它的一无所有，目空一切是因为有白手起家的资本吧。凝视过空杯的人，更能感受握手充实的丰盈。

从前的杯子和现在不一样。旧时的一份风雅添有今日的几丝暧昧，空杯在想起古人的夜晚通体透明，空杯在想起古人的夜晚满怀惆怅。

徘徊在新与旧之间的空杯，春风得意马蹄疾，落花流水春去也。人间多少事，欲说还休。欲说还休呵，空杯悄悄把一切尽收杯底，付诸沉默。

很多年前，路过小城巷口的一家工艺店。货架上摆满了空杯，倒扣在木板上，在灯下熠熠生辉，寂静的光芒不无寂寞，但分明还有一份自负，一副底气十足的勃勃雄心。

空杯空空如也，却可以装下整个天空。未来如黄河长江滚滚而来，由它们在杯底翻腾击浪吧。空杯神散意闲地散步，在唇边摩挲，绕着桌子旋转，杯壁兀自挂着水滴，晶莹剔透像草上的露珠，抑或是女人的眼泪。

泪水苍凉，不说境况苍凉，却道天凉好个秋。楼上不去了，电梯坏了，安全道堆满垃圾，让人欲走还休。还有什么好说，去喝一杯茶吧。杯子是空的。旧茶不去，新茶不来，这是禅宗的洒脱。旧茶已去，新茶未来，这是凡人的疑惑。一头恋着旧滋味，一头想着新感觉，这是空杯的心情吧。

空杯一心如洗，只剩空气，你看不见。看不见的何止空气？开灯，白墙上，空杯投下疏淡的影子。影子只有在月色下才能摇曳多姿。古人醉心月下看美人，大抵是为了娇影婀娜的风情万种吧。

古人啊，你们还有雅兴吗？与一帮古人喝茶，他们诗云子曰，我懵懵懂懂。我南腔北调，他们莫名其妙。不好意思，那就不奉陪了，挥挥衣袖，我回到了我的时代，我带走了我的空杯。

醒来，在桌子边，在旧书旁，在午夜，睡眼惺忪，空杯一头雾水。

空杯是安稳的，很沉得住气。空空的杯子，刚才也在做梦。是古时之幽梦，还是现世的浮梦？是和文人赋诗唱词，还是与侠客把酒言欢？昨夜的茶渍还在，紫的、乌的、黄的、酱的，空杯的壁沿像爬满藤蔓的瓦屋。

秋天的原野，藤蔓枯涩。那枯涩让我想起草书，草书是旧时风采，张颠素狂的神韵，当前是看不到了。吃一尾草鱼吧，草鱼也是往日美味，在乡下池塘里游弋。

周末，去郊外采了一枝菊花，回家后插在空杯里。空杯无色透明，收藏起那一抹来自东晋的清逸，菊花之萼密密麻麻紧靠着，冷香扑鼻。谁道空杯无我？我说空杯有心。

《草原》2016年第4期

评鉴与感悟 ——

胡竹峰的散文古意十足，无论谈吃说茶，还是品艺论道，兴致勃发，随便几句，风流直接明清小品。一篇《茶书》，如同数封友人短札，写尽了茶的前世今生。他的文章也如同一杯清茶，看似散淡，却回甘清幽，天然一股文人情怀。

半岛旧事四题

/胡烟

石头记

将军石和钓鱼台，说白了，是两块石头。半岛的标志，就是这两块石头。小时候并不懂得这些，半岛搬迁之后，离远了看，我才意识到。翻开早些年出的史志和画册，半岛的代表图像，始终就是将军石，海水里站着，或是早晨迎着太阳，或是傍晚逆着光。脚底下波光粼粼的，像是站在金子里。还有在将军石一旁若隐若现的钓鱼台，涨潮时，他在水底下，退潮时，他露出海平面，脸朝上。

遗憾的是，我竟然从来没有摸过这两块石头，甚至没有近距离感受过他们。他们都在深水里，如果我漫步过去，海水一定会没过我的脖子，但这也不能成为我从来没触摸过他们的理由。我可以选一个风和日丽的下午，乘着小马力的渔船，到将军石的脚底下，哪怕不下船，只是伸手摸一摸他的脚脖子，试试他是冰凉的还是温热的。然后到平滑的钓鱼台上坐一坐，戴个斗笠，装成姜太公的样子，哪怕只坐一小会儿，那样，我会更有资格讲述半岛。可现在，这成为我的一个想象和假设。此刻，我在大雪纷飞的北京，守着书桌暖气和一盏茶，远远回忆着他们的轮廓。

半岛全名屺姆岛，是"寄母"的同音异字。相传元末胡大海起义前，把老母亲寄放在岛上，半岛由此得名。半岛三面环海，一面靠山，登上灯塔

213

山往北望，波涛汹涌的海水里，兀立一座高三十多米、围径六米多的巨大石柱，样子好像一个披甲大将军，威武雄壮，这就是被称为"半岛奇胜"的将军石。相传古时候有一员大将，率兵抵御外寇入侵，因寡不敌众，且战且退至半岛，敌军将半岛围了个水泄不通。将军见退路已绝，决心背水一战，最后只剩下一人一骑。于是他涉水登上此石，开弓放箭。将军威武不屈的浩然正气感动了海中的神仙，海神作法，使石头徐徐升起，托着将军入云升天。礁石化作将军身形，永远耸立海中。

这故事只是一个并不怎么离奇的传说。年龄稍大，按说心智越来越成熟，然而我却越来越相信传说里的故事是真有其事。礁石升高，将人托入云端，该有多么浪漫呢？生命的尽头，不是死亡，而是升天，在云端往下望着，是非凡尘都远了，目光却永远注视着半岛。该有多凄美？老人都说，海啸和台风都不来半岛，真有将军坐镇守着。

将军石旁边的钓鱼台是一块平顶巨型礁石，三十余米见方，可容纳二三十人同时垂钓，远看像一艘方舟漂泊海上。登上过钓鱼台的人都会发出感叹，钓鱼台的奇妙在于礁石内外两重天，其内侧水深不过人膝，外侧却是万丈深渊。

这两块石头都在北海，北海海水清澈透底，里面多暗礁，不少赶海的人在水底下摸海参。我只在浅水，观察着长在黑礁石缝里的海葵，用手触触他们黄绿色的须子，一个缩起来，又去摸另一个。它们跟向日葵长得可真像啊，怪不得叫海葵。果真像奶奶说的那样，地上有什么，海里就有什么。那该有多神奇！海茄子，海辣椒，海瓜子，都有。那海里的人长什么样儿？美人鱼我可是从没见过的……我小时候只对这些感兴趣，而将军石和钓鱼台，他们太大了，太远了，太坚硬了。现在想着，说不定半岛的密码，就在这两块石头里。摸了他们，无论走到哪儿，身上就永远带着半岛的灵气。

还有东山上的一块石头，也是个有灵气的。

那天晌午，船来得早。海滩上熙熙攘攘的人群忙着收拾网，不急不慌，聊着闲天儿，挑拣着小鱼小虾，拾掇着网丝上挂着的海菠菜。突然东山上就响起了爆炸。平地一声雷，所有人都惊了。有人放下手里的网，往东边去打听，才知道这是东山被炸了，炸开了花。自己的山，多少年了，如今炸了，叫人心疼。心疼却也没办法，菜市场的宣传栏里早就贴出了告示，要搞开发。拾掇网的百十号人群，一下子没了话。炸下的土石，大铲车运送着往海里填。那以后，这爆炸声经常响起来，轰隆隆的，震得玻璃跟着摇晃。都知道怎么回事儿了，再也没人去打听。

2002年，半岛开始了开发改造，阵势强猛。复杂的工程，简单得可以用四个字概括：挖山填海。老人们背地里忌讳着。奶奶跟我唠叨过好几回，半夜里常常听见有女人嘤嘤地哭，是不是东山上的精怪呢，安稳了那么多年，如今山炸了，没了去处？我说，哪有什么精怪呢？狐狸、獾、黄鼠狼子早就叫人赶跑了。奶奶说，兴许藏着呢，它们要想躲着你，你是看不见的。

真的有人看不见的东西。东山上炸下一块大石头，黄褐色的，约莫着有一吨重，外表并没什么两样，可怎么也抬不走。比它大的石头都挪走了，就它特殊。几十个人去挪，挪不动，大铲车铲，它也不动窝。真成了一件怪事。眼看着东山夷平了，它还在那孤零零地站着。

2004年，半岛住户搬迁。大队书记带着一帮人马烧香烧纸磕头，终于挪动了那块大石头。老人说，这石头是块灵石，万不能用来填海，便连它一起搬到了新村，立在了灵堂的门口。石头底下竖了专门的大理石碑座，碑座上刻有《东山灵石记》，记录着这块石头的来历。有这块石头在，叫我们感觉，东山还在。

我第一次对将军石产生感情，也是在半岛搬迁之后。那时，挖山填海的工程进行着，半岛是封锁的。挨家挨户分了新楼房，只管高兴地住吧。半岛的样子，在人心里荒凉了，而我偏要去看。我跟我妈两个绕着北山走，昔日平整的海滨游乐场荒草遍地，山里的土石填了海，已经不见了浅水的礁石。海葵、海菠菜、滚蛎，都不知了去向。往西边望，山尽头的灯塔还在，稍近处的将军石也还在，只是已经上了岸。土石将他填上了岸。看到他的那一刻，我感觉到，我的心像被重击了一下。而他旁边的钓鱼台，也成了土里的一块普通石头，不再显眼。

上了岸的将军石，没了威武的气势，离开海水有节奏的拍打，被风吹成了土黄。那样子，像是搁浅了的渔船，年久失修，叫人遗弃了。是半岛人遗弃了他么？将军石的命运，也像是半岛人命运的隐喻。搬迁之后的半岛人，没了那片海滩，只剩下一个水泥码头，赶海的人丢了饭碗，贝壳沙滩都成了记忆。没事谁也不愿意到海边溜达，只窝在楼房的阳台上，像将军石一样的，施展不开手脚。

据说，搞开发的人几次想把将军石炸开，叫懂风水的先生给拦住了。这将军石像是定海神针，炸了他，可要倒大霉。于是将军石保留了下来。不同的是，他站在黄土堆里，现在靠近他，不用再坐船。而钓鱼台，仍旧相依为命地守着将军石，离开了水，这块石头也成了普普通通。

前两天回半岛，缠着我爸给我讲半岛的旧事，我爸一边喝着浓茶，一边搜肠刮肚地给我讲。旧事，不是故事。故事像是编的，可旧事，是实打实的。感觉日子虽然一天天往前，可旧事，就像东山上那块灵石一样，不挪窝。也像是将军石和钓鱼台一样，没跟着我们搬迁，而是留在半岛了。这些旧事，也都是有灵气的。

赶海

早些年，去往北海赶海的人不多。北海路远，背着村子，过一个大上坡，还有三里多地。赶海最好的时候是冬天，冬天风大，风一落脚，海里的好东西就上了岸。冬天的凌晨，迎着北风往北走，不是件轻松事。一路上没个遮挡，戴着狗皮帽子都能叫风吹掉耳朵。可偏偏有人扛得住这个冷，一天不落地去赶海。

按年代推算，这俩人估计比我太爷爷还老。不知名字，尚且叫作胡甲和胡乙。

赶海要赶早，谁去得早，谁就能捡着好东西。渔船靠岸都在南海，北海的沙滩干净，没杂物。漂上来的，都是雪白的牡蛎、黑塑料球、搁浅的大鱼等"干货"。去晚了，就只能捡前边人的"漏"了。收成差了不少。

胡甲每天凌晨五点到海滩的时候，都能看见一排顺溜溜的脚印子，沿着沙滩，一直往远处延伸。不用猜，那是胡乙的。往前追，就能看见胡乙背着沉甸甸的麻袋，里头装满了好东西，肩头上还扛着三四个黑塑料球。胡乙把麻袋捂得严严实实，不叫胡甲看。胡甲只能眼馋着，口水往肚子里咽。

胡甲盘算着，都是一样的出力，却叫胡乙给占了风头。他心里暗暗较上了一股劲。

　　这问题倒也好解决。这天早上，胡甲四点半就到了海滩，比往常早了半个钟头，想跑到胡乙的头里。不为别的，就为争这口气。可到了海滩一看，胡乙的脚印子还是一长串，在海滩上摆着。走了将近一里地的海滩，啥也没捡着。再往前走，见胡乙已经背着一麻袋的东西往回返了。两人打了个照面，心照不宣。胡甲的嫉妒像一把火，胡乙见面就溜边躲着他，怕叫那眼神儿烧着自己。一个多钟头，胡甲只赶了几个毛蛤蜊回家，他老婆埋怨他，费那么大劲，挨着冻，收成这么寒酸，还不够工夫钱。

　　接下来的三天，胡甲每天提前半个钟头到海滩，照例看见的是胡乙的脚印，没有一次他能跑到胡乙的前头。真是邪了门。倘若胡乙能感冒生个病，胡甲也能独占这片海滩，可胡乙的身子板比墙还结实，两脚踔在沙滩上，吭哧吭哧地有力气，多大的风也挡不住他赶海。

　　胡甲真不信这个邪。那天，胡甲凌晨三点到海滩的时候，终于没见着胡乙的脚印。他憋着的一股子劲儿，终于给自己松了绑。海水几近结冰，海浪在冰壳子底下微微涌动着，风刺骨。他心里高兴得暖煦煦的，一点感觉不到北风的冷，大步流星开始了他的赶海。他要独占这片海，把昨天夜里大北风刮上来的东西全都收走，丝毫不留给胡乙。

　　刚走了不到五十米，胡甲发现了一个黑乎乎的大东西，近两米长，笔直地躺在那里。他激动起来，以经验判断，兴许是条搁了浅被冻僵的鲨鱼。鲨鱼可是好东西，鲨鱼肉炖着吃虽然腥气重，可半岛有一种特殊的吃法。把鲨鱼剥了皮，拿盐腌上，挂在房檐底下晒，晒得半干，切成小方块，一小条一小条的，黄里透着亮。裹上薄薄的一层淀粉，油炸着吃。半干的鲨鱼肉，嚼起来很有咬劲儿，微微的咸，又沾了油，只剩下香，一点腥气都没有。这是半岛出了名的下酒菜。平时舍不得吃，直到正月里才拿出来。这炸好的鲨鱼条，又或者跟白菜粉条炖在一起，做成烩菜，就着它，能吃下一斤一个的大馍馍。眼下正值年根底下了，这冻僵的鲨鱼横躺在沙滩上，岂不是给胡甲家送年货来了！

　　胡甲正高兴着，上前拿手一拨拉，不对劲，不像是鲨鱼。蹲下去一瞅，倒吸一口凉气，是一个人。准确地说，是一具尸体，一具男尸。裹着黑衣服，已经冻僵了，脸上的五官已经叫大鱼给咬了去，或者让石头礁给磨得只剩下骷髅骨。

赶海的人胆子壮，赶上什么的都有。渔民打鱼，渔网上捞着尸体的也不算少见，甚至有时捞上的尸体只是半截，上半截或者下半截。那是大货轮上的船员，叫船尾的轮摆给切了，把人截成了两段。这人的尸体在海里，跟鱼虾的尸体并没什么两样。所以，胡甲对尸体是并不怎么害怕的。

虽然不害怕，但毕竟是有几分晦气。自己好容易跑在头里，却赶上这么个东西。这东西在海里漂了多少日子了？偏偏叫自己给碰上了，真是倒霉到了家。他想着，胡乙一会儿经过的时候，也该叫他沾沾这晦气。想到这里，他又盘算着导演一场好戏。

胡甲在沙滩上挖了个坑，把这尸体扛着竖了起来，脚埋进半截的坑里。这尸体冻得僵，便稳稳地站住了。他自己靠在尸体的脚边上，吧嗒吧嗒抽上了烟。不大一会儿工夫，打老远，他看见胡乙过来了，便躲到了男尸后头，把手里抽了半截的烟头夹在男尸手里。

胡乙老远就看见一个人站在那里，面朝着海，手里抽着烟，一闪一闪地有亮光。不用问，肯定是胡甲错不了。他凑近了喊："行啊，今天跑到我头里去了。"胡甲猫在尸体后头，应和着："是啊，大姑娘上花轿，头一遭。""借个火吧。""来吧。"胡乙也不客气，就往男尸的脸上凑，这一凑不要紧，借着海水反的亮光，胡乙迎面就贴上了骷髅。脑子还没来得及反应，胡乙就昏了过去。

胡乙这一吓，吓得不轻，回到家就卧了床。凌晨三点，沙滩上站着具会说话会抽烟的尸体，冷不丁叫谁碰见了，估计都得吓掉了魂儿。

胡甲倒是捡了个大便宜，胡乙病倒了，这海滩再也没人跟他竞争，赶海不用早起，好东西都归了他一个人。他在心里偷偷乐，却不敢跟外人说。眼看着到了年根底下，胡甲天天满载而归，给家里攒足了一个正月的吃食。

过年了，挨家挨户拜年。胡甲过意不去，兜了个大圈子到了胡乙家里，看看他的病情，顺便拜个年。到了他家，只见胡乙硬朗的身子板瘦了一大圈，眼睛里的精气神儿像是要散了，只剩下半条命。他老婆也在一旁跟着抹泪儿，这年过得悲悲切切的。胡甲懊悔了，明白自己恶作剧搞过了头，便当面把这背后的猫腻一五一十地说给胡乙听了。

胡乙一听，当场就坐了起来。病好了大半。

出了正月十五，这年也算过完了，胡乙又能出门赶海了。他和胡甲商量好了，两人轮着赶海，单号胡甲，双号胡乙。经过这场惊吓，胡乙也算是悟出了点道理——赶海不能吃独食。

邢木匠

题目虽叫邢木匠，可这故事的主角，准确地说，并不是邢木匠，而是一条狗。旧时的狗，不讲品种，更没名字。半岛上，只有狼狗、大黄狗、小黑狗的大概分类。连人都填不饱肚子的年代，哪有狗受尊重的份儿？狗的命运只有一样，看门守家。

半岛家家养狗。打鱼不比种地，船上的工具多，平日都堆在大院子里。叫谁顺手拿走了个鱼筐子鱼篓子什么的，都不容易发现。院子里晒的咸鱼干儿，谁进去抓一把走了，也不稀奇。半岛家家户户晒咸鱼干，不至于互相偷，只是下坡来了卖鸭梨的，吆喝着，拿鸭梨换咸鱼干，三斤换一斤。咸鱼干有时院子里晒不开，就在街门口晒着，一条狗守着，就安全多了。不至于叫卖鸭梨的顺手牵羊了。狗在一旁守着咸鱼干，不仅防着卖鸭梨的，还可以防着猫。半岛到处都是偷腥的猫。

男人出了海，家里只剩下女人，更需要狗。

哪家也离不了狗。

胡本庆家有条通人性的狗。胡本庆家就在我家上坡，我家东墙外，过了育红班，也就是幼儿园，就是胡本庆家。印象里，他家是个大宅院，院里分了好几户，好几代人同住着。我没进去过，听我爸的描述，跟我见过的不差一二。经常有婆婆媳妇妯娌，在门口的大槐树底下织网，有缠梭子的，有剪铅锤的，有说有笑，很是热闹。

人多了是非也多。大户人家，容易出老扒灰的，也容易出家贼。胡本庆家就出了家贼。胡本庆是个暴脾气，竟然敢在他眼皮子底下偷肉吃，真是吞了豹子胆。胡本庆家的东偏房没人住，当厢房使。胡本庆他老婆在早市上买了肉，就挂在厢房的正中间的肉钩子上，留着晌午吃。可到了晌午去取肉，肉钩子上却是空空如也。这下家里炸了锅。

胡本庆家有三个儿媳妇，老大老二都过门多年了，知根知底。只有这老三，刚嫁过来不到半年，不摸细底儿。丢肉的那天晌午，她刚回了娘家。把肉拿去接济她娘家了？那也该光明正大打声招呼呀，怎么能说拿就拿呢？她娘家是南山种苹果的，家里不富裕，小家小户的，有点小毛病倒在情理之中。可胡本庆眼里是容不得沙子，若真是她干的，这样的儿媳妇娶进门，不趁早调教，以后非搅得一家子不得安宁。

丢肉的事儿，很快传遍了胡本庆家的犄角旮旯。

一大家子吃饭的当口，两个一堆，三个一撮，私下里嘀嘀咕咕的，议论着偷肉的事儿。只有三儿媳妇，默默低头不作声。胡本庆心里有了谱，又没证据，不好逼问。念在她是初犯，只拿一双铜铃似的眼睛瞪她，臊得她不敢抬头。

不料过了三天，又发生了一模一样的事儿。挂在肉钩子上的肉，不翼而飞。事情虽小，可胡本庆火大了，他们家四世同堂住了好几十年，这样的事儿还是头一回发生。还没等胡本庆发威，三儿媳妇就进了堂屋，支支吾吾地说，不是我，我没偷。主动找上门来，能相信么？一家人都用狐疑的眼光看着她。

只有一个人不怀疑她，那就是邢木匠。

邢木匠是胡本庆请来打家具的木匠。那个年代，家具没有卖现成的，打家具都是把木匠请进家，管吃管住，住上一阵子，随时交流，细细打磨，才能打出好家具。

邢木匠三十出头，老家也是南山的，跟三儿媳妇算是半个老乡。当木匠，光手巧还不行，还要不多话，才能在主顾家里待得安稳。邢木匠是个好活计，沉稳，平时话不多，这时候却忍不住想替三儿媳妇说话。他的直觉告诉他，这肉不是三儿媳妇偷的。这老三，亏就亏在嘴笨。山里姑娘朴实，能干活，嘴巴却不灵，有理也说不清。平时也不主动跟公婆亲近，不像另外两个儿媳妇会做表面功夫，这屎盆子自然扣到了她头上。

要想替三儿媳妇说话，就得有理有据。那以后，邢木匠最大的心思，不在打家具上了，倒转移到了破案上。他要能揪出家贼，就能理直气壮地替三儿媳妇洗这不白之冤。邢木匠对这一点，倒是很有信心。因为这贼偷肉，都防着自己家的人，不会避讳着邢木匠。木匠是个外人，即使被他发现了，料想他也不一定爱管那闲事。

邢木匠一边干着木匠活，一边眼睛时不时往东厢房瞟。他盯得紧，一上午，没见一个人往东厢房去，连个人影都没有。晌午，那肉钩子上的肉又丢了。真是见了鬼。邢木匠仔细回想着，确实没有人。突然邢木匠想起来，那条灰狗，静静溜进门缝，又悄悄溜出来。对，只有它。邢木匠看着那条狗的时候，那条狗也看着他，似乎他们眼里有相同的内容。邢木匠心里有了谱。可那肉钩子挂得那么高，它是怎么够着的呢？

那天，灰狗又悄没声息地进了东厢房。邢木匠蹑手蹑脚地跟在后头，大气不敢出。只见那灰狗先是拿嘴巴挪动墙角的一张方桌，挪到了肉钩子底下。进而一跃，上了桌，前爪一抬，不费劲就将肉叼了下来。原地吃完了，它又跳下来。下来之后，不忘把方桌挪回原地。一切都在两分钟之内结束，简单流畅，悄无声息。

看得邢木匠目瞪口呆。怎么有这么聪明的狗？这狗真是通了人性。赶紧就去向胡本庆报告，别冤枉了三儿媳妇。本来胡本庆半信半疑，到了东厢房，看那方桌的桌脚，已经被狗嘴挪动时啃得不像样了，才破了这个谜。

胡本庆万万没想到，家贼竟然是个畜生，差点冤枉了好人，破坏了家里的和气。他这一大家子，可是和气了好几十年，差点毁在一条狗手里。他气不打一处来，抄起铁锹，准备把灰狗往死里打。灰狗挨了两铁锹，一撒腿，跑了。两天三天，一个月过去了，再也没见踪影。

一转眼，三个月过去了，邢木匠的木匠活完工了。邢木匠拿了工钱，准备回老家了。那是个晌午，太阳晒得地皮发烫。邢木匠走到半岛的东山脚下，突然窜出一条狼，直冲着他的前胸扑过来，冲着脖子就咬。哪来的狼？邢木匠反应快，拿着干木匠活用的楱子，朝着狼横挡了过去。邢木匠手臂有劲头，一下撅得它老远。定睛一看，才反应过来，正是胡本庆家那条灰狗。

仇人见面分外眼红。狗眼里都是杀机，狗变成了狼。邢木匠浑身的汗毛都竖起来了，想着今天小命难保了。正在这个当口，碰上个东山底下拾柴的老爷子，邢木匠大呼小叫，向老爷子求救。俩人一起抡家伙，打跑了灰狗。

等着灰狗跑远了，邢木匠才回过神来，想想不寒而栗。再一看，旁边是个大深坑，刚好一人高，新挖的。看那蹄子印知道，是灰狗挖的。它算

221

准了邢木匠经过的时间，挖了这么个坑，计划着把他咬死之后，就埋在这坑里。

邢木匠看懂了这个坑，直感觉头皮发麻，心里发冷，再也不敢一个人赶路。他左思右想，又回到了老东家，在炕头上跟胡本庆一五一十地讲了这遭遇。胡本庆也愣住了，没想到这灰狗这么通人性。胡本庆仁义，感慨着这灰狗虽然聪明，可这记仇的劲儿，总叫人心里冷，可惜了。不管怎么说，这灰狗也算家里的一口子，不能不管它。等到派人护送走了邢木匠，胡本庆来到了东山脚底下，拿了一块肉，嘴里喊着口号，把这灰狗唤回了家。他把灰狗当成了贵客，好生伺候着，每顿饭多给点肉腥。这灰狗受了感动，再也没偷肉吃。

大概是五六年以后，胡本庆得病死了，灰狗在棺材旁守着，油盐不进，没几日，也跟着走了。

黄鼠狼报仇

二十世纪六十年代前后，虽说我太爷爷家房子不算太吃紧，但时兴一大家子人住同一大院。太爷爷住堂屋，我爷爷奶奶带着四个孩子住在东厢房，二爷爷一家住西厢房。一家子人磕磕碰碰、热热闹闹，又有一群孩子大呼小叫，这其中真是有说不完的故事。有鸡毛蒜皮的小故事，也有叫人能刻在心里的大故事。

我父亲清楚地记得，那是个秋天的下午，太爷爷家门口的干芦苇沙沙响，南来的海风里夹着凉。二爷爷很是得意，脚还没踏进院子门，音调先挑高了："大侄子，快出来，二叔给你看个好东西！"父亲闻声而动。只见院子里，二爷爷扛着的锄头上挂着一个小兽，脑袋耷拉着。二爷爷将它卸在地上。不是兔子，不是松鼠，父亲没见过，不认得。它斜躺着，眼睛已经闭上了，嘴角挂着血。"黄鼠狼！""还真叫你猜对了！这是只小崽子，二叔刚打的，留给你拿着耍。"说着二爷爷拍拍身上的土，进了屋。父亲好奇，拿手去拨拉，谁知那小东西突然睁开了眼，我父亲没防备，吓了一个趔趄，连忙叫起来："二叔，它没死！"

二爷爷跑过来，拎起小黄鼠狼的尾巴，头朝下，哐哐哐往地上猛摔。经过这么两下子，那小东西彻底断了气，一动也不动了。

我父亲回忆说："自从打死了那只小黄鼠狼，一家人的日子来了灾难。"

就在第二天，二奶奶新熬了一锅棒子面粥，大铁锅里滚沸的粥，刚盛出一碗来。二爷爷的小儿子，也就是我小堂叔，那年五岁，踮起脚尖刚好能够着锅台，端起饭碗，手一滑，一大碗滚烫的粥哗啦扣在自己的胸口上，"哇"一声放开了哭。二奶奶惊坏了，一揭孩子的薄秋衣，只见从脖子往下，连着前胸连着肚子，全烫没了皮，裸露着粉红色的肉。俗话说："亲头生，惯老生。"小叔是我二奶奶的心头肉。二爷爷和二奶奶疼得揪心，抱着孩子哭了大半夜。

那年代，孩子多，大人忙着生计，孩子常常出点岔子，吃亏受罪都是难免，谁家孩子都有个小灾小难。那会儿的人命贱，不娇贵，发生了这事儿，也并不是什么要命的，家里也没多想，只盼着孩子的伤能早点好。

没想到，第三天，家里又出了个稀奇事儿。

那会儿没有煤气，烧开水是在院子里架了炉子，拿捡来的树根树枝当柴火。那天，水开了，太爷爷拎着暖瓶从堂屋里出来，灌水。谁能想到，太爷爷拎着那一壶烧开的水，哗哗往自己脚上倒。眼看着暖瓶站在地上，木塞子倒是拿下来了，可那开水就是一滴也没灌进去，全都浇在太爷爷脚背子上。直到开水浇得一滴不剩，太爷爷才扔开了水壶，开始叫苦。两只脚全烫开了花。

我父亲亲睹了这一幕，以为他爷爷是老糊涂了。但家里的大人都回过神儿来，准是受了什么邪气，闹了灾。二奶奶机灵，自然想到了小黄鼠狼，早就听说这东西有灵性，专门欺负老人和小孩儿，难不成是这东西闹的灾？

太爷爷家的院子大，面朝南，背面倚着一座土山，那山并不高，却有草丛和野山枣。谁要上山，直走那条从东北角斜下来的小路。所以那小山上，人不常走。那天开后门拿柴火的时候，二奶奶瞥见，后山的山包上，端端正正坐着一条黄鼠狼，正脸对着后门，眯缝着眼睛，望着二奶奶。二奶奶心里明白，准是那小黄鼠狼他妈，寻仇来了。

这么一寻思，一家人回过味儿来，小叔和太爷爷的事儿，都是这黄鼠狼搞的鬼。不知用了什么法子，叫人迷了心窍。

二奶奶泼辣，见那黄鼠狼居然不怕人，也不羞臊，自己儿子挨烫的那股子气上来了，就敞开着后门骂，骂那黄鼠狼缺德，成了精，祸害人！你骂你的，那黄鼠狼还是端端正正地坐着，一动也不动。它显然是听懂了二奶奶的骂，却还是面不改色地端坐着。

第四天，一家人迎来了第三场灾难。

二奶奶抓的小猪，在猪圈里好好的，那天却蹦蹦跳跳不肯吃食。把它放出来，找懂兽医的人瞧瞧吧。它在院子里原地转圈，像是要追着自己的尾巴咬，嘴里哼哼唧唧，越转越欢实，越转越快，像是撒疯。转了几十圈，一头栽倒在地，口吐白沫，死了。

那年代，抓一头小猪的钱，是一大家子两个月的口粮。小猪已经养了些日子，结实得很，招人喜欢。没病没灾的，突然就死了，真是飞来横祸。二奶奶那个心疼，就别提了。

一家人心里明镜似的，还是那黄鼠狼捣的鬼。一连三天，三场灾难，再这么下去，真是没活路了。黄鼠狼这账，要算到哪一天呢？难不成真要拿谁来偿命吗？真是叫人害了怕。

那个年代的人，跟天斗跟地斗跟人斗，有一股子倔强，不服软。第二天，二奶奶从她娘家牵来了大黄狗。大黄狗有半个人高，年富力强，从南院蹿到北院，来回跳腾着，像是巡视，也像是发泄过剩的精力。

黄鼠狼最怕狗，有了这大黄狗，黄鼠狼的威力果然再也施展不开了。打开后门一瞧，山包上坐着的黄鼠狼，溜溜达达地走了。不知是已经报了仇解了气，还是回去盘算着秋后算账的事儿。

黄鼠狼的故事就此告一段落。

旧日子里，半岛的精怪故事很多。这其中的道道，纵使再有文化的人，也是说不清的。只在停电的时候，老人们翻箱倒柜似的把这些故事倒腾一遍，夜深了，月色凉了，听得人静悄悄的，每个人揣着一肚子神秘，满足地睡下了。这些年，半岛人多了，房子密了，树林子少了，黄鼠狼也少了，这些故事也都像烟灰似的，慢慢灭了，没了一点温度。

这些事，是父亲的亲身经历。那一年，父亲只有十二岁。有了这个黄鼠狼寻仇的经历，作为渔民后代的父亲，虽然也是血性十足，但对于活物，始终保有一点恻隐之心。他常说，动物和人一样，有感情。人不能由着性子欺负它们。

小时候，我都记事了。那一年，北海沙滩上搁浅了一只大白鲸。半岛人大多只在电视里见过鲸鱼，不知怎么办。有胆子大、见多识广的人说，鲸鱼肉好吃，日本人常吃，味道美极了。一声令下，二十几号渔民找来卡车，把白鲸运到村口，当场切成几大块，摆在案子上卖肉，鲸鱼肉一块五一斤，比猪肉便宜好几倍。凡路过的渔民好奇，都割一块回家煮着吃，尝尝这鲸鱼肉到底是个什么滋味儿。我父亲嘱咐我和我弟，谁也别靠前。

《动物世界》在半岛，家家爱看。父亲经常边看边发着感慨："再凶猛的狮子老虎，都比不上人。人是这世界上最残忍的动物。"我父亲说这话时，我感觉，他不像是一个渔民。

父亲打鱼，经常把网上的小鱼小虾倒回海里，长大了再捞吧，太小了，卖不上好价钱。打了大鱼大螃蟹，父亲也给放了——长这么大，得多少日子呢？真不容易。在鱼群里保准也是个当官的。放你一马，回去接着当官吧。

父亲打鱼打得顺风顺水。

《山西文学》2016年第1期

评鉴与感悟

胡烟的半岛系列写得漂亮，几近消失的人事，经她一番打捞，叙说得又清爽，又动人。我喜欢她文章里天然自带的悲悯心，她琢磨着每一个个体的命运，那是独属于他们的半岛，那里有他们的喜怒哀乐，翻腾着不一样的时代风云。

荒坡笔记

/钱红莉

上午，坐在客厅的日影里，剥平包菜，一片一片撕碎，放到洗菜盆里……做这些零碎琐屑的事，一屋子都是安宁……因为专心，无杂念，情绪也随之平和。宛如这些美好的时光，让人贪恋，因为短暂。把平包菜撕完，日影移走——大概因小区前面起了三四十层的高楼。冬天的日光贵重，但凡投罩下来，必然暖融融，所以美好。

家里阴下来，简直一下子冰冻起来。但前一刻的温暖值得记忆。每天即便有半小时的照耀，也要放下手中一切，搬只小塑料凳，坐下来晒晒。

一

儿时，我们村里老人集体坐在背风的草堆旁，无别事，也就为晒晒太阳。老蓝布对襟褂子，黑裤黑鞋，双手拢在袖口里，缩脖，垂头，发丝不乱，一齐在阳光里打盹，他们脸上的皱纹深如沟壑。不知他们在日光下想些什么，但，那一刻是安宁的。若要问禅，生活是什么？禅肯定答你：生活就是晒太阳。晒太阳在古语里叫"负暄"，真雅。

晚上临睡前，还能看一点书。这一阵，读台静农先生的文章。那一辈人行文，真是大老实，心里有什么，笔下现什么，不炫耀，无夸饰，把喜悲尽量掩起来，处处留白，没有一件事未曾说破过，格局有，气象也有。

怎么比方呢？就像是一条河，平白无故地淌，白花花的水昼夜不息。那一辈，人人都是大河，深河，广河，慢慢流啊流，都归了大海……

天气忽然冷起来，夜里慢跑，颇难受。身上每一个关节都是僵硬的，骨头咔咔作响，需要备跑十多分钟，才能暖和起来，耳朵疼，天灵盖也疼，脸颊是木的，需不时拿手揉搓。为何执意如此刻苦？

不过是想换回一个个囫囵觉而已。

被失眠纠缠经年，唯锻炼，方能缓解一二。一年半坚持下来，效果卓著，尤其过敏性鼻炎，渐渐有了转机，到了寒冬不再那么痛苦。往年的深冬，出门不戴口罩，鼻腔必痛，总是充血低烧状态。今年明显好多了，偶尔沉疴犯起，也不比往年那么彻底。早年去医院，医生会冷漠地规劝一句：要多锻炼，才能增强免疫力。我嗤之以鼻，当耳畔风刮过。

未曾料想，以一年半的实践，验证了大夫的诤言。

许多事，必须亲历，才能恍然有悟。

再冷，都要出去。小区里黑黢黢的，广场舞夜夜笙歌。这几次，放《一剪梅》，并非费玉清，是女中音——降央卓玛。后者把这首歌又往上提升了一个档次。女中音原本是金属的嗓子，似好铁在高温下涅槃，成了一把厉钢，一路披荆斩棘，直达浑厚圆满，然后便见了——春天走向你我……降央卓玛这副好嗓子不可多得，沉湎低沉，可以将所有往事沉渣泛起——我们这个年龄段的人，不适宜听罗大佑《恋曲九〇》和姜育恒《再回首》了——青春岁月，一去不还，难免哀伤。

头顶有星星，寥落寡合，寒光一点。夜鸟都睡了，偶有梦呓，夜更静了。我在寒风里，一圈一圈，永无疲倦……万千窗口，偶有灯火，犹如一个微小隐喻，不如归去。

二

一年里也没有多少次机会，可以望见蓝天了。

近来冷气过境，把天洗了一遍，天蓝得有一份失而复得的贵重。上午买点菜，特袁拐去屋后的荒坡，走一走。荒草上仍有霜迹，寒光凛凛，踩上去格外清脆，水渠里倒伏的芒草身上，霜意犹深，迎着光，直刺人眼。这些自然界中的东西，比如霜啊，雾啊，特别招人喜爱。小时候特别喜欢下雾天，白茫茫，一个人走在上学路上，前后均不见人，到了学校，头发能拎出水。我妈妈每次去一个叫作"横埠河"的集镇买柴，总是有雾的天气。站在村口，我望她去时的方向，渐渐地，渐渐地，白雾茫茫里，一个妇女挑柴的身影终于显现出来，她把一担柴来回换着肩，一点一点地出现在圩埂上……我总是幻想，她或许会带一根油条回来，或许别的好吃的呢。总会有的吧。我老成持重在站在原地，仿佛胜算在握。

只是，每次都落空。也不介意，至少望着她一点点自白雾里现身，在向村口靠近的那一条长路上——那么漫长的等待过程，我起码是快乐的，充满着企盼和渴念的。

后来，长大了，才明白过来——人最幸福的，是企盼的过程，得到与失去，并无两样。有时，更甚至，失去时，并未比得到时更沮丧。失去，可以让灵魂痛苦；得到时的狂喜，永远那么浅薄轻飘，不值一提。生命只有在一次次失去时的煎熬里，才会慢慢强大无催。

失败也是升华，如浊浪淘沙，日日年年，总有一天成就你一颗珍珠或者金子，只要自己不先撒手放弃。

所以，一直喜欢雾天，天地同白，湿了山川草木，以及行走其中的人。如今，很难见到雾了，只有雾霾。

霜更美，满身寒气，萧杀而来，又呼啸而去。小时村庄里每一户人家的鱼鳞瓦，都是霜的同谋。童年日月，每到严冬，屋头上皑皑一片浅白，不是雪，是霜。泡桐树被冻僵了，立在原地一动不动，唯有霜是跳跃的，麻雀一样忽东忽西；最疼爱的事情是，不小心掉在地上的稻草，被霜上上下下里里外外裹起来，呵护备至——你说霜为何这么疼掉在地上的一根稻草呢？夜里，一根稻草独自躺在地上，孤单无依，没有谁肯给它暖意，唯独霜是宽厚仁慈的——还是我来裹它取暖吧。

天地之中，真是有情有义。霜不仅裹落单的稻草，还裹稻草垛，棉花垛，芝麻秆垛，黄豆秆垛……霜想把天地里一切孤单的东西都暖起来，霜是佛。

开门见雪，见雾，见霜，特别有沧桑感，恍如一夜白头，其间深历的哀痛喜悦，一一忽略不计，只把头白给你看。

三

一个人的内心还有狂热吗？

有。

不是很多了，用一点少一点，也是无以积蓄的，所以珍贵。

但凡天好，都抽一点时间，去屋后的荒坡走走，期望把内心的狂热，一点点激发出来，然后点燃，让火焰与灰烬一次次返场。慢慢地，整个人也安静下来。

年少，读李商隐"春蚕到死丝方尽，蜡炬成灰泪始干"，顺着老师的引导启发，觉得是讲奉献，讲牺牲，比如父辈对于我们；等到中年，再读，根本不是这样子的——不过是讲自我燃烧自我成全吧。蚕吐丝，原本没想到会被人类拿来加工成绫罗绸缎的；蜡烛燃烧，也未曾想着要给人类照明。都是人类一厢情愿的附加值。无论春蚕，还是蜡烛，它们就是一种自我燃烧。愿意吐丝吐到死，也是一种自我交代。蚕说，我就是这样的，我没有蝴蝶那么漂亮可以潋滟于花丛，只能吐丝，至死不能成蝶，一只蛾子而已。

命运向来残酷，转世投胎，都成就不了一只美貌的蝶，生生世世，一只大白虫，还胖！蚕没得选择，临死了，终于美了一次，以万重千重的白丝厚葬自己——我这一生，何曾白活？一直在燃烧，何曾动摇懈怠过？也是有意义的一生么。

李商隐不过是借春蚕、蜡炬起兴，他真正所要表达的，不过是——人的自我成全。

看把我能得，多懂李商隐似的。实则，待白发满头，说不定又生出另一番感念——生活一直在教我们如何读诗，如何处世，如何跟自己的内心独处。对于整个初唐、盛唐、晚唐……我何曾懂得几多？

穿行于屋后荒坡的柳林，走累了，站着歇一会。

不得了，三只小鸟在离我不远的一棵白杨上吵架。我识鸟少，不知它们的名。遍身黑羽，小首，翘尾，追逐，盘旋，纷纷扰扰，有浑厚的蓝天衬着，格外融洽。立定，望了良久，五六分钟的时辰吧，终于看明白了它们……

我快乐了很久。

原来，是两只男鸟在追求一只女鸟。两只男的一边追，一边相互以羽击打对方，打过之后，又慌忙往女的身边凑，欲啄对方的喙，女的不胜娇羞，精灵般闪过。有一阵，女的不耐烦了，振翅欲飞，两只男的慌忙堵住，不让她走。她不依，偏要，几番风雨，欲擒故纵，终于决绝，离开了杨树，两只男的奋不顾身追，一边一只，好说歹说，才把她劝住，重回杨树……

我念着家里一堆庞杂的家务，不便久留，花好月圆的盛景，未曾见证，不免可惜。

这鸟类，真磊落，公开，公平，不在背后使阴招诋毁对方，同时出场，携手上阵——面对心爱，强强争取，这也是挚爱。皆自信满满，觉得自个儿最棒。绕树三匝，且飞且讲：你应该跟我过，我对你怎样好，日后有你，勿复相思……

我觉得我们人类应该跟鸟类学学——它们的磊落、单纯以及天真。这样，做人的格局也宽些，遇大事而不惊，宠辱相忘。

生活里，见多了那些所谓的聪明人，心机重重，八面逢迎，方方面面滴水不漏，其实内心的千疮百孔不比旁人少。我喜欢磊落单纯的人，处世里仿佛带着刺，一遇痛痒，忍不住翻个白眼扎一下，让你一凛，毛孔里生出血珠。所谓不好处的人，恰恰是最单纯的人，没有心机，好坏皆泯然于心。永远给你颂扬与微笑的，背后却死命捅刀子的，这种人最可恶，一旦下口，必致命。

但，人类永远学不来鸟类的高韬——行走局限了人类，不能自由飞翔。只有飞翔的鸟类，眼界高远，它们可以一日千里，从地球的这一端到那一端，高山大河都不成其为关卡。鸟类高韬就高韬在连个屋子都不盖，只有即将怀孕的母鸟才会吩咐孩子爸帮助盖一个窝，她要孵蛋孕育下一代了。其余的时候，四海为家，走到哪，歇到哪。

鸟类四海为家的境界真高。李白也曾四海为家过。我年轻时候浅薄，瞧不上李白，嫌他整天游来荡去的，白吃白喝别人的，临走送一首诗了结，还"仰天大笑出门去"，根本就是个诗骗子。我真浅薄，只有杜甫理解他，怜惜他：冠盖满京华，斯人独憔悴。

陶潜呢，他也是四海为家的人，心里有格局，笔下见气象，不为俗世规则所囿，自成一家，践行晴耕雨读的日子。所以顾随先生说他即便写乞食诗，也没有穷酸相。

《散文》2016 年第 3 期

评鉴与感悟 —— 很多思考，都流散在钱红莉家常一样的话里。说她的文字家常，是羡慕她行文的态度，老实，却不板滞。荒坡的世界并不小，在那里，她一个人物我两忘，神游千里。人总要面对自己的孤独，也只有在孤独的境遇中，才能更加清晰地看清自己。这个时候，她在荒坡之上的站立，层次变得丰富，因为她不光读懂了自己。

个人史

野　洲

/范晓波

一个人在近十年时间里都用脚板和一片野洲保持着亲密联系，这野洲在他心里会成为怎样的存在呢？

许多年前的春天——具体年份记不清了，我在饶河这边的圩堤上望着对岸出神，怎么彼岸花树那么繁密，像披红挂彩要去参加全国圩堤选美比赛似的，这边却只有单调的矮草呢？

诧异一闪而过，就随着河水漂走了——我正走在去约会的路上，脑子里惦念的是远处的城市。

那时我二十出头，在县城工作三年就去了别处。三年里也去过一次对岸，和女朋友一道。往西走得不远就被河沟拦住了。我们歪头关注着彼此的心情和态度，脚下有路或没路就显得一点不重要。回来后也写过一篇有关竹秸林的短文，但其实，写的仍是爱情。那时，再好的地方也不过是爱情的附庸和背景。竹秸林是什么样？文章里并未多记述，后来回想，只记得是一片疯长着野树的荒洲。

再次对河对岸发生兴趣是三十来岁的事，那时我已结婚生女，也利用出差之便在全国各地跑了一大圈，对人的世界的好奇减退，对野地兴趣渐浓。

每年春节回县城小住，应酬的频度和鞭炮的密度让人身心焦躁，就想去户外躲清静。每天都有微型而重要的家庭外事活动，远山远水去不了，最合适的距离是饶河对岸。

懒汉渡

我居住的中学的坡下是年头久远的渔村馆驿前，村民傍河而居，村西草洲辽阔。古代设有由水路进城的重要驿站。至今仍有许多人家靠养鱼、贩鱼和生产鱼钩、鱼卡为生，几乎家家都建了楼房，也家家都保留着渔船。

与馆驿前隔河相望的对岸原本有个叫角山的行政村，1998年被洪水洗劫后，政府出于安全的考虑，把村民迁到了这边的镇上居住，安置了新住房，发放了生活补助。年轻人自然高兴，就势甩掉了农民身份。老年人却过不惯没有田地、每天还得去菜市场买菜的生活，觉得花这笔冤枉钱像从身上割肉。身体健旺的，每天步行三四里路到馆驿前坐船去对河的旧菜园种菜，朝去暮归，与从前的日子藕断丝连。

可能是为了满足这个群体的需求，馆驿前有个叫耗子（发音如此，字怎么写不知道）的中年人就每天划着桨在河上摆渡。

耗子懒模懒样，转个身要半分钟，说话也不肯完全张开嘴，一根烟斜叼在嘴角，口水把烟身浸湿了半截才吸一口，眼睛也像中午的猫一样半眯着。听他划桨像听催眠曲，上一声和下一声的间隔长得足以容纳一次瞌睡。

遇上轮船和快艇横着冲过来，他也不慌，扶着人字形双桨等在河中央，那神情就像人在斑马线上等红灯。快艇经过时，喇叭状的波浪剧烈地扩展到小半个河面，渡船被波浪颠得忽上忽下，不习惯的人会惊出一身冷汗，看看耗子心又定了，他悠闲地荡着桨保持着木船的平衡，一点都不着急。

他的慵懒是天性所致还是渡客太少纵容出来的呢？他把人送到对岸，要坐在船上等半天才能接到一个回头客，在这边也差不多。他干脆就去离水边不远的人家打一圈麻将，听到渡客"耗子！耗子！"地叫唤，才不紧不慢地顺着水泥斜坡下到水边的船上。过渡的基本都是熟人，也都知道去哪里找耗子。

他泊船的地方也不是什么正经码头，船身四周汇集着装冻鱼的白色塑料泡沫和从上游飘来的枯枝、菜叶之类，不过水质还是不错的，夏季灰绿，冬季深蓝，四季都有人蹲在岸边洗衣、洗菜。

可能是因这劳动太低效吧，他收费也极低，来去各一元钱，比街上的黄包车还便宜。我去对岸时问他钱是现在付还是回来时一起付，他含着烟嘟囔："随便。"

他收钱随便，爽约也随便，有时说好了几点准时返回，跑到水边却不见渡船，船像只狗被拴在对岸的斜坡边，人却久等不出来。这时离朋友或亲戚约的晚饭时间很近了，手机频频响起，我却被一两百米宽的河水隔在城外。

第一次被耗子放鸽子，我在南岸等到天黑都不见他踪影。一个人在圩堤上下四处转悠，幸好在一处菜园里发现一个挎着竹篮摘菜的老妇，在她的指点下，朝东沿着河往上游走了两华里左右，终于在一座废瓦房背后找到另一渡口，过河就到县城最繁华的旧码头东门口，总算避免了露宿荒野的结局。

也是木渡船，划桨的人年过六旬，眼神和手脚却比耗子麻利许多，我把被耗子扔在野地的事告诉他，他表情暧昧地哼一下，轻声一句："队里给我们补贴了钱咯。"

问他角山的村子有多久历史，他答得也含糊："解放前我屋里就在那里。"

不过我家离馆驿前近，到对岸还是坐耗子的船方便，万一他打麻将忘了把我接回来，就去东门口对面坐老人的船，老人风雨无阻，船在人就在。

也向耗子要过电话号码，却基本找不到他，好不容易接通一次，里面一个小女孩不耐烦地大声喊叫："我爸爸去很远的地方喝喜酒了。"

像隔着门缝轰一个讨债的人。

野草莓

角山村的旧屋全建在堤坝边内侧，有的是颓败的黑瓦房，有的是建了一半的红砖楼，居民搬走后，全变成了灌木和藤蔓的乐园。青草拱破客厅中间的水泥地，从裂缝中冒出来长成一人高，野藤不仅覆满外墙，窗户也全被封锁，原先用作卧室的空间，被黄蜂和蚂蚁筑了巢，人行其间，每走一步都惊心动魄。惊心的是这里的安静，而不是鬼屋之类的联想——四周到处是活泼、旺盛的生命气息呢。

不时有白色的鸟影从窗前掠过，跟踪它们的身影望去，堤坝内侧水塘边的矮树上栖满鹭鸟，像一朵朵肥硕的雪白花朵。稍走近些，就能听见"嘎——嘎嘎——嘎"的对话声，草地和树叶上全是斑白的鸟粪。

它们不习惯人的脚步，受惊起飞时，空气里喷溅、播散出热烘烘的来自水鸟皮肤的膻味。

那道堤坝和饶河平行，过渡后往西走三四华里，与河面呈直角拐向南边无尽绵延，中途绿树密集处有几处破屋。前几年我一直不敢拐弯往南走，耗子和渡客说过，破屋那边住着十几条野狗。

我的活动范围一直止步于那个直角。

这一段圩堤上除了角山老村，中段还有一个两层楼的电排站，过去可能还当过生产队的办公点，墙上的标语依稀可辨："抓纲治国""一定要实现四个现代化"之类。两个老头住在那边看管鱼塘。堤坝内侧荒地一望无际，只有近处开挖了几口鱼塘。

他们养了狗和鸡，狗很温顺，见了生人也不叫一声。鸡很狂野，满天满地地奔跑、低翔，让人怀疑时间久了它们会返祖恢复飞行的能力。楼旁的矮屋可能还养了猪，一听见脚步声就哼哧哼哧地激动不已。

我在五月去过那边，堤坝上带刺的草窠里长满覆盆子，像凝结成团的小血泡，有人叫野草莓，我们那儿象形地叫它泡子。抛进嘴里，上下齿轻轻一合，又爽又鲜的汁液就溃了满嘴。采摘时如果不小心用力稍大，就破碎在指尖上。与之相比较，棚里种的草莓就像是塑料做的，又糙又寡。

有一年五一，我和家人特意渡去那边采泡子，带了小塑料袋，沿着堤坝往前搜寻。每走几步就是一大丛。因为无人惊扰，草窠一长就是一米多高，泡子一团团一窝窝，低的坠到了地面，高的要踮着脚伸手去够。低处的我们不要，怕被蛇爬过，只挑高的和大的，一两丛就能采满一袋。袋子装不下，就把遮阳伞倒过来装。伞就成了一艘草莓船，我们托举着它小心地踏上归程，在街上引起路人围观，到家时，最底下的一层被压得血肉模糊，像在伞布上涂了一层浓血浆。

电排站附近还有片小内湖，水面波平如镜，蓝天和白云的倒影和它们在天空中的形象一模一样，一丝皱纹都没有。湖滩开阔柔软如少女的腹部，每逢春深，就缀满绛红的紫云英，蹲下去看像花的森林，站起来俯视像织工考究的丝织画，让人不忍踏足，只舍得远远地站着跟它合影。

母亲重病后在老家休养期间，因为体重减了二十多斤，形影单薄，不怎么愿出门见熟人，平日总在家里窝着。

我们不甘心她和春光隔绝。泡子最红的日子，我和爱人、妹妹、女儿强拉着她到对岸玩了一次。在那边遇上熟人的概率为零。

母亲身子虚弱，厚外套外还套了马甲，她无力多走，到了电排站就在门前的藤椅上坐着，左手反转手背撑着腰向远处张望，暮春的阳光被槐树的枝叶筛剪成细碎的光斑洒在她身上，温暖又凉爽。

守鱼塘的老头站在洗衣池边剖草鱼，可能是时间太富裕无处打发，动作迂缓得像制作工艺品。我们很随性地向他打问河这边的情况，母亲偶尔也插几句嘴。老头回答着，随手把鱼的红鳃和灰色的肚肠甩在泥地上，鸡和狗都围过来分食，但并不打斗。头顶枝头上的八哥也叫得激动。

这最家常的上午时光，在我看来就安宁得接近完美了。

湖滩边几丛刺花开得像爆炸，白的黄的簇拥成一团团，缀满锯齿的刺藤蔓把花托举得比人还高。我们轮流站在花前拍照，又拉着母亲过去拍照。她不满意自己病中的形象，可能也不习惯大张旗鼓地跟花合影。游说半天才动身，她斜撑着边缘镂花的遮阳伞，隔开了浓稠、晃眼的阳光，也挡住了一部分花影，但细腻的粉状花香一缕一缕地袭来，什么也挡不住。

我按快门的瞬间，看见母亲浮出了难为情的微笑。

野狗

第二年母亲就闻不见我们这个时空的花香了。我过河基本不在电排站逗留，每次路过就远远地绕开。

其实我也是多情，世事不仅在我家变幻，电排站也换了主人和面貌。一伙搞实验田的外地人租住在那里，门口停了好几辆高大的蓝色和红色的拖拉机头，没变的是住在猪圈旁的狗。

电排站门前的机耕道也修整一新，笔直地铲向沃野，像八十年代宣传画上的景象。

我带着爱人和女儿顺着它走过一次，可能是十一长假吧，天气挺热，女儿累得腿发软也没走到头。路旁除了平地还是平地，有的已翻耕，有的板着脸孔等待翻耕。沿途没什么树林可遮阳，手上还挽着一件件脱下来的衣服，行动也不利索，只好中途返回。

我爱的正是这里的荒芜，每次一过河，心里就轻松安静下来，平日积压在心里的人物和事情都卸在河那边了。

我也很喜欢这种枯燥的行走，既修炼肢体，也修炼心性。在这样的天地里，自己不想说话没任何人会打搅你，在平常这点太难做到了，身边一直有人在说话，自己也常忍不住打开电脑和手机跟世界发生瓜葛。

你在枯燥里行走得久了，神经和血管就渐渐地放松，你在走进田野深处的同时也更深地走进了自己的内心。

春节时我单独去走了一次，一个多小时后被河沟拦住，远处的浅滩上白斑点点，细看在轻微地移动，用望远镜放大看，有的在滑翔着起飞，有的在衣袂飘飘地徐徐降落，是群天鹅和白鹤。

我冲着那边大喊，没有一只理我。

一米七八的身躯在如此阔大的天地里小得可以忽略不计。我的声音传出不远就被空气稀释了。

有年冬天，我决定一人沿着圩堤穿越那个被野狗霸占的地盘。只有顺着堤坝，才可能走得更远。

那些野狗的前辈据说也是家狗。村民迁走后，不少狗却赖在废墟里不肯离开，有的饿死、病死，强悍点的靠吃鸟蛋、田鼠和鱼为生，繁衍的后代野性更足，不仅攻击牛犊，有时见了人也会发起攻击。

但我想，总不能因为怕狗就放弃这片迷人的野地。

我背着双肩包，里面装着相机、饼干、牛肉干、冻米糖、巧克力、矿泉水和一把折叠军刀。手上拎着从地上捡的手肘粗的棍棒，顿时有了迈向景阳冈的豪气。武松连老虎都打得死，我还怕几条野狗不成。

拐过直角后，堤面上蒿草缠脚，连蛇形小路都找不到。一路上窸窸窣窣，走了数百米，望见树影下的破屋时，心跳猛烈敲打耳鼓，握棍棒的手也青筋暴起，随时准备爆发出千钧之力。

我保持着挥棒姿势一步步迫近破屋时，却没惊起一声犬吠，也没可疑的身影突然跃出。在原地站了半天，悬在高空快速舒张和收缩的心脏才缓缓降落。

返程过渡时听耗子说，那些野狗年前被人下药毒死了卖到菜市场去了。

"船舱都装满了哦，算发了一笔财啰。"说到这件一本万利的谋杀案，耗子的眼皮下射出一丝兴奋的光来。

过了破屋，就基本看不见大树了，连缺枝少叶的苦楝树都没有。走了五六里远，圩堤外侧出现大河沟。

河宽足有七八十米，水很清，豆绿色，但波不平，不兴风也起微浪。却几乎望不见船影，不像饶河，不时就有运沙、运木材的大货轮轰隆、轰隆地驶过。

无船过河，跟着弧形圩堤持续右转，见一绿色的帆布帐篷搭在河边，正想靠近，两只黄土色的干瘦土狗杀到路中间。

我浑身皮肤一紧，收腿站住不动。

狗亦站住，只在原处试探性地提高嗓门。我作下蹲捡石块状，它们掉头就跑，跑个六七米又停下来拖着尾巴歪着脖子吠叫，如是者三。狗的发声由高亢转向含混，最后都有点呜咽的意思，似乎受了什么误解和委屈。

我心里有数了，它们肯定不是丧家的野狗。就丢了棍棒，大步径直前行。狗一直退让，我到达帐篷边时，它们退到河边的一个小沙洲上，我这时才看出来，其中一只还瘸着一条前腿。

如果我逼向沙洲，它们是不是会跳水而逃呢？

那样就太罪过了。唉，在这样的荒野，不伤害我的东西就是我朋友，我丢了几块牛肉干放在地上作见面礼。它们在沙洲上纠结地打着转，等我稍稍离抛食点远些，就摇着尾巴扑了上去。

帐篷没门，门洞两侧却虔敬地贴着红红的春联，里外和四野都没有人。帐篷里煤气罐、煤气灶、床铺和柴油机一应俱全，横梁上还悬挂着几条油油的咸鱼。都积了薄薄的灰尘，水缸旁边的地上都长出了二三十厘米长的青草。

主人怕是回家过年去了，渔网窝成一大团堆在帐篷边上，一只旧木船系在岸边无聊地停着，没有桨，船身一荡一荡的，任由波浪调戏。

河对岸的荒野上有什么呢？我伸长了脖子也望不出多远。

上圩堤返回时，两只狗保持距离尾随了我好一阵，我走出几百米时，仍望见它们站在路上目送。

遗址

过年时闷在家里促膝闲聊，谈到河对岸。父亲不屑地说："荒天野地的，有什么看头。到君子里去还差不多。"

外公六十年代初曾到鄱阳湖边垦荒，他当时的身份是县直机关农场的场长，带着一伙职工住到了一个名叫君子里的荒洲上，外婆带着我母亲、舅舅等几个子女也住了过去。

舅舅来家里拜年，问及君子里，他说过了河还要走很远，要过两次渡。

我想起上次走到的帐篷处，在那边望见的对岸是不是君子里呢？

我跟舅舅说："下次带我去看看吧。"

舅舅答："除非搞得到船，现在那边没有人家，没船过不去。"

这年头搞车很容易，搞船却很麻烦。我以为这事只是笑谈，没想到父亲说："下次就租条船去看看。我记得你妈妈讲过在君子里住帐篷的事，有一次大风暴，风把帐篷掀翻吹跑了，你太外婆吓得躲到桌子底下。还有一次打雷，把桌子炸得焦黑。你妈妈和你大姨人都吓瘫了。"

母亲去世后，父亲对与她相关的一切遗迹都心向往之，不仅坚持每天去墓地，还动不动就要我开车送他去母亲的老家祥环，他自己的老家倒去得少了。

我以为父亲会等到我下次回县城时一起去，没多久就在电话里得知，他居然同舅舅、舅妈和两对姨妈、姨爹先去了。是在镇政府工作的妹妹帮着租的船，上岸后还遇上了野猪。姨爹、姨妈和舅妈不愿多走路，坐在岸边等，父亲和舅舅找到了当年外公扎帐篷的地方。按他描绘的方位，同我隔河眺望过的那片荒野很相似。

秋天回县城时，我们一家三口也到馆驿前花二百块钱租了一条机动船去找君子里，父亲和妹妹一道跟去，他说是带路，却相机、水壶、背包装备齐全，蓄谋已久的样子。

船从竹秸林旁一条与饶河垂直的河沟切入对岸的草洲，深入草洲腹地七八公里后左拐进入一条大河道，顺着大河一直往东，几公里后，北岸越来越像我步行到过的堤坝尽头，南岸站着一排笔直的杨树，像列队迎宾的仪仗队，颜色深浅不一的金黄叶片在秋阳下金属片一样熠熠闪光，水中的倒影也对称如画，我站在颤动的木船上信手按下相机快门，不经意间拍下的照片后来被《人民日报》等多家媒体发表。

登南岸路过一些砖石废墟，父亲说："这里就是君子里村旧址。村子也是1998年以后迁走的。"

君子里村自元代起就有人烟。居民都是从馆驿前一带搬去的。之所以得此雅名，据说还和朱元璋有关，朱元璋与陈友谅大战鄱阳湖时，有一次路过君子里进村讨水喝，听到一些茅草屋里传出幼童读书声，颇受震动，想不到如此蛮荒之地竟盛行读书之风，问及村名，村人说野村无名，这个未来的明朝皇帝就封它为君子里。

这个传说是妹妹从一个君子里籍的同事处听来的。我本能地怀疑它的真实性，鄱阳湖边的许多传说都与朱元璋有关，谁知道有几个是真实的呢？不过这个村名确实雅得离谱，不像是乡野村夫想出来的，应当和某个文人高士有关。这似乎说明数百年前君子里所在的这个孤岛常有舟楫路过。

外公开垦的机关农场距君子里村三四华里远。

父亲急着带我们去找外公扎帐篷的旧址，我们却被路上的大片荻花缠住。这可能是我见过的阵容最大的荻花，远远望去，白色的花絮弥漫成一带云烟，更惊艳的是，近景和中景都分布着叶片深红或金黄的梓树，火炬一样似乎要把荒野点燃。随便站在哪个角度取景，都是精彩绝伦的电脑桌面。

我们拖拖拉拉地一边走一边拍照，父亲用一声高过一声的吆喝鞭打我们。穿过一片比人还高的荻花丛时，在其中邂逅一群放养的水牛，足有四五十头，毛色黝黑闪亮，难怪一路上都是它们的粪便和蹄印。它们对我们视若无睹，一大团黑色静默地从荻花中穿过，就像默片时代的电影画面。

过了荻花丛，草洲就野得没边无际了，一直隐没到地平线的怀抱里，地平线的那头，是肉眼望不见的鄱阳湖。途中也纵横着一些沟壑和湖塘，却无法改变地势的平展和天空的高远。

父亲指着一块像蛋糕一样蓬松平整的苔原说："你舅舅上次说，外公一家当年就住在这里，你妈妈平常住在县中宿舍，周末就步行回这里。"他又指着远处："外公带着人在那里种油菜、大豆和芝麻。一涨水就前功尽弃。就算是丰收，种一斤粮的成本比买一斤粮还高。事实证明，向鄱阳湖要粮是得不偿失，机关农场后来就撤销了，你外公去洗麻厂当了厂长，你妈妈也结束了住帐篷的苦日子。"

遗址上没有任何遗迹。鄱阳湖的水每过一些年就要涨到这里来席卷一次，东西再多也存留不住。

君子里除了轻微的风声，只有云雀高高低低的鸣叫，嘹亮而单调，像是在播放录音机。它们的身影时隐时现，在空中悬停时翅膀抖动得看不清轮廓，降落地面时灰麻的身子又被相近的草色淹没。

我环着鄱阳湖走了好几圈，没想到最美的草洲居然藏在老家的眼皮底下。站在君子里的土坡上往北眺望，县城的楼顶和玻璃反光白亮亮一片，直线距离应该不超过八公里，手机信号都是满格的。

我像跌入蜜罐的蜜蜂一样爱上了这片野洲，回南昌不到一个月，又特意跑回去看过一次。荻花深处，还有一片树林，梓树、柳树、杨树各尽其美，却无人出没。极像古装片里的手绘布景。

父亲又跟去了，捡了根木棍当手杖，走起路来比我还快，转着转着又往那片蛋糕状的苔原去了。

母亲健在时，父亲从不肯单独跟子女们出门，甚至彼此说话都要通过母亲中转。这是他年轻时过于看重自身权威的后果。母亲离世后，他不得不重新学习跟子女沟通。但他坚持一个人住在学校的宿舍区，怕母亲回家找不到人。妹妹每周去陪他吃一次饭，帮着打扫卫生。我过一两个月回去一次，带他出门散心。他固执地不肯在外过夜，只肯在本县范围内走动。

君子里是我和父亲最能达成共识的出游地。

母亲的突然缺席，不仅葬送了父亲的幸福，也彻底改写了我的心境。像一个演员突然失去最重要的观众，我很难再在日常生活中找到激情。性情变得更内倾，不像过去那么渴望荣誉，比过去更不能忍受人多的地方。生命的不确定性也令我不时陷入焦虑，同时，越来越注重恒久的事物，比如精神信仰，比如田野。尽管田野上的青草每年都是新的一茬生命，但它看上去总是那么青春永驻。

我热爱这种错觉。

春节回家，明知梓树的红叶和荻花的白絮都谢了，还是执意去了一次。反正父亲也支持。只是弄得妹妹挺为难，不好意思总找人租船，担心人家怀疑她哥哥搭错了神经。

君子里也不亏待我，我们在河边挖坑煨红薯时，派出一群白鹤排着队来问候我们。这种情况颇为罕见，候鸟发现人群一般会绕道而行。它们却打着旋一点点从远处靠近，先是听见喧哗，后来就渐渐地飞到我们头顶，盘旋一阵才飞走。

这情景让我觉得，对这片野洲并非单相思，它也很愿意接纳我呢。

油菜洲

去君子里，来回都要经过同竹秸林隔沟相望的一片野洲，这野洲虽离城很近，但我从未上去过。它三面环水，近在眼前却很难抵近。

不知是哪一年，洲上搭建了一座长方形的茅草屋，屋后支起了发电的风车，远远地还能望见鸡犬和人影在屋旁活动。

角山村的人都搬到城里了，怎么倒有一户人家住到这个被水围困的孤洲上呢？

去君子里路过这片野洲时，才明白这洲有多深，机动船开足马力都要跑一二十分钟，它的长度则无法目测，一直往西同鄱阳湖边的双港乡相连。

回来时望见了茅屋的正面，门口栽种着高大的杨树，杨树下停着几辆耕作机。妹妹说："那里也是角山管的，村民迁进城后，地就没人种了，都嫌路远麻烦。听说被一个安徽佬承包了，以前种芦苇造纸，现在种作物。"

船在河沟里，视点太低，望不见洲上种的是什么作物。正月住在鄱阳，每天在饶河这边的圩堤上跑步，气温渐高时，发现对岸浮出一抹淡淡的黄线，貌似油菜花的色泽，黄线随着河岸往西延伸，足有几公里长。

春节那次去君子里，我的主要目的地其实是饶河对岸的油菜洲——我四处打听都问不到它的确切名字，姑且这么叫它吧。

回城时我们让船在油菜洲停了一下，从陡峭的泥岸爬上去，所有人都呆住了——黄线变成黄毯，当然，这比喻一点也不恰当，因为普天下都没这么大的黄毯，规模至少在千亩以上，我们从抛锚地走到茅屋——黄毯的一个斜边，都耗费了近四十分钟。

花开得还不盛，但香气早被性急的蜜蜂们搅动了，随着暖风一波一波地涌来，让人轻微地头晕。水菊也长得满堤坝都是，嫩一点的叶片浅绿，老一点的开出米黄的小花，我们那儿叫它水菊子，清明时和米粉兑在一起做水菊粑和饺子，颜色青绿，口感也有植物的清香。

妹妹、弟媳蹲在地畔摘水菊，我端着相机四处侦探。父亲和舅舅被春阳晒得燥热，快步走到茅屋前脱了毛衣歇息。

一些狗围着不速之客转悠，却没有任何敌对的意思，你就是丢片橘子皮它们都围过来抢，一副饥不择食的样子。

茅屋的两个都门开着，一间住人一间放农具和种子，主人却不在。妹妹说："应该是回安徽过年去了。"难怪这些狗饿得如此没志气。

第二天就要回南昌上班了，我叮嘱妹妹，等油菜花全开时电话告诉一声。

元宵节前两天，妹妹报信说安徽佬回来了，油菜花海也开了百分之八十。

这时女儿的学习已忙碌起来，周末也要外出补课，每天都要接送。我决定不负责任一回，给自己放一天假，早上回县城，晚上再赶回来。

妹妹带了与安徽佬相熟的同事陪我。

安徽佬从对岸开了铁壳船来接我们，以为是个老粗，跳上岸的却是个西服革履的时髦青年，黑衬衣上绣着暗花，如果不是皮肤有点黑门牙有点龅，几乎可以和帅这个字攀上亲戚啦。

原来这家伙本是安徽池州城里的发型总监，他父亲来这边租抛荒的旱地种芦苇，结果病死他乡。他若不子承父业，前期投入的几十万资金都要打水漂。"在我们那边哪里还有这么肥的闲地？边边角角都种了粮食。这里容易涨水不假，不过，涨水后泥沙垃圾淤积在上面，等于免费施了肥呢。"他哑巴着嘴巴说。

发型师抛下池州人民的头颅不管，留在鄱阳湖边打理草洲的新发型。春天留金黄的油菜头，夏天理浑圆的西瓜头，秋季留花白的芝麻头。头三年基本没收到费，近两年赚了四五十万。

我说这片油菜怕有上千亩吧，他遗憾地摸摸微微隆起的肚子："才一千五百亩呢，本来还想多种的，前面荒地多得很，就是管理不过来，常有水牛泅水到洲上来偷吃。"

他老婆长得更客气，只是不爱作声，提到水牛，瞪圆水汪汪的眼睛说："我们刚来那年，跟本地人不熟，有天晚上一夜就被吃掉了上百亩。现在好多了，我们也交了几个本地朋友。"

茅屋里住的是钱总监的叔叔，他和老婆晚上住县城，白天过河来洲上上班。平常也没多少事，农活请县城附近的农民过渡来做，他俩主要是环洲巡视，防止牛群糟蹋作物。

不用远离街市，每天能呼吸到没有灰霾的空气，钱也不比城里人赚得少，这样的日子真令我羡慕。

"要是我，就把茅屋翻修成瓦房，反正这边地势高不怕涨水。平时就住在洲上，早上和傍晚绕着油菜地跑一圈，既锻炼了身体，也完成了巡逻。一个星期进一次城采购、会朋友。"我说出自己的设想。

钱总监闻听笑得露出大门牙："你是抱新鲜，天天住这里会闷死的。"

我们谈笑时，那七八条狗也围在边上摇尾巴示好，问及来历，居然不是养的，都是从角山老村渡河过来投奔他们的。

"总不能把它们赶回到河里吧，反正这里地盘大，晚上还可以帮着守夜。"他老婆说。

钱总监看我设备齐全，可能把我当记者了，总想陪着我走，我就让父亲陪住他，自己沿着小路跑到菜花深处，用摄像机拍摄洲上的蜂鸣和寂静。

草洲滨水的岸边有条虬曲的黄泥路，在油菜丛中时隐时现，很像小时候在祥环常走的那种。我长久地张望它，看着看着眼睛就多情起来。

我跟随着它，背着相机、摄像机埋头往菜花尽头走。

走了一阵，铅灰的积雨云从四周往油菜洲上空聚拢过来，不一会儿，雨珠噼里啪啦地砸落到油菜的叶片上，我仍执意往前。

父亲在远处不住地高声喊我，怕淋坏了机器。

他的焦躁像一根缰绳，把我从任性的路上拉回。

我们坐船回到对岸时，春雨已把油菜洲浸润成明黄的一片云雾，像水彩画一样迷蒙而失真。

我知道我将很快抽空回到那里。

无论从君子里往南，还是油菜洲往西，都有望不透的纵深。还有多少不为人知的去处隐藏在这片野洲上呢？

野洲的深度和时光的长度一样深深地吸引着我。

而它离县城的距离，又是那么便于我亲近。

绝大多数住在县城的人都没到过河对岸，我拍的那些照片发表后，有人打听拍摄地，我很大方地说出君子里和油菜洲。没人相信它们就在县城对岸，也没什么人准备身临其境验明真伪。

圩堤那边除了野草和灰扑扑的泥土还能有什么呢？大家对身边的事物总这么武断和怠慢。

这也正是它的好处，好得隐蔽，好得清静，好得貌似一点也不好。

我想，在较长的一段时间里，这片乐土将成为我的个人隐私。

这让我对野洲的忠诚更深了一层。对于我，它也越来越像是一种精神的场，既可以盛放记忆，也可以用来倒空记忆。既可以远离许多东西，又不会陷入不知所终的虚无。

油菜结籽，泡子又红，微信上有朋友嚷嚷着邀伴去远方看景。那时我刚驱车三小时回到县城，正从渡船往洲上跳。

我关掉手机，背起相机、干粮和水，闷头向绿色深处寻去。

《红岩》2016年第3期

评鉴与感悟

像范晓波在《野洲》里常干的那样，我也喜欢行走，枯不枯燥，毫无感觉，路上遇见一些人和事，有的有印象，有的几乎全忘。我总是想着前面或许还能看见点什么。就是在这样的急切中，常常错过了路上的发现。而他呢，写得多么安静啊，气定神闲地，一路读下来，好像也跟着历练了一回，脑子里全是生机勃勃的天地。关于野洲，关于那片江湖，他一清二楚，所以才会感慨"一米七八的身躯在如此阔大的天地里小得可以忽略不计"。野洲不野，无论是几只野狗，还是草丛里的野草莓，无论母亲的君子里，还是安徽佬的油菜地，那片活泼的世界，因为他的书写被永久地定格了。

一天的隐喻

/阿舍

　　天气预报预告两天后有雪。两天后的下午，我坐在办公室里，埋首于当日和来日的公务。这是一个卑微贫瘠的日子，志向高远的人说起它时或许会感到羞愧。但是我知道许多人都在它其中。它苍白，几乎不能承受任何内心的寄托。它渺小，多数时候连从泥沙里透出一口气的力量都没有。它与所有的日子混同为一片泥沙，它一诞生就落入被淹没的命运。但是它展开着，它和所有的日子一起，展开成一片蕴藏生命密码的荒野。办公桌上一片凌乱，报纸、摊开的差错统计表、电话通讯录、活动策划文案、茶杯、笔筒、夹着钢笔的记事本、快递单、拆到一半的邮包……还有我不必也没有耐心一一列举的头顶和身后的空间，皆为这些日常的零碎物质所占据。它们每一个都指向我的生活，指向我的物质形态世界，以及由此勾连出的一个个我与世界之间的时空物理坐标。假如你愿意逆流而上，一定能找到另一个我。它们亲切，细碎，落雪一般，层叠又密致地包裹着我，在我的周围形成一个繁忙又充满生机的局面。这种局面只需经我略微遐想，便透出一股既枯燥又稳妥的气息，因为无论其中任何一个，都有理有据，没有丝毫惊险的成分，都不会跳脱我的预料和生活的范畴。它们牢实地指证出我每一日的行迹，每一日俗常的倚赖，和平庸的欲念。它们相当于一片废墟，每一日我在其间成为碎片，每一日我又重新聚合。我想这不是任何人的错，这是时间的诡计，将我故意破开，故意击碎，以便显现它的无敌与无限。而它冷眼中的我，唯一的反击，只是淬炼自身复合的原液。但原液无论如何都是可悲的。

日光黯淡，公务一点点向前推进。我在起草一份公共活动的策划方案。我虚设了多种意义，假想了活动参与者的欲求，因此务必给每一个字、每一个流程都赋予责任与使命，尽管明知它滑向的是最终的无意义。但我仍然渴求赢得更多人的呼应和赞许。奥威尔说：无论何时，谁只要有机会拍马屁，他就会立刻去拍马屁，而且对方的第一个微笑就会将你藏在内心深处的仇恨转化为阿谀奉承的爱。我一边将一个文学写作者的品位嗜好和写作技能撒盐般混迹于其内，一边质疑自己的所思所为。时时刻刻的抵触与怀疑，就在这间办公室里。我不知道我做过的和正在做的一切，是否如自认为的在拓宽自身以触及更大的世界，还是在这种触及中反而增添了世界的杂乱和失衡。我无从知晓这个方案所面对的受众的真实感受，也没有稍多一些的热情和耐心，去细究受众的需要从而将之作为自身写作的素材，或以商人的姿态和智谋，将人心里骇浪般的欲望抟捏成形。在智能机发明之前，少有消费者知道自己需要智能机；在微信出现之前，少有网民大声呼出我需要微信。在确定的目标出现之前，欲望只是一片混沌之海，无形无序，由血液带入大脑，再入心脏，自此交媾繁殖，成倍增长。这是欲望的最初形态，盲目，没有想象力，一切都只是本能而原始地在一个封闭的空间内莽莽撞撞。而空间必将愈发狭小拥挤，这时候欲望就要夺路而出，它们因此急需一条通道，或者许多个洞开的阀门。商业帝国的领袖，就是通过成为一条通道，或者操纵阀门的大手，从而将人的欲望引向自身无限的利润。此时此刻，我仅仅是一位小职员，寄身于一家报社的利益与需要之内，以它的声音发音，以它的样貌为貌，所以文案中顺次出现的词汇免不了许多空洞的教化之意。我埋首于此，许多时刻闭合了心灵，因而忘记了身后那些零碎物质的存在，直到忽然意识到一种莫名的静谧已在窗外无限展开。职业常常会退化为求生的工具，它的形象是一根浸满威胁和恫吓的鞭子，它无数次地向我抽打过来，久而久之，我的抵抗和愤怒就变成了忍受和麻木，久而久之，一些敏锐的、活泼的、勇敢的我也变得黯淡了、丧失了。在惋惜和嘲讽过自己之后，我开始尝试在职业与自我之间寻找一条和解与宽容的小径。我不是一名合格的新闻工作者，翻遍内心，也找不出更多担当与理想的因子。我常常觉得它离我的内心很远，它表达的方式，以及表达的内容，更多时候与它的职责无关，而是如同街头的流行元素，随时尚、某个人的欲求或者某个时段的时政理念迅速扭摆。我想，它或许也像我一样，被一股难以抗拒的外力所挟裹，便常常做出不得以而为之的选择。但这些也许都是借口，是遮掩和回避的辞令，是陈词滥调，是人心里原始的罪。既然如此，我便只能寻求一种所谓理性和智慧的和解。我视创造为存在的首要价值，于是努力从我的职业中寻找创造的影子。我希望我的寻找不是一无所获，希望创造的影子不全是牵强附会，希望我能像诗人兼翻译家黄灿然先生一样——他的新闻翻译的职业，为他的文学翻译的事业提供了速度与数量的基石——在职业与自我之间，找出一条触及世界的秘密小径。还有更多小职员，更多为职业捆缚的小职员，他们和我一样，白天，把一副躯壳交给职业，夜晚，在灯下修补和诊治自己的内心，或者，还有灵魂。我们以黄昏和黎明为界，将自己撕成两半，仿佛只有破一为二的两个半身，才能消除内心被世界遗弃的恐惧。但是这个可怕又可悲的现实因为另一些小职员的存在而有了一些光明和浪漫，甚至还多了几点英勇。你们还记得费尔南多·佩索阿吗？那个里斯本道拉多雷斯大街上一家会计事务所的助理会计师；还有弗兰茨·卡夫卡，那个布拉格波西米亚王国劳工事故保险公司的事故分析员，他们作为小职员的存在，与所有小职员的存在一样，在荒凉乏味的工作日里，晃动着一张疲惫的脸，一副悲观的肩膀。然而奇迹也在这里，他们创造出荒凉之中的惊心动魄。佩索阿说：面对我给他人记数的账本，面对我使用过的墨水瓶……我的眼里充盈着泪水。我觉得我爱这一切，也许这是因为我没有什么别的东西可以爱，或者，即使世上没有什么东西真的值得任何心灵所爱，而多愁善感的我却必须爱有所及。卡夫卡则偏执而坚韧。他一丝不苟地工作，不仅为上司青睐，也得到同事赞誉，这一切的后果是使他的精神负担日益沉重。他越是将工作干得漂亮，越是需要耗费精力。而写作需要更多持续的时间，更加高涨的情绪。工作与写作拼命争夺他，撕裂他。他像匹背上驾辕的瘦马，任由生存的鞭子抽打。他没有一怒冲冠辞职而去，回到他祈祷般的写作中去，他知道每个人都背着一只铁栅栏存活于世，甚至肯定"我的翅膀已经萎缩,因此,对我来说不存在高空和远方",然后又像一个受虐爱好者般说道:工作不得与文学有任何联系,挣钱与写作应该绝对分开,二者的混合,比如记者的职业都是应该否定的;生活就是与其他事物共处,是对话,人们不能逃避这种对话。佩索阿在抄写 V 公司的账本时体会到了人必须爱有所及,卡夫卡在书写事故安全隐患的上诉书时窥见了人的悲凉境遇,我想起他们,是因为他们从自身作为"生活之奴"的命运里,萃取出纯粹的艺术。

下雪了。雪已经覆盖了光秃秃的树枝、锅炉房乌黑的房顶、灰暗的水泥板路、喧嚷的街道,以及远处林立的楼群。现在是两点四十,到了约好看场地的时候,图书馆希望我们在那里举办读书会。图书馆就在报社三百米外,但是下雪了,雪让时间紧迫了许多。我将开始不久的策划方案存盘关闭,急匆匆下了楼。雪才下不久,还没有结冰,但是人行道很滑。马路上的雪落下来就被碾成了黑色,道路中央已经出现指挥交通的警察,他焦急地甩动手臂,间或吹响一声哨笛,一些堵在路口的汽车在闪灯,一些行人焦急地从汽车间隙里闪身而过。雪在现实中意味着道路堵塞、交通事故、牛羊冻伤、蔬菜涨价、老人摔伤。雪只有在舒适无忧者和写作爱好者的心里,才会生出或者纷扬或者肉麻的趣味与浪漫。我正在其中。雪只有在造物主看来,才仅仅是雪。我被图书馆工作人员引向四楼场地。环境并不让人满意,面积狭小,二十平方米左右,四壁光秃,房屋中间还立着一根隔断空间的落地梁柱。回报社的路上,我给另一家私人书店打了电话,约好明天去看他的场地。将公务视为自我伸向世界的触须,以这种带有阿Q因子的降解剂,职业令我生出的对抗感慢慢可以忍耐了。但是仍然还有乍起的愤怒,尤其当它从规定的八小时窜出,公然又毫无愧意地浸入我的私人时间。三点半,坐回办公桌前,思路像绕过一段盘旋的山路又回到了策划方案。主旨之后,到了主题陈述阶段,而我大脑空洞。我记起卡夫卡在1910年为就职公司所写的那篇年度报告:"假如根据史拉德专利让轴在后面旋转,对刀略呈斜面,与之找平,便可以防止轴受堵塞,同时使木块得以轻易地推入轴中,木屑也有足够的落下空间。"我想我无法以同样的严谨与精确来对待自己手中的策划方案。在一片不着天际的晦暗里,我需要一根光滑明亮的线索;在一把凌乱细碎的线头里,我需要一个有效点来触发整个事情，需要一个具体的形式来贯穿整个活动的结构。寻找的过程就是创造的过程，这大概是公务里最有趣也最有价值的一部分。我双手捂脸闭上眼睛，让物质的视野落入无光的黑暗里。这是凝聚思路最好的办法，我可以看到越来越多细碎的线头消失了，而另一些则有效地汇结成一条愈发结实的绳索，渐渐地，它自身又具备了吸纳能力，海绵般吸收了更多具有营养的物质经验。倏然间，思路豁荡出去，手指敲打键盘的速度跟着快起来，片刻的快乐与满足也升起来。

我兴奋地转过头去。哦，窗外已是白蒙蒙一片。白蒙蒙的一片静谧、整洁和柔软，我少有地感动了，从零碎庸常的窗内，到洁白崭新的窗外，只是转眼，世界就从一个具体的境遇，跨入另一片遥深的光景。这突然降临的界限，突然抵达的改变，多么慈祥啊！一点儿不曾惊动我，就赋予了我一次日常向想象的跨界。雪花最初是凌乱的，我耐心望了一阵儿，就看出它们像从起跑线上出发的孩子一样，在经历了短暂的碰撞之后，依次找到了自身的秩序与位置。在更清晰地看见更多的雪花徐徐而落的同时，我的思维霎时就远得什么都看不清说不清了。我不知道自己在想什么，该想什么，想要想什么。全部都没有，一切都渺茫了，不必要了，不迫切了，消隐了……这少有的空无完全不同于那个被滥说的虚无。这空无里什么都没有，却什么都有，我、他人、世界、自然——它们在一个足够长度和宽度的时间里，相互问候，打量，诉说，背离，靠近，断绝，融通。它们像细胞的聚合、分裂及重生一样，在足够远的时空创造着一个个体的生长和变化。深入意识的旅程是如此复杂和多义，以至于我的叙述常常在无知和有意的交错中越出了叙述的主线。而我并非一贯地沉醉于此，或者为此振振有词，或者怀着一种有意而为的执拗。我只是感到这样的旅程对于一个物质的我而言，确实是脱去了躯壳的自由飞翔。只有在这样的过程中，我才能自由和真实地说出我和他人、世界以及自然的角度与关系。事实上，在这个过程中，未来或可存在的读者的存在与否已经并非那么必要。这些时候，我终于无须在生存本能的指使下做出或机智或被迫的妥协，完全取回了自己作为一个叙述者的傲慢，因此也取消了自己被接纳或者被允许的命运。唯有少数人能够看出，这里是另一个时空，那个物质的我终于烟消云散了，一如于他们自身。

雪片下落，寂静生长。若以风光景致论，眼前这片城市的雪景平常无奇，它与现今所有城市一样，即便景观水道、创意建筑、街心公园逐年为城市的居民带来更多的悦目之美，却依然在角落和内部藏污纳垢。一场雪洗净不了城市的肌肤与内脏，更何况，这雪本已被污染，它万里迢迢地降落，其实也是归还、承应万事万物该有的往复轮还。

但是雪有一种奇效，我一直是这样想的，它的六角形结晶构造大概正好具备吸纳气流杂声的功效，所以每到雪天，我都能从雪花的下降里看到寂静的蓬勃生长。如果雪足够大，寂静会浩浩荡荡，像春天的绿色，大片大片地蔓延，一层层地覆盖，再一寸寸地吸纳。没有多久，便会像沙漠咽下雨水一般，将大地上的嘈杂安抚在自己的胸怀里，然后以喁喁私语使它们安静至安睡。

窗外真的安静许多。后院里的脚步声不再那么尖脆地抵着耳神经，稍远处响起的笑声收敛了恣肆的尾音；街道上，救护车的鸣啸因为裹上了雪花的翅翼，听起来不那么令人无法喘息了；还有这个城市冬日的天空，因为常被干燥和雾霾所困，此时因为雪花的加入，呼吸也变得潮湿和平稳了。

窗外已经看不到更远处了。街巷、乌黑的房顶、电视发射塔、楼群、耸立的广告牌都退了出去，退在雪天之外，退成一片隐约模糊。一个具体坚硬的世界暂时被屏蔽，多少奔波其间的人会有短暂的逃逸之乐？没有风，只有雪。雪片越来越大，在已经映白了的天空里大胆生长，缓缓降落。寂静愈发蓬勃，蒸气一般，壮阔地升起来。时间也慢下来，世界好像突然安宁了。为了不夸饰自己的情感，这一刻，我尝试着让自己完全复位于那天下午，以及那天下午的所见所思。但很快我就知道了，我绝无做到的可能，时间的分秒已经被我忘记，进出办公室的人影我也无法一一想起，他们说了什么我毫无印象，我甚至不记得那天下午我是否完成了那份文案。被我忘记的远远大于我所写下的。科学已经为此做出证实，人的大脑每天至少有两个小时一无所有，即使在你眼睁睁望着一个人一件事物的时候，你也不能百分百相信自己的眼睛和记忆。但是写作者的写作总是被记忆诱惑和填满。在那些充斥记忆的文章里，写作者总是假借回到过去，来掩盖和弥补现时现地的空虚。或者，她只是像所有的前人一样，经由过去，来完成另一个已经区别于过去的自身。记忆从来不是写作者的目标，如果不会显得过于无情，我愿意将过去视为一把武器，而记忆则是握住这把武器的手，至于目标，则无可定论了。谁能妄图站回过去呢？那个点，一经离去，便是永别。为什么要回到那个点上呢？复原的意义是什么？所有对过去的记忆是创造，而非模仿。

还有更多与寂静一起生长的事物。譬如我起伏不休的思绪。在更清晰地看见雪花的降落形态之后，我将办公室的门紧紧关上了。企图在公共空间保有私密领域，这种做法如同在牢狱里寻找自由，在蛋壳中开辟田野。这种做法还是不平等的，它几乎等同于对公共利益的侵占。集体是这样一个地方：凡被取消了私人空间的群体，并不希望看见有人例外。当然，有人可以例外，那是在等级的划分下，等级越高，保有私密的权力就越大。而我位于金字塔的中下端，我逾越了什么吗？这是一天中报社最核心的时段。散会之后的楼道犹如深海，游鱼们在前途不明的光线下游动，有的敏觉匆忙，有的还未感受到危机的到来，有的已经思虑重重。我是其中的一条游鱼，为浪潮包裹，也为它驱赶，偶尔，也随大家一起下降。我关上了门，试图暂时拒绝浪潮带来的喧嚣，以及它令我厌烦的速度。而相邻几个办公室的门敞开着，同事们轮番在那里大声说话，都是与我完全相反的姿态——迎接，开放，友好，合流。后来，我的门不断被敲开，但进来的人都压低了声音，出去的人都替我带上了门。我当然感受得到，所有人都意识到了我的企图——拒绝群体，保有一份私人空间。还好，他们都是宽容的，虽然察觉到我对公共空间的抵触，体会到我在情绪上突然暗示出的疏远，但还是给予了我一份理解和尊重。与更多复杂危险的职场遭遇相比，我的处境更像一位老人稳妥简单的午间时光。我想，关于在公共空间保有一份私人领域的企图，同事们给予我的宽容，还在于我身为一位写作者的身份。只是，在接纳了这份好意之余，我仍然无法确知他们眼中一个写作者的真实形象，也无法道明他们给予我的宽容的内在所思。我只能继续独自朝内，再次审视这个写作者的身份所给予我的掩护：它是否意味着一小块幸运的特权，从而使我得以在那个下午，可以不顾众目，将自己藏入一个稍稍自由的私人空间？仿如一粒糖渣或者奶酪，粘在乏味口苦之人的嘴边。那么，写作者是否可以或者应该拥有特权？回答这个问题令我感到为难。如果一片土地受到造物的偏爱，被赐予充沛的阳光、河流以及物产，那么，这片土地是否会愿意将这份眷顾分送予众土？是否会对那些贫瘠的土地表示歉意？是的，我会对旁人表示歉意，但同时又想获取这份特权。多么圆滑的一个回答！它紧密地咬合着人的原始私欲。明目张胆，是虚荣和贪婪的另一个面孔。有些时候，譬如当面对亲人、儿童、同事以及漠不相关的陌生人，我只愿意成为一个普通人，只想成为诗人笔下那个普通的人——"狂乱、肥壮、多欲、能吃、能喝、善于繁殖／不是感伤主义者，不凌驾于男人和女人之上／或者远离他们／不谦恭也不放肆……谁贬低别人就是贬低我／无论什么言行最终都归结到我"（惠特曼《自我之歌》）。而另一些时候，当遇见那些能够与我一同环游精神和艺术空间的男人和女人，我则渴望成为一个热情并真诚的写作者，彼时，我们进入技艺、视域、主题以及情感的语言之海，转动思维之轮，展开想象之翼，相互探询考问，彼此拓宽和补充，共同感知这至上的欢愉。一副身躯，两张面孔，谁贬低这一个就是贬低另一个，但是，谁宠爱这一个并不是宠爱另一个。地狱可以人人都下，天堂只有少数人能入。厄运均分，痛苦或可得以平复，但是幸运啊，最好唯我独享。是的，我不能毫不动摇地回答这个问题。是或者否，得看我露出了哪个面孔。

四点二十，有人敲响我的门，提醒广告承包商来了。我将策划文案存盘关闭，此时整个活动已现雏形。我来到会议间，广告商坐在沙发上，手持一张已经盖了报社公章的合同，窗外雪花柔软，他的脸上笑容莫测。他要和我们商议版面的安排与发稿形式。开口之前，我对他想要什么一无所知，但我同样知道，即使开口以后，我仍然无法知道他最终的胃口。商人的胃口，是不是可以形容为深渊，跳下深渊的人，也许与恐惧深渊的人一样多。我极少接触商人，因此对商人的印象始终偏执肤浅，因此从来不信他们所表现的真诚。也许商人只有面对对等的对手和朋友时，他们才会表现出真正的真诚。此刻，坐在沙发对面的我和我的搭档与他是不对等的，我们既不是他的对手，更不是他的朋友，因此，他是否真诚，或者我们是否相信他的真诚都不紧要。此行他的目的是来告诉我们，我们需要知道他要做什么，以及我们该怎样协助他实现目标利润。要找到商人的动机，需要跳进深渊；要找到人的动机，只能探入地狱。再次回到办公室，再次打开策划文案，这一次，我为它的一再中断而烦躁起来。它像一块豆腐，被凌空挥来的刀横横竖竖切成碎块。它毫无自我意志，制作它的我，同样也毫无自我意志，我们一并接受那些挥来的事务之刀，任其将我们砍成碎片，然后收拾残局，把一块块的我们拼合回去。我能要求各项公务收回它的刀锋，还我一条流畅光滑的时间之河吗？即使在办公室里。碎片日日堆积，它们边角锋利，割裂时光，填埋生活。日常是零碎的：九点开会，十点看稿，十一点策划，十二点做饭，十三点午休，十四点堵车，十五点读报，十六点评报，十七点签版，十八点堵车，十九点晚饭，二十点读书，二十一点发微信，二十二点昏然欲睡。世界是零碎的：十一点是《红包需缴税百分之二十》《酒量排行榜山东居首》，十二点是《各地迎春节返程高峰》《奥斯卡颁奖典礼》《空姐购物致延误登机》，十二点半是《哈文再执导"春晚"会哭死》《美国姑娘在华被逼婚》，十四点是《民警集体吃工作餐》《揭秘奢侈品鉴定师》。记忆是零碎的：1989年火车奔跑，1992年爱情绽放，1998年剖腹产子，2000年世纪之夜，2003年湘西送葬，2004年云南之行，2007年身心之殇，2011年北京春夏，2014年变故频生内心常生败絮。思考与行途也是零碎的：各种追问无以为继，终于为一次美好期待而疲倦，句子被喧闹咬断，写不下去的爱情，读到半路的书籍，趣味杂陈的书目，戛然停止的采访计划，多部书稿无疾而终，昨日之思被梦冲毁，构想如惊飞鸟雀炸翅而去……有没有一条平阔之路，使我事务简洁，念头收拢，时间聚合，心思纯正？

这时候又到了另一个会议时间。QQ上那只双手握拳的图标在闪，在呼叫。文案还未完成，我另起一行，急忙写下："嘉宾，拟十位，名单及联系方式如下。"十位嘉宾，事实上，在存储文件的这一刻，他们是谁？或者应该是谁？对此我全无所知。事物由意愿而创造，世界大概也由此而生。所以，要不了多久，当时间穿过这个下午，穿过决策这项计划的少数几人的意愿，他们便会从我所生活的这个二百多万人口的城市中浮现出来，他们的名字，就会确凿地印存于我的文案里。而一周之后，他们将从这个城市的各个方向走来，来到一个同样经过数个意愿选择后的地点，一座公园，或者一个街心广场。彼时，我和我的同事们以及更多人已经等在那里，看到他们到来，我们将走上去迎接、问候，接着是彼此交谈、相互倾听，于是我们就记住了彼此的脸。只是，到了那一刻，他们中间，有谁会像我一样为此而感到不可思议或者恍若梦中？或者，有谁能告诉我，那一刻，坐在一起的所有人，为什么会相遇，会记住彼此的脸？

锁门，下楼，走进会议室的一刻，这些抽象的杂念被具体的现实霎时掩盖。会议室不暖和，冷空气拍打着每一位与会者的肩膀。我抱紧双臂，缩在椅子里，脑海迷蒙，好似大雪中的站台。这时，我的上司从身前的一沓文件里抬起头来，她锁紧眉头扫了大伙儿一眼，缓慢而忧愁地开了口。会议室灯暗着，她的脸很快变成一块青灰色的铁。我们被告知：作为一家传统纸媒，我们已经无可避免地被套上了走向灭亡的锁链，这根锁链一天比一天沉重，一天比一天冰冷，它由受众疾变的兴致、广告下滑的数额、订户缩减的数字、技术人才的残缺简陋，以及日日滚动的高额印刷成本所构成，倘若示弱，我们必将被拖入骇浪沉入海底。时间已过五点，光线暗得看不清人脸，却无人起身开灯，每个人都压低了呼吸，仿佛担心稍稍扬起的气息会给那条铁链带去生命，使它从言词里弹跳出来，叮当作响地套在我们温暖又脆弱的躯干之上。我小心翼翼喘口气，顺势瞥向雪花纷纷的窗外，立刻感到自己活像一个越狱犯，再次锒铛入牢。当被生存锁住咽喉，我无法不回来，无法不离开那些抽象的思考，以具体的肉身回到现实的群体里。在集体默哀般聆听完报社的处境之后，我想我的神情就仿佛刚刚从梦魇中醒来。再看对面的同事，朦胧里，他们个个呆滞到漠然。左手边是我的上司，虽然她竭力以坚毅的口吻修复之前沉暗的语气，但她疲惫而焦虑的神色无法不让我猜想：她也许比我更想逃离这幢大楼里的清晨与黄昏，也许她比我更容易从窗外的雪花里看到一个值得她喜欢的世界。一个人的逃离是所有人的逃离，一个人的欲求是所有人的欲求。托尔斯泰让安娜在铁轨上实现了彻底的逃离；另一个女人卡拉却在逃离时退缩了，门罗边写边摇着头，末了，只好送给她应得的命运——忍受永无休止的逃离之梦；即使一个婚姻幸福的女人也不免寂寞无聊，所以她在离家购物时会幻想与另一个男人的艳遇。于是克莱尔·吉根把她领到伊甸园内，又亲手将禁果放入她的口中，但是没有等她醒来，吉根已经把她推向永劫不复的南极。除了女人，男人们也谋划着逃离。韦克菲尔德离家出走后，住在与家隔路相望的公寓里，一来免掉居家生活的乏味与约束，也可天天望见家人以去相思之苦。与此相似的故事，还有《河的第三岸》里的父亲，他既不消失也不回家，只在河里划来划去，既不愿家人将他遗忘，又不肯回到生活之内，他是最冷酷狡猾的一个。韦克菲尔德原以为只要尝到离家的滋味就足够了，没想到霍桑让他干干等了二十年。老霍桑如此用意，话也说得明白：人人都在宇宙里有自己的精密坐标，偏移一寸，就会成为世界的弃儿。不过，比起托尔斯泰和克莱尔·吉根的严厉，老霍桑的教训真是仁慈许多。另一个同样严厉的教训来自博尔赫斯，他在胡安·达尔曼的脑袋里放进一个抽象的概念，使他相信南方的家园在等候他的归来。达尔曼急于回到南方，他的记忆浸泡在桉树的香气和一座红色大房子的幻觉里，因此鄙视每个大难临头的征兆。对于不恭敬的人，命运从来毫不留情。所以，当达尔曼走上南方的土地，等候他的，是已经为他准备好的宿命——一把亮晃晃的、就要插进他身体的匕首。逃离都没有好结果，彼岸全是假象。即使书里写过百遍，即便寒石冷沙、刀子匕首、铁轨南极统统砸来，彼岸仍然金光闪耀，救苦救难。那里天宽地广，万物更新，风是自由的风，心是自由的心。那里无束缚、得所愿、爱恒久，仅仅梦见，也使困苦平复。所以，作为永远的致幻剂，逃离，既是因为遍地的地狱之苦，也是出于人类幻想的本性。

　　一切都将过去。那条锁链，不管它将以哪种手段拖垮我们，或者被我们扯断，它终将从我们身上消失。因为我们在消失。我们在一条又一条锁链中钻进又钻出，最终，我们将只成为铁链的记忆。时间或者时代的胜利，就是让我们成为空气，而这一切，即使对于时间，也实在不算一件值得高兴的事。四十分钟后，当我从会议室出来，在黑黢黢的楼道里摸黑捅开办公室门锁时，我这样抚慰着内心的焦虑和一天的疲惫。这时候，与通常遭遇了无能为力的事情一样，阿Q和自嘲精神已经变成了一只美国短毛猫，跳上了我的办公桌，又在我坐下的一刻，扑入我的怀抱。它黑白相间的花纹像一剂致幻剂，使我条件反射般闭上了眼睛。我一边揉摸着它光润柔软的毛皮，一边陶醉在这份巨大的默契中。门外响起一串脚步声，有人推门而入。这是这一天的最后一道工序，在对完差错的清样上按顺序签上我的名字。她把版样放在桌上，然后指着一条广告商要求刊发的广告唠叨起文字所犯下的低级错误，以及她对此痛心疾首的厌恶。这是所有编辑或多或少遇到的苦恼，我猜她决不会不明白广告之于一个媒体及至自身生存的意味，不会不明白并非只有她承受着职业对自我的破坏和侵占，她仅仅是借用牢骚表达自身。她无法抑制地将积累了整整一天或者数日数月数年的烦恼排泄出来，就像另一些时刻，我通过成为一位写作者来表达肿胀拥挤的自我。她声情并茂地控诉着，鼻翼两边的法令纹像两根系着秤砣的丝线，拖坠着她的五官，使之稍稍变形。我理解她的烦恼和真诚，却在倾听时不能聚起更多的同情和耐心。办公室的每一天都雷同琐碎，连怨言和烦恼都没有新意。也许我应该趁此时机推进我们的友情。我们共事多年，熟悉彼此的性格和爱好，但敞开心扉更需要力量。此时我的内心没有这股力量，此时我想收回自己伸向世界的全部触须，内缩为一粒石子，安静地躺在一片温暖的沙地上。所以，那一星点推进友情的念头几乎片刻也没有停留就随着时间消失了。她先是气愤地描述改稿细节，接着开始模仿她与广告商的交涉过程，语调像湍急的溪流水花飞溅。她如此投入，并不觉得一切并无意义。她的热忱和责任心应该感染我，但我的兴致越来越低。为什么经历之后仍不离开？为什么不离开那些浓烟呛鼻的过去？为什么不离开噩梦？我们从来离不开过去和噩梦。我分不清是我不离开，还是它们找到了我？我想问她，却没有问出口，所以只是寡淡应和，语气里就渐渐有了越来越多的敷衍。打断她的是另一位同事，她来领取评稿编辑费。她的到来是把剪刀，剪断的不仅是之前的谈话，还有办公室里尚且流动的友好与默契。那个她结束了她声情并茂的控诉，拎着版样离去；这个她说明来意后，便一言不发站在办公桌一侧。我低头在抽屉里翻找稿费对账表格，以便履行正常的财务手续。我同样一言不发。我们都用沉默坚持着自己，都放弃了以只语片言缓和关系的企图。此时，我们只需例行公事。此时，至少在我这边，既没有愤怒，也没有焦虑。到了今日，无益的人际关系已不再困扰我，它们如同行旅中多余的负荷，卸下的意义大于背负。所以，这一刻我们二人的沉默，以及不约而同的放弃反而更让我安心，因为它让我无须以伪善的同情和宽容，去亲近任何一个陌路人。她小我许多，我们是两代人。她有强悍的时尚和消费理念，我有老成固定的个人爱好。面对世界的时候，她强调差异性，我开始不合时宜地偏向人的共性。我们都站在各自的立场上应对世界。在选择了自己的立场之后，余下的事情，我交回造物。弗兰茨·卡夫卡对待让他感到不自在的办公室同事是怎么办的呢？他用"怀疑的目光"从下面看着对方,好像他时刻在准备着挨打。但他既不肯指责对方,"他并不比其他公务员坏。相反,他比他们好很多。他知识很丰富",也不放过对方,"一个诚实的、按照公务条例得到丰厚薪水的公务员就是一个刽子手,他们把活生生的富于变化的人变成了死的、毫无变化能力的档案号"(《卡夫卡谈话录》)。我并不认为这种理性能让卡夫卡感到内心平静,相反,这太绝望和痛苦了,因为面对真理。她离开了好一阵儿我还在回想她的背影,每个人的背影都是一片旷野,都是一片既可以孕育也能够毁灭奇迹的时空。

快七点了,办公室绽放出一种奇异的安静,像堆叠的云海,像蓦然成河的万家灯火。晚班的同事还在赶往报社的路上,白班剩下的,满楼道只有我们几个。一种空旷的安静,同时又有什么东西扑簌簌往下落,落上我的头发,我的手臂,绵绵密密,似有似无。是一天的尘埃就要落定吗?我下意识看了看四周,再看看窗外。天黑透了,雪已停息,我的视线在黑沉沉的后院扫了一圈,最后落在锅炉房敞开的铁门前。蜜黄色的一团灯光从门里溢出来,浸亮了门前的一小片夜幕。光芒像只颤巍巍立着的蛋黄,却没费多大劲就顶住了八方四际的黑。

我突然就高兴起来,仿佛秘密地交上了一个好运,或者回到了那些笑出声音的美梦之中。偌大院落只剩下这团蜜色光芒,光芒中有片白雪,白雪上有浅浅的几只足印。这琐碎仓促的一天到底还是怀有好意的,至少,至少给我剩下一小片的光芒和静谧。一片不足两平方米的好意,一团悬浮于黑暗里的蛋黄,一小片蕴藏无限的隐喻,我想都没想就把一天的琐碎和凌乱扔进它饱满的身躯,把在凌乱之下暗行的焦虑、思省和另一个我扔进去,把更多同样的日子扔进去,把更多日子里接拼在一起的理性和直觉扔进去。哦,那该是一个深不可测的空间,向下垂直,左右贯通;更像千流入海的海口,一定能收纳并尽可能多地恢复那个整体的更有创造力的我。而时间也恰在此时,分开它沸腾的火焰之躯,允许我探身入内,得以触到时间内部那一小块纯白的永恒。我是不是想得太美了?为什么不呢!这片意味深长的好意,如果不等到这一刻,不经历所有的碎片、尘埃、侵占和抵抗,它会在这里等着我吗?会被我看见并占据吗?原本急匆匆回家的念头霎时熄落了,我回过头,扫了一眼四壁空空的办公室,仿佛真的看见回家的念头正与一天的尘埃一同往下落，而在它们身后，又有许多记忆里的人和事相跟着走出来，它们彼此寻找和汇聚，然后带着迎接清晨的神情，坦荡如雪花，展开着，下落着。这种感觉真的十分美好，一天的魂不守舍、唇枪舌剑都鸣金收兵，耳目回归纯净，内心像争吵过后的恋人重又回到了彼此的怀抱，发誓要爱得更深更长久，而时光，时光终于透露出它的本质——明澈如秋日的长空。

评鉴与感悟 —— 石彦伟兄说阿舍的这篇散文时如同"把一柄手术刀伸向了自己真实经历的生活现场"。怎么用手术刀解剖自己，需要勇气，更需要一种对自我的清醒认识。印象中她好像也来自于新疆，就是李娟的那个阿尔泰地区，只是阿舍并没有把精力用在歌咏，感慨人事的发见上。阿舍的散文混沌，却不浊，时时涌动着奔腾的元气。

电影放映员

/李云雷

那时候我大约六七岁，很喜欢住在姥娘家，我小姨那时十八九岁，她初中毕业之后，就从学校回到我姥娘的村里，在生产队里干活，总是她带着我玩。那时候还不兴外出打工，乡村里大姑娘小伙子很多，在村庄里，在田野上，到处都能听到他们的欢声笑语。我小姨也有几个好姐妹，她们一起扛着锄头到地里锄草，回到家里，又聚在一起纳鞋底。她们总是坐在我小姨西厢房的窗台下，一边纳鞋底，一边叽叽喳喳地说话，时而爆发出一阵大笑，时而一个女孩突然站起来就跑，另一个在她后面嘻嘻哈哈地追着，两个人嬉闹一番，又拉着手回到原先的座位上，继续干活，继续说笑。她们纳着鞋底，一直要做到掌灯时分，我姥娘在厨屋里做好了饭，喊我小姨吃饭了，她的那些好姐妹才纷纷回家。"就在这儿吃吧，饭都好了。"我姥娘招呼她们，"不了不了，家里也都做好了。"她们叽叽喳喳地说笑着，欢快地跳跃着就回家了。有时候吃完饭，她们还会再回来，挤在我小姨的西厢房里，在煤油灯摇曳的灯光下，一直说笑到很晚。

我小姨和她的小姐妹都很喜欢我，她们到地里干活也会带上我，让我在地头的树荫下等着，一会儿从瓜秧上扭一个甜瓜，拿来让我吃，或者发现了草棵子，带我去摘上面红色的小溜溜。在村子里，可吃的东西就更多了，桃，梨，杏，枣，她们爬到树上摘下来给我吃，或者从家里带来两块

263

饼干，桃酥，馃子，逗我说喊一声姨才让吃，我脆声地叫喊着，她们就笑得乐开了花。

不过我最喜欢的，还是跟我小姨一起去看电影。那时候乡村里也常会放电影，每一次放映都是全村的节日。现在我还记得，放电影都是在村里小学附近的一块打麦场上，乡里的放映员拉来银幕、放映机、电锅、发电机、石英灯，他们要在两棵大树之间拉起那块银幕，将发电机、电锅、放映机和银幕连接好，再在银幕下面摆放一张小桌子，在桌上摆好石英灯，就算布置好了，放映员就被拉到村支书家里吃饭去了。他们开始布置的时候，村里就一传十、十传百地传开了，等不及的孩子搬着板凳提前来占座，一排排高矮不一的板凳在银幕前摆开，还有的小孩会为争抢座位而吵嘴、打架，不少大人围在一边看，嘻嘻哈哈地说笑着，还有卖瓜子的、卖花生的、卖甜棒的外乡人，不知从哪里知道了消息，也一股脑地赶过来了，他们在银幕一侧占好有利的位置，高声地吆喝着，还有的村里人知道晚上要放电影，把出了门的闺女也接了来，扶老携幼的，一家人都来了，好久不见面的人相互寒暄着，问候着，说笑着，整个村庄洋溢着欢快。每到放电影的时候，我小姨也很高兴，她让我搬着小板凳早早去占位置，等到吃过晚饭，她和她的小姐妹带着我一起来看，有的时候，到了打麦场才发现，板凳被向后挪了好几排，我小姨很生气，就上去跟人家说理，直到人家换过来才肯罢休。

天黑下来很久，电影放映员才在村支书的陪同下来到打麦场，点燃石英灯，放映员坐在那个方桌后面，石英灯白炽的光照在他脸上，那一双剑眉很英俊，村里的人都看着他，他坐在那里淡淡地笑着，很从容。在放电影之前，照例是老支书要讲一番话，讲讲国际国内形势，讲讲庄稼的长势收成，讲讲村里的好人好事坏人坏事，最后才讲到这次放电影的意义，村里人早听得不耐烦了，吹口哨的，起哄的，骂街的，老支书双手往下压一压："我最后再说两句……"又说了好几分钟，他才结束了发言。石英灯灭了，银幕上刺刺啦啦闪耀出人影，从模糊到清晰，终于对准了焦，才开始放起来。那时候常放的电影是《喜盈门》《咱们的牛百岁》《李双双》《柳堡的故事》等故事片，战争片是《地道战》《地雷战》《南征北战》，我记得还演过戏曲片《朝阳沟》《七品芝麻官》。我们小孩都爱看打仗的片子，看完之后就满村跑着打仗，我小姨和她的小姐妹却喜欢看故事片，看完之后还跟着唱电影里面的主题歌《柳堡的故事》。演过之后，有很长一段时间，她们都在唱：

九九那个艳阳天来哟
十八岁的哥哥呀坐在河边
东风呀吹得风车儿转哪
蚕豆花儿香啊麦苗儿鲜
风车呀风车那个咿呀呀地唱呀
小哥哥为什么呀不开言

她们扛着锄头上工的时候在唱，坐在窗台前纳鞋底的时候在唱，走路也唱，干活也唱。

路上有人跟她们开玩笑："唱得真好听，想小哥哥了？"她们就呸一声，羞红了脸，快步走开。我小姨胆子大，有时候还冲上去要跟他们算账，那帮人一看势头不好，连忙跑走了。

那时候放电影，是一个村放完，再到另一个村放，一个个村子演过去，喜欢看电影的人，就跟着放映队，今天在这个村子看，明天再到相邻的村子看。我小姨就是个爱看电影的人，在我姥娘村张坪看完，还要再跟到萧化村、七里佛堂、五里墩、吴家村、直隶村去看，越跟越远。每次去的时候，她和小姐妹都带上我，走三里五里的路，赶到那个村子，看完电影，再一路走回来。夏天的晚上，走在乡间小路上很凉爽，看电影的兴奋劲还没有过去，走着走着路，一拐弯，一弯新月悬在半空。

在路上，我小姨和她的小姐妹叽叽喳喳地议论着，说笑着，一部电影看过好多遍，她们都有话说，说故事，说人物，说着说着又唱起来了。有时她们也会说起那个电影放映员，说那个小伙子"真俊"，又说给我小姨说婆家，干脆就说给他吧，说着说着她们又嬉笑打闹起来了。我不知道她们的说笑，我小姨是否当真了，但是那一段时间，我小姨看电影看得却更多了，一个个村子跟得也更远了，有时她那些小姐妹嫌路太远，不愿意去了，她还一个人带上我跑很远的路去看。还有一次，她竟然连我也没有

265

带，一个人跑去看了。

在我姥娘家，我跟我姥爷姥娘住在一起，住在堂屋的东间。北面一张大床，是我姥爷姥娘睡的，南面靠窗一张小床，是我的。现在我还记得，我躺在小床上看到的风景，那时候还很少有玻璃窗，我姥娘家的窗子是木头格子的，夏天钉上纱窗，冬天糊上白纸，上面的隔扇还可以打开，透风。我记得我躺在小床上，经常去数有多少个格子，从左到右，一排数过去是八个，从上到下，一行数下来，是两个六个，下面固定的部分是六个，上面可以打开的隔扇也是六个，每天躺在小床上，我都会数一遍，好像不数一遍，那些格子就会消失一样。有时数着数着数错了，就从头再数一遍。我也还记得，我站在小床上，刚好可以到达隔扇那里，扒住隔扇向外看，可以看到整个院子，东边是厨屋、猪圈、茅房，院子里是几棵高大的梧桐树，西边是我小姨住的厢房、鸡窝、狗窝，再往南就是大门了。下雨时，我趴在隔扇向外看，可以看到雨滴从房顶上滴下来，可以看到一院子的水，那时整个天地都是寂静的，只能听到雨点啪啪啪砸在水洼里的声音，水滴落到窗台上，溅到我身上，有一丝丝凉意。

那时候乡村里的窗子都很小，晚上点的又是煤油灯，房间里整天都是黑洞洞的，大白天关上门，屋里也是昏暗一片，有时候姥爷姥娘和小姨都去地里干活，我一个人在家，摸索摸索这里，摸索摸索那里，也很有意思。我姥娘有一个放吃食的篮子，悬挂在梁顶垂下来的绳子上，那为的是防老鼠，也防小孩。那篮子里放的都是好吃的稀罕东西，每次我刚到姥娘家的时候，我姥娘就会把那个篮子取下来，从里面拿出好吃的东西给我，有醉枣、酸梨、蜜三刀等等，像是一个神秘的宝库。有一天我醒得晚，他们都去地里干活了，我在家里玩，一抬头，发现了那个篮子，心里怦怦直跳，我想去够那个篮子，篮子挂得很高，我在下面垫了一只小板凳，也够不着，我又把八仙桌边上的太师椅拉过来，踩上去，仍够不着，后来把小板凳摞在太师椅上，很小心地爬上去，才抓住了篮子。里面有一袋芝麻糖，芝麻糖那时是很稀罕的吃食，里面是酥糖，外面沾满了芝麻，吃起来又酥，又甜，又香，平常里我们很少能吃到。我一见心里大喜，打开袋子，从里面小心地抽出了一根，我怕姥娘发现，又原样封好，拿着那根芝麻糖慢慢爬下来，爬到我的小床上，一点点把它吃完了。

　　吃完之后，我感觉意犹未尽，往那边一看，篮子在那里挂着，还在晃动，太师椅和小板凳还在那里摆着。要不要再去拿一根？我心里犹豫着，又想吃，又怕我姥娘知道了打我，最后还是美味的诱惑更有力，我在心里安慰自己，就只再拿一根，我姥娘肯定发现不了，嗯，就这么办！下了决心，心里很轻松，我又爬上去拿了一根，下来后把太师椅和小板凳都拉回了原处。可是吃完以后，我的心思又发生了动摇，我只好再把太师椅拉过去，拿了第三根，然后是第四根，然后是第五根。看看袋子里的芝麻糖，已经所剩不多了，我索性心一横，一把抓在手中，也不怕我姥娘的责骂了，想痛痛快快地大吃一顿，但就在我兴奋地往下爬的时候，不小心踩空了，从半空中摔了下来，跌在地上。我嗷嗷地哭了一会儿，也没人理我，看看手中的芝麻糖还在，我就含着泪，把剩下的芝麻糖一根一根吃完了。吃完之后，我又忍着疼痛，把太师椅和小板凳放回了原处，一个人爬到小床上，膝盖都磕得发青了。我姥娘回来之后，没有发现她的篮子被动过，倒是看到我的腿磕破了，还让我小姨给我炒了两个鸡蛋。

　　那几天我心里总是提心吊胆的，怕我姥娘发现芝麻糖不见了，会打我一顿，但是一天天过去，她好像也没有发现，我才慢慢放下心来。有一天晚上，我躺在小床上迷迷糊糊快睡着了，隐约听见我姥娘在跟我姥爷说话："我放在篮子里那袋芝麻糖，你动了吗？"

　　"没动。"

　　"那咋没了？"

　　"再想想放哪儿了。"

　　"就是放篮子里了，咋没了呢？"

　　"放别的地方了吧？明儿个起来再找找。"

　　"找了半天了，我记得是放篮子了呀，是不是叫老鼠拖走了？"

　　"这两天我也听老鼠吱吱叫，把碗柜都咬了。"

　　"明儿个到谁家抱一只猫来吧。"

　　"明儿个我一早去赶集，买几个老鼠夹子回来。"

　　我迷迷糊糊睡着了，不知睡了多久，半夜里醒来，听见我姥爷和我姥娘还在说话，屋里黑魆魆的，也没有点灯，他们躺在床上说话，像是在商量什么事。

"东三里庄李家又托媒人跟我说，想跟咱闺女见个面。"

"他们家人性咋样，那孩子是做啥的?"

"那年挖河的时候，我跟他在一个工地干过活，那是个老实疙瘩，他家的小孩，说是在烟庄乡的税务所上班，吃国粮。"

"你不是说让她舅打听一下那人家，他咋说?"

"上回赶集我碰见了他，他说也托人打听了，说那家人人性很好。"

"那就让他们见见面吧。"

"行，那就让他来家里见见吧。"

多年之后，我仍然记得当初的那个夜晚，我已记不清姥爷姥娘是否说了这些话，但我仍然记得他们说话的氛围和语气，他们劳累了一整天，晚上熄了灯，在静谧的黑暗中，躺在床上说说话，唠唠家常，说说心事，那是多么缓慢安稳的生活。

过了没有多久，在一个夏天的傍晚，一个陌生的老头带着一个陌生的小伙子来到了我姥娘家。那个老头笑得很夸张，声音很大，热情地夸赞着我姥娘家的狗、粮囤、门楼。那个小伙子默无声息地跟在他后面，很腼腆，很紧张，一直低着头，偶尔才敢抬头看一眼，很快就又低下了头。我姥爷让那个老头在八仙桌西边的太师椅上坐下，又让小伙子在靠西墙的板凳上坐下，他坐在东边的太师椅上，我姥娘坐在靠东边的马扎上。他们便闲谈了起来。他们先是说庄稼的长势、地里的收成，又说到各个村里的熟人，有谁发财了，又有谁让车撞了一下，没什么大碍，虚惊了一场。那个老头还带来了一大包礼物，放在了一进门的小饭桌上，我蹲在饭桌旁边通向东间那个门的门口，好奇地张望着，不知他们在做什么，只是看到他们的影子很大，晃来晃去的。他们说着说着，天色渐渐暗了下来，我姥娘点着煤油灯，放在八仙桌上，屋里便有了一片昏黄的灯光。后来我姥娘又到厨屋去炒菜，煎炒烹炸，很快做好了四凉四热八盘菜。

从厨屋往堂屋里端菜的时候，我姥娘让我去西厢房里喊我小姨，我跑到我小姨的房间，见她正坐在床边发愣，我喊了她两声，她也不理我，我伸手去拉她，才发现她的手上滴满了泪水，我小声地说："小姨，你哭啦？"我小姨也不说话，把我紧紧抱在怀里，过了一会儿，她才放开我，说："你出去玩吧，小姨在屋里待一会儿。"

我跑到厨屋，我姥娘已经把菜都端到堂屋里，摆到八仙桌上了。那个小伙子也坐到了八仙桌靠南的一侧，他仍然默默地不说话，叫喝酒就喝酒，叫夹菜就夹菜，但是倒茶倒酒很勤快，那个老头在不停地夸他，说他人踏实，又勤谨，现在在烟庄乡上班，上上下下都说他好，给他介绍对象的可不少哩。那个小伙子静静地听着，慢慢地红了脸，有点不好意思地又站起来倒茶。突然他发现了我躲在身后，把我叫到他身边，轻声问我想吃什么，我说不吃，他从烧鸡盘子里掰下来一个鸡腿，递给了我，让我慢慢吃。我拿着鸡腿到院子里转了一圈，很快就吃完了，又回到堂屋里，那个小伙子见我空了手，又给我夹了两个藕合，我一手拿一个，边走边啃，心里也对这个小伙子有了好感。

那时候在我们那里，喝酒吃饭，女人是不上桌的，我姥娘炒完了菜，端了过来，就出去了。我看到我小姨那屋里点亮了灯，走进去，才发现我姥娘也在这里，她和我小姨都坐在床头，两个人在说着什么，我小姨的脸背对着光，看不清她的表情，只能看到她的两条辫子垂在床沿，泛着黑亮的光泽。我姥娘见我吃着藕合进来，让我到堂屋东间自己的小床上去吃，吃完别忘了洗手。我在院子里转了一圈，吃完了藕合，才回到自己的小床上，在那里躺着，不知不觉睡着了。不知过了好久，我被一阵夸张的笑声惊醒了，隔着门一看，只见那个陌生的老头还在笑着，我姥娘带着我小姨走过来，他们都站了起来，说了两句话，我小姨一掀门帘，又出去了。那个老头高声说笑着，带着那个小伙子向外走，我姥爷也站起来，跟在后面送他们。那个老头的笑声转移到院子里，又转移到胡同里，渐渐地远了。

那年夏天的雨水特别多，我小姨似乎有了心事，她扛着锄头上工时也不唱歌了，回到家里，也不坐在窗台前纳鞋底了。她的那些小姐妹来找她的也少了，偶尔有两三个结伴来找她，她们就躲在我小姨的房间里，脑袋聚在一起，叽叽喳喳地说悄悄话，像是在密谋着什么。说一阵话，就又走了，她们也不再嘻嘻哈哈地打闹了，走起路来，快得像一阵风。

那个夏天小姨也很少带我出去玩了，也没有去看过电影，我在姥娘家过得很没意思，盼望着我娘早点接我回去。每天姥爷姥娘和我小姨下地之后，家里就只剩下我一个人，我就站在小床上，扒着隔扇向外望。那是一个下雨天，院子里积了一地的水，雨水从梧桐树叶子的边缘滴落下来，砸在小水洼里，泛起一个个小水泡，小水泡在水面上滚来滚去，旋生旋灭，我呆呆地看着，院子里很安静。突然我听到胡同里有人吹着口哨走过来，很清亮，很熟悉，原来就是我小姨喜欢唱的那一首《九九艳阳天》，口哨声由远而近，停在了我姥娘家门口，就在那里不走了，吹了好一会儿。我正在纳闷，突然看到墙头上出现了一个人，他紧张地张望了一下，一纵身跳了进来。难道是家里来了贼？我紧紧地盯着他，只见他又四处看了一下，随后快步走到我小姨的窗口，掏出一个东西，压在了一块破砖头下面，转过身，三步两步跨上墙头，一闪身，又不见了。这时我才想起，他的身影很像那个电影放映员，当他张望时，我好像看到了那一双剑眉。

我很好奇，从小床上爬下来，走出堂屋，冒着大雨来到我小姨的窗台前。那个窗台很高，我探起身子去够，慢慢掀开砖头，在下面摸索，摸了好一会儿才摸出一样东西来，原来只是一张小纸条，这让我有点失望。我拿下来的时候没有抓稳，小纸条飘到地上，正好落在屋檐下面的小水洼里，我从水洼里捞起来，纸条全都湿了，还沾了些泥水。我拿在手里翻看着，上面只有两行字，我不认字，也不知道写的是什么。我想把纸条再压到砖头下面，踮起脚去够窗台，一不小心，又把纸条抓破了。这时我突然想到，纸条压在这里，也可能会洇湿，还不如等我小姨回来，我再拿给她。想到这里，我就把这个纸条揣在了裤兜里。但是后来，我就忘了这张纸条，直到第二年夏天，我娘给我洗衣服，在裤兜里发现了有一点纸浆，我才隐约记得有这么回事。

那一年冬天，我小姨就出嫁了，她出嫁的那一天，我去给她压嫁妆。那时候在我们那里，闺女出嫁的时候，都是要压嫁妆的。结婚的那一天，天还没有亮，男方就有人来接新娘了，娘家这边也有人送，接的和送的都是男女家族中儿女双全、脾气很好的嫂子，接了之后从娘家抬着轿子一路抬到婆家，送嫁妆的车子就跟在轿子后面。经过各个村里的时候，村民都会拥挤在路边挤着看，指指点点的，新娘在轿子里，他们看不见，他们最关注的就是嫁妆了，这家的嫁妆有六车，那家的嫁妆有八车，这家的嫁妆中有五斗橱和大衣柜，那家的嫁妆中有自行车和缝纫机，在很长时间里都会成为村里人谈论的对象，对于嫁妆多的他们啧啧地称赞着，对于嫁妆少的则会摇头叹息，低下头轻声议论着，将来再有谁家的孩子结婚时，他们就拿来比较，说谁家过得真殷实，嫁女儿也那么大方，或者说这家的家底真薄，打整嫁妆才打整了三车，连个缝纫机都舍不得陪送，等等——这在那个年代可是乡村生活中的一件大事。

那一天，天还没有亮，接我小姨的人就来了，我姥娘家厨屋里早炒好了菜，招待她们吃完，她们就催促着要走。可是我小姨就是躲在她的房间里不出来，我溜进去看我小姨，只见她坐在床边默默地流泪，不少婶子大娘围在她旁边劝，过了一会儿，她说想安静一会儿，让所有的人都出去，等一会儿。那些人都出去了，我小姨插上门，又坐到了她的床头。过了一会儿我们就听到了她的哭声，最开始是低声啜泣，后来她的哭声慢慢大了，到最后是号啕大哭，哭得上气不接下气。来接她的人和要送她的人都面面相觑，她的那些小姐妹一个个也都愁眉不展的，有的也在默默地流泪，或许她们也都想到了自己的将来。有两个嫂子在门外轻声地劝着她，让她开门，我小姨就是不开门，哭得撕肝裂肺的。她哭了好一会儿，接送的人都没有办法，不知道该怎么办好，她们悄声议论着说见过出嫁的女儿哭的，还没见过哭得这么痛的。最后不知谁想到了主意，让我姥娘过来劝她。我姥娘颤巍巍地来到我小姨的窗台前，轻轻地敲着窗棂，说："闺女，别哭了，别哭了，娘在这里呢。"说着她也淌下泪来。又说："闺女，别哭了，谁家的闺女不出门子呀，咱做女人的早晚都有这一天。"又说："闺女，娘也知道这门亲事不如你的意，你别闷在心里，想哭就哭吧，哭完了咱还得往前走。"又说："闺女，别哭了，天快亮了，也该出门了，走得晚了，让人家笑话咱不懂礼，让人家笑话你爹你娘……"

小姨一听见我姥娘的声音，哇的一声，哭的声音更大了，过了好大一会儿，才慢慢平静下来。她打开门，我姥娘走进去，她一把抱住我姥娘，又流出泪来，我姥娘哽咽着拍打她的后背，说不出话来。小姨重新洗了脸，换了衣裳，站在门口看了看她的桌子、她的床、她桌上摆的插花，就走了出来，坐上了花轿。

花轿出门了，前面是鼓乐班子，十几个人敲锣打鼓，有吹喇叭的，有

271

吹唢呐的，有吹笙的，他们吹奏着喜气洋洋的乐曲，走在村子里的大路上。那些人一边吹着乐器，一边向路边围着看的人挤眉弄眼，动作和表情很夸张，惹得看热闹的人群不时爆发出一阵大笑。看热闹的人很多，有早起拾粪的白胡子老头，有抱着孩子的妇女，有扎着围裙的老太太，有扛着锄头准备下地的男女，他们站在路边，看着鼓乐班子走过，花轿走过，拉着嫁妆的大马车走过，看着，说着，笑着。还有跑来跑去的孩子，他们等不及在自家门口看新媳妇，鼓乐班子一响，他们就跑了过来，跟着迎亲的队伍在人群里跑，一会儿摔倒了再爬起来，一会儿呼朋引伴大喊大叫。看着这些孩子，我心里很是得意，以前我也是跟着奔跑的孩子，现在不用再跑了。我坐在高高的马车上，跟着嫁妆车一起向前走，在这个清冷的早晨，迎着刚刚升起的朝阳和满天彩霞，在乡村小路上逶迤前行。

那时候所谓压嫁妆，是拉嫁妆的大马车上，每一辆都坐一个小男孩，到了新郎家里，小男孩不下车，新郎家里的人就不能将嫁妆卸下来，所以嫁妆车到了新郎家门口，新郎家里的人就会说好话，塞红包，如果小男孩不满意，新郎家里的人就会不断地加红包，不断地哄着，直到小男孩满意了才会下车。在压嫁妆的小孩中，坐在第一辆上的小孩又最重要，他是所有小孩的领头羊，也是重点被关照的对象，他一下了车，其他的小孩就也都下车了。这次给我小姨压嫁妆，我就坐在领头羊那辆车上。在压嫁妆的前一天晚上，家里人就为我准备好了新衣服，又跟我说，到了那里，不要轻易下车，要为难一下新郎家里的人，让他们知道婆我小姨多不容易，他们以后才会对我小姨好，这话我暗暗记在了心里。

等进了新郎那个村，我的心就开始紧张了，到了新郎家门口，早有人迎在门口了，一大挂鞭炮悬挂在门楼上，噼里啪啦地炸响着。花轿抬进院子里，车子在院门口停下，一群人簇拥上来，有一个花白胡子老头来到我面前说，一路辛苦了，冻坏了吧？快到屋里烤烤火，说着往我兜里塞了一个红包，伸手要把我抱下来，我连忙把他推开说，不行，别想骗我！那个老头也不急也不恼，笑着说，你这个小孩还很难缠哩，来，我再给你加一个红包。说着他又掏出一个红包来，塞到我手里说，这回行了吧？外边多冷啊，快进屋吧！我才不吃他这一套，身子躲着，往家具缝里钻，连连说不行不行。这个老头无奈地摊开手，说这是最后一个了，都给你！你快下

272

来吧。我接过红包，塞进口袋里，还是说，不行不行！这个老头无奈地摇摇头，苦笑着说这个小孩真难缠，说着他走开了。这时换上了两个中年男人，他们赔着笑脸，一会儿给我扔红包，一会儿又说，你看人家别的小孩都下车了，快到屋里去暖和暖和吧。我不理他们，爬到嫁妆车的最高点，那个大衣柜的顶上，就是不下车。他们在下面说着好话，晃着红包哄我下去，我坐在大衣柜顶上，两条腿垂下来，看着他们，不为所动。这时我想起我小姨在上轿之前的痛哭，心里很难受，突然也放声大哭起来。那些人看我哭了，一时不知所措，有的连忙问，咋啦，咋啦，磕着哪儿啦？有的赶紧跑去叫人。过了一会儿，新郎匆匆忙忙跑了过来，他爬上马车，攀上大衣柜，把我抱了下来，我的头偎依在这个曾给过我鸡腿和藕合的小伙子怀里，仍然痛哭不止。

现在是夏日的一个下午，中午我和我小姨夫喝了一瓶白酒，两个人都有些眩晕，坐在院子里葡萄架下的躺椅上，喝着茶闲聊。现在我小姨夫已经从烟庄乡税务所内退，在家里养养鸽子，种种葡萄。他和我小姨生了三个孩子，大儿子在家，去年结了婚，二儿子在南方一个城市打工，最小的是女儿，还在大学里读书。多年来我已习惯了这个家庭，和我家一样熟悉，但是在喝酒时聊起我第一次见他的样子，那时他还是一个腼腆的愣头青，这时我的脑海中突然浮现出了童年的种种印象，想起了我小姨带我去看电影的那条路，想起了我姥爷姥娘在黑暗的夜里说话，想起了相亲那个晚上昏暗的灯光，想起了压嫁妆那天早上凛冽的寒风，我也想起了那个电影放映员。在我的记忆里他的形象已经模糊不清了，只记得那一双剑眉，我不知道我小姨和他之间有没有感情，有没有故事，有没有撕心裂肺的往事。我也不知道，我隐藏的那张纸条是否改变了我小姨的命运，但是这个模糊形象在我脑海中渐渐清晰，让我意识到我小姨完全可能有另外一种生活，另外一种人生，而多年来我已经习惯了的这个稳固的家庭，或许也只是无数偶然所构成的一个必然。

我抬头去看我小姨，此刻她正带着她的小孙子蹒跚学步，清亮的阳光洒落下来，她两手抓住那个小孩的两只小手，在身后不停地鼓励他往前迈步，正在向我们走来。在她的身旁，三五只鸡在踱来踱去，还有一条狗趴在狗窝前面，热得吐着舌头不停地在哈气，周围的世界如此清晰，又好像是那么虚假，我像喝醉了酒一样，看到这个世界在眼前晃来晃去。

我想起多年前的那个夜晚，那天我小姨带我走了很远的路去看电影，在回来的路上，她问我喜欢不喜欢看电影，我说喜欢，她又问我想不想天天看电影，我又说想，这时她指着天上那轮圆月对我说，只要你有这个念想，天天想，天天对着月亮说，就能梦想成真了。我望望天上的月亮，又望望我小姨明媚的脸庞，用力地点了点头。我小姨轻轻刮了一下我的鼻子，拉着我的手继续向前走。我们穿过田野，穿过河流，穿过乡间小路，她的步伐是那么轻快，那么愉悦，一路上她都在轻轻哼唱着她最喜欢的那首歌：

> 九九那个艳阳天来哟
> 十八岁的哥哥呀细听我小英莲
> 哪怕你一去呀千万里呀
> 哪怕十八年呀才回还
> 只要你不把我英莲忘
> 等到你回来呀再相见

《人民文学》2016年第4期

评鉴与感悟

看完了，才意识到作者并没有写什么电影放映员。小姨的梦想和爱情才是重点。"唠唠家常，说说心事，那是多么缓慢安稳的生活。"肯定也是来自于成年后的记忆修正，一个小孩子哪里顾得上点评这些呢？篮子里的芝麻糖，屏幕上的人就够他惦记了。我更喜欢的是他对童年记忆的描述，一切都那么有滋有味，无忧无虑，完全不用担心即将到来的成年生活。

与父亲的一次长谈

一

在我人生的端点上，总是蹲着一个男人。他从不说话，沉默着，像一块被太阳暴晒，又经阴雨浸润的石头。从小到大，我都在与石头的对望中活着。春季来临，惠风刮过山坡，野百合和山菊花将石头层层包裹。我靠在石头上，吹响竹笛，水牛在低头啃吃青草，我的懵懂心事随着笛声飘向远方；夏季炎热，骄阳晒得地面发烫，山林里的树叶全都卷了边儿。我赤膊坐在石头旁，用割草刀在石头上刻下激情和彷徨；秋天到了，雁阵排队离开故乡，野草发黄枯萎，落叶凋零成泥。我蹲在石头的背面，用孤独抵抗坚硬；冬季严霜，天地一片肃穆，雪花漫天飞舞。我戴个毛帽子，跟石头保持距离地站着。石头上长满的青苔，酷似我发霉的心情。直到雪花覆盖了石头的同时，也覆盖了我。

时间是一幅卷轴，多年后，当我从童年的记忆中走出来，翻阅属于我的册页时。我发现上面全都印满了那块石头的痕迹。它就像一枚印章，凡是署有我名字的地方，就有它的落款。尽管，在岁月的磨砺下，册页早已泛黄，我已然分辨不出那枚印章到底是阴刻还是阳刻。用的印泥是红色或蓝色，还是黑色或黄色。但这些都不那么重要了。重要的是那块石头它见证过我的成长，知道我生命所历经的坎坷和忧戚，明亮和辉煌。不但如

275

此，直到现在，它都还在引领着我的人生。凡是我的脚步所到之处，都有它的陪伴。如此说来，它又是一块路碑。它永远在为我指引方向。

无数次，当我被生活的潮水几近淹没之时，是那块路碑在告诫我，一定要坚强和勇敢，要敢于逆流而行，乘风破浪。于是，我咬紧牙，奋力前行，我听见浪花拍打在路碑上的啪啪声，像一个个响亮的耳光。曾经，在远离家乡独自去异地闯荡的那些年，我被各种人际关系搞得晕头转向，整天陷进世俗的漩涡里差点迷失方向之时，还是那块路碑在提醒我，做人一定要踏实和本分，不能昧良心和丧失尊严。于是乎，我悬崖勒马，挽绳收缰，以底线守住了内心，终于否极泰来，头顶重现曙光。又几何时，在工作中面对金钱和物质的强大诱惑，我的心念产生了动摇，险些惹火自焚的关键时刻，仍然是那块路碑在警示我，人不应该有那么多欲望和贪婪，唯有平淡才是真。于是乎，我如醍醐灌顶，心中慈悲顿生，才使自己躲过了劫难。

如今，当我隔着三十多年的时光烽火台，瞭望曾经走过的路途时，才不由得心生感慨：在人的一生中，若是永远有那么一个人，一块路碑，一种精神在引导你前行，将会是多么的幸运。这种幸运，最终会变成福祉，为你的生命镀上金色和亮彩。

那么，问题的实质在于，到底谁会心甘情愿为你做那块引路的石碑呢？自我们呱呱坠地，就在不断接触各种各样的人。伙伴或闺蜜、长辈或同学、同事或朋友……他们组成你人生的场域。在这些由不同角色、不同身份和地位的人组成的关系网中，可能就存在着为你引路的贵人。他们会帮助你成就梦想，为你雪中送炭，两肋插刀，解燃眉之急；但倘若有那么一天，当你尝尽人情冷暖，看透世态炎凉，经受悲欢离合，体察生死无常之后，或许你才会幡然了悟，那真正能够引领你向上的人，只能是给过你生命的人。朋友的指引顶多不过是解决你生活中遇到的实际困难，而给过你生命的人却能指引你提升自我人格，并最终达至灵魂的至善和圆满。他们是在以生命指引生命。只要能够成就你，他们完全可以牺牲自己。

我的那块"路碑"就是在以牺牲自己来成就我的。尽管，他一直沉默着，他把该说的话都刻在石头上，让你自己去参悟。他把能够给你的都给你，毫无半点私心，从不藏着掖着。光明磊落是他的性格，沉默是他的经文。你永远猜不透他，他就那么默默地看着你。可你一旦从他身旁走过，就是一条汉子。

我的那块路碑上，干净地刻着两个字：父亲。

二

你沉默了一辈子，我终于可以有机会坐下来跟你长谈了，父亲。在这个冬天快要过完的时候，我回到我们曾经一同生活过，而你至今依然在那里生活着的乡下小屋。屋檐上挂满了蜘蛛网，有几根檩子已经断了，极像你曾经从土坎上滚下去而骨折的腿。时间总是会让很多东西受伤。屋顶上的瓦大概是被你修补过，残片缀着残片，像你当年身上穿的那件补丁缀补丁的蓝色衣裳。我放下背包，在屋子里转了转，发霉的味道充塞鼻孔。那是我幼时再熟悉不过的气味。跟这霉味一样使我难忘的，还有你那呛人的烟草味。在那些孤寂的夜晚，你靠在木床上抽烟的样子，雕塑般定格在我的脑海。那一闪一闪的火星，至今还时不时地跳出来烫我一下。我的身上和心上，都有你的烟蒂烧出来的伤疤。身为你的儿子，我深深地知道，我的血管里流淌着你的血液。因此，你的痛也是我的痛；我的痛也是你的痛，父亲。

从我见到你的第一眼开始，你就在用一只手抱着我，抱得比绳子捆得还要紧。我睁大惊恐的眼睛，死死地盯着你，像盯着一个陌生人。那一刻，我分明从你的眼神里，感受到一种喜悦之外的坚韧。待我懂事后，你仍然用一只手给我喂饭和干活。记得我七岁那年春天的一个清晨，母亲把我从睡梦中摇醒，让我去牛圈牵牛随你去犁田。天空雾蒙蒙的，早春的湿气扑面而来。你扛着犁铧走前面，我牵着牛走后面。我们谁也没说话。我的人生之路就这样跟着你的步伐默默地启程了。山路弯弯曲曲，牛儿摇头摆尾。犁铧在你的肩上磕磕碰碰，你的那只手按不住你那颗跳动的心。在犁田时，你走得异常艰难，提犁铧的单手颤抖不已。我蹲在田坎上，替你捏了一把汗。那头牛拖动的，不是犁铧，而是你的命运。而你正在配合的，也不是牛的工作，而是对苦难的磨合。泥水溅满你的全身，也溅满我的记忆。那天，花了整整一个上午，你才筋疲力尽地将一块水田犁完。但我知道，你犁不完的，是那块命运的田畴。

我从来没有主动询问过你的右手是怎么失去的，在苦水中泡大的孩子，天生懂得该怎样维护一个男人的自尊。但后来我还是从爷爷那里弄清楚了事情的真相。同样在你七岁那年，你一个人背着背筐去山坡割草，不幸被一条毒蛇咬伤。家贫如洗的爷爷奶奶无钱替你治疗，只能眼睁睁看着你的手致残。我不知道那么幼小的你，当年是如何承受那种伤痛的。故当我听完爷爷的讲述后，心都碎了，跑去后山的岩洞里痛哭了一场。你当时见我眼泡红肿，问我怎么了。我没有回答你。从那时起，我就已经在开始默默地替你承受内心的伤痛了。成年后，很多人说我早熟，懂事。其实，我的早熟至少有一半因素来自于你。一个心疼父亲的孩子，由不得他不早熟，不懂事。就像一个心疼儿子的父亲，即使经受再大的磨难，他也会将苦痛当成补药来吃。人活着，有时就是相互的支撑。

　　只不过我那时还太小，没有能力替你分担更多的负担。只能尽量不惹你生气，做个乖孩子。衣服脏了自己洗，肚子饿了自己煮饭吃。放学后，尽量帮家里做些力所能及的事情。我想以自己的表现，来博得你的欢心。没想到，这招果然奏效。你那时完全把我当成了你活着的希望。无论村里人怎样羞辱你，嘲笑你，你都一笑而过。你知道，你并不是为别人而活的。你只为信念而活。你下决心要给儿子树立一个榜样。并且，你一直在努力证明，你虽然只有一只手，却并不比任何人差劲。故我很小的时候，就以你是我的父亲而感到自豪。

　　不过，父亲，你虽然展示给我的，从来都是坚强和不屈服。但我还是曾偷偷地看见过你掉泪的情景。那是一天黄昏，我放学回家后，见家里冷冰冰的。母亲不在家，你也不在家。我做完家庭作业，实在闷得慌，索性去房前屋后随便走走。可就在我走到屋前的竹林边时，耳朵里依稀传来一阵哭声。起初，我以为是母亲在哭。细听，好像是一个男人的声音。我悄悄地向哭声寻去，结果发现是你躲在一捆柴堆背后哭泣。边哭边用左手砸地上的石头，拳头上鲜血淋漓。我被吓傻了，两腿发抖。那时候，我好想冲上去，投入你的怀抱，说一句：爸爸，别这样，咱们好好活着。可我最终还是没有这样做。我怕我的出现会引发你更深的悲痛。我赶紧藏在竹林里，静静地观察着你。我心里清楚，你不会有事的。你不会抛下我和妈妈。你没有那么自私。你是我的榜样，是一个负责任的好父亲。直到天快黑的时候，你才摘下身旁的草叶，把手上的血迹擦干净，起身回家。回到家里，你大概从我的眼神里察觉到了什么，便佯装露出浅笑，摸了摸我的头。我明显感受到你那只沉重的手充满了慈父的柔情。

所以，父亲，你不要以为你沉默着，我就没法走进你的内心。你不要忘了，我是你的儿子，我比任何人都要懂你。我是你的白天，也是你的黑夜；就像你是我的光源，也是我的路标。我们是同一条河流的上游和下游，我们是同一条地平线上的晨星和昏星。

三

堂屋左侧的墙上，挂着一个相框。它挂在那里已经几十年了，木质的边框早已松动，暗红的色泽褪变成了本色。但它无疑是家中最为干净的挂件之一，那都是你隔三岔五地勤于拂拭的原因。你不能让灰尘遮盖住了相片上的人的表情。那是我们一家三口唯一的一张合影。你抱着我，笑容满面。母亲站在你侧边，小鸟依人。那时的你多么年轻，委实是个朝气蓬勃的小伙子。如果单单从照片上看，没有人能够看出你内心的伤痛。可看不出伤痛不等于你没有痛。你的痛，只有我和母亲知道。就像你的欢乐，也只有我和母亲知道一样。那张黑白照片，既是我们一家相依为命的可靠见证，又是你谋生之路的初始见证。换句话说，它是你正式成为一名"乡村照相师"时拍的第一幅作品。

那时候，我们刚刚跟爷爷奶奶分家单过，日子穷得叮当响。住的房子是用竹子夹的，为避风，你只好在竹子上糊满泥巴。可泥巴一糊上去，又会掉下来。后来，你干脆找来几个编织袋，用绳子缠在竹子上做屏风。入夜，寒风吹在编织袋上，像发怒的强盗在砸门。我们三个人躺在一张窄木床上，身子瑟瑟发抖。你怕冻着我，将你唯一一件军大衣盖在我身上，自己侧身面向墙壁。整个晚上，我都听见你上牙磕碰下牙发出的声音。那些个漆黑的夜晚，我看不见光，看不见希望。我只看见我们三人都躺在同一道缝隙上，手拉着手，不断地往下陷。面对这来自黑暗的恐慌和冰凉，我好想哭，父亲。但我忍住了，我不能哭。我分明知道，即使我流下的泪水再滚烫，也难以融化掉固积在你内心深处的寒冰。我必须和母亲一起，陪伴你走出这黎明前的黑暗。

如果说，人来到这个世界上，原本就是来受苦的。那么，作为残疾人的你，对这世界上的苦难必定会更加敏感。尤其你又是个农民，只能靠劳动活命的农民。当春天到来，看到其他人都在锄地播种了，而你因为身体缘故却不能下地干重活。一旦错过了耕种季节，秋天收获的就只能是饥饿和贫穷。这样的活着对你来说，跟地狱又有什么区别。可命运既然将这样的厄运安排给了你，那你就只能承受。你是土地，就要接受万物的生长；你是河流，就要承载逗船的忧愁。

母亲早就看穿了这一点，所以才建议你另寻拯救之法。她劝你扔掉锄头和镰刀，重新去找一个能够活命的法子。起初，你还不大愿意。男人的面子让你心有犹豫。你怕不再干农活后，会被别人说三道四。最终还是母亲的话打动了你，她说：我跟孩子都不另眼看你，你还怕被别人另眼相看吗？你看那水田里的泥鳅和黄鳝，无手无脚都能找食吃，况且你还留有一只手，莫非还能被尿活活给憋死。

几番思忖之后，你决定去学一门手艺。那个年代，农村最吃香的手艺，只有石匠和木匠。可你的身体条件又不允许你选择这样的手艺。正在你绝望之时，上帝悄悄地为你打开了一扇窗。一次偶然的机会，你去镇上办事，发现镇上的小相馆围满了照相的人。你灵机一动，看到了活着的一线生机。你决定去学照相。当你回家说出这个想法时，母亲内心是反对的。在她看来，照相这种事，是专门给城市里那些闲着没事的人玩儿的，在乡下并没有市场。可母亲到底还是支持你。她深深地明白，在当时那种情形下，给你一个活着的理由，远远比你能否挣钱养家重要百倍千倍。父亲，我现在给你说出这段往事，也是在告诉你，你这辈子娶了个好妻子。她跟你一样，都是我的骄傲和榜样。一个能够在你人生最低谷之时不离不弃的人，值得你用一生去珍惜和守候。

有时想想，命运倒也公平。它给了你某一方面的缺陷，就必定会给你另一方面的才能。我怎么也没想到，你的摄影天赋竟如此之高。短短几个月时间，你便掌握了摄影技术。做任何事，靠的都是悟性。可悟性再高，玩儿摄影，都得花钱。没有成本，学了等于白学。正在你为买不起照相机而发愁时，仍然是母亲站出来支持你。她知道一个摄影者若没有相机，等于知识分子手中没有笔，战士手中没有武器。故母亲二话没说，卖了她出嫁时外婆送给她的一对手镯和家里的一头羊，为你买回一台海鸥牌相机。从此，你以一名"照相师"的身份游走于乡村。那台挂在你脖子上的照相机，点燃了你将要破灭的生活梦想。透过那个"8"字形的镜头，你再次看到了蓝天和白云，天边的朝霞和池塘边的春讯。或许是感念母亲和庆祝你的新生，你让相机记录下了那张挂在墙壁上的全家福。从此，我们三个人的心里，都放飞了一只海鸥。我仿佛看见它们在大海上空高傲地飞翔。然后，又俯冲下来，搏击海浪。

记得最开始那段时间，没有人愿意接受你的照相。这倒不是他们信不过你的摄影技术，而是在乡邻们看来，你成天不干活，脖子上挂着个机器东游西荡，简直跟个懒汉没啥区别。但你没有放弃，你清楚一旦放弃了摄影，就等于再次放弃了自己的人生。一段时间过去，不知道是你的敬业感染了村民，还是他们同情你，陆续有人来找你去拍照了。来请你去拍照的，主要有三种人家。一是有新生婴儿出生的人家；二是有嫁闺女或娶媳妇的人家；三是有老人病危，需要拍遗像的人家。我看到过你给他们拍的照片，光线和表情都抓得很好，人家对你的摄影技术赞誉有加。每每如此，你的脸上就会浮起一丝荣誉感。你终于得到了他人的认可，成了在别人眼中有用处的人。而我们那个风雨飘摇的家庭，也因为你的摄影而略微有所好转。我至今没有忘记你挣钱后做的第一件事，是去镇上买回一条鱼和一块肉，让我和母亲吃得嘴角流油。你那天虽然很少动筷，只默默地看着我们吃，可我明显看到你脸上流露出来的幸福，远远比你吃到鱼和肉还要多得多。

如今，我们已经不会为吃一顿鱼或一顿肉而发愁了，可父亲，不知为什么，我总会经常地想起你当年挣钱后，为我们准备的那顿丰盛的饭菜。我一直觉得，那顿饭菜，是我今生吃过的最好吃的一顿饭菜。那种味道，以及味道背后的含义，值得我用一生去怀想和铭记。

四

假如不是这次长谈，父亲，我们这辈子可能都不会说这么多话。我也不会借助回顾你这一生轨迹的机会，来作出诸如对命运的某些思考。照相虽然让你找到了活着的理由，却并未让你找到活着的意义。理由与意义之间，隔着一条巨大的鸿沟。长久以来，我都看到你在那条鸿沟边上走来走去。你几次将脚跨了出去，又几次把脚缩了回来。你的相机可以抓拍住别人的面孔，却唯独照不出自己的忧伤。

大概人都是这样，特别是那些在苦难中备受煎熬的人。一旦他们在苦难中幸存下来之后，就总爱追问活着的意义。总想着能为自己的家人或这个社会做点什么。否则，他们曾经所经受的磨难，就没有能够锻造他。或者，借用佛家的话讲，叫没有"悟道"。

当然，我不能说你就"悟道"了，父亲。但你当时的想法和行为，又的确是一个人悟道之后的想法和行为。你说，照相不会是你人生最终的选择。那只是你生命的一个过渡，是从此岸到达彼岸之间的那条小船。你的说法也印证了母亲当初的判断。在乡村社会，你要想让广大的农民朋友来消费带有艺术性质的生活，那相当于牵着骡子进鸡圈，是令人哭笑不得的事情。一年之后，你的照相事业便维持不下去了。命运再次将你逼迫至悬崖边。但这回母亲没有再给你任何建议，她看出你早已不再如之前那般脆弱。的确，经过苦难的磨砺，你已是刀枪不入。至少，命运再不能轻易将你打到。

几个月之后，你做出了一个新的决定。你要去学医术，救己救人。我们都为你的决定感到欣喜。对于你来说，这应该是最好的选择。经过多方打听，你最终拜师在一个远房叔伯的门下，精研岐黄之术。好在那位叔伯看出你天生是个学医的坯子，没有旧式医生的门户之见，将你视同己出，把全部医术都传授予你。也是在学医的过程中，你开始学会修炼自己的心。

在老屋里放着的那个红色柜子里，至今都装着满满一柜子医书。那便是你当年挑灯苦读的见证。其中大部分书籍，纸张早已泛黄，书页也被你翻得残破不堪，边沿还浸着油迹般的汗渍。书籍的旁边，是几大捆你抄录的笔记本。我曾偷偷地拿出来看过，有几本上面的字迹歪歪扭扭，一看就知道是你刚开始用左手练习写字时留下的。但后来你写下的字迹，就大不一样了。娟秀飘逸，洒脱不羁，比教过我的老师都写得好。我一直在想，一个成年人，要重新像小学生那样握笔学写字，而且还是用左手，将付出怎样的代价。但你成功了，父亲。凡是见到过你字迹的人，还没有说写得不好的。

你是那种做一件事，就必须成一件事的人。在叔伯家当学徒的日子里，你除了帮师傅家干一些轻便活儿，剩余的时间全部用于看书。不懂的，就问叔伯，非要弄懂不可。母亲那时不放心你，每隔两个月，都要跑去看你一次。有一回，母亲看望你回来后，闷闷不乐。夜晚躺在床上，终于忍不住掉下泪来。她说，她发现你瘦了，苍老了，脸上只剩皮包骨。她想给你送些鸡蛋补充营养，但你毕竟在别人家，单独吃不方便。看到母亲哭，我也跟着掉泪。母亲一直不让我把这些讲给你听，父亲。但现在，我觉得应该告诉你。一家人，不应该保守那么多秘密。当然，我之所以讲述这些，并不是要你感激母亲。我只是想说，你的命运，也是我们全家人的命运。你要是过得不好，不开心，我们也会跟着过得不好，不开心的。或许，这就是亲情和爱吧。人生在世，无论是夫妻也好，抑或父子也好，倘若缺了这种亲情和爱，那真的会比其他任何灾难都要可怕。

我一直觉得，除了母亲和我，应该还有另外一些东西也见证过你求医的过程。譬如家中的那盏煤油灯，每当我从熟睡中醒来时，都看见它那暗黄的光线，把你坐在午夜里孤独地翻书的身影投射在墙壁上；譬如隔壁圈里的那几头猪，在有月亮和星星的夜晚，你背诵《汤头歌诀》的声音，一定曾打扰过它们的梦境；譬如夏夜里突然来临的雷鸣和闪电，它们一定是目睹你阅读疲倦而睁不开眼时，才以响声和亮度来提醒你休息；譬如院坝里你翻书时坐过的那块条石，它肯定曾磨破过你的裤子，又曾收藏过你的体温……

但不管怎么说，你到底还是凭借苦学和毅力出师了。谢师那天，天上没有一片云朵，干净得如水洗过一般。母亲提着一只大红公鸡，来到叔伯家。我看见你跪在叔伯面前，磕了三个响头。母亲点燃三支香和一对红烛，插在香案前。袅袅青烟如雾，弥漫整个屋子。我听见叔伯对你说：你今日学成，可自立门户了。未来的路还很长，希望你凭此医术，步步走好。最后，他还送了你四个字：医者仁心。那是你叔伯亲手用毛笔写在一张红纸上的。你接过字幅，泪水在眼眶里打转。

可出师很长一段时间，你都无钱开诊所。只能给病人处方，让他们到别处去拿药。母亲仍想助你一臂之力，但她实在心有余而力不足。万般无奈，你只好经一个在铁路上工作的舅舅指引，去到泸州某矿务局打杂。人

283

家见你体格赢弱，又受你舅舅之托，才安排你到办公室做文字工作的。很快，你的出色表现便赢得了局领导首肯。加之你能写一手漂亮的钢笔字，还能替人看病，局里面的人都对你刮目相看，你也因此得以立稳脚跟。

一晃三年过去，你终于靠打工存了点钱，至少开个诊所的钱不愁了。于是，你毅然辞去工作，回到家乡，在当地的一个船舶码头上租了一间房子，正式开医馆营业。你等这一天等得太久了，父亲。我和母亲也等得太久了。你去泸州时，我还是个小学生，可当你的诊所成立，我已经是个初中生了。

你可千万别小瞧了这短短的几年。它可以使一个孩子变成男人，也可以使一个男人的心上长满老茧。更为可怕的是，它还会使一个女人在这三年中，宛如度过了三十年光景。

五

你的诊所很简陋，一间屋子隔成两半。外面的部分拿来放药品和诊断桌，里面的部分拿来做药品储藏间。每天早晨，你都会准时从家里出发，走好几里山路，再乘船到诊所坐诊。傍晚，又原路返回。无论寒风呼啸，还是酷暑烈日，从未间断。当地的百姓需要你，你也需要他们。病人在你的诊治下恢复了健康，你在跟病人的交往中收获了人生。

每天上学放学，我都会经过你的诊所。我在门外静静地看着你，像看另一个自己。在对你多年的观察和注视中，我领会到了人活着的意义。自行医以来，你经常深夜出诊。由于病人大多生活在水域，你为此还专门制了一条小船。每次出诊，单是撑船，就要耗去一个多小时。故当你回到家里，早已是深夜，月亮高高地挂在天空，圆圆地照着你。有时，我担心你寂寞，就陪你一起出诊。小船在水面推开波浪，夜风迎面吹来，带着一股浓浓的水腥气。我坐在船舱中，依然静静地看着你。虽然黑夜掩盖了一切，但我一样可以看清你，父亲。我能看清你的过去和未来，也能看清你的前世和今生。

记得有一次，天降大雨，你出诊未归，我和母亲坐卧不宁。来不及多想，我披蓑戴笠，打着手电筒，匆匆跑去河边接你。因跑得急，我摔了一跤，膝盖磕破了，疼痛难忍。但我顾不了那么多，我的心思都在你身上。

不见你平安归来，我的痛就不会痊愈。我站在河岸上，用手电筒射向茫茫河面，试图找到你和你的船只。雨越下越大，我心急如焚。我怕那狂风骤雨会掀翻你的小船。若真是那样，父亲，我这辈子都将不得安宁。我的泪水流出来，混合着雨水朝下滚。就在我快要哭出声来的时候，我隐约看见河面上有一团灯光在闪动。我料定那是你，便朝着河面放声大喊：爸爸，爸爸。可雨水实在太大了，你听不见我的喊声。那一刻，我才感到自己是多么的渺小和无助。你明明看到自己的亲人，可他却无法听见你的呼喊。我看到你逆风而行，船在河面上打转，单手撑船的样子，像在服一场苦役。当你拼了命似的把船划靠岸时，你的周身都湿透了。你看见是我，只说了一句：快，把我的药箱遮住。

你的这种有求必应的精神，赢得了当地百姓对你的尊重。他们都夸赞你医术高明，又从不收取病人高价药费。每年年底，你的诊所都有欠债无法收回。病人们都穷，没钱拿药，只好赊账。你从不计较，也从不催促。你诊所的墙壁上，一直挂着你师傅送你的那幅字：医者仁心。

1996年，你参加四川医科大学的函授学习，人一下子又清瘦了。我和母亲都劝你不要再逞强，毕竟身体要紧。可你偏不听，你说你的那些病人需要你。用中西医结合的方式，能给更多病人送去福音。父亲，你的一生总是选择历险的路在走。仿佛不去历险，你的人生就不够精彩纷呈，就辜负了你所经受的狂风暴雨。果然，我在初中毕业那年，你也函授毕业了。我们父子俩的成绩都合格。我不知道我俩到底是在互相赛跑，还是同时在跟命运赛跑，跟时间赛跑。

我初中毕业填报志愿时，选择了中师。我征求你的意见，你没有反对。只用目光默默地注视着我，像我曾经默默地注视着你那样。我知道，你的意思是，我长大了，命运应该掌握在自己手中。每一条道路上，都可能盛开鲜花；而任何一条道路上，也可能充满泥泞。但不管你选择的那条路，到底是开满鲜花，还是铺满泥泞，你都必须面对。这就是生活。你用你的人生经验，给我指明了方向。

我必须提到初中毕业后的那个假期，在我的主动请求下，我曾跟着你学过一段时间的医术。在那期间，大概你也看出了我有继承你事业的愿望。只是你没问，我也没说。我们父子间，已经习惯了用沉默来对话。很多事，一旦说破了，反而没意思。你像你叔伯当年教你一样教我。我之所以至今都能为身边的人开一些治疗感冒的药方，全得益于你当年的亲授。但遗憾的是，父亲，我最终还是没能秉承你的志向，把救死扶伤的事业进行下去。这么多年了，我从来没有正面问过你，你对我后来选择了以操笔杆子为生是否感到过失望。但现在，我可以明确地告诉你。我虽然没有继承你的事业，但你"医者仁心"的精神却一直在深深地影响着我，影响着我笔下的文字。你要知道，我们是父子。我无论走到哪里，无论我从事什么行当，你都是我的"精神教父"。我其实是在以另一种方式继承你的事业，父亲。

六

还有几件令我忏悔的事，我必须得说给你听，父亲。否则，这次长谈将没有办法结束。他们像巨石一样压在我的心里，使我喘不过气来。我必须为我的不恭向你道歉，不然，身为你的儿子，我就是不合格的，我应该遭到世人的指责和唾骂。

你知道，我跟你一样，喜欢读书。在上中师期间，我几乎把你给我的所有零花钱都拿来买了书看。学校的寝室堆放不下，我就将书朝家里搬。每周放假，我都会背一口袋书回来。渐渐地，乡下的家中除了你的医书和我的文学类书籍，再也没有别的东西。晚饭后，你躺在床上看你的书，我躲在另一间屋子里看我的书。灯光从墙缝里穿过，也从我们的睡眠里穿过。从那一刻始，我知道，除了沉默，我们终于又多了一种交流和对话的方式。唯一不同的是，你把你阅读所收获的东西，全部用在了治病救人上；而我则把我阅读所收获的东西，写成日记留给了自己。你做的是务实的事，我干的是务虚的事。

我原以为，你行医之后，眼里便只有病人，不再懂得关心我和母亲。有那么一段时间，我曾对你心生抱怨。我觉得，你应该清楚，你除了是个医生，同时还是一个孩子的父亲和一个女人的丈夫。这样一想，我内心的委屈潮水般汹涌。你可能也感觉到了，有一个学期，我待在学校不愿回家。母亲问起我，我就谎称学习任务重。其实，我是在故意表达对你的不满。也正是这种不满，使得我后来在你因什么事而跟母亲吵嘴时，才说出了那句深深地刺伤你的话。我当时好像是要保护母亲，便站在她的立场上对你说：自己没本事，还怪别人。你听了我的话，傻了一般呆愣着，眼眶泛潮，欲哭无泪。而我因年轻气盛，丝毫没有想过这句话可能给你带来的后果，便急匆匆跑去学校了。

虽说人都难免犯错，但有些错是一定不能犯的。如若不然，它会让你内疚一辈子。我的错就在于刺伤你后，不但没有及时反省，反而错上加错。有那么一阵子，我的胃不大好。你亲自开药给我吃，仍不见效。你让我去县医院照胃镜，我去了。可让我意外的是，去那天早晨，我刚到医院门口，就看见你站在路边等我。身上穿的仍然是那件蓝色中山装，脚上的黄胶鞋沾满了泥巴。我问：你不坐诊，怎么有空来？你说：我不放心，来看看。待检查完毕，医生说是浅表性胃炎时，我看到你长长地舒了一口气。医生给我开了一大包药，正在交代注意事项。可我一转身，却发现你不见了。我到处找都不见你的身影，我非常生气。我正打算离去，却看到你手里提着几个馒头和一杯豆浆朝我走来。原来，你是替我买早餐去了。可当时我并不知道，你那天天不亮就走山路，再撑船坐车来到县医院，却一直是饿着肚子的。

再后来，我有一次放假回家，又看到你从镇上专门买回两个书架，将我那些已经泛潮的书籍整整齐齐地排在书架上，并用毛巾拂去书上的霉斑；而你自己无比珍视的那些医书，却乱七八糟地码放在柜子里，有几本重要书籍，还被老鼠给啃坏掉了。目睹斯情斯景，我的心疼痛得痉挛。那一瞬间，我好想跪在你面前，向您说声对不起，父亲。可世上没有后悔药卖，我之所以给你说出这些，并不是希望获得你的原谅，而是为了减轻我内心的罪责。

或许是受你的影响吧，在阅读过大量的书籍后，我也开始为活着寻找意义。但找来找去，我最终找到了写作这么一条路子。我想借助文字，把我内心的体验和幻想，把我对人生和命运的思考，把我在成长过程中感受到的痛和爱全都写出来。我的内心太压抑了，我要为自己找到一个发泄的渠道，我不能再像你那样沉默和隐忍。这也许就是我走上写作之路最初的动机。可没想到的是，我写出的这些带着温度的文字居然还发表了。而且，读到它们的人都认为写得还不坏。那既然别人认为写得还不坏，我似乎就更加有了坚持写下去的理由。以至于我写到现在，文学已经成了我生活中不可或缺之事。

我说不好你到底是从何时开始认可我的写作的。是从我发表的第一篇文章开始，还是从我出版的第一本书开始。不过，这不用去深究。总之，我们父子俩这辈子都算是找到了安顿自己灵魂的方式。经历过痛苦磨难的人，如果不能给自己的心灵找到一个栖息地，那么，他很可能一生都会沉浸在痛苦里，最终被痛苦给吞噬掉。

我怎么也想不到，你会成为我最忠实的读者，父亲。尽管你从来没有正面跟我谈过我写的文章，但我从你喜欢收藏发表有我文章的报刊的行为可以判断，你是为你儿子的写作感到欣慰的。不然，你不会用红和蓝两种笔迹在我的文章里作出标记。我虽然看不懂那些标记的具体含义，但我理解一个父亲沉默背后的东西。我猜，你一定是从我的文章里，读出了你的情感创痛和精神纹路吧，读出了身为底层人的爱恨情仇和酸甜甘苦吧。这么说来，我终于以我的文字穿透了你的沉默，以我的心抵达了你的心。

我每出版一本新书，都会首先送你一本。那既是一个儿子交给父亲的人生答卷，也是一个晚辈送给长辈的心灵礼物。这些书的作者虽然都是署的我的名字，但父亲，只有你知道，它们其实是我俩的共同之作。正如我这辈子无论写出多少本书，其实都是在完成同一部书——一部岁月之书，一部命运之书，一部人生之书。我们彼此是彼此生命的全部，又彼此是彼此生命的轮回。我们共同抵挡寒流和狂风，又一起分享成功和喜悦。

在我因写作而获得过几次不大不小的奖项之后，父亲，你也在前不久成了一个"新闻人物"。全国数十家媒体相继报道了你扎根乡村义务为村民治病的事迹后，你成为了社会关注的焦点。你用你的单臂撑起了一片天空，你用你的坚持守住了一个故乡，你用你的仁心赢得了社会的尊重。这一切荣誉，是否能够抚慰你那颗曾被苦难浸泡的心呢？

但你的沉默告诉我，你并没有因此而获得多大的幸福感。不但没有，我反而从你的表情里，觉察到一丝担忧。我知道你在担忧什么。这个社会就是这样的，你一旦做出了成绩，就必会遭人嫉妒。就像有个作家说的那样，在这个世界上，有残疾人，也有人的残疾。所以，才有那么些认识你的人，在背后议论你。说你之所以能够"出名"，都是因为有我这个"作家"儿子帮忙，我要故意炒作你，成全你。其实，你哪里需要我来成全呢？早在几十年前，你就已经被命运和苦难成全了。退一步说，即使真要拿成全说事，那也应该是你成全了我，而不是我成全了你。

凡事有因必有果，种什么因结什么果。你现在收获的这些，不过是你曾经种下的善因结出的善果罢了。别人看不清这点，你应该能看清，我也能看清，故我对别人的议论从不解释。我跟你一样，也学会了沉默。我相信，上苍知道是怎么回事，因果知道是怎么回事。那是命运回馈给你的，你配得上这份殊荣。唯愿这份殊荣不会让你掩面而泣，父亲。

《清明》2016年第4期

评鉴与感悟 —— 我并不太喜欢回忆父亲书写母亲的亲情文字，每个人数落起自己的家史，似乎都能捏住泪腺，长篇铺叙。我们又生长在这样一个父权过重的社会，父亲天然就成了一个被歌颂与被铭记的符号。一度，我热衷于展现父子间的对抗，揭发父亲的故弄玄虚。看见他们自以为是，躲在自我封圣的制服下，杜撰自己的历史，就忍不住要高喊两声。读了佳骏兄的文字，我又有些后悔，仿佛那么多年，把并没有发泄掉的积怨糊弄在一个象征上，委实幼稚可笑，自以为掌握了真理，却又陷入了另一个万劫不复的套路。而佳骏兄不一样。那份对人事的通达，爱与和解，还有宽容，悲悯，构成了他散文里最为动人的部分。

进 京

/端木赐

一

出了通县，就是朝阳，再过去点，就是东城。我的同事多是老北京，喜欢把通州区叫做通县，如他们所说，过了朝阳，到了东城，就是进城了。有同事说过，她上一次去看天安门城楼，还是因为女儿刚刚学过相关的课文。对于她而言，天安门的样子，就是新闻里面的样子。故宫的样子，就是古装剧里面的样子。皇宫大院的，纸醉金迷的，政治中心的，终归离我们都很遥远。我是眼瞅着一墙之外的玉米地里，翻土，播种，结果，收割，到了晚秋，然后彻底荒芜。没错，我在北京郊区混日子，再说得具体点，就是混在公路旁的村子一角，周围就是臭水沟和小树林。说起这个混，无非就是混口饭吃，也是明明白白的混混沌沌，抬头就能穿过镜子看到老掉的自己。和大多数身在北京的年轻人不同，我想要进趟城，跋山涉水的，并不容易。

L来单位以后和我说，她成天在哭。哭什么不知道，就是觉得受了委屈。我想，无非是因为新宿舍没有淋浴，没有网络，感到在这里工作没有前途。其中，没有前途最可怕。我说，你不是还有男朋友，所谓的IT男，也是高薪族群。最重要的是，你解决了户口，而他没有。我说这句话的时候，她说他们快要分手了。我说没事，我来的时候，院子门口连马路都没有，但以后什么都会有的。的的确确，青灰色的水泥埋葬了万丈虚土，门前的路是才竣工的，还是发烫的，延伸到远方的。很多东西，都是从无到有的，还有些东西，是从有到无的。说起淋浴，院长说原本也是有的，可谓设施齐全，以人为本。只可惜菜汤饭渣，垃圾杂物，以及女人的头发，从来没人拾掇。自私之下的堵而不通，结果就是个残废，交通如此，身体如此，生活也是如此。院子里建了新宿舍楼，这回一个热水器也没安装。

没过几天，当我再问起L的境况，她说她已经分手了。她说分手的时候，分明在笑，阳光灿烂地笑，若无其事地笑，她在笑的过程中，头颅轻轻碰到了我的肩膀。尽管只是很短暂的触碰，在地铁的座椅上。我还是感受到了某种悲伤。

W和L是一批来的，都是我经手办理的入职，同样的研究生，单身独生女，来的时候行李堆起来像小山一样。我最讨厌类似的行李，我以为那是累赘，会让人没有了说走就走的决心。可我又何曾能够割舍掉这样的生活——我走不了，被困在这里了。经我问起，L和我说，W来了也在宿舍里偷偷哭。听到这里，我竟然笑了，原来大家都有一样的悲愁。大概哭着哭着，就会习惯了。

我第一次见到L哭，是在出门办事的公车上。L晕车，就和曾经的我一样。交感神经兴奋，神经功能紊乱。她脸色惨白，反酸嗳气，喉管中反复着吞咽的动作。为了以防万一，我偷偷在手里攥住一张手纸，并且不让她见到。她用手指狠狠掐着虎口处的某个穴位，指甲险些嵌入肉里。我问她管用吗，学中医的她说好多了。她与我说话的时候，似乎真的好多了。她还教我怎么寻找穴位，她掐我的手掌，果真有些疼。我转头看到她的睫毛下面，被眼泪晕染下来的眼线，青灰色的，像一缕青烟，像一个幽魂。或许只有晕车的人才会相互怜惜，我承认我有些心疼她。郊区生活让我变得不那么注重仪表，出门示人，能够衣装整齐，不至于看起来邋遢落魄就罢了。男用香水，润肤露，润唇膏，这些都算了。一张脸皮，一块香皂就够了。很难想象，她还愿意在上班的日子里勾画眼线，或许她是单位里唯一还爱美的姑娘。

二

　　搬新楼的那天，其实应该放点鞭炮的，炸炸院子里的阴沉污秽之气。可院子里的男人都在做苦力，哪有闲情逸致。给女人们搬衣柜的时候，我见到建英还在收拾家当。建英是六七年前院长亲自招聘进京的，算下来，年纪也三十有余了。那些年单位福利还好，围绕着厨房器具，电饭锅，电饼铛，高压锅，琳琅满目的小型家用电器都发过。对于以宿舍为家的人，这些物件无疑就成了死物，不断囤积着，甚至渐渐有了些见不得人的讽刺意味。如今破旧的柜门一经打开，物品就乒乒乓乓弹出来，无法被还原。建英蹲在地上折衣服的姿态，竟然散发出淡淡的苦涩滋味。这些年他吃在单位，住在单位，不仅养了膘发了福，还养肥了一窝一窝的老鼠。他的柜子里，常常有老鼠。

　　其实我并不熟悉建英，他本人时常沉默得像个闷葫芦，但他的形象是在传言中变得丰满的。我知道没有人愿意和建英同屋，分宿舍的时候，建英的存在像是定时炸弹一样令人恐慌。他的恶习在恶意的传言里，像传染病一样四散。没有人爱他，连他自己都不爱。从来没人见过建英洗澡，他的衣服吸收了汗液，干了又湿，一些变得像防弹衣一样坚韧，一些变得像绢丝一样轻柔。他们都说他有气味，秋风十里，都杀不死。我见到建英抱着行李独自走过秋天的柿子树，他无言沉默，步履沉重。树顶的柿子坠落在地，他和这一地碎烂的果实竟然散发出同样的气息，颓废，糜烂，又无辜。

　　夜里，建英有时候彻夜不归，守着办公室的电脑游戏。据说建英曾有过女人，一个可以改变他命运的女人，一个可以让这些厨房电器运转起来的女人，一个可以为他洗衣煮饭生子的女人。但是建英从不约会，这个女人后来被电脑游戏杀死了，就像他杀死一只虚拟树妖那样简单粗暴。所以建英的生命里没有荷尔蒙，没有性欲，没有渴望，也没有爱情。他就像一个孤独的财主，从不与人分享自己的生命。没有人敢介绍女孩子给他，甚至渐渐的，已经没有人愿意接近他。有人说，看一个人的心性，首先要观察他的眼睛。我常常透过他厚厚的镜片，却看不清楚他浑浊的目光，同样的，他也总是在躲闪，在回避。我又见到他转身离开，可是他又能逃到哪里去？

院子的一部分，是孤独与狰狞的，它如同荆棘般刺破了他的血肉。然后血液凝固，伤口结痂，就这样让他的生命与院子相连，从此休戚与共。他的北京，就是这座院子，他躲在哪里，都可以被找到。但是没有人关心院子的死活，正如同没有人关心他一样。

三

在这半年时间里，我经历了四次报名，三次笔试，两次面试。每次请假半天，都要用周六日上班来弥补。每一次出征，我都会精心整理仪容，沐浴剃须，涂抹大宝SOD蜜。面试时候的衬衫和西服，都提前拿去干洗店熨烫。在北京，事业单位公开招聘的前提就是要有北京户口，甚至是城区户口。记得其中一次报名失败，是因为户口必须要用原件，复印件不可。可是获取原件，要经过上级单位，我不肯。管人事的女人认死理，我赌气说老子不考了。事后，我有些泄气，颓废地坐在东城区的一条巷弄里，盯着一户人家养在窗外的花草放空。秋风卷起槐树上的枯叶，一点点堆在墙角。一阵风不小心把树叶吹散了，又一阵风重新来过。匆匆的，太阳要落山了，我缓缓在胸膛凝住一口气，才站起身来离开，再次回到院子来。这些都是我不可告人的秘密，我背负着这些秘密行走在院子里，有时候不愿与人亲近，我常常看着院子里一张张脸孔，觉得无法安置自己的身体和情感。

其实院子里的年轻人很多，因为交通不便留宿的同事也不在少数。傍晚等班车离开院子，我喜欢呼朋唤友，把留宿的年轻人凑作一团。都是街边的小店，陈旧偏僻，羊蝎子火锅或者香河肉饼，同样地点了小菜，切了猪耳朵，我们有时小酌，有时吹牛调侃。和院长吃饭喝的是大酒，和朋友吃饭饮的是小酒。小酌最容易让人心生幸福感，酒足饭饱后也是心满意足鼎盛时，沿路推推搡搡的，再回到院子里。回到院子，就不再说话了。从幽静中来，又回到幽静中去，每个人都有归处。嬉笑声收敛了，就是医院里弥散着无处不在的严谨和疼痛，一点点侵袭麻痹着的神经。回到宿舍，大多都是一个人。而L和W恰好分在同一间，大家闺秀的，太阳下山以后从不出门。我总觉得屋子里面藏着窃窃私语，不可告人。夜里，她们的门窗紧闭，从窗帘的缝隙透露出里面的光亮，仓皇而通明，我不知道她们还有没有在哭。我有时候会带了橘子回来，敲了门送给她们一些，就像做了贼一样。这个季节的橘子，橘皮不再泛青，却总是阴晴不定，很难从外表判断出本质来，有时候酸，有时候甜。

院子里，其实连本科生都不多，何况是研究生。这一类人就像是珍稀动物一样，早晚是要灭绝的。可既然来了，就是要签合同的。一叠纸摆在那里有什么可怕的？可映入眼帘却是张牙舞爪的。每个人都要签八年，曾经的我也是如此，既要卖身，又要卖艺。我见到L拿着合同，身体微微在颤抖。她说就这样卖了自己，很不甘心。她突然回头问我，现在反悔还来不来得及？我问她，你到底想要什么？

说话的时候，W已经从容淡定地签好了协议。她指着条款对我说，如上面所说，如果这些情况出现，我就可以离职吧？我点头，看见她很满足，然后W就轻飘飘地离开了办公室。

那天，L想了许久对我说，我到底还是个女人。

四

辉从加拿大到北京，落了飞机后第一个来寻我。原本他打算在北京实习，然后伺机留在国内发展，和他心爱的姑娘。可从走入地铁的一瞬间，他就改变主意了。于是，这次北京之行突然就变得无足轻重了。他带了免税店的白葡萄酒，枫叶糖浆和花旗参作为礼物，打算送给我，和他原本臆想中的新上司。我想请他吃北京烤鸭，被他拒绝了。他去超市买啤酒，要进口白啤，可我却喝不出什么差别。我说燕京啤酒也不错，他笑我简直没有了生活追求。我说北京就是我未来的追求，能把工作换到城区，我就心满意足了。辉对我说，你也出国吧，我们在多伦多开一家类似于7-Eleven的便利店也好。我说，等我赚够往返的机票钱，我就去。其实这话说出口，还不就和"有空来我家坐坐"是一个道理。我又怎么离得开北京呢？

辉离开北京的时候告诉我，他在多伦多买了房，空房间有很多，还有院子和花草，随时欢迎我。后来，他回到多伦多电话同我讲，他刚刚买了割草机，院子里的草快要及腰了，晚上常常有野兔子钻到院子里偷吃蒲公英的花朵。月光下的野兔子快要成灾了，我说那些都是诱人可口的肉食材料。他却说，兔子是野生动物，不能捕杀的，在那边犯法。在我眼里，院子和木工活，男人和割草机，都是完满生活的体现。辉还是离别了北京，他是被北京的人山人海吓跑的。他说过，我在北京的地铁里，见识到了过去一年都见不完的人。与他不同，我愿意与人打交道，关于形形色色的人，我始终以为自己是充满好奇的。可是后来我才懂得，当稠密的人群涌过来时，无论你是谁，内心有多么强大，都会被排斥在人群之外。

10月28日，星期二，雾霾。清晨八点半，我奉命进城开会，地址是西城区的某个商务会馆。月季厅，一个优雅非凡的名字。我提前用纸条抄写了行车路线，塞在裤兜里，记在脑子里。我决定把这一次经历作为日后上班情景的一次模拟演练。这是我第一次在上班时间搭地铁进城，这次旅程给我了震撼的体验。当地铁进站，缓缓停下。我看见地铁门在打开之前，有人趴在门窗上敲打玻璃。而这作为某种警示，我有些不明所以。车门划开，车厢里已然是满满的，奇形怪状的人。我知道车门的一次开阖，最多能够推上去三个人，这样的推搡，是温暖的，是能够给予前者勇气的，既要粗鲁，也要心细。后来者还要记得帮助前者，把头发或者挎包塞进车厢。当我垫脚站在车厢里，因为天气变冷而添的衣裳反而成了累赘。汗液从我的后背和脖颈，密密地渗透出来，像针一样扎扎的。有女人把胸部贴在我身上，旖旎中，我不能动，也动不了。这一刻，我突然想到"人渣"这个词，想到香肠，想到肉酱。

APEC峰会期间，北京市机关、事业单位和社会团体调休放假，这对于我而言，是奢侈的奖赏。然后与此同时，北京市汽车单双号限行，并谣传环保局同时介入，闯限行罚款三千元。11月6日，我得知一个悲剧，在北京地铁五号线惠新西街南口站，一名女性被夹在了屏蔽门与地铁门中间……听闻这则消息，透过想象力，我突然对地铁产生了新的恐惧。

11月7日，我原本决定去爬香山，收集一些银杏叶做书签，同行的还有前来北京探亲的母亲和姥姥，可思量再三，我还是决定取消行程。一是因为人多，且姥姥腿脚不便；二是听说香山的红叶，已经被游人摘光了。西山上已经人满为患，北京的地表和地底，又何尝不是如此。据说，北京的地表交通还远未饱和，所以地铁即将涨价，以缓解地下交通的压力，对于很多人来说，上班的交通成本即将加倍。有人说，12月28日对于北京地铁来说是个吉祥的日子，历史上从未出现过任何事故，适合进行调价。

11月8日晚，我从南锣鼓巷回来，吃了香蕉酥和南宇奶酪。走出地铁站，我给辉发了信息，2015年的夏天，我想去多伦多做客。

评鉴与感悟

读完端木赐的文章，我走了半天神。被他的情绪带入，好像眼前也现出那些男男女女的悲欢离合。北漂不容易，谁不知道？他写出了这种困境，却又没有作简单粗暴的分析。他只是写他的发现，思考的触须伸展得广博，却又处处遵从自己的内心。经见的事物，信笔拈来，笔下的世界就有了一种难得的放松。放松是一种生活态度，枯眉紧锁也是，我还是欣赏他的从容。因为从容，就连那些惶惑，那些迫在眉睫的危机，都不堪一提，只有波涛下的暗流，值得他凝神潜游。

读书会

有的书不会老

《小王子》是一本许多大朋友、小朋友都很喜爱的小说。故事脉络大家都很熟悉。

《小王子》中讲故事的"我",是个飞行员,六年前飞机出故障,降落在撒哈拉大沙漠上,带的水只够喝一星期了。第二天天蒙蒙亮时,我听见有个声音轻轻地说:"对不起……请给我画只绵羊!"

我就这样认识了小王子。渐渐的,我知道了他来自另外一个很小的、比一座房子大不了多少的星球。他一头金发,容易脸红,提了问题就不依不饶地要得到答案。更重要的是,他有一颗水晶般纯净的心。

他爱上过一朵玫瑰。这朵玫瑰很美,但是骄傲、虚荣,有点"作"。小王子还太年轻,不懂怎么去爱她,有次一生气,就离开了她。

他拜访了附近的几个星球,最后来到地球。沙漠中不见人影,只有一条蛇,对他说的话像谜一样。但小王子还是听懂了它的话,并和它约定,一年以后倘若想念自己的星星,就来找它,让它把他送回去。

小王子穿过沙漠、山岩、雪地,来到一座玫瑰盛开的花园,在这儿遇到了懂得很多哲理的狐狸。小王子驯养了狐狸——也就是说,这只狐狸从此以后对他来说是独一无二的了。这时他也明白了,那朵玫瑰也是他驯养过的,他要对她负责。

他又回到沙漠，遇到了"我"。我一点一点地了解了小王子。几天后，正是小王子降落地球的一周年。他来到当初约定的地点。到时候，只见他脚踝边闪过一道黄光，他随即像一棵树那样，缓缓地倒了下去。

六年了，我还在怀念小王子。看着满天的星星，我就仿佛听见了他像铃铛一样的笑声。

小王子因为不懂怎样去爱，离开他的星球和玫瑰，来到了地球。还是因为爱，他去找毒蛇，让它帮他返回自己的星球。在地球的这一年时间里，他明白了什么道理呢？他明白了爱是理解和包容。他对"我"说："我当时什么也不懂！看她这个人，应该看她做什么，而不是听她说什么。她给了我芳香，给了我光彩。我真不该逃走！我本该猜到她那小小花招背后的一片柔情。花儿总是这么表里不一！可惜当时我太年轻，还不懂怎么去爱她。"

以智者形象出现的狐狸，告诉了小王子什么叫"驯养"。驯养一个人乃至一样东西，就是使这个人或这样东西，从此以后对他来说是独一无二的。狐狸还让小王子明白了："对你驯养过的东西，你永远负有责任。""正是你为你的玫瑰花费的时光，才使你的玫瑰变得如此重要。"他还告诉了小王子一个秘密："本质的东西用眼是看不见的，只有用心才能看见。"

显然，这些话不仅仅是写给孩子看的。

儿童文学作品，也许可以分成两类。一类既是写给孩子，同时也是写给成人看的，或者说，是写给葆有童心的大人看的。这类书包括《安徒生童话》、《丛林故事》（吉普林）、《爱丽丝漫游奇境记》（卡罗尔）、《杨柳风》（格雷厄姆），以及《小王子》（圣埃克絮佩里）。另一类书，则是真正写给孩子看的。例如我和朋友合译的《大象巴巴》，就是写给三岁至六岁的孩子看的。

当然，这两类书中间并没有明确的界线。给孩子看的书，大人说不定也喜欢看。而且这两类书有一个共同的特点，就是用孩子的眼光，从孩子的视角，来看周围的人和事物，看这个世界。这种眼光，这个视角，跟成人的有什么不同呢？这种眼光更澄净，这个视角更真实。知识，阅历，经验，都是可以随着年龄的增长而积累的，唯有童心，是要从孩童时代就呵护、珍惜，才能不致泯灭。

我们说一本书是经典，就意味着我们一生中很可能会不止一次地阅读它。经典，不是爵位，不是哪个人封的；经典是在时间的长河中慢慢积淀下来，自然地形成的。《小王子》写于1942年，半个多世纪的时间考验着它，成就了它的经典地位。经典的魅力是多方面的，而其中有一点就在于，即使故事淡忘了，仍会有些东西留在你心间。这种留在心间的东西，就是潜移默化的影响，就是熏陶。我们常说要培养孩子高尚的情操。说培养，没错。但我觉得，与其说高尚的情操是教育、培养出来的，毋宁说是熏陶出来的。其中，包括成长环境、周围的人对孩子的熏陶，更包括好书对孩子的熏陶。

1942年，是个战争的年代。

圣埃克絮佩里是空军飞行员，但在希特勒的军队用六周时间就摧毁了法国军队以后，他无奈地离开了军队，离开了祖国。1940年的最后一天，他抵达纽约，开始了流亡生活。他在异国他乡写了《空军飞行员》等作品。1942年，他在心情苦闷、压抑的情况下，写出了最重要的作品《小王子》。

1944年他回到法国空军部队。7月31日，在这个离巴黎解放不到一个月的日子里，他以44岁的"高龄"主动请缨，驾机前去执行侦察任务，从此再也没有返回地面。一个热爱生活、热爱飞行的飞行员，一个永远有着一颗童心的作家，就这样消失在蓝天里，其悲壮和凄美，让人想起《小王子》末尾的小王子："他像一棵树那样，缓缓地倒下。由于是沙地，甚至都没有一点声响。"蓝天之于圣埃克絮佩里，犹如沙地之于小王子。

托尔斯泰读了安徒生的童话后说："他的内心，真孤独啊！"这句话，用在写《小王子》的圣埃克絮佩里身上，大概也是合适的。他在献词中写道："我把这本书献给一个大人……这个大人生活在法国，正在挨饿受冻。他很需要得到安慰。"其实圣埃克絮佩里自己，何尝不需要得到安慰呢？孤独，寂寞，也许可以说是一种痛苦，但写作的人在需要安慰的同时，也需要孤独寂寞的时刻。正是在这个意义上，里尔克对青年诗人说："你要爱你的寂寞。"

《小王子》的插图，出自作者的手笔。在创作过程中，他画过更多的草图，其中有一些，跟发表出来的很不相同。他画得最多的是小王子。这个形象，一开始是高居云端、长着翅膀的。画着画着，云朵消失了，翅膀也没有了，小天使的模样，渐渐变成了我们熟悉的小王子形象。小王子离开B612号小行星以后，是怎样来到地球的呢？这是大人爱问的问题。但孩子关心的，也许不是这个"合乎逻辑"的问题，他们更关心的，也许是他一路上遇到了哪些人哪些事，是那朵骄傲的玫瑰，是天上会笑的星星。圣埃克絮佩里后来觉得无需为小王子画上翅膀，我猜想就是这个缘故。他在意的是充满童真的诗意，而不仅仅是交代故事的情节。另一个改变较大的人物，是国王。最后的老国王的形象，跟小说中的描写是吻合的。原先，插图中出现过"我"（飞行员）的形象，后来取消了。在我看来，这一切，都是为了使整本书（文字和插图作为一个整体）更纯净，更明澈，更有诗意。

有的书，写出来就老了，因为没有人愿意看它。有的书，七八十岁了（《小王子》和我出生在同一年，现在它有七十多岁了）还很年轻，还有许多喜欢它的读者——《小王子》就是这样的一本书。

《文汇报》2016年6月1日

评鉴与感悟

《小王子》是童话书，我读到的时候已经大学毕业。我被它的故事深深吸引，关注到译者又是几年后的事。不知哪里看见王安忆说她还是喜欢周克希先生翻译的《包法利夫人》。李健吾译的《包法利夫人》我看过好几遍，居然还有比他更好的版本？王安忆比较的也不是两个版本的优劣，她只是说周先生的译本更家常，更简洁。匆匆买了来，读了一遍，又读了一遍。喜欢《包法利夫人》的读者，很难不会喜欢周先生所关注的一切。

爱与黑暗的故事

/张楚

槐花都开了，小叶植物总是开花很晚。夜晚走在人大北路，灯光昏黄稀薄，满鼻俱是香甜之气。不禁想起小时候，奶奶家院子北面种了几颗刺槐，晚春，爷爷会用竹竿打落几串，给我们这些孩子吃。槐花小而繁盛，即便被蜜蜂采过，仍是遮掩不住它的甜味。如果用苞米面和了蒸着吃，味道也好，味蕾会被玉米的粗糙和花朵的滑腻同时抚慰。夏多布里昂说，每一个人，身上都拖带着一个世界，由他所见的、爱过的一切所组成的世界，即使他看起来是在另一个不同的世界里旅行、生活，他仍然不停地回到他身上所拖带着的那个世界去。他说得有道理。有道理的话大概就是所谓真理。在《爱与黑暗的故事》这本书中，阿摩司·奥兹正是被这种关于隐性世界的真理拖拽着，让我们一起陪同他在他曾经爱过的那个世界里漫步。

如阿摩司·奥兹在前言中所说，这是一部关于家庭的故事。关于家庭的小说很多，难免陷入纤巧和没有光泽、缺乏诗意的日常，可是如果主人公是犹太人，他又恰巧生在二战时期，那么他关于家庭的故事，不想与战争和宗教牵连都是不可能的。阿摩司·奥兹在六十三岁时写这部小说，写那些被时光淹没了的亲人和记忆时，是怀了如何柔软的凄楚和甜蜜呢？

要想读懂这部书，不得不先了解一下以色列的建国历史。1922年，国际联盟通过了英国对巴勒斯坦的"委任统治训令"，规定在巴勒斯坦建立

303

"犹太民族之家"。之后，世界各地的犹太人大批移居巴勒斯坦。英国在1939年颁布了一份白皮书，限制犹太人的移民数量，并且限制犹太人购买土地。这份白皮书被许多犹太人和锡安主义者视为是对犹太人的背叛，且违背了贝尔福宣言。阿拉伯人并没有就此平息，他们希望完全停止犹太人的移民。1933年，纳粹在德国执政，掀起第五次犹太人回归浪潮，其后十五年间，　二十多万犹太人通过各种途径辗转来到巴勒斯坦地区。1948年5月14日，在英国的托管期结束前一天的子夜，以色列国正式宣布成立，当天为以色列的国庆节。对于多灾多难一直逃离了数千年的犹太人，这个新建立的国度，或许就是尘世里最稳妥的天堂了。

《爱与黑暗的故事》是一部奥兹早年生活的自传，它貌似是关于家庭生活的黯然回望，不可避免地拥有某种小而坚硬的内核，可是，它又不单单是一个关于家庭的故事，因为文字之间弥漫着一个无处不在的幽灵，我想它的名字叫忧伤，而且必须给它加上一个中性的形容词：明朗。奥兹无意通过家庭来寻找以色列的命运，相反，他以一种超乎寻常的耐心来解构以色列的命运是如何改变、渗透甚至是塑造一个家族的命运的——羸弱的家庭总是会以悲剧的形式为民族和家国的命运做最卑微的注脚，或者说，在洪浩的历史中，个体以及个体的命运，先天地具有某种浓烈的悲剧气质。

在《爱与黑暗的故事》中，父亲母亲、祖父祖母、外祖父外祖母、以及伯伯的生活中，穿插着种种历史片段和历史阴影。让我略感惊奇的是，奥兹在书写这些历史时，并没有我臆想中的愤怒、怨怼和声讨，相反，他心平气和地、断断续续地诉说着家族故事，声音低沉，语言有种普鲁斯特式的华美轻盈，并时不时蹦跳出善意的嘲讽和自嘲。八年之前初次阅读这本书时，母亲的死亡曾让我掩卷之余陷入无尽的哀伤，在很长一段时间里，我对母亲的死亡有着深深的狐疑和愤怒。八年之后的不惑之年重读此书，仍然难免为母亲的离世抽泣，仿佛逝去的不是奥兹的亲人，而是我的亲人。在小说中，奥兹是这样描写母亲自杀后自己的心情：

> 我没有一丝一毫的怜悯。一点也不想她。我并不为母亲死去而伤心——我委屈气愤到了极点，我的内心再没有任何地方可以容纳别的感情。比如说，她死后几个星期，我注意到她的方格围裙依然挂在厨

房门后的挂钩上，我气愤不已，仿佛往伤口上撒了盐。卫生间绿架子上妈妈的梳妆用品，她的粉盒、头刷把我伤害，仿佛它们留在那里是为了愚弄我。她读过的书，她那没有人穿的鞋，每一次我打开妈妈的衣柜，妈妈的气味会不断地飘送到我的脸上。这一切让我直冒肝火，好像她的套头衫，不知怎么钻进了我的套头衫堆里，正幸灾乐祸朝我不怀好意地龇牙咧嘴。

奥兹的母亲就这么离开了他，没有一句告别，没有一个拥抱，而他的童年，每天都环绕在母亲讲述的童话里，母亲如此爱他（在死前还告诫他：与友情相比，爱情相当粗俗，甚至拙劣），甚至从未将他一个人丢在公园或者杂货店不管。而现在，这一切戛然而止，花瓶下面连一张纸条都没有留下。奥兹也替父亲恨她，就像恨一个私奔的女人，不同的是，将母亲拐走的，是死神。那么，母亲为何会选择这样一种残忍的方式告别？我们不妨回溯一下她的历史：在波兰度过了少女时代，之后到布拉格大学读文学系，通晓五国语言。后来随家人辗转来到耶路撒冷，在这里和父亲结婚生子。在波兰时，还是少女的母亲曾这样解释一位长官的自杀：在错误中生活要比在黑暗中生活要容易得多。作为一个无政府主义者，她对任何事情都会保持沉默，即便受到伤害之时也只是自我逃避，可她性格里又有很坚硬很轴的部分。她十五岁时曾经对着敬爱的姐姐大喊大叫，因为她觉得家里一直挂着的那副绘画作品在粉饰现实：画里的牧羊女不应该穿绫罗绸缎，而是应该穿着破敝的衣衫，牧羊女也不应该有着天使的面孔，她们的脸应该因挨冻受饿而恐惧，并且头发上长着虱子和跳蚤；在耶路撒冷，母亲与外婆吵架时，曾经在奥兹面前扇自己的脸颊，撕扯自己的头发，抓起衣架打自己的脑袋和后背，直至泣不成声。

在奥兹看来，母亲在青年时代所受的教育，学校课程设置的某些东西，抑或是侵入母亲心房里某种深藏着的浪漫细菌，某种浓烈的波兰——俄罗斯情感主义，某种介乎肖邦和米茨凯维奇之间的东西，介乎《少年维特之烦恼》和拜伦勋爵之间的某种东西，在崇高、痛苦、梦幻与孤独之间那模糊地带的东西，各式各样捉摸不定的"渴望和向往"欺骗了她的大半生，诱使她最终向死亡屈服。奥兹在小说里一直貌似冷静实则痛心疾首地追问母亲自杀的原因，在长达五百多页的小说中，他时不时地会从叙述中跳脱出来，猜度母亲的动机，譬如他说：伦伯格一家旁边，周围是锌桶、腌小黄瓜，以及在一只锈迹斑斑的橄榄桶里渐渐死去的夹竹桃，终日受到卷心菜、洗衣房、煮鱼气味以及尿骚的侵袭，我妈妈开始枯萎。她或许能够咬紧牙关，忍受艰辛、失落、贫穷，或婚姻生活的残酷，但是我觉得，她无法忍受庸俗。

之后奥兹又进行过追问，仿佛只有在这种追问中，关于母亲的死亡阴影才会云开雾散，他的成长、他日后所做的一切才具有意义。他狐疑地认为，母亲自杀的缘由，还是受到跟死亡缪斯有关的某种浪漫毒壳的浸染。这是一种忧郁的斯拉夫中产阶级人士的特征。在他母亲去世几年后，他在契科夫、屠格涅夫、格尼辛的创作，甚至是拉海尔的诗歌中再次与之相遇。它使母亲把死亡设想为某种令人激动并且富有保护和欣慰的情人，最后的艺术家情人，最后能治愈她孤独心灵的人。也许在奥兹的有生之年，他都会诅咒这个屠杀破碎灵魂的老连环杀手。母亲或许在死亡中获得了安息，而生者，不得不生活在痛苦与追忆之中。

母亲的死亡，或许与以上奥兹的种种猜疑都有关联，或许也都无干系。犹太民族在历史上所受的无与伦比的苦难，都注定了凡是牵扯到犹太人的小说，都弥漫着无法回避的不安定与漂泊感。对战后犹太作家而言，"二战"期间的大屠杀不仅成为犹太人的种族灾难，成为一种集体记忆，更成为犹太文学中一个鲜明且永恒的选题。纵观犹太文学，不同时代的犹太作家都在其作品中对种族屠杀有着不同程度的表达和反思，从经典作家艾萨克·辛格，到七十年代作家乔纳森·萨福兰·福尔莫不如此。但在《爱与黑暗的故事》中，阿摩司·奥兹并没有用更多的笔触对屠杀进行具象描述剖析和形而上的追问（大屠杀在那个时代如此普遍。在人们玩捉迷藏、举行篝火晚会、被一个个充满烧烤味和歌声的晚上填满的索林基森林，两万五千名犹太人被德国人射杀，里面有教徒、小贩、知识分子、艺术家，奥兹母亲的所有同学，以及大约四千名婴幼儿。奥兹如此平静地描述年轻时的伙伴，"他去巴黎读书，然后被杀害"）。与其他犹太作家相比较，他似乎更愿意探讨以色列建国前后，犹太知识分子在精神上的游离与苦难。在奥兹的家庭里，没有人谈论单恋欧洲而永远得不到回报的屈辱；没有人谈论对新国家的幻灭之情；没有人谈论过家庭成员的情感；没有人谈论过性、记忆和痛苦。他们只在家里谈论如何看待巴尔干战争，或者耶路撒冷的形势，以及莎士比亚、荷马、马克思和叔本华，或者坏了的门把手、洗衣机和毛巾。关于家庭成员的内心、伤痛、隐秘的情感，从来都不会成为谈资，或者说难以启齿。

在犹太知识分子眼中，欧洲无疑是一座魔山。Varro在《我是耶路撒冷的一块石头》中曾经如此总结犹太人眼中的欧洲："他们向往欧洲、迷恋欧洲，学习欧洲人的语言，模仿欧洲人的生活，却被欧洲驱逐和屠杀，几千年来不绝如缕，从巴比伦帝国、罗马、阿拉伯、十字军、奥斯曼土耳其，一直到英国、德国，迫害从未中断。"面对如此血腥的历史，以色列知识分子不可能不感到痛苦，包括奥兹的父亲和母亲。能读十六种语言、讲十一种语言的父亲，以及能讲五六种语言的母亲，竟然只教给奥兹希伯来语。究其缘由，竟然是怕奥兹懂得任何欧洲语言，怕他一旦成人就会被欧洲诱惑前往欧洲，然后在那里被杀害。在他们的眼里，欧洲是"家"，是地理意义和心理意义上的"应许之地"。但正是在这样的"应许之地"，犹太人被不断屠杀追逐。犹太作家内森·英格兰德在他的短篇小说《我们是怎样为布鲁姆一家报了仇》中曾经借主人公之口说："被人追赶了两千年，我们体内没有任何捕猎者的本能。"所以，面对捕猎者，犹太人唯有逃离和躲避。从这个意义上讲，"欧洲"变成了敌人，或者比敌人还要让人绝望。它不再是一个名词、一个知识体系，而是实实在在的炼狱之都。这种不安和恐惧不光体现在犹太知识分子身上，也流淌在普通民众的血液里，小说中奥兹用了一种夸张到荒诞的笔法描写了祖母对细菌的敏感恐慌，其实，无非是从反面印证了一个民族被迫害后居无定所的神经质。可是除了宿命般的等待，还能有什么更好的路途？奥兹说："倘若这种歇斯底里的犹太纽带非常坚固，没有它我又怎么能够生活？我又怎能放弃这种对集体共振与部落纽带的沉溺与迷恋？如果我将这毒瘾戒掉，我还剩下什么？"真是位让人敬佩的先生。

梭罗说：我们天性中最优美的品格，好比果实上的粉霜一样，是只能轻手轻脚才得保全的，然而，人与人之间就是没有能如此温柔地相处。人与人之间如此，民族与民族之间、种族与种族之间、宗教与宗教之间不也

307

都如此吗？我想，除了关乎人类贪婪的本性，更源于对权力的终极渴望以及人类身上一直没有进化好的原始兽性。然而幸运的是，那些果实上总会有粉霜，人与人温柔和睦相处，也是大多数人的夙愿。就比如现在，已经晚上八点五十分，我在春风中闻着槐花香气颇为痛苦地写这篇文章，而那个跟我约晚饭的朋友，还在电影学院忠心耿耿地等着我去吃烤小羊腿——你说，这如何不叫我对人类的美德报以更纯粹的奢望呢？

《野草》2016年第3期

评鉴与感悟

看张楚的读书随笔，我总想起托马斯·福斯特的书，《怎样阅读一本小说》。倒不是说张楚的文章接近于这样的风格，而是他总会以亲身经历讲述他如何打开一本小说。舒缓，却又不铺张，清晰，还带点家常。我喜欢他的认真，也是因为他的端正态度，会对那些挂在嘴边的名著又生出些向往。

翁达杰的小说阅读课

/陈以侃

斯威夫特写小人国，说里面有两派，大头主义者、小头主义者，水煮蛋应该从哪一头开始剥这件事，"六次暴乱，一个皇帝掉了脑袋，还有一个掉了皇冠"。小人国还有一个宗教，教义里面讲得很清楚，鸡蛋应该从方便的一头剥起，大头小头此消彼长，哪一派的刀快，他们那头就是方便的。

弗洛伊德把这称为"细微差异的自我迷恋"，往往是从外面看难分彼此的两群人吵起来最要死要活，不可调解。斯里兰卡的泰米尔人和僧伽罗人，本来就是从印度分阶段跑过去的，老乡，但是英国统治者觉得自己聪明要搞制衡，给泰米尔人开后门；1948年独立，僧伽罗人占四分之三人口，民族主义情绪有了渠道，终于泰米尔人被欺负得吃不消，要在北方立国。

所以，后殖民的苦头，倒真不能说是"大头小头"的玩笑事，但这段二十六年血肉横飞的内战史（两千多万人口住在六万平方公里的国家里，死亡超过七万人），读来还是让人觉得：不至于这样。2009年，泰米尔"猛虎"组织的建国大业覆灭，但最起码在人类残害同类的技术史上，留下了恶心的一笔：他们是把自杀式炸弹作为战法的先驱；而僧伽罗人的回应，在反恐圈里被奉为"斯里兰卡选项"，归纳起来，就是封锁媒体，驱除联合国、人权组织，并尽快把人杀光。特别是在最后一次剿匪过程中，政府军大肆屠杀不得已跟随军队逃难的平民（所谓的不得已，也有很大一部分原因是"猛虎"要拿平民作为肉盾，处死那些企图离开的百姓）。最后被逼到一块"不超过四个足球场"的海滩上，政府军忌惮自杀式袭击，甚至会击毙投降者，在一场宣泄兽性的屠戮和奸淫中宣布和平重新降临斯里兰卡。

翁达杰2000年以此为背景的小说《安尼尔的鬼魂》开场时，女主人公作为法医团队的成员，出现在危地马拉。场景只有一页，已是满纸寒气，他说家属的恐惧是"双刃"的："既害怕坑里就是他们儿子的骸骨，又怕不是——那就意味着他们还将继续搜寻。"

然后，十八岁离开祖国斯里兰卡的安尼尔，十五年后申请到日内瓦人权组织的一个任务，回到出生地，找寻大规模屠杀的证据。先是见到了政府强行指派给她的搭档，一个五十岁左右的考古学家塞拉斯·迪亚瑟纳。他带安尼尔去看他们工作的地方，结果是在一艘船上，曾"航行于亚洲与英国之间"，"依旧残留海水的咸味、锈蚀与油渍，货仓里弥漫着茶香"，但此时似乎是象征气息更为浓烈的"一直泊在科伦坡港北角一处废弃的码头内"。塞拉斯考古找回的几具骸骨，号称是某个圣地公元六世纪的僧人，但安尼尔随手一翻，就摸出一块不属于那个时候的骨头。书的前三分之一，虽然不时穿插了一些斜体的小篇章——都是战争凶残的剪影，还有些配角闪入闪出，但几乎是我印象里最直截了当的翁达杰，主要就写安尼尔笼罩在忧悸的氛围里，吃不准塞拉斯到底效忠哪一方。疑神疑鬼到了搪塞不住的时候，有个细节是塞拉斯只是开了个灯，安尼尔问他："你为什么开灯？"他说："你以为这是我向谁发出信号吗？"

当然，用"直截了当"这样的形容词，甚至概括情节这种行为本身，都不会是翁达杰想要书评人为他提供的服务。这个漂泊者的钢笔里灌的是烟雾，他的文字似乎会隐藏到书页的后面，或者自说自话地飘走。他不只是一个写小说的诗人；他是一个不管不顾要在小说里践行诗歌诉求的实验艺术家。那个写了五卷亨利·詹姆斯传记的莱昂·埃德尔，在评论《身着狮皮》时说，翁达杰写的是"语言电影"。他相信散落着的燃烧的意象，会彼此照亮，而它们间的低语在某个合适的时刻会叠加成交响乐。他相信缺失会让欣赏的人更投入；读他好像一直在跟谁商量，让他再多留一会儿，多说几句。

对尚未入门的翁达杰读者来说，这样的语言时常让人隐约担心"过度书写"，或者说就是用力过猛。他2007年的小说《遥望》，主要写了三个人的离散：安娜、克莱尔和库珀（还是想补一句，这样对翁达杰作品的概括，永远应该在记住之前忘记），整个故事的引信，是父亲突然降临在女儿安娜和收养的农场帮工库珀交媾后的场面，把小伙打得血肉模糊。另一个对库珀也生了很久情愫的女儿克莱尔在暴风雪中发现了汽车里的库珀；车门被冻住了，正当库珀以为克莱尔放弃了自己，"一把斧头劈碎副驾驶窗，玻璃跳跃着穿过黑暗，飞入了他的头发之中"。这几乎是一个要让书本飞出手掌，跳跃着穿过房间的时刻：人都快死了，玻璃碎片的身姿和落点（更何况是在黑暗中）到底是谁在关注呢？

《安尼尔的鬼魂》开头，当女主人公刚刚回到科伦坡，坐上了一辆三轮摩托，"挤进拥挤交通每一个狭窄的可能性"，这样的句子试图颠覆我过往对"文势"的所有体会，"玻璃跳跃着穿过黑暗"时那种"这怎么可能会是第一流的写作"的困惑又浮现出来。可是，这当然不只是自我放纵，甚至，明白这些都是安尼尔唤起童年记忆的方式也没有那么重要，在翁达杰的笔下，我们要提醒自己，小说的推进从来都不能阻挠他打开任何一个时刻所蕴含的诗歌的可能性。

阅读翁达杰是接受一场关于小说阅读的教育。他好像按捺不住一种倾向，就是让所有细节都不因为处在叙述之中而有轻重厚薄之分，这种平等会让你开始在意他的每一个字词，就如同只要你玩味足够长久，它就会透露更多一样。这是诗歌的读法，其实也是侦探小说的读法——每句话都可能成为揭示犯人的最终线索；于是阅读一下有了一种不同寻常的强度。

这场教育的第二堂课，是翁达杰对自己人物的态度。《安尼尔的鬼魂》中间的三分之一，又落入了翁达杰熟悉的节奏里：每个人物都不知所起地写上三四页，正当你以为主角出现了的时候，他就不知所终，连告别都来不及。塞拉斯带安尼尔去见自己的老师，帕利帕纳，一个失明的泰斗，晚年因为伪造学术材料而弃世，让妹妹的女儿照顾着。他指引两人去找安南达，一个曾经让顽石或铁块"立此成佛"的开光师傅，现在被生活摧折得只能在矿井下工作。找到安南达之后，三人一起退到林中的一处古宅，让安南达凭借头骨重塑死者的面容。这是翁达杰笔下常有的所谓

set piece，就是可以看成独立构成效果的小段落，关于某项古奥手艺的冷知识，氛围像是有个开关把其余的世界关了一样。然后镜头一转，聚光灯下站出来一个被战时伤员和失败婚姻消磨得也快成了个鬼魂的医生，结果他是塞拉斯的兄弟。医院的兵荒马乱中，突然又插进来另外一个医生林内斯·柯利安的故事。他被叛军绑架，没日没夜地做手术，当他提出缺少一些医疗器材的时候，这些绑架者二话不说就袭击了一家医院，还顺手替他房了一个护士来。翁达杰对待人物跟他对待文字的态度有相似之处，就是他对着每个角色都怀着最深的同情，又保持着整齐的疏离感，所以每次转场景都像要开始一部新的小说，而每个人物出场都带着主角的灯光和配乐。不说这位医生柯利安，即使被劫持来的护士罗莎林，上场时的画外音也是这样的："奇怪的是，护士也没有抱怨自己的际遇，和他（柯利安）一样。"很多小说家都可以写很有趣的龙套，但很少有人像翁达杰这样，随便谁露个脸就像是预订了五十页的戏份（最后再把这些戏全部剪掉）。

在《英国病人》里，那个小偷卡拉瓦乔回想着："他整个一生都在回避长久的亲密。……他是那个偷偷溜走的人，就像情人离开乱局，盗贼离开一个消减了的屋子。"翁达杰对这个职业很着迷，卡拉瓦乔本来就是《身着狮皮》里的人物，而《猫桌》和《遥望》里，也都有小偷，上面的那句话似乎提示了翁达杰对他所有人物的态度。

我明白这件事是在《遥望》末期，前文我很不当心地把它形容为一部关于三个人的小说。其中一个，安娜，在那残暴的一幕之后出走，成了一个文学史家（另一类翁达杰不能忘怀的人），出现在法国，研究一个叫作卢西安·塞古拉的作家。小说的最后三分之一突然成了失控的万花筒，赌气似的围绕着作家不断喊来新的人物。他的家人，一个他老了之后在路上认识的少年，突然又转到这个少年的父亲（小偷，在战争中受了伤，可能就是卡拉瓦乔）如何遇到少年的母亲；一对颠沛流离到塞古拉隔壁的夫妇，以及这对夫妇的患难，正当本读者的意志正在瓦解之时，翁达杰这样描述道：

> 他们互相也只是陌生人，正巧相逢在陌生人之间求生。他们发现任何东西——所有东西——都可能被拿走，在这个似乎要延伸至他们生命尽头的钢铁般的世界里，没有什么能保留得住，除了彼此。

我的顿悟大致是这样：讲故事只是幌子，翁达杰远远指着的，是各种情绪流动的轨迹。这些"人物"，也只是像容器，各种爱别离、怨憎会、所求不得，就在这些容器里交换；翁达杰的棋谱上，他留意着车二平六，象五退七，他需要你是车，是象，但具体是谁并不重要。可当任何角色都可以退场，就像在人生里一样，每个人都变得无比重要。这一个个进进出出的陌生人，都有你不能完全了解的过去和心碎，但却足以充满一本书，或者，整个宇宙。

　　就在我这样接受翁达杰教育，慢慢有些心得的时候；一场走得辛苦却也在审美上有相称回报的行程快结束的时候——《安尼尔的鬼魂》读完了，我突然意识到，为什么我读了一部关于斯里兰卡内战的小说，对斯里兰卡内战的了解好像也没有增进多少？小说里偶尔表现的残忍场面，换成其他的时间、地点或敌我，似乎也没什么要紧的。就像几个批评本书的人之一古纳瓦德纳（Goonewardena）所说："《安尼尔的鬼魂》读起来就像不停从水里拖出尸体来，但从来不探究上游到底发生了什么。谁在扔尸体？为什么扔？这些难道不值得知道吗？"

　　在这场极为政治的战争里，并不是说在道义上小说家一定要讲政治，但我只关心在技法上，如果要描写残忍，填充些干和硬的细节，难道不会更好吗？残忍不会让人感觉更真实些吗？或许可以这样推断：翁达杰要写的不是残忍，而是恐惧，小说的成功是他能设计出一套叙事，把这种恐惧的体验复制给读者。如果是这样，那未知倒的确更吓人一些。

　　安尼尔在伦敦学医的时候，她最关心的是一个叫作Amygdala的组织，她说像斯里兰卡语，中文里就是扁桃体。"它是大脑的黑暗区域，……恐怖记忆的储藏室。……这个神经束掌管着恐惧——如此它即掌管万物。"小说还引用了加拿大女诗人安妮·卡森的诗句："我想探询看顾众生的律法，找到的却是恐惧。"

　　翁达杰是一个十一岁离开斯里兰卡的泰米尔人，但故土或许在他头脑里留下了某种形态的东方宗教，众生皆苦，要分辨出单个的人是很无趣的；佛教里把人和一切有情感的生物都叫作"有情"，而所谓"有情"，无非是种种物质和精神的要素的聚合体；而任何要素又是在每个刹那依缘而生灭着的。我读《遥望》所感受到的所有人物都只是容器和象棋，差不多就是这个意思。翁达杰所要表达的情绪和主题，在角色之间流动，在场景间流动，也在他的不同作品间流动。

《英国病人》里，二战也只是背景，好像是为了把几个特别的人关在一起上演恩怨情仇的借口，最后有一段异常简陋的政治评论，里面那个印度拆弹兵，听到广岛和长崎的消息，无所适从，几步冲到"英国病人"的房间，用枪对准他，旁边卡拉瓦乔提醒他，你连这个人是谁都不知道，奇普说："他是美国人，是法国人，我不在乎。当你开始轰炸有色人种的时候，你就是英国人。"再往前一些，他还转述过他哥哥的理论：日本是亚洲国家，锡克人被日本人残暴地对待，但是英国人却在吊死那些想要独立的锡克人。这时，照顾"英国病人"的汉娜不睬他了，双手插在胸前。接下来是不带引号的两句话，也分不清是否只是汉娜的想法：这世上的恩怨啊！这世上的恩怨啊！

读《安尼尔的鬼魂》，当作者似乎并没有从本质上区分斯里兰卡和危地马拉时，读者开始担心某种"这世上的恩怨都一个样"的立场。小说开头，翁达杰思考斯里兰卡内战："很明显，政治上的敌人私下里进行着获利丰厚的军备交易。'战争就是战争的理由。'"这样的分析似乎并没有什么帮助。

但最后这一课也是最重要的：读翁达杰的小说不是听他讲解历史，而是观看某种独一无二的想象力为世界着色。Salon.com上一篇"安尼尔"书评写得极好，作者是之前并不认识的Gary Kamiya，他说："翁达杰这本书想做的，是在写一个道德分量沉重至极的主题时，既要因此写得干净、直白、不多愁善感，但也要把它写成一首诗，让它飞起来。"

说到底，我们一直忘记，小说，the novel（新的东西），本意就是探索那些没有去过的地方。先入为主地判定某种艺术体验有缺憾而抗拒它，就太过粗野了。

《安尼尔的鬼魂》居然还有一个突如其来的转折作为"结局"，甚至构成了一个完整的情节骨架，这在翁达杰的书里还没有见过。说"突如其来"，是因为他的第三部分本来又"果不其然"偏离轨道成了一个迦米尼的爱情故事。翁达杰在接受"总督奖"的时候这样说："我在想《安尼尔的鬼魂》里我最喜欢哪个部分，应该是迦米尼不肯拥抱塞拉斯妻子的那一幕。对我来说，这是个让人心碎的时刻，与那些正式的故事天差地远。"就像《英国病人》中奥尔马希告诉凯瑟琳说沙漠里两个人会互相惦记是因为"近密"："沙漠中的近密，水的近密……'沙海'中开了六小时的一辆车里，两三个身体的近密。"翁达杰最喜欢写的还是在苍茫中被风雪吹在一起的两个人，"天寒地冻，日短夜长，路远马亡"，就不要太讲究择偶标准了。

读小说喊着要"准确性"，在特里·伊格尔顿那里，被称为"规范化幻觉"，这样的人不相信马修·阿诺德所谓评论就是"把对象当作它自己去看"，他们有个预设的模型，说小说要照这个来改，一直在页边写：这样那样不是更好吗？这种读书的方法也没有什么帮助。

《东方早报·上海书评》2016年8月28日

评鉴与感悟

知道陈以侃，是读了他翻译的《海风中失落的血色馈赠》。我喜欢他的翻译，简洁，却又带着清白的抒情。后来读了这篇书评，那么多信息，被他翻飞的笔头简明地统一到一起，想不佩服都不行。又上网搜作者的信息，才知道他是1985年生人。

爱欲与哀矜

/张定浩

一

"对小说作者来说，如何开始常常比如何结尾更难把握。"在《刚果日记》的某处注脚中，格雷厄姆·格林说道，他那时正深入非洲的中心，试图为一部意念中的小说寻找自己对之尚且还一无所知的人物。"如果一篇小说开头开错了，也许后来就根本写不下去了。我记得我至少有三部书没有写完，至少其中一部是因为开头开得不好。所以在跳进水里去之前，我总是踟蹰再三。"

小说家踟蹰于开始，而小说读者则更多踟蹰于重读。面对无穷无尽的作品，小说读者有时候会像一个疲于奔命的旅行家，对他们而言，最大的困难在于重返某处，在于何时有机会和勇气第二次踏入同一条河流。我有时怀念那些活在十九世纪和二十世纪初的度假客，他们像候鸟一样，一年一度地来到同一个风景胜地，来到同一家酒店，享受同一位侍者的服务，外面的光阴流转，这里却一如既往，令孩童厌倦，却令成年人感受到一丝微小的幸福。列维施特劳斯，一位憎恶旅行的人类学家，他在马托格洛索西部的高原上面行走，一连好几个礼拜萦绕在他脑际的，却不是眼前那些一生都不会有机会第二次见到的景物，而是一段肖邦的曲调，钢琴练习曲第三号，一段似乎已被艺术史遗弃的、肖邦最枯燥乏味的次要作品，它已

316

被记忆篡改，却又在此刻的荒野上将他缠绕。他旋即感受到某种创造的冲动。

二

因为现代意义上的艺术创造，很大程度上并非起于旷野，而是起于废墟，起于那些拼命逃避废墟的人在某个时刻不由自主的、回顾式的爱。

格林自然擅长于逃避，他的第二本自传就名为《逃避之路》。他从英伦三岛逃至世界各地，从长篇小说逃至短篇小说，又从小说逃至电影剧本和剧评，他从婚姻和爱中逃避，从教会中逃避，某些时刻，他从生活逃向梦，甚至，打算从生逃向死。他在自传前言中引用奥登的话，"人类需要逃避，就像他们需要食物和醋睡一样"。但我想，他一定也读过奥登的另外一节诗句：

> 但愿我，虽然跟他们一样
> 由爱若斯和尘土构成，
> 被同样的消极
> 和绝望围困，能呈上
> 一团肯定的火焰。

（奥登：《1939年9月1日》）

因为他又说，"写作是一种治疗方式；有时我在想，所有那些不写作、不作曲或者不绘画的人们是如何能够设法逃避癫狂、忧郁和恐慌的，这些情绪都是人生固有的"。于是，所有种种他企图逃离之物，竟然在写作中不断得以回返，成为离心力的那个深沉的中心。这些越是逃离就越是强有力呈现出来的来自中心处的火焰，才是格林真正令人动容之处。

三

爱若斯，古希腊的爱欲之神，丰盈与贫乏所生的孩子，柏拉图《会饮篇》里的主角，却也是众多杰出的现代作家最为心爱的主题。或者说，写作本身，在其最好的意义上，一直就是一种爱欲的行为，是感受丰盈和贫乏的过程。在写作中，一个人感觉自己身体被掏空，同时又感觉正在被什么新事物所充盈；一个人感觉自己不断地被某种外力引领着向上攀升，同时又似乎随时都在感受坠落般的失重；一个人同时感觉到语言的威力与无力。如同爱欲的感受让地狱、炼狱和天堂同时进入但丁的心灵，作为一种共时性的强力图景，而《神曲》的写作，只是日后一点点将它们辨析并呈现的征程。

格林当然也有类似的共时性经验。他指认《布莱顿棒糖》（1938）是关于一个人如何走向地狱的，《权力与荣耀》（1940）讲述一个人升向天堂，而《问题的核心》（1948）则呈现一个人在炼狱中的道路。这三部小说构成了格林最具盛名的天主教小说的整体图景，它们关乎爱欲的丧失、获得与挣扎。在一个好的作家心里，这些丧失、获得与挣扎总是同时存在的，不管他此刻身处哪一个阶段，至少，他总会设想它们是同时存在的。

更何况，这种爱欲体验在格林那里，是始终和宗教体验结合在一起的。他笔下的诸多主人公，均怀着对天国的强烈不信任以及对永世惩罚同等程度的恐惧在世间行走，换句话说，也就是在炼狱中行走。《问题的核心》中，那位殖民地副专员斯考比受命去接收一队遭遇海难的旅客，一些人已经救过来，另一些人，包括一个小女孩还活着却即将死去。斯考比走在星光下，又想起之前刚刚自杀的一位年轻同事，他想，"在这个充满苦难的世界上想要得到幸福，这是多么荒谬的想法啊"，"指给我看一个幸福的人，我就会指给你看自私、邪恶，或者是懵然无知"。

"走到招待所外边，他又停住了脚步。如果一个人不知道底细，室内的灯光会给人一种平和、宁静的印象，正像在这样一个万里无云的夜晚，天上的星辰也给人一种遥远、安全和自由的感觉一样。但是，他不禁自己问自己说：一个人会不会也对这些星球感到悲悯，如果他知道了真相，如果他走到了人们称之为司题的核心的时候？"

四

相对于自私和邪恶，格林更憎厌懵然无知。在《一个自行发完病毒的病例》里，那位弃绝一切的奎里面对某种天真的指谓惊叫道："上帝保佑，可千万别叫我们和天真打交道了。老奸巨猾的人起码还知道他自己在

318

干什么。"天真者看似可爱，实则可耻，他们在不知不觉中造成伤害，却既不用受到法律惩罚，也没有所谓良知或地狱审判之煎熬，你甚至都没有借口去恨他们。"天真的人就是天真，你无力苛责天真，天真永远无罪，你只能设法控制它，或者除掉它。天真无知是一种精神失常。"格林只写过一个这样的天真无知者，那就是《文静的美国人》里面的美国人派尔，他被书本蛊惑，怀着美好信念来到越南参与培植所谓"第三势力"，造成大量平民的伤亡却无动于衷，那个颓废自私的英国老记者福勒对此不堪忍受，在目睹又一个无辜婴孩死于派尔提供的炸弹之后，终于下决心设法除掉了他。怀疑的经验暂时消灭了信仰的天真，却也不觉得有什么胜利的喜悦，只觉得惨然。

格林喜欢引用罗伯特·勃朗宁《布娄格拉姆主教》中的诗句：

我们不信上帝所换来的
只是信仰多元化的怀疑生涯
另外还有一段，格林愿意拿来作为
其全部创作的题词：
我们的兴趣在事物危险的一端，
诚实的盗贼，软心肠的杀人犯，
迷信、偏执的无神论者……

在事物危险的一端，也就是习见与概念濒临崩溃的地方，蕴藏着现代小说的核心。

五

从亨利·詹姆斯那里，格林理解到限制视点的重要。这种重要，不仅是小说叙事技术上的，更关乎认知的伦理。当小说书写者将叙事有意识地从某一个人物的视点转向另一个人物视点之际，他也将同时意识到自己此刻只是众多人物中的一员；当小说书写者把自己努力藏在固定机位的摄像机背后观看全景，他一定也会意识到，此刻这个场景里的所有人也都在注意着这台摄像机。在这其中，有一种上帝退位之后的平等和随之而来的多中心并存。现代小说诞生于中世纪神学的废墟，现代小说书写者不能忍受上帝的绝对权威，因为在上帝眼里，世人都是面目相似的、注定只得被摆布和被怜悯的虫豸。但凡哪里有企图篡夺上帝之权柄的小说家，哪里就会生产出一群虫豸般的小说人物，他们，不，是它们，和实际存在的人类生活毫无关系。

因为意识到视点的局限，意识到一个人不可能完全掌握有关另外一个人的全部细节，小说人物才得以摆脱生活表象和时代象征的束缚，从小说中自行生长成形。格林曾引用亨利·詹姆斯的一段话："一位有足够才智的年轻女子要写一部有关王室卫队的小说的话，只需从卫队某个军营的食堂窗前走过，向里张望一下就行了。"唯有意识到我们共同经验的那一小块生活交集对于小说并无权威，个人生活的全部可能性才得以在小说中自由释放。

指给我看一个自以为知晓他人生活的小说家，我就会指给你看自私、邪恶，或者是懵然无知。

六

"一个人会不会也对这些星球感到悲悯，如果他知道了真相，如果他走到了人们称之为问题的核心的时候？"

换成中国的文字，那就是："上失其道，民散久矣。如得其情，则哀矜而勿喜。"

格林的主人公，几乎都是早早就"知道了真相"、已"得其情"的人，用唐诺的话说，格林的小说是"没有傻瓜的小说"。很多初写小说的人，会装傻，会把真相和实情作为一部小说的终点，作为一个百般遮掩最后才舍得抛出的旨在博取惊叹和掌声的包袱，格林并不屑于此。他像每一个优异的写作者所做的那样，每每从他人视为终点的地方起步，目睹真相实情之后的悲悯和哀矜并不是他企图在曲终时分要达到的奏雅效果，而只是一个又一个要继续活下去的人试图拖拽前行的重担。

"我曾经以为，小说必得在什么地方结束才成，但现在我开始相信，这么多年来，自己的写实主义一直有毛病，因为现在看来，生活中没有什么东西会结束。"他借《恋情的终结》中的男主人公、小说家莫里斯之口说道。这样的认识，遂使得《恋情的终结》成为一部在小说叙事上极为疯狂以至于抵达某种骇人的严峻高度的小说，而不仅仅是一部所谓的讲述偷情的杰作。在女主人公萨拉患肺炎死去之后，萨拉的丈夫亨利旋即给他的情敌莫里斯打电话告知，并邀请他过去喝一杯，两个本应势同水火的男人，被相似的痛苦所覆盖，从而得以彼此慰藉，这自然会让我们想到《包法利夫人》的结尾处，包法利医生在艾玛死后遇见罗道耳弗时的场景。但与《包法利夫人》不同的是，《恋情的终结》的故事从此处又向前滑行了六十余页，相当于全书几乎三分之一的篇幅。在这部分篇幅里，我们看到莫里斯和亨利喝酒谈话，商量是火葬还是按照准天主教徒可以施行的土葬，莫里斯参加葬礼，莫里斯遇见萨拉的母亲，莫里斯应邀来到亨利家中居住，莫里斯翻看萨拉的儿时读物，莫里斯和神父交谈……生活一直在可怕和令人战栗地继续，小说并没有因主人公的死亡而如释重负地结束。

"我是睁着眼睛走进这一场恋爱的，我知道它终有一天会结束。"莫里斯对我们说。

"你不用这么害怕。爱不会终结，不会因为我们彼此不见面。"萨拉对莫里斯说。

无论是地狱、天堂还是炼狱，格林小说中的人物都是睁着眼睛清醒地迈入其中的，这是他们唯一自感骄傲的地方。

七

关于爱，格林擅长书写的，是某种隐秘的爱。作为一个对神学教义满腹怀疑的天主教徒，格林觉得自己是和乌纳穆诺描写的这样一些人站在一起的，"在这些人身上，因为他们绝望，所以他们否认；于是上帝在他们心中显现，用他们对上帝的否定来确认上帝的存在"。他笔下的男性主人公，都是胸中深藏冰屑的、悲凉彻骨的怀疑论者，他们常常否定爱，不相信上帝，但在某个时刻，因为他们对自我足够的诚实，爱和上帝却都不可阻挡地在他们心中显现。因此，爱之隐秘，在格林这里，就不单单是男女偷情的隐秘（虽然它常常是以这样世俗的面目示人），而更多指向的，是某种深处的自我发现，某种启示的突然降临。当然，这种启示和发现，转瞬即逝，是凿木取火般的瞬间，而长存的仍是黑暗。

隐秘的爱，让人在感受欢乐的同时又感受不幸和痛苦，让人在体会到被剥夺一空的时刻又体会到安宁。在《恋情的终结》的扉页上，格林引用严峻狂热的法国天主教作家莱昂·布洛依（他也是博尔赫斯深爱的作家）的话作为题辞："人的心里有着尚不存在的地方，痛苦会进入这些地方，以使它们能够存在。"

这些因为痛苦而存在的隐秘之地，是属人的深渊，却也是属神的。它诱惑着格林笔下步履仓皇的主人公们纵身其中。老科恩在歌中唱道："万物皆有裂痕，那是光进来的地方。"

八

我还想谈谈充盈在格林长篇小说中的奇妙的均衡感。

很多长篇小说，就拿与格林同族且同样讲求叙事和戏剧性的麦克尤恩的作品来说吧，每每前半部缓慢而迷人，后半部分却忽然飞流直下，变得匆促急迫，以至于草草收场。似乎，在一阵开场白式的迂回之后，作家迫不及待地要奔向某个设想好的结尾，你能感觉到他要把底牌翻给你看的急切，像一个心不在焉要赶时间去下一个赌场的赌徒。

格林就几乎不会如此。这一方面，或者源于他每天固定字数的写作习惯。"每星期写作五天，每天平均写大约五百个字……一旦完成了定额，哪怕刚刚写到某个场景的一半，我也会停下笔来……晚上上床，无论多么晚，也要把上午写的东西读一遍。"《恋情的终结》中小说家莫里斯自述的写作习惯，格林在两年后接受《巴黎评论》的访谈时，又几乎原封不动地重说了一遍。这些按照定额从他笔下缓缓流出的文字，遂保有了节奏和气息上的匀称一致。再者，格林的长篇小说无论厚薄，基本都会分成多部，每部再分成多章，进而每章中再分小节，这种层层分割，也有效地保证了小说整体的均衡。

但这些依旧还是皮相，我觉得更为要紧之处可能还在于，如果说小说都需要有内核的话，在格林的长篇小说中，就从来不是只有一个内核，而是有很多个内核，它们自行碰撞，生长，结合，然后像变形金刚合体那样最终构成一个更大的内核。

他的人物，遂在各自的小宇宙里，从容不迫地交谈着，他们就在他们所在的世界里痛苦或欢乐，对一切专职承载主题或意义的面容苍白的文学人物报之以嗤笑。

九

也许我们最后还应该谈谈幸福。

格林并不反对幸福，他反对的是基于无知的幸福以及对幸福的执着。已婚的斯考比感受到幸福顶点的时刻，仅仅是他准备敲开年轻的孀妇海伦门扉的那一刻，"黑暗中，只身一人，既没有爱，也没有怜悯"。

因为爱旋即意味着失控，而怜悯意味着责任。这两者，都是人类所不堪忍受的。上帝或许便是这种不堪忍受之后的人类发明，她帮助人类承担了爱和怜悯，也承担了失控和责任，同时也顺带掌控了幸福的权柄，作为交换，她要求人类给出的，是信。耶稣对多疑的多马说："你因看见了我才信，那没有看见就信的有福了。"格林像多马一样，并没有弃绝信仰，他只是怀疑和嫉妒这种为了幸福而轻率达成交易的、盲目的信徒，就像《权力与荣耀》里的威士忌神父怀疑和嫉妒那些在告解后迅速自觉已经清白无罪的教徒，但反过来，他同样也难以遏制地爱他们中的每一个人，并怜悯他们。"比较起来，不恨比不爱要容易得多。"

"爱是深植于人内部的，虽然对有些人来说像盲肠一样没有用。"在《一个自行发完病毒的病例》中，无神论者柯林医生对那位自以为无法再爱的奎里说。

在福音书应许的幸福和此世艰难而主动的爱和怜悯之间，格林选择后者，这也会是大多数旨在书写人类生活的好小说家的选择。幸福不该是悬在终点处的奖赏，它只是道路中偶然乍现的光亮。构成一种健全人性的，不是幸福，而是爱欲与哀矜的持久能力。在敲开海伦的门并愉快地闲聊许久之后，斯考比"离开了这里，心里感到非常、非常幸福，但是他却没有把这个夜晚当作幸福记在心里，正像他没有把在黑暗中只身走在雨地里当作幸福留在记忆中一样"。

《人民文学》2016年第5期

我不怎么爱读职业评论家的文字，读不懂是一方面，主要还是内心无法抑制的嫉妒，他们什么都明白，看了他们的文章，感觉阅读了无生趣。这是我的偏见。年轻一代的评论家不一样了。用评论家、作家来划分人，还是武断了。我是说张定浩的读书随笔写得机智，也专注。

夏日曾经很盛大

/汪广松

据说里尔克的诗作《秋日》有十二种译本，最早流传的大约是冯至的翻译，这也是我最初读到的译作。迟至2016年，汉语世界终于有了《里尔克诗全集》（商务印书馆涵芬楼文化2016年版），该书的主要译者陈宁能够译出《里尔克诗全集》，与当初读《秋日》的感动有关。他在1987年读到了这首诗，并被诗的最后一段打动：

> 谁这时没有房屋，就不必建筑，
> 谁这时孤独，就永远孤独，
> 就醒着，读着，写着长信，
> 在林荫道上不安地
> 徘徊，落叶飘零。

这几句诗与冯至的译作大同小异，陈宁说："这样的诗句可以说感动了我们那一代人。"（1970年代生人）我也是其中之一，我读到这首诗的时间比他晚，但当时的年龄应该比他小。过了一些年，我还常常想起这首诗；在一些同龄人的诗作或者文章里，也能看见这首诗的影子；更不用说它有十二种译作了。为什么这首诗能够持久地感动我们？

325

在《里尔克诗全集》中，陈宁将《秋日》重新译过，而且还译出了这首诗的一条注释。有意思的是，这个注释的下一条注释虽然不是注《秋日》的，但恰好也能用来说明《秋日》中的"落叶"，在这条注释中，里尔克引用了龙格的话："涌向风景，他们在这不确定中找寻着答案。"他又说道："每一片坠落的叶，在坠落中，都满足于一条宇宙的伟大法则。"这样看来，《秋日》中的不安徘徊、落叶纷纷等意象，实在是有更深的意味。读到这样的注解，就有深入一境之感，这是当初读诗时未能读出的境界。

现在回过头来再读《秋日》的注释，它指出，最后一段前两句诗的句式在《时辰祈祷书》的《此刻已然成熟了红色的刺檗》诗中也能见到，诗中写道：

> 谁此刻不曾丰足，夏天已过，
> 谁就将永远等待，永不拥有自己。
> 谁此刻不能合上双眼，
> 却老人一样溘然长逝。

这里的句式确实与《秋日》同类。注释同时指出，罗伯特·费西认为这里的句式动机来自尼采的诗句："很快就会显现，/显现给那个，无家的人！"如果罗伯特的理解正确，那个无家的人显然是指没有房屋，而且孤独的那个人。他"在林荫道上来回/不安地游荡，当着落叶纷飞"（冯至译）。似乎就是在"不确定中找寻着答案"。

《此刻已然成熟了红色的刺檗》一诗接着写道：

> 无疑，只是因为幻象的一个丰盛
> 为了在他的幽暗里将自己立起，
> 正在他的里面一直等待夜的开始。

此中诗意幽玄，却又昭昭在目，就像是对《秋日》的另一个注解。那个"无家的人"，因为一个丰盛的幻象，为了在幽暗里将自己立起，于是他在里面"一直等待夜的开始"。实际上，他并没有停止建筑，而是在建立自己；他也并非永远孤独，而是一直有所期待。他相信，有一条"宇宙的伟大法则"很快要显现给他，仿佛那个才是永恒的家。

里尔克的决绝、不安其实是个"假象"，他一直都在等待，在等待中确定，在确定中等待。"谁这时没有房屋，就不必建筑，/谁这时孤独，就永远孤独"，这里有一种情绪，是青春期特有的迷茫、莫名其妙的伤感还有不知就里的热望。可是，里尔克并没有停留在这里，他的诗不是对青春期的抚慰，他已经越过了这些风景，直接相应于那些显现，他的诗就是一种显现，是一种以不确定的方式显现出来的确定。

也许这也不是里尔克的诗意，而是我对终将逝去的青春的致意，对当日误会的释然一笑。现在看来，冯至的译作是一首带有青春色彩的诗，此后不同的译本对应了不同的年龄层和心性，他们当初读了这首诗，然后到了一定年龄回过头来重新翻译，也算是对青春幽暗岁月的某种呼应，或者回馈。

陈宁的翻译有一个独特的地方，他用了一个"愿"字："愿你的身影投落在日晷，愿你在原野上把风释放。"比起诸家译作，"愿"字突出了诗的祈祷意味，也反映出译者度过青春期后的变化。里尔克的诗喜欢用祈祷开篇，这一方面是由于他的神秘主义色彩，另一方面使得诗作有了"颂"的意味，扩大了心量，能够相应于不同地方不同时代的人们，这或许也是《秋日》一诗广为传诵的一个原因。

至此，我认为可以把《秋日》连同某一段岁月都放下了，但当我读到吴雅凌撰写的《劳作与时日笺释》时，又禁不住地回过头来，重新打量《秋日》，意识到它也是一首关于"劳作与时日"的诗。

在吴雅凌的书里，她把赫西俄德的《劳作与时日》以诗体形式译了出来，这与我当初读到的散文体诗歌，不仅仅是形式上的不同，而且还有诗意的差别。《劳作与时日笺释》内容丰富，我当下感触最深的是：只有劳作，才能有时日。或者说，只有劳作，才不会虚度光阴年华。里尔克有这种紧迫感，"夏日曾经很盛大"，要抓紧时间劳作啊，"让最后的果实长得丰满"，"把最后的甘甜酿入浓酒"，否则到了秋日，没有房屋的就不会有房屋，孤独的就将永远孤独，因为盛大的夏日已经过去，时日不再。里尔克的诗作《时辰祈祷书》，不仅仅有"每日礼赞"之意，同时也是一部"时间之书"。他是在时辰里祈祷，也是在向时辰祈祷，用他的诗歌（也是他的劳作）向时辰祈祷，向他心中的神灵祈祷。

一定的时日相应有一定的成果，这个成果从个人角度而言，是对自己负责，也是对家庭、对社会负责；古希腊诗人或许还觉得，这也是对神的责任；在里尔克那里，它或许显现为一条"宇宙的伟大法则"。不过，这里也有差别。《秋日》一诗更多地表现出现代人对于"果"的恐惧，而赫西俄德的诗歌则突出了古希腊人对于"劳作"的敬畏。《劳作与时日》结尾部分记载了很多关于时日的禁忌，与其说是迷信，毋宁说是"表现"了神的存在。神的存在是一个"因"，不是一个"果"，相信"神"的存在是对"因"的敬畏。只要是在合适的时日里劳作，就会有一个好结果，这个结果就在适当的劳作当中，而这个适当的劳作本身就是好的结果。用现代人的话来说就是：但问耕耘，莫问收获。

《劳作与时日》最后一段写道："有福而喜乐的人啊，必通晓/这一切，劳作，不冒犯永生者，/懂得辨识鸟谕，且避免犯错。"这个劳作之人，是有福而喜乐的人，或可相当于《诗经》里的"岂弟君子"，而这里的"鸟谕"，也完全用不着神秘。《诗经·大雅·旱麓》曰："鸢飞戾天，鱼跃于渊。岂弟君子，遐不作人？"世界生机流转，生生不息，和乐平易的君子，看到鸟飞鱼跃，怎么能够不振作？

《文汇报》2016 年 7 月 4 日

评鉴与感悟

什么样的译会感动一代人？汪广松以他的体验分析了几首名诗的版本，既可以见到翻译家的苦心经营，也能看到一首好诗是如何的动人。

声　明

　　本套《北岳年选系列丛书》,收录了本年度众多优秀文学作品及文化时评类文章。在编选过程中,我们及各选本主编已尽力与大多数作者取得了联系,但仍有部分作者因故未能取得联系。见此声明,烦请来电,以便奉送薄酬及样书。

　　联系人:王朝军

　　电　话:0351—5628691